Garotas de neve e vidro

GAROTAS DE NEVE E VIDRO

MELISSA BASHARDOUST

TRADUÇÃO | Edmundo Barreiros

TÍTULO ORIGINAL *Girls Made of Snow and Glass*
© 2017 Melissa Bashardoust
Publicado mediante acordo com a Flatiron Books. Todos os direitos reservados.
© 2018 Vergara & Riba Editoras S.A.

Plataforma21 é o selo jovem da V&R Editoras

EDIÇÃO Fabrício Valério e Flavia Lago
EDITORA-ASSISTENTE Thaíse Costa Macêdo
PREPARAÇÃO Alyne Azuma
REVISÃO Raquel Nakasone
DIREÇÃO DE ARTE Ana Solt
DIAGRAMAÇÃO Gabrielly Alice da Silva
CAPA Ana Solt
IMAGEM DE CAPA © Sandra Cunningham / Trevillion Images

Dados Internacionais de Catalogação na Publicação (CIP)
(Câmara Brasileira do Livro, SP, Brasil)

Bashardoust, Melissa
Garotas de neve e vidro / Melissa Bashardoust; tradução Edmundo Barreiros. -- São Paulo : Plataforma21, 2018.

Título original: Girls made of snow and glass.
ISBN 978-85-92783-64-8

1. Ficção de fantasia 2. Ficção juvenil I. Título.

18-14140   CDD-028.5

Índices para catálogo sistemático:
1. Ficção : Literatura juvenil 028.5

Todos os direitos desta edição reservados à
VERGARA & RIBA EDITORAS S.A.
Rua Cel. Lisboa, 989 | Vila Mariana
CEP 04020-041 | São Paulo | SP
Tel.| Fax: (+55 11) 4612-2866
plataforma21.com.br | plataforma21@vreditoras.com.br

PARA MINHA FAMÍLIA

I

LYNET

Lynet a viu pela primeira vez no pátio.

Bom, a garota estava no pátio, Lynet estava em uma árvore.

O zimbro no pátio central era uma das últimas árvores ainda com folhas em Primavera Branca, por isso, era um dos melhores lugares para se esconder no castelo. Acomodada em seus galhos, Lynet só podia ser vista por alguém logo abaixo dela. Esse esconderijo era especialmente útil em tardes como essa, quando ela decidia faltar às aulas sem avisar aos tutores.

A jovem que caminhava às pressas pelo pátio não passou diretamente embaixo da árvore, por isso não notou Lynet observando. O que primeiro chamou sua atenção foi a roupa da garota. Em vez de um vestido, ela estava usando uma túnica marrom e comprida sobre uma calça solta, permitindo que se movimentasse com mais liberdade em um passo longo e largo. Ela caminhava com propósito, os olhos escuros fixos à frente.

Lynet achava que conhecia todos os rostos em Primavera Branca, mas não reconheceu a garota. Era verdade que o lugar recebia visitantes que iam e vinham durante o ano, mas em geral isso acontecia em ocasiões especiais, e mesmo nesses casos, ela reconhecia a maioria de vista, se não por nome.

Toda uma torrente de perguntas brigava por atenção na cabeça de Lynet: Quem era essa garota? De onde tinha vindo? O que estava fazendo em Primavera Branca? Aonde estava indo, agora, com tamanha convicção? Por que levava uma bolsa grande na mão? Ela era um mistério, e mistérios eram raros em Primavera Branca, onde tão pouco mudava de um dia para outro. A estranha era sem dúvida mais empolgante que a aula de música que Lynet estava cabulando.

Agora, no outro lado do pátio, a garota subia o lance curto de degraus de pedra que levavam à ala oeste do castelo. Assim que desapareceu pela porta em arco, Lynet desceu da árvore e correu atrás dela, os pés descalços silenciosos na neve. Olhou pelo corredor e viu a garota começar a subir a escadaria à esquerda. Lynet esperou até que ela desaparecesse e, em seguida, foi correndo até o outro lado do corredor para pular a janela. As pedras irregulares, os beirais e cantos pronunciados de Primavera Branca tornavam o castelo excelente para escalar, algo que ela tinha descoberto desde muito nova. Usou a beirada acima da janela para se apoiar, com cuidado para não prender o vestido cinza de lã nas partes mais afiadas do beiral esculpido. Ela não queria ter de explicar ao pai por que havia um rasgo em seu vestido, ou ver o sorriso forçado quando sua mestra de costura perguntasse por que os bordados feitos por Lynet nas barras na semana anterior já estavam se soltando.

Agachada em silêncio sobre a beirada, Lynet acompanhou os movimentos da jovem em sua cabeça: depois de subir a escada, ela desceria o corredor até chegar à primeira curva, pouco depois de onde Lynet estava empoleirada, e daí poderia seguir sempre em frente ou virar em outro corredor. Lynet contou os segundos, sabendo que ouviria passos a qualquer momento...

Sim, lá estavam eles, passando pelo corredor do lado de dentro. Lynet fez questão de abaixar a cabeça para que a garota não visse seu cabelo acima do batente da janela e ficou ouvindo os passos continuarem, fazerem a curva e descerem até o fim do corredor, seguidos de uma batida alta.

Ela ouviu uma voz:

– Ah, entre!

E depois o som da porta se fechando outra vez.

Lynet não sabia ao certo quem estava falando, mas não importava *quem*, contanto que soubesse *onde*. Ela espiou por cima da beirada bem a tempo de ver a estranha entrar pela porta no fim do corredor à esquerda. Lynet subiu pela janela, atravessou o mesmo corredor e saiu pela última janela, indo parar do outro lado do castelo. Ela seguiu de lado pela beirada com cuidado, contando as janelas mentalmente.

Quando chegou à janela do cômodo onde a estranha tinha entrado, Lynet ajoelhou na beirada e espiou pelo canto. A janela estava fechada, mas ela tinha uma visão clara da jovem, e isso era o que de fato importava. Lynet reconheceu que a outra pessoa era Tobias, um dos nobres que moravam em Primavera Branca desde antes de seu nascimento.

Tobias estava dizendo alguma coisa, e suas sobrancelhas enormes o faziam parecer mais feroz do que realmente era. Mas a jovem estranha não parecia nem um pouco intimidada por aquele olhar intenso – ela manteve a cabeça erguida e o encarou de volta.

Na verdade, a estranha parecia não se deixar aborrecer por nada. Havia flocos de neve na trança escura e desarrumada que descia por suas costas e na gola de sua camisa, mas ela não fez nenhum movimento para limpá-los. A bolsa que levava estava muito cheia e, mesmo depois de carregá-la pelo castelo, ela não demonstrava sinais de cansaço. A impressão digital marcada com tinta em seu queixo, a bainha puída de uma das mangas... Essas pequenas imperfeições fascinaram Lynet porque a garota as exibia com tranquilidade e confiança. Lynet nunca tinha visto uma mulher tão à vontade sem estar com a aparência impecável.

Quem *era* ela?

Lynet colocou o corpo mais para dentro; a jovem pousou a bolsa e a abriu. Com a cabeça baixa, suas maçãs do rosto ficavam especialmente belas, e seus cílios lançavam sombras compridas sobre a pele moreno-clara... Ela levantou o rosto de repente, e Lynet tirou a cabeça da janela. Mesmo tendo certeza de que a garota não a tinha visto – mal dava para ver Lynet no canto –, mas, naquele breve momento, ela achou que seus olhos tinham se cruzado.

Quando voltou a olhar, a garota não estava mais olhando para cima, e Lynet se esforçou para ver o que ela retirava da bolsa – seria pelo menos um mistério solucionado. Então ela viu nas mãos magras da garota um instrumento comprido de metal de ponta curvada, como o bico de alguma ave maligna. Lynet levou um susto e percebeu, pelo modo como piscava rapidamente, que Tobias também não esperava por isso.

A jovem o observava, à espera de alguma resposta, e Lynet, que não conseguia parar de olhar para *ela,* se perguntou como a garota conseguia permanecer perfeitamente imóvel, sem tremer as mãos sob o peso daquele instrumento monstruoso. Ela parecia quase desafiadora segurando-o, e Lynet desejou ainda mais conhecer aquela estranha – não apenas saber quem era, mas *conhecê-la* e, talvez, absorver um pouco daquela ousadia para si mesma.

Tobias meneou a cabeça por um instante e se sentou em uma cadeira. Havia um odre de vinho na mesa a seu lado, e ele deu um longo gole antes de jogar a cabeça para trás. A jovem respirou fundo e então enfiou a extremidade curva do instrumento de metal dentro da boca dele.

Por fim, Lynet entendeu o que estava prestes a acontecer, mas não antes que fosse tarde demais para afastar os olhos.

A jovem puxou bruscamente o instrumento para trás, e o nobre gritou enquanto seu dente era arrancado da boca.

Lynet ficou grata pelo berro de Tobias, porque ela mesma tinha dado um gritinho. E passou a língua pelos dentes para se certificar de que estavam todos no lugar.

Uma cirurgiã. A jovem devia ser uma cirurgiã. Embora a resposta devesse tê-la satisfeito, isso só a deixou mais curiosa. Ela nunca tinha visto uma mulher cirurgiã antes.

Lynet permaneceu empoleirada na beira da janela até a cirurgiã limpar Tobias e lhe dar algumas ervas para a dor. Quando a ouviu sair, Lynet abandonou seu posto e voltou pela beira em busca de passos do lado de dentro. Seu coração batia forte; aonde a cirurgiã iria em seguida? O que ia fazer?

Depois que a cirurgiã percorreu o corredor, Lynet entrou de novo pela janela bem a tempo de vê-la fazer uma curva. Ela a seguiu em silêncio, mas, quando fez a mesma curva, esbarrou com as Pombas.

– Princesa Lynet! – exclamou uma das mulheres, e então estavam todas à sua volta, e era tarde demais para escapar.

Ela as chamava de Pombas por causa dos cabelos grisalhos e do falatório constante, e elas sempre andavam em bando. Mas, diferente da maioria da nobreza, que preferia viver nas próprias propriedades em ajuntamentos por todo o Norte, as Pombas viviam o tempo todo em Primavera Branca, tendo feito seus ninhos ali muito antes do nascimento da princesa. Elas eram as residentes mais velhas de Primavera Branca, por isso sempre pareciam surpresas ao ver o quanto Lynet tinha crescido, mesmo que a tivessem visto no dia anterior.

– Sua mãe ficaria muito orgulhosa – estava dizendo uma delas.

Atrás dela, outra comentou:

– Vejam esse cabelo. Tão parecido com o da rainha.

Quando era criança, Lynet achava que as Pombas queriam dizer que ela era parecida com Mina quando diziam que se parecia com a rainha, e ela se enchia de orgulho por se parecer com a madrasta. Mas agora entendia que, quando falavam da rainha, estavam sempre falando da *falecida* rainha, Emilia. E a pior parte era que tinham razão: o cabelo de Mina era castanho-escuro, e os olhos, castanho-claros, enquanto Lynet tinha o cabelo farto e negro e os olhos quase pretos da mãe. O rosto de Mina era anguloso e definido, sua pele tinha um tom moreno-dourado, enquanto Lynet tinha o rosto redondo e a tez oliva da mãe. As bochechas, o nariz, os lábios e tudo o mais em Lynet pertenciam a uma mulher morta de quem ela sequer se lembrava.

A líder não oficial daquele pequeno bando, uma mulher de cabelo grisalho e pescoço comprido chamada Xenia, que servia no conselho do rei, se curvou devagar – mais por hábito, já que Lynet agora era mais alta – e tomou o rosto de Lynet na mão.

– Tão bonita. O rei Nicholas deve ter muito orgulho de você, milady. Você vai ser uma rainha esplêndida, como sua mãe. – Mesmo nas sombras do corredor mal iluminado, os olhos de Xenia cintilaram com um brilho desconfiado; ela sempre apertava os olhos para as pessoas como se achasse que estavam mentindo.

Lynet sorriu, meneou a cabeça e agradeceu até que as Pombas tivessem terminado. Talvez fosse lisonjeiro ser paparicada, mas ela sabia que seu afeto era por interesse próprio. Elas amavam sua mãe, e Lynet se parecia com a mãe, por isso achavam que a amavam também.

Depois que as Pombas seguiram pelo corredor em uma nuvem grisalha, Lynet atravessou por alguns corredores antes de admitir que tinha perdido a cirurgiã. Ainda assim, teve certeza que a veria muito em breve. O castelo não tinha um cirurgião da corte desde que o anterior partira vários meses antes, por isso a nova cirurgiã seria muito requisitada por algum tempo. Lynet ficaria de vigia e, da próxima vez, não perderia seu rastro.

Lynet se arrastou pelo corredor até chegar à sala de música, onde seu tutor estava à sua espera, sentado com a harpa. O homem estava no meio de um bocejo quando ela entrou e, assim que a viu, se aprumou, engolindo o resto do bocejo com uma exclamação de surpresa.

– Aí está você, milady! – disse ele. – Um pouco atrasada, talvez, mas isso não é um problema. – Seu rosto vincado se esticou em um sorriso. Ela estava mais de uma hora atrasada, mas o tutor não iria repreendê-la. Nenhum deles jamais a repreendia por nada.

No passado, Lynet tinha gostado da *ideia* de tocar harpa. Mas as lições de fato eram longas e cansativas, e ela parecia nunca melhorar, portanto, não via mal em faltar quando podia. Ela se sentiu menos amarga em relação à hora entediante que tinha pela frente agora que tinha um novo projeto, mas enquanto se sentava à sua harpa, soube que ia tocar ainda pior que o habitual, hoje, com a mente seguindo a nova cirurgiã, mesmo que seus pés não pudessem fazer isso.

Quando a aula terminou (horrivelmente, como esperado), a noite estava caindo. Sem pensar, Lynet subiu a escada voando até os aposentos reais. Às vezes, ela sentia que seu dia inteiro era apenas um prelúdio para a visita noturna a Mina, uma tradição que tinha começado tanto tempo atrás que Lynet não conseguia lembrar exatamente como tinha surgido.

O fogo queimava alto quando Lynet entrou em silêncio no quarto da madrasta. Embora tivesse chegado do Sul a Primavera Branca quase dezesseis anos atrás – mais ou menos na mesma época do nascimento de Lynet –, Mina nunca se acostumou com seu inverno constante e, por isso, estava sempre com frio. Lynet, nascida em Primavera Branca, nunca sentia frio.

Uma criada trançava o cabelo de Mina diante do espelho. Lynet podia ver o reflexo da madrasta, sereno e régio, a cabeça erguida e as costas eretas.

Quando viu o reflexo de Lynet atrás de si no espelho, Mina levantou a mão e sinalizou para a criada parar.

– Isso é tudo por enquanto – ela anunciou, e a criada fez uma mesura antes de sair apressada, conseguindo dar um sorriso rápido para Lynet antes de partir.

Mina se levantou para Lynet tomar seu lugar na cadeira baixa diante do espelho. Assim que a garota se sentou, Mina sorriu.

– Você tem neve no cabelo.

Envergonhada, Lynet levantou a mão para se limpar. Ela achava que um dia, quando fosse rainha, teria de demonstrar compostura com tanta naturalidade quanto Mina, mas isso estava a anos de distância.

Mina começou a pentear o cabelo de Lynet com os dedos. Pentes e escovas eram inúteis naqueles cabelos; eles só prendiam e se emaranhavam em seus cachos, enquanto as mãos de Mina os soltavam e desembaraçavam com habilidade. As duas faziam isso toda noite desde que Lynet era criança, e nenhuma delas nunca mencionava que Lynet tinha idade suficiente para, a essa altura, desembaraçar o próprio cabelo.

Mina perguntou sobre seu dia, e Lynet lhe disse o quanto era inútil tocando harpa, já que já tinha passado por três professores de música.

– Eu nunca melhoro, por isso todos eles acabam desistindo de mim – ela explicou.

– Não é você – Mina a tranquilizou. – Primavera Branca é sombria e isolada demais para a maioria das pessoas. – Lynet sabia que a madrasta tinha razão. Não eram apenas os professores de música que iam embora. As únicas pessoas, nobres ou não, que permaneciam em Primavera Branca o tempo todo eram aquelas que estavam ali havia tanto tempo que não se dariam ao trabalho de partir. Lynet se perguntou sobre a nova cirurgiã, quanto tempo ela duraria...

– Você me deixou para trás – Mina comentou delicadamente depois que Lynet mergulhou nos próprios pensamentos silenciosos por tempo demais. – Aonde você foi?

– Há alguém novo nas cirurgias – disse Lynet sem pensar.

– Fico feliz em saber disso. Primavera Branca carece de um cirurgião há tempo demais.

– Ela é bem jovem – comentou Lynet.

Mina levantou uma sobrancelha.

– Ela?

Mina a observava com interesse, mas Lynet não queria lhe contar mais. Ela se sentia estranhamente protetora em relação à nova estranha e ainda não queria compartilhá-la com mais ninguém.

– Também vi as Pombas hoje – disse ela rapidamente.

Mina fez uma careta e, sem querer, puxou um dos cachos de Lynet.

– O mesmo de sempre, imagino?

Lynet sabia que as Pombas distrairiam Mina – que as achava ainda mais insuportáveis do que Lynet. A primeira vez que deixou escapar o apelido delas na frente de Mina, Lynet ficou com medo de ser repreendida. Em vez disso, Mina caiu na gargalhada. Lynet não a culpou; embora as Pombas sempre fossem charmosas e respeitosas diante dela, Lynet ouvia como falavam da rainha quando estavam sozinhas. Elas a chamavam de *a sulista*, ou de *a rainha do sul*, nunca apenas *a rainha* – esse título ainda era reservado à mãe de Lynet.

– O mesmo de sempre – resmungou Lynet enquanto Mina começava a trançar seu cabelo. – Eu me pareço muito com minha mãe, meu cabelo é igual ao de minha mãe, tenho os olhos de minha mãe... Elas provavelmente acham que tenho os cotovelos de minha mãe.

Mina franziu um pouco o cenho e mordeu o lábio, mas não disse nada.

Lynet continuou.

– Não seria ruim se fossem apenas elas, mas... – Ela parou, sentindo-se culpada demais para revelar seus pensamentos em voz alta.

– Mas você gostaria que seu pai parasse de compará-la com ela, também? – sugeriu Mina.

Lynet assentiu. E começou a torcer um pedaço da saia nas mãos.

– É pior ainda com ele – a princesa comentou em voz baixa.

Mina pôs as mãos nos ombros de Lynet.

– Por que diz isso?

Lynet manteve a cabeça baixa. Era mais fácil falar sobre isso quando não estava olhando para mais ninguém – nem para si mesma. Ela queria mudar de assunto, mas já tinha feito isso uma vez e sabia que não conseguiria repetir o feito. Sempre que as duas falavam sobre o pai de Lynet, Mina parecia... endurecer, de algum modo, como se criasse um escudo atrás do qual nem Lynet tinha permissão de ficar. Às vezes, Lynet se perguntava por que eles tinham se casado, quando pareciam passar tão pouco tempo juntos e demonstravam tão pouco afeto quando o faziam.

Mina apertou com delicadeza os ombros de Lynet.

— Está tudo bem, lobinha — disse ela. — Não tenha medo.

O nome especial que Mina tinha para Lynet melhorou seu ânimo, como sempre. Ela odiava sentir medo.

— É só que... Bom, os outros só falam do quanto eu me *pareço* com ela, mas meu pai... Eu acho que quer que eu *seja* como ela de todas as maneiras. Ele espera que eu seja doce e gentil e... *delicada*.

Lynet praticamente engasgou com a palavra. Era o que seu pai sempre dizia sobre a mãe, e sobre Lynet também. *Seus traços são delicados, Lynet, como os de um passarinho. Você não devia subir em árvores, Lynet, não quando suas mãos e seus pés são tão macios e delicados.* Emilia tinha morrido, disse ele, porque seu corpo era delicado demais para o parto. Ser *delicada* tinha matado sua mãe, e, ainda assim, ele estava ávido por conferir à filha essa qualidade.

— Você diz isso como se fosse uma maldição — disse Mina com voz baixa e pesada. — Há coisas piores no mundo que ser delicada. Se você é delicada, significa que ninguém tentou quebrar você.

Lynet ficou envergonhada sem saber por quê. Ela sempre tentava imitar a madrasta, mas pela maneira como Mina falava agora, Lynet se perguntou se ela estava tentando assumir um peso que não compreendia completamente.

— Desculpe — disse ela. — Devo parecer muito criança.

— Isso porque você *é* uma criança. — Mina sorriu, mas seu sorriso começou a desaparecer enquanto estudava o reflexo das duas no espelho. — Ou talvez não — ela emendou. — Você vai fazer dezesseis anos em breve, não é?

Lynet meneou a cabeça.

– Em um mês e meio.

– Dezesseis. – Mina se ajoelhou ao lado dela. – Essa era minha idade quando deixei minha casa no Sul para vir para Primavera Branca. Acho que parte de mim sempre me vê com dezesseis anos, não importa quantos anos tenham se passado. – Mina olhou para o espelho e franziu o cenho, parecendo perturbada pelo que ele lhe mostrava. Os rostos estavam lado a lado, e, pela primeira vez, Lynet percebeu um único fio branco no cabelo da madrasta.

– Você ainda é jovem – disse Lynet com hesitação.

Mas Mina, que não estava prestando atenção nela, levou a mão ao rosto e examinou os cantos dos olhos, as linhas finas em torno da boca.

– Se eles a amarem por alguma coisa, vai ser por sua beleza – a rainha murmurou com delicadeza, mas Lynet não achou que as palavras eram dirigidas a ela, por isso se sentiu culpada só por ouvi-las.

Ela esperou por um momento, então disse:

– Mina? Tem alguma coisa errada?

A madrasta balançou a cabeça.

– Só uma lembrança. – Ela se voltou para Lynet e a beijou na cabeça. – Você cresceu depressa. Isso me pegou de surpresa. Logo você não vai mais nem precisar de mim. – Mina se levantou e deu um puxão de brincadeira na trança de Lynet. – Agora vá e aproveite o resto da noite.

Lynet fez menção de se retirar, mas Mina a chamou.

– E me conte o que acontecer com sua jovem cirurgiã. Vai ser bom para você ter alguém mais perto de sua idade com quem socializar, para variar.

Lynet não respondeu quando saiu correndo pela porta, mas por alguma razão que não soube explicar, se sentiu corar.

2

MINA

Aos dezesseis anos, Mina sabia que era bonita. Sentada na grama, inclinando o espelho de mão da mãe para que o reflexo do sol não a cegasse, ela descobria os segredos da beleza: como o brilho do sol da tarde transformava seu cabelo escuro em um halo de fogo, como sua pele moreno-dourada reluzia quando ela posicionava o rosto nos ângulos certos sob a luz, como as sombras alongavam suas maçãs do rosto.

Esses eram segredos que ninguém tinha lhe contado. Seu pai, quando estava em casa, ficava sozinho, e sua babá, Hana, zombava de sua vaidade. Sua mãe tinha morrido fazia muito tempo, é claro, mas Mina gostava de pensar que ela tinha deixado para trás o espelho de moldura de prata como um guia para a filha.

– *Dorothea* – Mina sussurrou para si mesma, desejando que dizer o nome da mãe pudesse conjurá-la imediatamente. Sua morte tinha acontecido tão depressa depois de adoecer que Mina nem se lembrava dela doente. Aos quatro anos, ela mesma estava se recuperando de uma outra doença quando a mãe morreu, por isso essas memórias tinham um brilho indistinto, como moedas no fundo de um rio em movimento.

– Mina!

Mina resmungou com o som do chamado da babá. Ela esperava que sair de casa e ir para o refúgio das colinas lhe trouxesse alguma paz da reprovação constante da mulher.

Hana era velha e estridente desde que Mina conseguia se lembrar, mas, agora que estava crescendo e deixando a meninice, Hana se tornara supérflua, também. A única razão para escutá-la, na verdade, era porque era a melhor fonte de informação sobre sua mãe. Hana adorava falar sobre a garota bonita que tinha fugido com um rapaz contra a vontade da família rica e, por consequência, tinha sido deserdada. Mina se perguntava às vezes se a babá estava apenas inventando histórias – era difícil imaginar qualquer um arriscar tamanho infortúnio pelo amor de seu pai, e Hana só se tornara criada de Dorothea depois do casamento. Mas até mesmo histórias meio verdadeiras eram melhor que nada.

– Mina, eu sei que você pode me ouvir, sua criança egoísta!

Havia um toque de desespero na voz de Hana, como se estivesse com medo de alguma coisa. Mas a coisa de que Hana tinha medo era o pai de Mina, Gregory.

Ele está em casa, pensou Mina. O pai havia partido em uma de suas viagens frequentes dois meses atrás. Mina sempre valorizava os períodos em que ele estava longe; a casa parecia mais leve com a ausência de Gregory, como se uma nuvem tempestuosa tivesse se dissolvido. Mina olhou para si mesma no espelho mais uma vez, desejando poder rastejar para seu interior e esperar até a babá e o pai irem embora.

– Aí está você – disse Hana bufando atrás dela. – Sei que você só vem até aqui para fazer com que eu me mate para subir esses morros.

A babá estava quase certa. Evitá-la era um benefício das colinas, mas se estivesse prestando qualquer atenção, Hana teria percebido que o castelo de verão era visível daquele morro. Embora a família real nunca tivesse terminado sua construção, deixando-o semiacabado por quase um século, as cúpulas douradas do castelo de verão ainda reluziam ao sol, brilhando por entre as árvores como um farol. Se não fosse tão distante, Mina teria tentado ir escondida até lá, talvez plantar um pequeno jardim, ali. Ela imaginava esse jardim crescendo ao redor do castelo tolo, mantendo todo mundo – especialmente seu pai – afastado.

– Seu pai está em casa – disse Hana. – Não quer cumprimentá-lo?

– Ele pediu para me ver?

Hana olhou feio para ela, mas não respondeu, por isso Mina soube que não. Ainda assim, não podia evitá-lo para sempre, então ficou de pé e limpou o capim da saia.

– Certo – disse ela. – Vamos.

Hana a segurou pelo braço, mas em seguida a soltou e levou a mão ao espelho que estava sobre o capim.

– Esse é... Esse é o espelho de sua mãe?

– Eu apenas o peguei emprestado – disse Mina, impedindo que Hana o levasse.

– Não acredito que você trata os pertences de sua querida mãe com tanto desleixo. E se o tivesse quebrado? E se o tivesse perdido? É como se você não se importasse com ela. – Ela balançou a cabeça para Mina em reprovação.

– Eu me importo! – protestou Mina.

— Acho que não — murmurou Hana. — Você não liga para nada além de si mesma. — Ela pegou o braço de Mina de novo. — Agora, apresse-se.

Mina arrancou o braço das mãos da babá, pegou o espelho, passou pela mulher e apertou o passo morro abaixo. Ela não estava com pressa de ver o pai, mas não queria que Hana achasse que estava com medo dele. Ela manteve o passo rápido até chegar aos limites do mercado da aldeia.

Não planejava ir para casa logo. Tinha escapulido de manhã cedo e estava pensando em ficar fora por mais algumas horas. Ela nunca atravessava o centro da cidade de propósito durante o dia, especialmente em dia de mercado, quando estava mais movimentado.

— Apenas fique de cabeça baixa e ande depressa — sussurrou Hana. — Ninguém me perturbou na vinda. É seu pai que todos temem, não você.

Mas Hana era tão esquecível quanto inofensiva. As pessoas se lembravam de Mina com a mesma clareza com que se lembravam de seu pai. Desde que a magia tinha feito o Norte congelar, as pessoas costumavam ficar desconfiadas daqueles nascidos com habilidades sobrenaturais. Sempre que ouvia rumores de outros com talentos mágicos, seu pai partia imediatamente para investigar, mas até onde ela sabia, ele era o único mago nas últimas gerações. Ainda assim, isso não impedia que os aldeões considerassem Mina tão perigosa quanto o pai. Nunca lhes ocorreu que agora era Mina quem sentia que precisava se manter a salvo deles.

A aldeia em dia de mercado era um banquete visual. Havia as imagens habituais do Sul — frutas de cores vivas, tâmaras e nozes frescas, tapetes de tecelagem coloridos — junto com os bens de luxo mais raros do Norte — joias com pedras das montanhas, peles macias, entalhes intricados em madeira. Mina teria amado passar todo o dia caminhando de um lado para outro pelo corredor comprido entre as barracas, alegrando-se com toda aquela beleza. Mas quando ela e Hana atravessaram o arco de pedra à beira da ruína que marcava a entrada do mercado, a menina manteve os olhos baixos no chão empoeirado, deixando o cabelo caído para a frente para proteger seu rosto.

Não importava. Não importava o quanto procurasse parecer desalinhada, o quanto baixasse os olhos com modéstia, alguém sempre a reconhecia, e em seguida os sussurros se espalhavam até cercarem-na.

Os aldeões ficaram quietos quando ela passou. Então ela ouviu a palavra *mago* em tons abafados, repetidas vezes, até que pareceu menos uma palavra e mais o cricrilar de grilos. Quando os sussurros se espalharam bastante, os aldeões começaram a se afastar dela, mantendo distância da filha do mago. Mas no corredor estreito do mercado, não havia muito espaço para manter distância de alguém, não para os aldeões, nem para Mina.

Por todos os lados, as pessoas se acotovelavam para se aproximar dela, em seguida se afastavam rapidamente. Mina teria se entristecido, talvez, se sentisse algo além de desprezo por aquelas figuras. Eram hipócritas, que se afastavam dela à luz do dia, mas iam às escondidas à casa de seu pai à noite, implorar por soluções mágicas para seus problemas mundanos. Ela passou por Lila, a tecelã, que desviou os olhos enquanto envolvia com os braços a barriga inchada. A mulher tinha procurado o pai de Mina meses atrás pedindo algo que a ajudasse a conceber um filho e, embora tivesse obtido o que desejava, não queria ser lembrada de como fizera isso. *Trabalho vulgar de parteira,* desdenhara o pai da poção dada a ela. Ele nem considerava esses serviços magia, mas lhe proporcionavam o dinheiro para realizar os próprios experimentos em seu laboratório privado. Claro, eram originalmente os rumores desses experimentos – lidar com as forças da vida e da morte – que deixavam os aldeões tão desconfiados do mago e de sua filha.

As duas estavam se aproximando da última barraca de mercadores quando Mina sentiu algo atingir a parte traseira de seus tornozelos. Ela parou e praticamente conseguiu ouvir as pessoas perderem o fôlego em conjunto. Quando se virou, viu um garoto pequeno correr para trás das pernas da mãe, olhando com culpa para Mina. Pedrinhas salpicavam o chão a seus pés – o menino as devia ter jogado nela. Por enquanto, eram apenas as crianças que a agrediam, mas ela sabia que não podia contar com isso para sempre.

– Vamos, Mina, não demore.

– Só um minuto, Hana – disse Mina, alto o suficiente para as pessoas ouvirem. Todos estavam fingindo cuidar da própria vida, mas seus movimentos eram lentos e sem foco.

– Já que estamos aqui, podíamos muito bem fazer compras.

A parte de trás de seus tornozelos ainda doía onde as pedrinhas a tinham atingido. Se corresse, agora, isso só provaria que a violência era capaz de detê-la, que eles podiam assustá-la e expulsá-la. A balança do medo ainda pendia a seu favor: os aldeões estavam com mais medo dela do que Mina estava deles.

Ela caminhou até a barraca mais próxima e pegou um objeto aleatório: uma pulseira simples de prata.

– Quanto? – perguntou ao mercador. Se fosse local, talvez tivesse aberto mão do preço para se ver livre dela rapidamente. Mas Mina podia ver pelo frescor oliva de sua pele e pelas cores simples que vestia que ele era do Norte, ocupado demais com os próprios assuntos para se preocupar com fofocas sobre o mago e sua filha, por isso ele lhe informou o preço. Mina entregou algumas moedas a ele e pôs a pulseira no pulso, um lembrete de que não seria expulsa dali.

– Estou pronta para ir para casa, agora – Mina informou, virando-se outra vez para Hana. E emendou com a voz um pouco mais alta. – Estou pronta para ver meu pai.

A bravata desapareceu assim que ela chegou em casa. Mina bateu na porta do gabinete do pai e respirou fundo. Depois de não receber resposta, ela olhou para dentro, mas o aposento parecia vazio.
– Pai? – chamou ela com delicadeza.
Será que ele nem sequer queria vê-la depois de passar tanto tempo longe? Na verdade, ela não estava particularmente ansiosa para revê-lo, mas uma parte sua sempre esperava teimosamente que ele a procurasse, como ela imaginava que a maioria dos pais fazia, embora ele nunca lhe desse nenhuma razão para acreditar que fosse fazer isso.
As mãos de Mina se cerraram em punhos ao lado do corpo. Seus olhos foram parar numa porta nos fundos do gabinete, quase escondida pelas estantes ao seu redor – a porta para o laboratório do pai, a sala interna onde ele fazia a maior parte de seu trabalho. Mina já tinha estado ali no gabinete do pai – era comum, embora um pouco caótico, com livros espalhados por toda parte –, mas era apenas uma fachada apresentável com o propósito de distrair da porta oculta que levava àquele anexo secreto. Ela só tinha entrado no laboratório uma vez na vida. Essas memórias eram turvas, porém, e sua cabeça latejava sempre que tentava se lembrar.
Mina tentou ouvir o pai se aproximando e, quando não escutou nada, atravessou o gabinete até aquela porta despretensiosa. Estava destrancada; ela entrou.
O laboratório era mal iluminado e estreito, e havia estantes cheias de frascos e potes ao longo das paredes. Ela leu algumas

das etiquetas escritas à mão: algumas eram poções simples para o sono ou a saúde, mas outras se anunciavam como venenos mortais. Tinham nomes estranhamente pomposos, como *sussurro da morte* ou *agulha ardente*, e ela sabia pela caligrafia orgulhosa que eram invenções de Gregory. Ele preparava morte ali, em uma miríade de maneiras criativas, só para passar o tempo.

Ela passou por uma grande mesa de madeira onde um lampião queimava baixo. Havia uma marca negra em um ponto, mas, fora isso, a mesa estava coberta de livros abertos com símbolos e desenhos estranhos. Ela sabia ler, mas a maioria estava escrita em línguas desconhecidas, então ignorou os livros e se concentrou outra vez nas prateleiras.

Seus olhos não paravam de percorrer o conteúdo dos potes, e ela ficava cada vez mais inquieta. Em muitos dos frascos havia pedaços disformes de... carne? Osso? Penas? Ela não sabia ao certo o que eram até ver uma verdadeira réplica em miniatura de um ser humano em um dos potes. Flutuava em um líquido turvo, como uma pequena boneca de cera, mas Mina tinha certeza de que não era feita de cera.

Nos fundos da sala, havia um único pote que ficava sobre uma mesinha. Havia algo no interior, e quando o viu com clareza, Mina recuou imediatamente. Diferente das coisas estranhas e carnosas nos outros potes, o conteúdo daquele não tinha sido preservado. Ela olhou para o monte de carne pútrida ali, grata por não estar emanando nenhum cheiro. Que propósito tinha para seu pai aquele pedaço de carne murcho e enrugado? Outro experimento fracassado? Um ingrediente para uma de suas poções venenosas? A imagem daquilo a encheu com uma sensação inexplicável de medo.

— Repulsivo, não é?

Mina virou para trás ao som da voz de seu pai. Ele estava apoiado no batente da porta com os braços cruzados sobre o peito. Mas não era o mesmo de quando tinha partido dois meses atrás. Seu cabelo escuro tinha clareado e ficado grisalho, e havia mais rugas em seu rosto, que estava mais magro. Ele parecia ter envelhecido pelo menos vinte anos durante a ausência.

– O que aconteceu com você? – perguntou Mina, esquecendo por um minuto que ele a tinha flagrado transgredindo os limites.

Ele foi até a mesa ignorando completamente sua pergunta.

– Sabe onde eu estive nesses últimos meses?

Mina ainda estava tensa, esperando para ser repreendida ou censurada por invadir seu gabinete interno.

– Em uma busca infrutífera por outro mago, imagino – disse ela.

Gregory mexeu nos livros em sua mesa, jogando alguns no chão enquanto arrumava outros em uma pilha.

– Errado – ele respondeu. – Eu estava em Primavera Branca.

Mina não conseguiu disfarçar a curiosidade.

– No castelo? Com o rei e a rainha?

– Com o rei Nicholas, sim. A rainha Emilia, entretanto, está morta. – Ele levantou os olhos e observou sua reação, mas Mina não esboçou nenhuma. Por que deveria se importar que a rainha estivesse morta? O que acontecia no Norte era de pouco interesse para ela.

Gregory riu consigo mesmo e se apoiou pesadamente contra a mesa.

– Não sei por que eu esperava que você ligasse. Mas você devia se importar, porque a morte dela mudou nossas vidas para sempre.

Mais uma vez, ele esperou uma reação, que a filha lhe perguntasse o que queria dizer. Mina sabia que o pai a estava provocando, de modo que se recusou a dar qualquer resposta. Ele lhe diria o que quisesse, no fim, com ou sem o estímulo.

– Ela morreu no parto – ele prosseguiu. – Mas deixou para trás, em seu lugar, uma filha tão bonita quanto ela mesma.

– Eu não sabia que ela estava esperando uma criança – Mina comentou placidamente.

– As notícias viajam devagar, imagino. Mas ela teve... complicações. A criança a estava matando de dentro para fora. O rei me chamou em segredo para ver se eu podia salvá-la e à criança por meio de magia, já que a medicina tinha falhado. Ele disse que ouvira falar do que sou capaz de fazer. Tinha ouvido sussurros de que eu tinha poder sobre a vida e a morte. – Os olhos de Gregory brilharam na luz fraca, sua voz estava solene de orgulho, mas então virou o rosto, e Mina viu suas mãos apertarem a borda da mesa. – Cheguei tarde demais para salvar a rainha – disse ele com dificuldade. – Mas consegui salvar a criança, usando meios não convencionais. É por isso que você me vê tão... mudado. O processo foi exaustivo.

Por um momento, Mina esqueceu que estava fingindo não se importar, atraída pelas palavras hesitantes do pai, por sua aparência alterada. Ela nunca o tinha visto tão vulnerável, tão inseguro, e se perguntou se a mudança nele era mais que física. Timidamente, Mina estendeu a mão até seu braço.

– Tem algo que eu possa fazer para ajudar?

Gregory olhou para sua mão e, em seguida, afastou-a como se fosse uma sujeira em sua manga.

– Você nunca fingiu se importar, antes, Mina. Não há necessidade de começar agora.

Mina se encolheu e cruzou os braços, tentando se segurar para não ir embora. Ela não queria dar ao pai a satisfação de expulsá-la dali.

– E agora o que vai acontecer? – retrucou Mina. – Você disse que isso vai mudar as coisas para nós.

Ele levantou as sobrancelhas fingindo surpresa.

– Você não acha que eu realizaria tamanho feito sem um preço, acha? Em troca de salvar sua filha, o rei nos convidou para viver na corte.

– Em Primavera Branca?

– Um novo começo para nós dois.

– Mas é tão... tão... – *Frio*, ela pensou. Mina estava acostumada com os dias claros e as noites quentes do Sul. Primavera Branca tinha esse nome porque, mesmo na primavera, o solo era branco de neve. Como poderia pertencer a tal lugar algum dia?

– É melhor do que viver como excluídos.

Mina torceu as mãos, tentando pensar em um meio de convencê-lo sem precisar implorar. Reunindo toda força que conseguiu, ela deixou os braços caírem ao lado do corpo, se endireitou e disse:

– Então vá sem mim. Vou cuidar das coisas aqui. Você não precisa de mim.

Ele soltou a mesa e se aproximou dela.

– Ah, mas eu preciso de você. Preciso desse seu rosto. – Ele segurou o rosto da filha, e seus dedos apertaram seu maxilar. – Você vai se casar com alguém de berço, e meu lugar, *nosso* lugar, estará seguro mesmo que o rei se esqueça de sua dívida comigo.

Mina tentou afastar o braço dele e se livrar de seu aperto brusco, mas, mesmo em seu estado enfraquecido, o pai era mais forte que ela. Ele esperou sua desistência antes de soltá-la.

– Se você *precisa* de mim – disse ela, esfregando o queixo –, deveria tentar ser mais persuasivo. Eu não devo nada a você.

O rosto dele se contorceu de raiva, mas então ele riu.

– Você não me deve nada? Não, Mina, você me deve *tudo*. Você me deve sua vida. E não apenas porque sou seu pai.

Mina queria virar o rosto, mas não havia nenhum lugar seguro para onde olhar. O aposento todo estava cheio dele.

– Certo – disse ela. – Explique por que eu devo algo a você, exatamente. Se for convincente o bastante, talvez eu mude de ideia.

Ele assentiu, usando o sorriso arrogante de um homem que sabia estar prestes a vencer.

– Tudo bem, se quer fazer esse jogo.

Gregory a agarrou pelo pulso, e Mina, se ressentindo da sensação daqueles dedos cravados em sua pele, mas sabendo por experiência própria que não conseguiria se livrar dele, permitiu que o pai a arrastasse até a mesa. Ele tirou um saquinho do bolso e derramou seu conteúdo, um punhado de areia, sobre a mesa.

– Observe com cuidado – disse ele, remexendo a areia.

Para a surpresa de Mina, a areia começou a se *mexer*, a se movimentar mesmo sem o toque dele, e então não era mais areia, mas um pequeno camundongo cinza, que quicava de um lado para outro no interior de suas mãos em concha. Ela levou um susto e repreendeu a si mesma quando o ouviu rir. Ela tinha escutado os mesmos rumores que o rei, de que o mago Gregory tinha o poder de criar vida, mas nunca tinha visto o pai demonstrar seu poder de outro mundo. Ele fazia o papel do mago para os aldeões com suas poções, mas mantinha a magia verdadeira em seu laboratório, apenas para si mesmo.

Gregory estava fazendo uma careta, a mandíbula tensa como se estivesse sentindo dor, mas em seguida, ele se recuperou.

– É alquimia em sua forma mais pura – disse ele. – Transformar uma coisa em outra sem intermediário. Nasci com o poder de pegar qualquer substância inanimada e transformá-la em algo orgânico... Mas só até certo ponto. Esse camundongo não é um camundongo de verdade. Ele ainda é, em essência, areia. Ele não vai crescer, nem envelhecer, nem morrer. Não está nem de fato vivo. – Para provar o que dizia, ele cerrou os punhos, e o pequeno camundongo que guinchava se desintegrou de repente, mais uma vez uma pilha de areia.

Mina quase engasgou outra vez, mas, embora estivesse boquiaberta, não fez nenhum som. Seus olhos viam uma pilha de areia, mas sua mente a transformava em uma pilha de ossos e carne. Era ao mesmo tempo túmulo e cadáver em uma coisa só.

Com um gesto descuidado, Gregory jogou a areia outra vez no saquinho.

— É como uma boneca mecânica, entende? Se der corda, ela se assemelha à vida, mas é apenas uma semelhança. Para transformá-lo em um camundongo de verdade, eu precisaria acrescentar meu sangue, a fonte de minha magia. — Um tom de enfado penetrou em sua voz. — Levei muitos anos e muitas tentativas para descobrir isso.

— Qual o sentido disso tudo? — Mina perguntou bruscamente, a garganta seca. Ela não parava de pensar nas estantes à sua volta, nas criações disformes em seus potes.

— Ah, sim. Isso era apenas um prólogo para a história que quero lhe contar. Quando era criança, não mais de quatro anos de idade, você teve uma doença mortal. Sua mãe chorou, pois não havia ninguém que pudesse ajudá-la. Seu coração estava com problemas, provavelmente desde o nascimento, e tudo o que podíamos fazer era esperar que ele parasse por completo. E, um dia, ele parou. Sua mãe ficou louca, quase furiosa em sua tristeza, e eu odiei vê-la naquele estado.

Mina não conseguiu evitar levantar uma sobrancelha diante disso, especialmente quando os lábios de Gregory se curvaram de leve diante da menção à sua mãe. Gregory fez uma pausa, lançou um olhar fixo e frio para ela, e Mina não conseguiu evitar recuar um passo e se afastar dele.

— Sei o que você está pensando, mas no passado, eu *amei* sua mãe. Eu queria que ela fosse feliz. Por isso trouxe você aqui, para esta sala.

Eu a deitei aqui, sobre esta mesa. E então eu abri seu peito, removi seu coração inútil e o substituí por um novo, feito de vidro.

Mina quase riu dele. Será que estava tentando assustá-la? Verdade, ela tinha tido uma doença na infância, Hana tinha lhe contado isso, mas essa era a primeira vez que ela ouvia falar de corações de vidro. A garota não fez esforço para ocultar o ceticismo, mas Gregory não se deteve. Ele pôs uma das mãos sobre o peito da filha e disse:

– Você não tem uma cicatriz bem aqui? Nunca se perguntou por que não tem pulsação?

Dessa vez, Mina riu.

– Posso ter uma cicatriz, mas também tenho pulsação. Do contrário, eu não estaria viva.

– Você já a ouviu? Sentiu?

– É claro que não. É baixa demais para que eu escute.

– Me dê sua mão – disse ele, agarrando a mão da menina antes que ela pudesse oferecê-la, e a levou ao próprio peito.

Mina começou a tirar a mão no mesmo instante, mas parou quando sentiu algo peculiar sob sua palma: batidas suaves e ritmadas. Ela se afastou, chocada.

– O que é isso? Qual o seu problema?

– Não sou eu, querida. Ponha a mão sobre o peito, o pulso ou o pescoço de qualquer pessoa e vai sentir a mesma pulsação constante.

Mina levou a mão ao próprio peito, esperando algo que ela nunca tinha sentido antes.

– Não se dê ao trabalho. Você não vai encontrá-lo, porque não o tem. Lembra-se do que lhe contei sobre meu sangue? Quando você estava doente, eu ainda não sabia como criar algo mais genuíno do que aquele rato de areia.

Mina sentiu um nó na garganta e teve de se forçar a fazer a pergunta:

— Você está dizendo que eu sou simplesmente igual...

— Ah, não, não — respondeu Gregory, franzindo o cenho como se ela tivesse dito algo completamente ridículo. — *Você* está viva, Mina, e vai crescer, viver e morrer como qualquer ser vivente. É só seu coração que é artificial. Eu ordenei a seu novo coração que a mantivesse viva porque o criei sem meu sangue. Ele ainda é, em essência, vidro, por isso lhe faltam as nuances de um coração de verdade, como batimentos cardíacos. Foi o melhor que consegui fazer.

Mina tentou se lembrar de uma época em que seu coração pudesse ter saltado, batido ou palpitado — *qualquer coisa* para anunciar sua presença –, mas sempre houve apenas silêncio. Ela pensou de novo naquele camundongo se dissolvendo em areia.

— Eu não... não acredito em você.

— Você precisa de mais provas? Eu esperava que sim. Vire-se.

Ela sabia. Ela sabia quando virou para a mesa no fundo da sala o que ele queria lhe mostrar. Ela entendeu o que era aquele pedaço de carne murcho e apodrecido dentro do pote, e teve de se segurar para não vomitar.

— Esse é seu coração, Mina — disse Gregory bem atrás dela. — Você não está grata por essa coisa podre não ser mais parte de você? Você não acha que me deve alguma coisa, afinal de contas?

| 35 |

3

MINA

Mina olhou fixamente para o coração – seu coração – e tentou não gritar.

– Por que você não conseguiu salvar minha mãe se conseguiu me salvar? – ela perguntou ao pai. Ela ainda podia pegá-lo em uma mentira, se mantivesse a calma.

A voz de Gregory ficou dura.

– Sua mãe nunca ficou doente. Ela ficou horrorizada quando soube o que eu tinha feito para salvar sua vida. A ideia lhe era repulsiva. Ela estava infeliz fazia muito tempo, mas só depois que eu substituí seu coração, resolveu fazer alguma coisa em relação a isso. Ela quis me punir pelo que fiz. E punir você pelo que tinha se tornado. – Ele girou Mina bruscamente pelos ombros, colocando-a de frente para ele. – Entende o que estou dizendo, Mina? Sua mãe... sua mãe se matou.

– Você está mentindo – Mina disparou imediatamente. – Ela morreu porque ficou doente. Hana me contou.

– Porque foi isso o que eu mandei Hana lhe contar. – As palavras soaram amargas em sua língua. – Sua mãe escolheu a morte a mim, a você, porque era fraca. Ela podia me aguentar, mas quando sentiu um vazio em sua filha, foi demais para ela suportar. Seu coração era feito para sobreviver, não para amar, e sua mãe era egoísta: era incapaz de amar alguém que nunca poderia retribuir seu amor.

– Eu... eu posso amar – disse Mina. Ela tentou pensar em uma maneira de reagir, provar que ele estava errado. Mas ela não amava o pai e, mesmo que fingisse amar, ele nunca acreditaria nisso.

Hana? Hana era familiar, mas nunca houve muito afeto entre elas. Qual era a sensação do amor? Como poderia saber se ela já tinha sentido aquilo antes? *Eu amava minha mãe*, ela quis dizer, mas então a acusação de Hana voltou a ela: *É como se você não se importasse com ela.* Mina tinha negado, mas agora não tinha certeza. Ela amava a memória da mãe, a ideia de ter uma mãe, mas a mulher em si era um mistério para ela, assim como tudo o que tinha acontecido antes que seu pai lhe desse um coração de vidro. Ela sempre se perguntou por que tinha tanta dificuldade para se lembrar de sua primeira infância, mas agora entendia: sua antiga vida tinha terminado no dia em que seu coração parou, e um novo começou a funcionar.

De repente, ela se sentiu muito exaurida, muito vazia. Pela primeira vez, percebeu o silêncio em seu corpo, a falta daquelas batidas constantes em seu peito. *Você não liga para nada, só para si mesma.* Ela não conseguia nem se lembrar se alguma vez tinha derramado uma única lágrima.

Gregory parou na frente dela, bloqueando sua visão do coração no pote. Seu rosto estava magro e solene.

— Não adianta discutir comigo por isso, Mina. Eu entendo como você funciona melhor que você mesma. Você pode sentir raiva, ódio, desespero e esperança, assim como qualquer outra pessoa, mas amor é algo mais complicado. Amor exige um coração de verdade, coisa que você não tem, por isso não pode amar. E você nunca vai ser amada, exceto... — O pai se aproximou dela e passou as costas da mão em seu rosto. — Você tem beleza, e a beleza é mais poderosa que o amor. As pessoas não conseguem evitar: elas são ávidas por beleza. Podem ignorar qualquer coisa, até um coração de vidro, por ela. Se a amarem por alguma coisa, vai ser por sua beleza. Mas não há nada para nenhum de nós aqui. Venha para a corte comigo, e você vai ser a mulher mais bonita, ali, a mais invejada, a mais desejada.

Ele parou para ver se suas palavras estavam surtindo algum efeito nela, mas o rosto de Mina estava tão imóvel quanto seu coração.

— Então? Você concorda? Estará pronta para partir para Primavera Branca amanhã?

Gregory estendeu a mão na direção dela em um gesto de reconciliação, e, embora ela se odiasse por isso, pôs a mão sobre a dele.

O que mais ela tinha?

Mina deixou o espelho da mãe sobre o capim ao lado do riacho. Ela queria guardá-lo de novo, mas pensar em entrar no quarto da mãe era doloroso demais agora. Ela lamentava deixar para trás seus lugares favoritos — o riacho oculto onde era sempre fresco, o carvalho gigante no qual uma vez tentara (sem sucesso) subir quando criança, as ruínas da igreja velha com o teto desmoronado. Eram todos locais solitários, é claro — nenhum dos aldeões sentiria falta dela nem de seu pai quando partissem.

Ela se lembrou da primeira vez em que teve coragem suficiente para se aproximar de um grupo de crianças brincando perto do riacho, balançando os pés na água. Tinha apenas sete ou oito anos, e sua solidão finalmente superou a timidez. Mina já tinha começado a perceber o modo como os pais puxavam os filhos para mais perto sempre que Hana a levava no mercado, mas nunca tinha entendido por quê. Até onde sabia, era por causa de Hana, não por causa dela.

Mas ela estava sozinha quando tentou se juntar às crianças no riacho, por isso quando metade do grupo pulou da água e saiu correndo, e a outra metade zombou dela e chamou a ela e ao pai de nomes cruéis, Mina finalmente entendeu: *Eles me odeiam.*

E decidiu nesse momento que ela os odiava também.

Mas hoje não havia ninguém no riacho, por isso Mina estava livre para se sentar às suas margens para uma despedida final. Ela se recusava a odiar esse lugar por causa de apenas uma memória ruim às suas margens. Havia muito a apreciar, ali – as gotas de luz do sol caindo por entre as folhas no alto, o som da água corrente passando, o cheiro de capim. Mina até amava os grandes blocos de pedra que enchiam o riacho, restos de uma ponte que tinha desabado anos atrás. Ela tinha ido ali para se animar, mas para onde quer que olhasse, encontrava outra coisa que estava deixando para trás.

Seu reflexo a olhou do espelho, e nem isso oferecia mais nenhum conforto. De ver o retrato de Dorothea pendurado em seu quarto, Mina sabia que as duas tinham uma forte semelhança. Ela devia a vida ao pai, mas devia a beleza à mãe.

Não, não devo nada a você. Você me deixou com ele.

Seu pai tinha chamado Dorothea de fraca. Mina não considerou a mãe fraca; ela a considerou egoísta.

E eu? O que eu sou? Ela olhou para o espelho à procura de uma resposta. Seu rosto estava pálido; os olhos, sem brilho. Mesmo assim, era bonita. E mais: o espelho não dava indicação do que havia sob a superfície. Com sua beleza como distração, ninguém jamais saberia que ela era, no fundo, vazia. Ela tocou o rosto, a ponte do nariz, a depressão acima do lábio superior, e ficou alarmada com a maciez de sua pele, sua impermanência, como o coração em seu pote. Sua beleza era apenas uma casca, e uma casca estava sempre sob risco de se romper.

A superfície do espelho da mãe parecia zombar dela, sua imagem imaculada demais, suave demais para o modo como se sentia por dentro. *Devia estar rachado*, pensou. Talvez assim seu reflexo pudesse absorver o que estava quebrado, e Mina pudesse ficar inteira. Seus dedos se fecharam em um punho...

Mas antes que sequer tocasse o vidro, o espelho rachou sozinho.

Ela olhou em choque para o objeto, tentando entender. Seu peito estava doendo, e ela se sentiu muito cansada de repente, mas ignorou essa sensação. *Mostre-me. Mostre-me o que você fez.*

Ele pareceu se dissolver em líquido antes de se refazer por inteiro. Mina acariciou a face ilesa do espelho com os dedos enquanto a dor em seu peito desaparecia.

Ele está me ouvindo.

O espelho estava respondendo a ela, ao vidro em seu coração. Seu pai não tinha lhe contado sobre esse efeito colateral; será que sequer sabia disso? Será que ainda havia algo nela que o pai não entendesse? Gregory lhe dera parte da própria magia quando moldara seu coração, e Mina estava quase certa de que ele não sabia disso.

E o que era aquela dor em seu peito? Será que a magia tinha feito isso? Ela começou a entrar em pânico ao pensar na aparência envelhecida do pai, mas se lembrou que a dor e o cansaço tinham desaparecido. Talvez comandar o vidro do espelho tivesse drenado algo dela, mas, pelo menos, o efeito não foi permanente. Com uma animação crescente, Mina murmurou para o espelho:

– Seja um camundongo.

Essa última ordem a exauriu ainda mais enquanto o vidro do espelho se mexia outra vez e se derramava da moldura no chão. E então, o vidro se transformou em um pequeno camundongo marrom remexendo os bigodes, e Mina ouviu uma série de ruídos de surpresa.

Ela sussurrou uma ordem silenciosa para que o camundongo se transformasse em vidro outra vez, e ele se cristalizou no momento em que ela levantou os olhos e viu um grupo de quatro garotas de sua idade reunidas perto das árvores. Ela reconheceu os rostos, mas não sabia seus nomes nem quem eram. Estavam todas olhando fixamente para ela horrorizadas, algumas movendo os lábios em uma prece silenciosa.

Mina se levantou cambaleante, na esperança de distrair e afastar seus olhares do camundongo que pouco tempo antes tinha sido um espelho, mas várias delas estavam apontando.

– Você é igual a ele! – gritou uma garota alta. – Minha mãe sempre disse que você era.

– Não, vocês não entendem... – Mina deu um passo hesitante na direção delas, mas as garotas deram juntas um passo para trás.

– Não se aproxime mais! – disse a que estava na frente. Ela se abaixou, pegou um pedaço de madeira comprido e retorcido no chão e o segurou diante do corpo como uma espada. – Nós não queremos nada com nenhum de vocês dois!

– Eu não sou como ele! – Mina gritou. Mas elas não tinham acabado de ter uma prova de que era?

Ela deu mais um passo para a frente, e a garota jogou o pedaço de pau, em pânico. Ele passou raspando pelo braço de Mina, deixando um arranhão superficial antes de cair a seus pés.

Ninguém vai me amar mesmo, então qual a razão de me fazer de boazinha?

Mina podia machucá-las se quisesse, assim como as garotas a haviam machucado. Podia usar o vidro do espelho para assustá-las. Todos aqueles olhares de esguelha, todos aqueles sussurros de escárnio – por que lutar contra seu desprezo quando seria muito mais fácil coquistá-lo? Pelo menos agora seria por ela, não apenas por seu pai.

– Vocês deviam tomar cuidado com o jeito como falam comigo – gritou Mina para o grupo. – Especialmente quando não sabem do que sou capaz.

As garotas observaram com olhos cada vez mais arregalados quando o camundongo se transformou em vidro líquido, que subiu em um redemoinho até a mão de Mina e circundou seu braço como uma cobra. Mina se perguntou se devia transformá-lo em uma cobra de verdade e jogá-la na direção do grupo como elas tinham jogado o pedaço de madeira nela...

Mas então Hana surgiu de repente pelas árvores como um touro raivoso, e as garotas se espalharam e saíram correndo.

Mina logo abriu mão de seu poder sobre o vidro, deixando que ele caísse de volta no chão em cacos, e rezando para Hana estar distraída demais com as garotas assustadas para perceber.

– O que você está fazendo se metendo com os aldeões? – Hana perguntou, pegando Mina pelo pulso. – Você sabe que é melhor simplesmente ignorá-los. E pare de sair andando por aí sem me dizer aonde vai. Você sabe que é minha responsabilidade.

– Eu agora vou mesmo para casa, então você não precisava ter se dado ao trabalho de vir atrás de mim – Mina respondeu, se ajoelhando de modo que suas costas escondessem o vidro e a moldura do espelho dos olhos de Hana. Em um sussurro baixo, ela ordenou que o espelho consertasse a si mesmo, e o vidro rastejou de volta a sua casa na moldura, onde se solidificou. Ela o pegou e foi se juntar à Hana na beira das árvores.

Hana não parou de reclamar no caminho de casa, e Mina ficou com medo de ter cometido um erro terrível. E se aquelas garotas contassem a todo mundo o que tinham visto, e a notícia acabasse chegando até seu pai? Pela primeira vez, ela ficou grata por estarem de partida tão cedo – talvez os rumores dos poderes de Mina não tivessem tempo de alcançá-lo. Ela estava quase certa de que Hana não tinha visto nada, ou já teria mencionado alguma coisa a essa altura, mas, mesmo assim, Mina teria de tomar mais cuidado. Se Gregory descobrisse seu poder, sem dúvida o usaria de algum modo em proveito próprio, e Mina não achava que poderia suportar isso. Ela precisava ter algo para si mesma, algo que o pai não pudesse tirar dela.

Gregory estava parado em frente à casa quando as duas se aproximaram, parecendo ainda mais abatido à luz do dia.

– Aí está você! – gritou ele. – Eu estava à sua procura.

Mina caminhou na direção do pai, se preparando, mas Gregory passou por ela e foi até Hana, dando a volta nela com o cenho franzido e uma expressão pensativa.

– Você tem... o quê? Dezesseis, dezessete, agora?

Mina levou um momento para entender que, dessa vez, o pai estava falando com ela.

– Dezesseis.

– Está velha demais para ainda ter uma babá, você não acha?

Ela olhou para Hana, que pareceu não esboçar reação à pergunta.

– Sim – disse Mina. – Acho isso há algum tempo.

Gregory assentiu.

– Eu concordo. E queremos viajar com o menor peso possível.

Hanna continuou sem reação, embora Mina tivesse certeza de que ela estava prestes a ser dispensada. Talvez Hana não se importasse. Talvez ficasse grata por se afastar deles dois.

Gregory parou diante de Hana e pôs a mão sobre sua cabeça.

– Então diga adeus a sua babá, Mina. – Antes que Mina pudesse sequer perguntar o que ele estava fazendo, o corpo de Hanna ficou duro como madeira e caiu ruidosamente no chão como uma pilha de galhos e gravetos.

É claro, pensou Mina. A única criada disposta a servir à esposa e à filha solitárias de um mago tinha sido uma feita por Gregory. Ela devia ter imaginado.

Gregory voltou para dentro da casa, deixando Mina sozinha com os restos da babá. Ela encarou a pilha fixamente, com os olhos arregalados, e estremeceu apesar da luz do sol. Em um momento Hana estava ali, real e humana, e agora não passava de combustível para o fogo. Mina ficou esperando a chegada das lágrimas – ela podia não gostar de Hana, mas nunca desejara sua *morte*. Mas as lágrimas não vieram, e a falta de emoção a fez se sentir...

Sem coração.

Mas essa sou, pensou ela. *É quem eu sempre serei.*

Mina passou por cima da pilha e entrou em casa atrás de seu pai.

4

LYNET

Agachada na neve, Lynet olhava para o interior da janela pequena e sombria da sala de trabalho da cirurgiã no porão. Durante as últimas várias semanas, ela tinha adquirido o hábito de seguir a nova cirurgiã, em vez de frequentar suas aulas, mas achava que a troca valia a pena. Afinal de contas, as aulas teriam lhe ensinado que o nome da cirurgiã era Nadia, ou que tinha apenas dezessete anos?

Lynet observava enquanto Nadia lia e fazia esboços em seu diário, parando apenas para puxar para trás os fios de cabelo negro que não paravam de cair sobre seus olhos. Ela pousou o queixo em uma das mãos, e os dedos viravam as páginas com algo como reverência. Às vezes, o esboço de um sorriso passava por seu rosto enquanto ela fazia uma anotação. Lynet amava esses momentos de calma mais do que tudo, quando a cirurgiã, concentrada e séria, relaxava apenas um pouco para que ela visse a pessoa por baixo. Era durante esses momentos que Lynet desejava poder observar Nadia de dentro da sala, e não de fora da janela, poder falar com ela e conhecer seus pensamentos assim como suas ações.

Mas era tarde demais para isso, agora; Lynet tinha estragado tudo por segui-la por tanto tempo. Como Lynet poderia falar com ela e fingir não saber quem ela era ou como passava os dias? Por que Nadia concordaria em falar com ela quando soubesse como Lynet a assombrara como um fantasma?

Uma agitação repentina assustou Lynet quando dois homens entraram de repente na sala, um deles apoiando o outro, segurando-o porque seu pé estava esmagado e ensanguentado. O estômago de Lynet se embrulhou. Ela reconheceu o homem ferido como um criado de cozinha e começou a virar o rosto para a imagem horrenda, mas então... então Nadia reagiu, e Lynet não conseguiu afastar os olhos.

Nadia arregaçou as mangas da túnica, revelando antebraços magros, mas fortes, e se ajoelhou para examinar o pé. Ela se movia com rapidez e precisão pela sala, pegando um bloco de madeira e, para o horror de Lynet, uma serra.

Lynet soube o que ia acontecer em seguida quando Nadia colocou o pé ferido do criado sobre o bloco. O sangue, o branco do osso, a expressão de angústia no rosto do pobre homem enquanto mordia um pedaço de pano para não gritar – Lynet tentou bloqueá-los de sua visão. Mas não conseguia parar de observar Nadia durante todo o procedimento, sua expressão séria de concentração, a única fonte de estabilidade durante uma cena tão terrível.

Só uma vez, quando a amputação estava completa, e Nadia estava enrolando o coto com ataduras, Lynet viu a cirurgiã revelar algum sinal de agitação. Nadia soltou um único suspiro de alívio e fechou os olhos por um instante, mas só quando sua cabeça estava baixa, o rosto escondido dos criados – mas não dela.

Lynet decidiu que aquilo era o máximo que podia aguentar pela manhã, então escalou a parede do castelo até a janela de seu quarto, considerando-se uma covarde. Lá estava ela, incapaz de falar com uma garota quando essa garota enfrentava com regularidade horrores sem nem sequer pestanejar. Ela decidiu que iria pelo menos dar uma olhada naquele criado da cozinha mais tarde, para se assegurar de que ele não perdesse o cargo por causa do ferimento.

Entrou pela janela, jogou duas pernas pela borda e quase deu um grito quando viu o pai sentado em sua cadeira lhe esperando.

– Lynet, já falamos sobre isso – disse ele.

Por mais sério e proibitivo que tentasse parecer, seu pai sempre se saía triste em vez de raivoso – talvez fosse o modo como sua voz soava como um suspiro, as olheiras escuras sob seus olhos fundos, ou a forma como seu cabelo e sua barba sempre pareciam um pouco mais grisalhos quando ela o via, como se estivesse lentamente sendo drenado de toda sua cor. Lynet teria preferido que o pai a repreendesse de modo que ela pudesse reagir com indignação, mas não sabia como lidar com o quê de decepção em sua voz além de se desculpar.

– Desculpe, papai. Eu só estava...

– Só faltando às suas aulas matinais? Só entrando pela janela apesar dos muitos avisos de seu pai?

– Desculpe – ela repetiu, dessa vez com mais delicadeza.

Ele parecia querer dizer outra coisa, mas então balançou a cabeça, ficou de pé e estendeu a mão para a filha.

– Vamos conversar sobre isso depois. Hoje, de todos os dias, precisamos estar em paz um com o outro.

Lynet franziu a testa.

– O que tem hoje?

Ele baixou a mão e ergueu as sobrancelhas, surpreso.

– Faltam duas semanas para seu aniversário. É hora de sua visita anual. Você esqueceu?

– Ah, isso... isso mesmo – disse Lynet. Ela andava tão distraída seguindo Nadia que *tinha* esquecido que esse dia estava chegando, ou talvez não quisesse lembrar. Ela sentiu um leve formigamento subir e descer pelo braço, mas forçou um sorriso e disse:

– Vamos agora?

Ele assentiu, saiu do quarto e foi seguido pela filha. Lynet deixou o pai andar na frente, caminhando um pouco atrás, de modo que ele não percebesse sua respiração profunda para acalmar os nervos. Normalmente ela teria se preparado, mas esse ano tinha esquecido, e por isso o medo a tomou de uma vez, em uma onda de náusea.

Os dois passaram por outros membros da corte a caminho do pátio e deram a volta até o jardim, todos curvando a cabeça em uma saudação solene. Lynet podia ver em seus rostos o momento em que lembraram que dia era, e onde o rei e a princesa estavam indo – uma inspiração leve, um sorriso rapidamente transformado em uma expressão fechada e sombria. Era um dia fúnebre.

Era apropriado, então, que eles tivessem de passar pelo Jardim das Sombras. Em geral, Lynet gostava do jardim, especialmente visto de cima, de onde os galhos nus das árvores se destacavam contra a neve como rastros de tinta derramada sobre papel. Hoje, porém, ela só conseguia pensar na rainha Sybil e na história por trás de todas aquelas árvores mortas.

Séculos atrás, antes que Primavera Branca tivesse ganhado seu nome, o Jardim das Sombras se chamava Jardim da Rainha, porque pertencia à rainha Sybil. Mas, quando o único filho dela foi jogado de seu cavalo para a morte, a rainha se enforcou em uma das árvores no jardim. No instante de sua morte, os ventos mudaram, e a neve começou a cair na metade norte do reino, embora fosse primavera. O castelo congelou, a passagem do tempo se borrou em um longo inverno, e esse jardim conservou seu novo estado sinistro: um bosque de árvores mortas, um jardim de sombras. O Jardim da Rainha se tornou o Jardim das Sombras, o castelo foi rebatizado de Primavera Branca, e o inverno permanente ficou conhecido como a "maldição de Sybil".

Depois do jardim, na base da Torre Norte, nos fundos do castelo, havia uma portinha pouco abaixo do nível do solo, com um lance curto de escada que atravessava a neve. Quando os dois chegaram a essa porta, Nicholas ficou paralisado, os olhos fixos na maçaneta. Lynet colocou a mão delicadamente em seu braço.

— Não precisamos ir este ano, se você não quiser — disse ela, tentando não parecer ávida demais.

Ele pousou a mão sobre a dela por um momento, talvez extraindo força disso.

— Não — ele respondeu. — Eu não a privaria disso. É o único momento que temos com ela. — E, sem mais nenhuma hesitação, Nicholas abriu a porta para a cripta real, onde a mãe de Lynet esperava.

Nicholas acendeu o lampião pendurado junto à porta e o levantou, oferecendo a outra mão para a filha. A escada que descia para a cripta era irregular e em caracol. Lynet costumava ter problemas com ela, especialmente quando era pequena, por isso pegou agradecida a mão do pai e se deixou conduzir na descida.

O pai apertou sua mão delicadamente enquanto os dois submergiam no ar bolorento da cripta, e Lynet conseguiu dar um leve sorriso em resposta. Essas visitas significavam muito para ele; ela não queria que Nicholas soubesse que ela sempre temia esse dia. Os dois sempre honravam a morte da mãe dela pouco antes do aniversário de Lynet. Quando era mais nova, Lynet não pensava muito nisso, mas agora entendia que essa era a maneira como o pai separava a morte da mãe de seu aniversário. O pai queria poupá-la da culpa de ser a causa de sua morte. Ela era grata por isso.

Lynet manteve os olhos baixos enquanto os dois passavam por paredes sombrias. Ela não queria ver as colunas de pedra maciças, porque lembrava que apenas aqueles pilares impediam o desmoronamento da cripta sob a pressão da terra lá em cima. Não queria olhar para o alto, para as paredes, porque ao longo de todas havia nichos compridos e estreitos, cada um abrigando um caixão. Os corpos de todos os seus ancestrais estavam ali, e um dia ela se juntaria aos demais.

Mas ela precisou olhar para cima, quando os dois chegaram à Caverna dos Ossos.

Depois das árvores mortas no Jardim das Sombras, havia uma estátua da rainha Sybil em pé junto ao lago. As mãos de pedra cobriam o rosto enquanto ela chorava eternamente, sua tristeza forte o suficiente para banir a primavera do norte. Ali na cripta, na caverna dos ossos, havia uma estátua diferente.

Lynet se forçou a olhar para os ossos de Sybil, dispostos em seu ataúde. Por toda a volta, havia os restos de outros esqueletos, mártires que morreram de joelhos quando foram rezar para Sybil e lhe pedir para acabar com a maldição que levava seu nome. Desde então, quando se passava pela caverna, o costume era parar, se ajoelhar e oferecer uma oração para Sybil na esperança de que um dia a maldição terminasse.

Nicholas se ajoelhou, e Lynet o imitou, fechando os olhos para bloquear a visão da morte. Ela rezou, como lhe foi ensinado, pelo fim da maldição, pela sobrevivência do Norte, por uma trégua no frio.

Quando terminaram suas orações e finalmente chegaram ao nicho que abrigava o ataúde de sua mãe, Lynet estava tão tensa que quase soltou um gemido de medo. Seu pai ainda apertava sua mão, e ela de repente se convenceu de que ele a levaria direto para o caixão para tomar o lugar da mãe.

– Papai, eu...

Nicholas sacudiu a cabeça.

– Você não precisa dizer nada, Lynet, meu passarinho. – Ele soltou a mão da filha para envolvê-la com o braço e abraçá-la forte. – Olhe – disse o rei. – Olhe para ela.

Eram apenas palavras, mas Lynet sentiu como se ele estivesse segurando suas pálpebras abertas, forçando-a a olhar para aquela caixa de madeira lisa.

– Todo ano – Nicholas continuou – quando vamos vê-la, sempre sinto a dor de sua morte de novo. Penso nela deitada nesse caixão com os olhos fechados para sempre, suas mãos macias juntas sobre o peito. Posso imaginá-la tão vividamente quanto a mulher que ela foi.

Lynet conseguia imaginá-la também: um cadáver deitado, de olhos fechados e mãos entrelaçadas, mas o cadáver tinha seu próprio rosto. Graças à forte semelhança que tinha com a mãe, Lynet sabia que, se abrisse o caixão, agora, veria algo como ela mesma – seu próprio corpo, seu próprio rosto – depois de quase dezesseis anos de decomposição. Talvez a vida fosse a única coisa que separasse Lynet da mãe, os limites entre as duas tão indistintos quanto uma respiração, o som baixo da respiração de Lynet, o subir e descer de seu peito – sem isso, ela seria indistinguível da mulher na caixa. Ela manteve os olhos bem abertos, com medo de que, se os fechasse, veria o interior do caixão por trás de suas pálpebras.

Nicholas virou para a filha, estudando seu rosto.

– Você fica mais parecida com ela a cada ano.

– Eu não sou ela – disse Lynet, quase num sussurro.

Seu pai deu um sorriso carinhoso, confundindo seu terror com o medo de inadequação.

– Você vai ser. Mais alguns anos, e você vai incorporar tudo o que ela foi.

Tudo o que Lynet queria era correr para fora dali e subir na árvore mais alta, o mais longe possível daquele lugar, para ter mais certeza do que nunca de que estava viva – de que era ela mesma. Mas o braço do pai a mantinha segura ao seu lado, e quando os dois terminaram de prestar suas homenagens, Nicholas a conduziu para fora da cripta. Lynet o seguiu atônita, piscando para se livrar da imagem do caixão.

Ele a abraçou mais forte e lhe deu um beijo no alto da cabeça.

– Sou tão grato por você, Lynet, meu passarinho. Neste dia, especialmente, eu vejo como tenho sorte.

Culpa e orgulho se misturaram em igual medida no peito dela – orgulho porque tinha deixado o pai feliz por um breve momento, e culpa porque sabia que iria desapontá-lo outra vez. Ela nunca poderia ser a mãe, nem se quisesse.

Foi só quando voltaram para o ar fresco que Lynet começou a sair de seu estupor e sentiu o sangue fluir outra vez. Ela podia ver o contorno das árvores mortas no jardim e ouvir o barulho distante do lago, todas as imagens e todos os sons mais vivos e nítidos depois da penumbra sombria da cripta.

A voz de seu pai pareceu mais alta também ao dizer:

– Agora preciso me reunir com meu conselho, Lynet. Você vai ficar bem sozinha? Ou por acaso gostaria de vir comigo? Seria bom para você ver uma reunião do conselho.

Mina tinha lhe contado sobre todas essas reuniões do conselho – um grupo de homens e mulheres velhos fofocando ou discutindo quanto dinheiro gastar, enquanto o rei esperava que tomassem uma decisão, e como normalmente decidiam não fazer absolutamente nada.

– Não, obrigada – disse ela. – Eu gostaria de fazer uma caminhada. Embora... eu não me importasse em ir em sua próxima expedição de caça.

O pai sorriu para ela, divertido.

– Aproveite a caminhada, então. Mas não se atrase para suas aulas – Nicholas respondeu antes de voltar para o pátio.

Quando ele foi embora, Lynet praticamente se jogou contra a parede mais próxima e começou a escalar. Ela nem tinha aonde ir, mas precisava subir, para longe da cripta, para longe dos ossos e do fedor de morte. E encontrou uma pedra aparente para apoiar o pé e um beiral para escalar o alto do teto baixo e abobadado. Ela subiu pelo arco e começou a descer na direção do pátio central. E quase escorregou ao fazer isso, e saboreou a forma como seu coração se acelerou em resposta – era uma prova de que estava viva e que não era a rainha morta em seu caixão. Como alguém podia confundi-la com a falecida rainha quando estava subindo as paredes de um castelo? Será que alguém tão delicado seria capaz de subir até aquelas alturas? Será que alguém tão delicado arriscaria a própria segurança desse jeito?

Lynet estava olhando para o pátio, mas sentia como se estivesse fugindo de algo e que, se parasse, seria alcançada. Era uma sensação inquieta, uma coceira que fazia sua pele parecer não se encaixar corretamente sobre os ossos. Ela achava que podia saltar de dentro de si mesma e se tornar uma pessoa nova, e então ficaria em paz.

Saltar. A ideia a atraiu, fez seu coração bater mais rápido. O zimbro estava a cerca de um metro e meio da borda do telhado, com seus galhos convidativos. *Eu consigo dar esse salto*, ela disse a si mesma. Era uma distância maior do que já tinha saltado antes, e havia uma voz em sua cabeça lhe dizendo que estava fazendo algo perigosamente sem sentido, mas todos os músculos em seu corpo ansiavam por dar esse salto, para liberar qualquer energia estranha que estivesse se acumulando dentro dela. Seus músculos ficaram tensos para se preparar, e ela saboreou a sensação de medo e euforia que a tomou.

Lynet mirou o galho de zimbro mais próximo, com suas folhas cobertas de neve. Ela se abaixou, respirou fundo e pulou.

Uma de suas mãos encontrou o galho – e o perdeu de novo, sua pele raspando dolorosamente contra a casca áspera enquanto ela caía. Lynet mal teve tempo de absorver o ocorrido antes que suas costas atingissem o chão, a queda felizmente amortecida por muitos centímetros de neve.

Eu sabia que não ia conseguir dar esse salto.

Ela ficou ali deitada por um instante de olhos fechados e, embora tivesse errado a árvore, ainda assim sentiu uma espécie de paz tomar conta. Aquela sensação de algo se movendo sob sua pele tinha desaparecido, substituída por uma dor aguda na palma da mão esquerda. Ela respirou fundo várias vezes enquanto seu pulso começava a desacelerar.

Então ouviu uma voz satisfeita vinda do alto.

– O que é isso? Um pássaro caiu de seu poleiro?

– Eu não sou um pássaro – Lynet retrucou imediatamente. Ela abriu os olhos, em seguida inspirou com força ao olhar para um rosto que tinha se tornado familiar para ela.

A garota do pátio. A cirurgiã que estava seguindo. Nadia.

Lynet parecia-lhe familiar, também, porque Nadia estava com os olhos arregalados.

– Não, não um pássaro, uma princesa – disse ela. – Peço desculpas, milady. Eu não a havia reconhecido.

Lynet se levantou às pressas e tentou limpar a neve de sua saia, na esperança também de limpar a indignidade de ter sido flagrada caindo de uma árvore. Mas o galho de zimbro tinha arranhado uma camada de pele da palma da mão esquerda, origem da dor sentida antes, e ela se contraiu quando a mão tocou o tecido rústico.

– Se machucou, milady? – disse Nadia, tomando a mão dela. Enquanto examinava sua palma, Lynet aproveitou a oportunidade para observar Nadia de perto. Depois de semanas espiando pelas janelas e correndo atrás dela pelos telhados, a mente de Lynet estava em parafuso com novos detalhes. O cabelo de Nadia não era preto, como ela tinha achado antes, mas de um castanho escuro e profundo. Suas pálpebras pesadas eram margeadas por cílios longos. E seus olhos, seus olhos olhavam fixamente para Lynet também.

– Não foi nada – disse Lynet, retirando a mão. – É só um arranhão.

– Se vier comigo, posso colocar alguma coisa aí para ajudar a curar. Sou a nova cirurgiã da corte.

Eu sei, ela quase disse.

– Se você insiste. Mas só... me chame de Lynet, como se eu não fosse uma princesa. – Ela não suportaria essas formalidades de Nadia, não quando já se sentia tão familiarizada com ela.

A cirurgiã pareceu surpresa com o pedido e inclinou de leve a cabeça, mas em seguida assentiu e começou a atravessar o pátio. Lynet parou por um momento, em seguida, fez o que tinha feito na primeira vez em que viu Nadia caminhar pelo mesmo pátio.

Lynet a seguiu.

5
LYNET

A sala de trabalho da cirurgiã era muito mais vívida pessoalmente do que de trás de uma janela suja. Lynet parou na porta, sentindo como se estivesse prestes a entrar em um sonho – ou como se estivesse acordando de um sonho só para descobrir que a realidade era ainda mais estranha. Ao longo de uma parede perfumada havia prateleiras que abrigavam uma variedade de poções e ervas, junto com um eventual pote de sanguessugas. Os potes e frascos nas prateleiras refletiam a luz da janela, enviando fragmentos de luz do sol e sombra pela sala.

Pendurado em outra parede havia o desenho de um homem ensanguentado perfurado em todo o corpo por armas diferentes. Abaixo dele, estava uma mesa baixa de facas, bisturis e outras ferramentas cirúrgicas de aço, algumas das quais Lynet reconheceu de observar Nadia trabalhar nas semanas anteriores. Havia pilhas de livros, vidros de tinta e folhas soltas de papel espalhadas por toda a sala, que Nadia correu para guardar assim que pôs os pés ali.

Lynet parou um instante para absorver aquilo tudo. Ignorando a bagunça na mesa, já que Nadia parecia envergonhada por isso, ela caminhou devagar pela borda da sala, observando-a de novos ângulos a cada passo. De canto do olho, ela viu que Nadia a estava observando, com a concentração que normalmente reservava para procedimentos cirúrgicos, esperando Lynet terminar de completar o círculo e parar na porta.

– É aqui que você trabalha? – Lynet perguntou, embora já soubesse a resposta.

Nadia assentiu.

– Também é onde durmo. – Ela apontou na direção de um quarto escuro nos fundos.

Isso era algo novo, algo de onde Lynet não sabia que podia observá-la. Ela nunca tinha visto Nadia dormir, nem mesmo por um momento, sobre seus livros. E se perguntou qual seria a sensação de dormir em um aposento como aquele. Ela se perguntou que tipo de sonhos tinha Nadia.

– Tenho um unguento para sua mão – disse Nadia. Em um movimento hábil, ela se voltou para uma das prateleiras e pegou o pote sem nem sequer olhar para ele. – Por falar nisso, meu nome é Nadia.

Lynet quase disse "Eu sei", antes de se conter.

– Aqui, me dê sua mão. – Nadia começou a aplicar o unguento esverdeado na palma da mão machucada de Lynet, que fingiu brincar com a pulseira de prata em torno do pulso, mas também observava indiretamente enquanto Nadia esfregava a mistura em sua pele com a mesma delicadeza com que virava as páginas de seus livros.

– O que é isso? – a princesa perguntou, torcendo o nariz para o unguento.

– Confrei.

– O cheiro é horrível.

Nadia riu, uma expiração rouca que pareceu pegá-la de surpresa. Lynet não achava que já tivesse ouvido Nadia rir antes.

A cirurgiã recolocou o unguento em sua prateleira, em seguida fez uma pausa, de costas para Lynet.

– Posso lhe fazer uma pergunta franca? – disse ela.

Lynet deu de ombros.

– Acho que sim.

Nadia foi para o outro lado da mesa, ficou de frente para Lynet, e a olhou bem nos olhos.

– Por que está me seguindo?

Lynet a encarou boquiaberta. Ela estava pronta para mentir e negar, mas sabia que seu rosto atônito já a teria entregado. O que devia fazer? O que Mina faria em sua posição? A resposta, claro, era que, para começar, Mina jamais se colocaria em uma situação dessas.

Quando Lynet abriu a boca, a verdade escapou.

– Porque você estava usando calça.

Houve uma pausa confusa, e então outra gargalhada escapou de Nadia, que cobriu a boca com a mão. Lynet começou a rir também e sentiu a mesma empolgação de quando estava escalando, o coração palpitando com a imprevisibilidade de cada passo dado.

– Foi por isso mesmo? – Nadia perguntou, balançando a cabeça, pasma.

– Foi assim que começou, mas... Espere, há quanto tempo você sabe?

Nadia olhou para o teto enquanto tentava se lembrar.

– Acho... O dia em que notei pela primeira vez, eu estava arrancando um dente...

– Então você sempre soube – gemeu Lynet. Ela cobriu o rosto com as mãos antes que o cheiro do confrei a fizesse baixá-las outra vez. Mesmo assim, ainda não estava pronta para olhar Nadia nos olhos outra vez, por isso encarou o chão fixamente e disse: – Você... Você não ficou com raiva por causa disso, ficou?

A princesa olhou para cima a tempo de ver Nadia se inclinar para a frente, a trança caindo por sobre o ombro enquanto apoiava os antebraços na mesa.

– Não... com raiva, exatamente. Mas quando descobri que você era a princesa, fiquei preocupada em cometer algum deslize enquanto você me observava, que você contasse a seu pai, e eu fosse dispensada. – Ela deu de ombros com um sorriso triste. – Mas eu não podia exatamente pedir para você parar, podia?

Lynet franziu o cenho, pensando na verdade daquilo. Se Nadia a tivesse abordado e lhe pedisse para parar de segui-la, será que ela teria ficado com raiva, ou pedido ao pai que expulsasse a cirurgiã do castelo? Claro que não, mas Nadia não tinha como saber disso.

– Ainda que não esteja com raiva de mim, eu sinto muito, mesmo assim – disse Lynet, não apenas para tranquilizá-la, mas porque era verdade. Ela descansou os braços na superfície da mesa de frente para Nadia, imitando sua pose. – É um velho hábito meu desde a infância: seguir pessoas, ver como passam seus dias.

– É um hábito estranho, não é?

Lynet deu de ombros.

– Quando era pequena, eu via outras crianças na corte correndo e brincando e queria me juntar a elas, mas meu pai... Eu não tinha permissão de brincar com elas, para não me machucar. – Ela baixou os olhos na direção da mesa. Lynet podia sentir as palavras se derramando, mas não fez nenhum esforço para detê-las. Essa sala de trabalho parecia um mundo diferente de Primavera Branca, por isso qualquer segredo que contasse ali ficaria enterrado sob neve e terra.

– Mas elas nunca ficavam mesmo por muito tempo – ela prosseguiu. – As pessoas nunca ficam por muito tempo em Primavera Branca. Por isso comecei a segui-las por aí, observando a distância, escondida para que ninguém me visse. Era minha única brincadeira, assim, não precisava me preocupar em ficar apegada demais a nenhuma outra criança da minha idade antes que ela partisse. E então eu apenas... nunca parei. Comecei a seguir outras pessoas, também, mas tudo o que fazem é ficar sentadas fofocando e reclamando umas das outras, por isso não é muito empolgante, não como você...

Ela parou tarde demais, sua cabeça se levantou bruscamente, e seu rosto ficou quente, mas Nadia não reagiu à sua confissão espontânea. Apenas continuou a observar, esperando Lynet terminar.

– Acho... acho que nunca considerei como deve ser invasivo se sentir ser espionada. Eu sinto muito, mesmo. – Ela se forçou a não virar o rosto, na esperança que Nadia a recompensasse com um sorriso, mas, em vez disso, a expressão da cirurgiã pareceu se fechar; seus olhos estavam sombrios antes que se desviassem.

Depois de um silêncio curto, mas desconfortável, Nadia disse:

– De qualquer modo, eu não a teria impedido de fazer isso. Fiquei um pouco... – Ela se calou e olhou para a mesa.

Lynet se debruçou para a frente.

– O quê?

Nadia balançou a cabeça, mas então seus lábios se curvaram em um sorriso lento, e ela respondeu:

– Eu ia dizer "lisonjeada". Tenho viajado pelo Norte há quase um ano, tentando ajudar as pessoas quando posso... E durante esse ano, muitas pessoas me desprezaram ou riram de mim por querer praticar medicina. – Sua voz estava leve, mas ela começou a traçar as linhas e floreios na mesa, as unhas arranhando a madeira. – Eles acham que garotas são muito frágeis para testemunhar qualquer sofrimento, que vou ficar com medo. Acham que estou apenas brincando de ser cirurgiã. Mas você... não importava o que eu estivesse fazendo, se estava fazendo uma sangria, arrancando um dente ou até mesmo amputando um pé, como esta manhã... – Suas mãos pararam de se mexer, e ela olhou para Lynet do outro lado da mesa. Havia algo pesado, quase uma expectativa, na força de seu olhar, que fez Lynet se recostar outra vez e tirar os braços da mesa. – Você nunca virava o rosto – terminou ela. – Por isso, sempre me senti como uma verdadeira cirurgiã a seus olhos.

Lynet refez todos os passos que tinha dado seguindo Nadia, agora imaginando-os do ponto de vista da outra garota. Durante todo esse tempo, Lynet estivera tentando entendê-la a distância, enquanto Nadia estava deliberadamente lhe mostrando quem era.

Ela ofereceu a Nadia um sorriso tímido, sem nunca afastar os olhos.

– Que bom que eu caí daquela árvore – disse ela em voz baixa.

Nadia riu outra vez, dessa vez mais livremente, e Lynet riu também, afastando o ar sério que pairava sobre elas.

Lynet gostou de vê-la sorrir, de ouvi-la rir. Quando Nadia sorria, seu rosto todo se suavizava, como nuvens abrindo caminho para o sol. Mas Lynet também gostava da cirurgiã estoica e concentrada que tinha observado das janelas – tão diferente dessa garota sorridente, mas, ainda assim, parte essencial dela. E o fato de as duas serem a mesma, de a garota e a cirurgiã poderem existir livremente na mesma pessoa, era para Lynet o verdadeiro significado de possibilidade – de liberdade.

– Eu nunca tinha visto uma cirurgiã mulher antes – Lynet comentou. – Você é a primeira?

Nadia balançou a cabeça e endireitou as costas no que Lynet sabia ser sua postura de cirurgiã.

– Meu pai me falou de outras, a maioria do Sul. Li até que a rainha Sybil conhecia todas as propriedades medicinais das plantas de seu jardim e as usava para ajudar os enfermos. Mas praticamente ninguém se lembra mais dela por isso. As pessoas só a culpam pela maldição.

– A maldição de Sybil – murmurou Lynet, perguntando-se pela primeira vez por que as pessoas a chamavam assim quando ninguém sabia se a própria Sybil era responsável por isso. Mas, na verdade, o que era a vida de uma rainha em comparação com a lenda criada para ela após sua morte? A verdade tinha deixado de importar muitos anos atrás. – Isso não parece muito justo – disse ela, mais para si mesma que para Nadia.

– A medicina era o ofício de minha família – prosseguiu Nadia. – Minha mãe era parteira, e meu pai, cirurgião.

– Era? – perguntou Lynet com delicadeza.

– Os dois estão mortos, agora – a cirurgiã respondeu com simplicidade. – Uma febre.

– Oh, eu… sinto muito.

Mas Nadia só balançou a cabeça com um sorriso tenso.

– Não quero mais chorar a morte deles. Só quero honrar sua vida.

Lynet se inclinou para a frente.

– Como você escolheu honrá-los? – O que ela queria perguntar de fato era como alguém podia honrar os mortos enquanto ainda se sentia viva.

– Quero fazer o que eles faziam – Nadia respondeu sem hesitar, como se estivesse pronta para a pergunta. – Meu pai estudou medicina no Sul, antes que a universidade fechasse. Ele me ensinou o que aprendeu, antes de morrer, mas, agora que a rainha Mina reabriu a universidade, quero ir para lá também, caminhar pelos mesmos corredores que ele.

– Quando você vai? – perguntou Lynet, tentando parecer natural e relaxada.

Nadia fixou o olhar nela sem responder, e por um momento Lynet viu a luz em seus olhos tremeluzir com incerteza.

– No ano que vem, espero – disse ela.

Lynet olhou para baixo, para os pés sobre o chão de pedra. O que mais esperava, que Nadia fosse ficar em Primavera Branca para sempre, quando tão poucas pessoas ficavam? Que ter saído de seu esconderijo e falado com ela a forçaria a ficar ali para sempre, para lhe fazer companhia? Ninguém ficava em Primavera Branca por muito tempo, ela sabia disso, mas... mas talvez alguma parte dela tivesse acreditado que Nadia era tão resoluta, tão firme mesmo em momentos de crise, que nem mesmo o frio e a melancolia de Primavera Branca iriam assustá-la e expulsá-la.

– Não posso mais ficar aqui – Nadia comentou com delicadeza. – Eu vi muita desgraça no Norte, muita morte...

A cabeça de Lynet se levantou.

– O que quer dizer com isso?

Nadia ergueu a sobrancelha em resposta.

– Você já saiu do castelo? Já viu como é para as pessoas que não têm condições de se afundar em peles ou sentar diante do fogo o dia inteiro? Nada cresce aqui, nada nunca... *muda*, nem melhora. Metade deste reino congelou. – Ela baixou a voz. – E depois disso, tudo o que tivemos foram reis e rainhas que se escondem atrás de muros enquanto seu povo sofre.

Lynet se irritou.

– Você está falando de meu pai, sabia?

– Achei que não quisesse que eu falasse com você como se fosse uma princesa – retrucou Nadia.

Lynet corou de raiva, um fogo se espalhou por seu corpo, e ela saboreou a sensação. De qualquer modo, ela tinha cometido o erro de se aproximar de alguém que ia partir em breve, mas não ia cometer o erro de se apegar a ela. Que Nadia partisse, se achava o Norte tão terrível.

– Bom, então eu lhe desejo sorte – disse Lynet, as palavras entrecortadas e uniformes. – Vou deixá-la trabalhar.

Ela virou para a porta que estava às suas costas, mas, antes de alcançá-la, Nadia deu a volta na mesa e a tomou pelo braço.

– Espere – disse ela. – Não fique com raiva de mim. Princesa ou não, eu não devia ter dito isso. Eu entendo lealdade familiar.

Lynet olhou para a mão que envolvia a parte superior de seu braço, e Nadia a soltou e deu um passo para trás.

– Desculpe – prosseguiu Nadia, olhando Lynet nos olhos. – Vou tomar mais cuidado com o que digo.

– Não – respondeu Lynet. – Eu não quero isso. Aí você vai ser apenas igual a todo mundo. Ninguém aqui nunca me diz a verdade; só me contam o que acham que desejo ouvir, o que meu *pai* quer que eu ouça. Todos me tratam como se eu fosse uma... uma...

– Como uma borboleta – disse Nadia sutilmente. – Algo belo, mas frágil.

Lynet se afastou da porta.

– Por que você disse isso?

– Por que eu achava que você seria assim antes de conhecê-la, antes de você começar a me seguir. Todo mundo falava de você em tons sussurrados, como se você pudesse quebrar se dissessem seu nome alto demais. – Ela observou Lynet com o cenho franzido em contemplação – Mas você não é nada disso. Essa não é sua natureza.

Ela ainda a observava como se Lynet fosse algum tipo de enigma ou quebra-cabeça, um espécime misterioso preso em um pote. No entanto, Lynet descobriu que não se importava, porque sabia que, quando Nadia olhava para ela, estava vendo *Lynet*, não Emilia.

– E como você saberia qual é minha natureza? – disse Lynet, levantando um pouco a cabeça na direção de Nadia de um jeito que, ela esperava, fosse simpático, e não soberbo nem superior.

Mas Nadia não percebeu o tom convidativo. Em vez disso, pareceu estar deliberando em silêncio enquanto concentrava seu olhar fixo e intenso em Lynet.

– Talvez eu saiba mais sobre isso do que você imagina – murmurou ela. Nadia virou e então, com uma leve sacudida da cabeça, voltou para a mesa e abriu um de seus diários.

Lynet a seguiu e fechou o diário que ela estava folheando.

– O que quer dizer com isso?

Nadia não olhou para ela, mas sua testa estava franzida. Isso significava que ela podia ser convencida, bastava que Lynet pressionasse um pouco mais.

– Você ouviu mais alguma coisa sobre mim?

Nadia levantou os olhos e a encarou brevemente, o suficiente apenas para que Lynet soubesse que tinha acertado.

– O que foi? – ela insistiu. – Por que você não me conta? O que você pode saber sobre mim que eu não tenho o direito de saber?

– Concordo – disse Nadia, e então levantou a cabeça para olhar para Lynet, os olhos escuros brilhando.

– Acho que você tem direito de saber. No início achei que estivessem escondendo isso de você para seu próprio bem, mas não acredito mais nisso. Não é justo que guardem isso de você. – Ela ainda observava Lynet com atenção, e Lynet entendeu que não era apenas uma provocação; ela achava mesmo que Lynet tinha o direito de saber. Talvez até *quisesse* contar a Lynet esse segredo misterioso, mas alguma coisa a estava impedindo.

– Como você sequer sabe disso, seja lá o que for? – Lynet perguntou, mais calma. Para obter as respostas que queria, só precisava fazer as perguntas certas.

– Porque é algo que a cirurgiã da corte deveria saber.

– E por que não pode me contar?

– Porque estou sob ordens estritas de não contar a ninguém, especialmente a você.

Lynet se conteve. Seu pai devia saber, mas ela sabia que não adiantaria nada perguntar – seu pai a julgava delicada demais para suportar qualquer segredo. A única pessoa em quem podia confiar para lhe responder era Mina, mas Mina, para começar, jamais teria escondido nada dela.

– Mas você *quer* me contar, não quer?

Nadia sorriu em resposta e se inclinou, só um pouco, em sua direção. Lynet só precisava fazer mais uma pergunta...

– Então se eu ordenasse que você me contasse...

Nadia deu de ombros.

– Então eu teria de contar a você, não teria? Ninguém poderia me culpar por obedecer às ordens diretas de uma princesa.

– Então, como princesa – Lynet declarou –, eu ordeno que você me conte o que sabe sobre mim.

Com a permissão concedida, Nadia meneou de leve a cabeça e disse, em voz baixa, mas clara.

– A verdade que não querem que você saiba é que sua mãe nunca deu à luz a você. Ela morreu antes de seu nascimento.

Lynet levou um momento para entender o que Nadia estava dizendo, mas mesmo assim, era absurdo. Se Emilia não era sua mãe, como Lynet podia se parecer tanto com ela?

– É mesmo? – ela perguntou. – Então quem é minha mãe verdadeira? – Mas apesar do ceticismo na voz, a palpitação de esperança em seu peito a traiu, e seu coração sussurrou o nome: *Mina?*

Nadia balançou a cabeça.

– Você não entendeu. Você não tem mãe, não tem pai. Nunca teve. Você foi criada por magia, a partir de neve.

Lynet repetiu as palavras para si mesma, mas não faziam nenhum sentido.

– O que você disse?

Os maxilares de Nadia ficaram tensos; agora que a emoção do segredo tinha passado, ela pareceu compreender todo o impacto do que estava contando a Lynet.

– O pai de sua madrasta, o mago, deu forma a você à imagem de sua mãe a partir de neve e sangue. Você foi feita para ser exatamente igual a ela.

A ideia toda era tão ridícula que Lynet quase riu. Esse era o segredo de Nadia? Não passava de uma piada, uma história, uma invenção. Sim, o pai de sua madrasta era um mago – ele tinha habilidades mágicas que faziam até Mina baixar a voz quando falava delas. Mas como uma coisa dessas podia ser verdade se a mãe de Lynet tinha morrido no parto? Ela tinha morrido no dia do nascimento de Lynet – era por isso que seu pai sempre a levava à cripta duas semanas antes, para separar essas duas ocasiões na mente da filha.

A menos que, pensou ela, *esse seja de fato o dia em que minha mãe morreu.*

– Nadia? – ela chamou com a voz alta demais na sala silenciosa.

Nadia a estava observando, esperando sua reação a essa descoberta.

– Estou aqui.

– Se o que está dizendo é verdade, então como minha mãe morreu? Não pode ter sido no parto.

Os lábios de Nadia se estreitaram de preocupação com a voz inexpressiva de Lynet, seus olhos vidrados olhando fixamente para a frente, para o nada.

– Duas semanas antes – disse ela.

Lynet respirou fundo. Ainda não significava necessariamente nada. Era coincidência.

Mas então outros indícios chegaram a ela em turbilhão – sua incrível semelhança com a mãe, junto com a confiança completa do pai de que ela ia crescer para ser exatamente como a falecida rainha; uma cicatriz de queimadura na mão, embora ela não se lembrasse de ter se queimado; o fato de que podia se deitar na neve por horas e nunca sentir frio. O olhar de pena de Mina sempre que Lynet falava que desejava ser mais parecida com ela...

Mina sabia?

Lynet nunca tinha falado com Gregory sozinha e se perguntava agora se isso não era nenhum acidente, se seu pai o tinha mantido afastado dela por medo que ele lhe contasse a verdade. Mas houve uma vez, apenas um ou dois anos antes, quando ela estava correndo para o quarto de Mina e colidiu com o mago. Lynet ficou mortificada, mas Gregory apenas sorriu para ela e insistiu que não havia nenhum problema. Ele colocou as mãos em seus ombros e lhe disse que, se alguma vez precisasse de ajuda, podia sempre procurá-lo, que ele sempre seria seu amigo...

E então Mina correu até eles dois. E pediu a Lynet para esperá-la em seu quarto, porque ela precisava falar com o pai a sós.

Lynet, na época, nem pensou no assunto, mas agora ela se lembrava do leve tom de pânico na voz da madrasta, da forma como seu rosto se retesou em um sorriso artificial, da mão tensa que segurava o braço do pai.

Mina sabia. Mina sabia e tinha escondido isso dela por todos esses anos.

Todo o peso dessa revelação finalmente se abateu sobre ela, a verdade se tornando cada vez mais irrefutável, e Lynet fechou os olhos, tentando bloqueá-la. Mas não conseguia impedir que as palavras de Nadia chegassem. *Você foi feita para ser exatamente igual a ela.* Feita, criada, moldada – todas essas palavras significavam a mesma coisa: ela era artificial. Era uma duplicata, criada para viver os dias que tinham sido roubados de sua mãe. A menos que também devesse ter a mesma morte da mãe. Será que Lynet alguma vez teve alguma coisa própria? Será que era mesmo uma pessoa?

– O que faço agora? – sussurrou Lynet. – Será que devo apenas continuar vivendo como antes e fingir que não sei? – Ela abriu os olhos e encarou Nadia.

Nadia balançou a cabeça e se debruçou sobre a mesa, os ombros curvos de remorso. Seus dedos estavam tamborilando sobre a madeira, e finalmente ela assentiu para si mesma e olhou para Lynet com uma mistura de culpa e resolução.

– Se eu fosse você – ela começou no mesmo tom firme que usava para dar conselhos a um de seus pacientes – ia querer saber mais, mesmo que apenas para sua própria segurança. É por isso que eu posso saber, como cirurgiã da corte. Eu preciso saber que o frio não vai entorpecê-la, porque você é imune a ele.

Lynet não ouviu uma palavra do que Nadia disse. A sala parecia estar diminuindo, e ela estava com dificuldade para respirar.

– Eu preciso ir agora – disse ela.
– Lynet, não vá. Por favor, me desculpe por ter lhe contado... – Mas Lynet saiu correndo pela porta, subiu a escada e saiu para o ar livre. Ela não parou até ter atravessado o pátio e chegado ao jardim, então desabou na neve, na esperança de que, pela primeira vez, sentisse algo como frio.

6
MINA

Da primeira vez que viu Primavera Branca, a pele de Mina se arrepiou, e não apenas de frio. Enquanto observava o pináculo afiado das torres, os arcos de curvas pronunciadas e as grandes muralhas de pedra nuas como neve, Mina achou que estivesse olhando para o esqueleto de um castelo, que teve sua carne removida ao longo dos anos até que só restassem os ossos. Primavera Branca era cinza como o céu, e ela já sentia falta de casa.

E sentia muito frio. Ela não parava de acrescentar camadas de roupas, peles e lãs grossas, mas se sentia presa embaixo de todo aquele tecido, restrita demais para se mover com conforto. Ela desejava sentir o ar fresco em sua pele outra vez. Em vez disso, tinha de se conformar em soprar as mãos para mantê-las aquecidas.

Gregory não tinha se empolgado com os aposentos deles em um canto esquecido do castelo, mas afirmou que isso tudo mudaria quando ele conseguisse um bom casamento para Mina. A garota gostou que os aposentos fossem pequenos, criavam a ilusão de aconchego.

– Você não saiu desde que chegamos aqui – o pai lhe disse três dias depois da chegada. – Vá tomar um pouco de ar. Estamos apertados aqui desse jeito.

Era verdade. Ela tinha se enfurnado em seu quarto, pensando que, se se encolhesse o suficiente, sentiria calor outra vez. Mina fez um protesto fraco, por hábito, mas *estava* ficando irrequieta, então colocou outra camada de pele e obedeceu.

– Pegue o corredor à esquerda, siga sempre em frente, e você vai dar em um pátio – Gregory lhe instruiu. – Não se perca. Não quero encontrá-la congelando em algum canto.

– Agradeço sua preocupação – Mina retrucou bruscamente.

Apesar disso, aceitou seu conselho. Ela não queria ficar andando pelos corredores labirínticos do castelo pelo resto da manhã. Como o pai tinha dito, acabou chegando a um pátio, menor que o pátio central de Primavera Branca. Estátuas aladas observavam das sacadas, e Mina também as encarou, para mostrar que não tinha medo. No centro ficava uma fonte vazia, mas não havia nenhum dos sons habituais que Mina estava acostumada a ouvir ao ar livre. Nenhum pássaro cantava, nenhuma brisa assobiava pelas árvores. Ver uma fonte sem ouvir o gotejar da água era perturbador.

Ela se sentou na beira e tirou um pêssego do bolso. Frutas eram escassas no Norte, por isso tinha feito questão de levar algumas antes de partir.

– Onde você conseguiu isso?

Mina ficou tensa. Um homem caminhou na direção dela de braços cruzados. Ele estava ricamente vestido, então não era um criado, mas não correspondia à imagem dos nobres mais velhos e pomposos que habitava sua cabeça. Esse homem provavelmente ainda não contava trinta anos; ele tinha uma barba escura que cobria o queixo quadrado e cabelo escuro e cacheado. Apesar da relativa juventude, era como se ele arrastasse todo o peso do corpo ao caminhar.

– É minha – a garota respondeu, tentando não parecer tão na defensiva. – Eu a trouxe comigo.

– Então não me deixe interrompê-la. – Ele gesticulou para a fruta. – Coma.

Mina deu uma mordida em seu pêssego. No silêncio do pátio, o som molhado e abafado da fruta ficou embaraçosamente alto.

– Quer um pedaço? – ela perguntou, estendendo o pêssego para o estranho. – Desculpe, mas não tenho outro para lhe oferecer.

Ele balançou a cabeça.

– Não tive a intenção de incomodá-la. Só vim aqui para... – Ele ficou em silêncio, e Mina achou que o homem talvez tivesse terminado de falar com ela, mas então ele continuou: – Este era o lugar favorito da rainha para se sentar.

Mina olhou para as estátuas sombrias nas sacadas. Ela não entendia como aquele pátio podia ser qualquer coisa favorita de alguém, mas não queria insultar a falecida rainha diante de um estranho.

– O senhor a conheceu? – perguntou ela.

– Sim – respondeu. Sua expressão se suavizou quando ele olhou para Mina. – Ela era a mulher mais bonita que eu já vi. A filha vai ser como ela.

– Mas ela é um bebê. Ainda não se parece com ninguém.

– Ela se parece com a mãe – insistiu o homem. – É como se a falecida rainha tivesse voltado para nós. E vai crescer para ser tão bela e gentil quanto foi a mãe.

Mina deu de ombros.

– Eu não a vi. Nem sei seu nome.

– Lynet – disse o homem, sorrindo pela primeira vez. – A rainha sempre quis dar esse nome a uma filha. Princesa Lynet. Como o pintarroxo.

– É um nome bonito – Mina comentou, ou tentou. Ela tinha dado outra mordida no pêssego antes de falar e tossiu quando um pedaço de fruta ficou preso em sua garganta.

– Sua mãe não ensinou você a não falar com a boca cheia? – o homem perguntou com um tom jocoso na voz.

Ela engoliu e disse:

– Não, ela não me ensinou. Minha mãe está morta.

Ele inspirou bruscamente ao ouvir aquelas palavras e pareceu tão mortificado que Mina sentiu pena dele.

– Faz muito tempo. Eu me lembro muito pouco dela.

– É horrível para uma garota crescer sem mãe?

Mina não sabia ao certo como responder. Ela nunca conheceu nenhuma alternativa.

– Às vezes.

Ele assentiu e se sentou na borda da fonte ao lado dela. O primeiro instinto de Mina foi se afastar, mas se deteve – o homem, afinal de contas, não sabia nada sobre ela.

Ele não tinha motivo para ter medo dela, nem o contrário. Sem nem Hana como companhia, Mina tinha passado a maior parte do tempo sozinha desde a mudança de casa, por isso tinha esquecido que podia haver conforto na presença de outra pessoa. Talvez ela nunca tivesse sabido disso. Ela estudou o perfil do estranho, perguntando-se como poderia fazê-lo sorrir outra vez.

De repente, ele balançou a cabeça e se virou para ela:

– Você vai comparecer ao banquete em honra da princesa esta noite?

Mina assentiu. Seu pai não tinha lhe dado outra opção além de comparecer. Ela precisava estar bela, à noite, para ser memorável.

– Fico feliz – disse ele.

– Então por que o senhor parece triste? – Mina perguntou sem conseguir se conter.

Ele respondeu imediatamente, inabalado pela pergunta.

– Luto – disse ele. – Luto pela morte de nossa rainha. Você estaria triste, também, se a tivesse conhecido.

O homem afastou os olhos dela, e ela se arrependeu da pergunta impensada. Mina se aproximou um pouco dele, até sua saia roçar a perna dele. Se pusesse a mão sobre a dele, será que aquele estranho sorriria para ela? Seria um conforto ou uma violação?

Quando começou a mover aos poucos a mão na direção da dele, ele virou e disse:

– Não perguntei seu nome.

– É Mina.

A boca dele se curvou para baixo.

– Conheço um homem que tem uma filha com esse nome.

Se ele já tinha conhecido Gregory, havia uma boa chance de que esse homem não quisesse mais ter nada a ver com ela. Mesmo que ele não soubesse dos talentos peculiares de seu pai, Gregory deixava as pessoas desconfortáveis. Ela podia ter mentido e dado um nome falso, mas, se quisesse que aquela familiaridade continuasse, ele saberia a verdade em pouco tempo.

– O nome de meu pai é Gregory – disse ela, resignada.

Ele meneou a cabeça.

– Foi o que pensei. – O homem se levantou da fonte e, embora seu rosto não demonstrasse aversão nem medo, ela soube instintivamente que o havia perdido.

– Eu não sou meu pai – disse ela de súbito.

— Já fiquei aqui tempo demais. — Ele falou rapidamente e, antes que Mina pudesse responder, começou a se afastar, deixando-a com seu pêssego parcialmente comido, que agora tinha um gosto amargo na boca.

Ele nem tinha lhe dito seu nome.

Naquela noite, Mina se aprontou para o banquete, mas, em sua mente, ainda estava no pátio, ainda não ousando tocar a mão de um homem que mal conhecia.

Mas por que se dar ao trabalho de pensar nele?, perguntou uma voz em sua mente. *Você não pode amá-lo, e ele jamais poderia amá-la.*

Era verdade, mas ela não parava de pensar na suavidade daquela voz, na bondade nos olhos quando era apenas uma estranha para ele. Ninguém jamais tinha falado com ela com tanta gentileza antes. Se ela tivesse menos fé em sua beleza, talvez tivesse decidido esquecê-lo, mas existia a possibilidade de que ele a visse à noite, não enrolada em peles, mas com um vestido e joias...

A única pele que Mina usava sobre o vestido quando entrou no salão era um xale para aquecer os braços e pouco mais. Se Mina quisesse ser aceita na corte, e capturar de novo o olhar de seu simpático estranho, teria de parecer adaptada. No pouco tempo passado em Primavera Branca, ela já tinha aprendido que as pessoas ali eram mais acostumadas ao frio, por isso não usavam roupas tão pesadas quanto Mina teria se usado. Se ela tivesse se vestido para se aquecer, nessa noite, ela seria a única.

O salão não era tão frio quanto poderia ser, repleto de pessoas como estava, mas os dentes de Mina ainda batiam.

— Garota inteligente — seu pai disse com delicadeza. Ele tinha vestido roupas adequadas para o frio e, embora tivesse zombado dela no início pelo vestido fino, seus olhos agora brilhavam com uma constatação. As roupas dele o marcavam como um forasteiro.

Gregory a conduziu pelo cotovelo até uma das mesas compridas no fundo do salão.

– A maioria dessas pessoas só está de visita ao castelo para o banquete desta noite – sussurrou ele. – Então esta pode ser sua única chance de causar uma boa impressão. Tente ser encantadora.

Mina abriu seu sorriso mais estonteante quando se sentou, mas era difícil ser encantadora quando era uma estranha em meio a amigos. Mesmo ali no fundo do salão, em meio à pequena nobreza e aos amigos do castelo, Mina não era importante o suficiente para atrair a atenção de ninguém. As pessoas falavam por cima dela e de seu pai, esticando o pescoço para retomar conversas da última vez que tinham se encontrado. Gregory, por sua vez, ignorou-os – era Mina quem precisava agradá-los, não ele. Mas o sorriso dela estava começando a vacilar.

Em casa, quando caminhava pelo mercado, ela sabia que os aldeões observavam cada movimento seu, olhando-a de canto de olho como se fosse uma cobra pronta para atacar, por isso ela tinha se acostumado ao escrutínio, a ser zombada e ridicularizada pelo menor deslize. Mas agora que ninguém estava olhando, Mina finalmente parou de tentar sorrir para todo mundo, e os músculos de seu rosto ficaram gratos por isso. Ela parou de tentar fazer contato visual como um pedido desesperado por atenção, parou de se sentar tão ereta, parou de comer porções pequenas de pão e carne para não ser flagrada de boca cheia. Ela simplesmente observava as pessoas ao redor e saboreava ser invisível.

À medida que a noite avançava e Mina ficava mais relaxada, alguma coisa mudou. Os convidados começaram a ficar entediados uns com os outros, e seus olhos curiosos passaram a seguir os movimentos dela. A senhora a seu lado iniciou uma conversa, e o senhor a sua frente a chamou de "verdadeira beleza". Ela riu com as pessoas, mantendo a cabeça em ângulos que sabia que a favoreciam, porque os tinha estudado por muito tempo no espelho. Era uma troca justa: ela lhes dava algo agradável de ver, e eles lhe davam aprovação, aceitação e até afeto.

Se eles a amarem por alguma coisa, vai ser por sua beleza.

A seu lado, Gregory estava observando a vitória de Mina com o que parecia ser algo entre o alívio e o ressentimento. Era isso o que queria para a filha, afinal de contas, era para isso que precisava dela, mas Mina sabia que ele devia odiar precisar dela, para começo de conversa. Ainda assim, Gregory sabia que não devia interferir e, talvez, arruinar qualquer magia estranha que a beleza de Mina estivesse realizando, por isso se manteve em silêncio, e a garota o ignorou da melhor maneira possível. Essa noite, ela não era a filha do mago, mas uma beldade anônima.

De vez em quando, Mina examinava o salão repleto, em busca de um rosto específico. Enquanto procurava, lhe ocorreu que seu estranho podia já ser casado, mas isso apenas a deixou mais desesperada para encontrá-lo e saber com certeza.

– Um brinde! – anunciou uma voz da mesa alta.

Mina não tinha prestado muita atenção à mesa alta, na outra extremidade do salão, mas então olhou para cima e quase pulou da cadeira quando viu o rei.

Não foi por acaso que ela não tinha encontrado seu triste estranho quando passou os olhos pelo salão; nunca tinha lhe ocorrido procurar por ele sentado no trono real.

Quando a multidão ficou em silêncio, o rei Nicholas se levantou.

– Um brinde – disse ele. – À minha filha e princesa. Que ela cresça para ser tão bela quanto a mãe, e que todos vocês a amem como amaram sua mãe, a rainha.

O salão bebeu à princesa, mas a princesa não importava para Mina. Ela estava pensando em reis e rainhas, especialmente na rainha morta que inspirava tamanha devoção nas pessoas a seu redor. Havia um sentimento genuíno naqueles rostos, amor por uma mulher que estava morta e nunca mais seria capaz de retribuir seu amor. Não era plausível que a rainha Emilia amasse todas as pessoas no salão; ainda assim, todos eles a amavam, incondicionalmente, sem serem correspondidos.

O ouvido dela captou uma única frase do outro lado da mesa do banquete, e Mina prestou atenção naquela conversa. Sim, ali estava ela outra vez: *casar de novo*.

— Mas ele vai se casar de novo, você acha? Ele era tão devotado a ela — dizia uma mulher de queixo pronunciado para o homem sentado à sua frente.

— Ah, ele precisa fazer isso, precisa. Não no ano que vem, talvez não no ano seguinte, mas logo. As pessoas vão querer uma rainha, e o homem vai querer uma esposa.

— E a pobre princesa, sem mãe...

Mina parou de prestar atenção; ela tinha escutado o que queria. *As pessoas vão querer uma rainha, e o homem vai querer uma esposa.* Seu desejo repentino foi um choque, e a deixou trêmula. Com sua beleza, ela tinha feito as pessoas prestarem atenção, notarem-na sem zombar dela. Mas uma rainha...

Uma rainha tinha o poder de fazer as pessoas a amarem.

7
LYNET

Lynet não ficou deitada na neve por muito tempo – ela não queria que ninguém passasse e a encontrasse ali, especialmente Nadia. Ela sabia que a cirurgiã não tinha nada a ver com seu nascimento – sua *criação* –, mas tinha sido ela quem lhe contara, portanto, Lynet a culpava por isso mesmo assim.

Nesse momento, levantando-se da neve que a criou, Lynet odiava todo mundo que sabia o que ela era antes que ela mesma soubesse – seu pai, Gregory, Nadia...

E Mina.

Parte dela ainda queria acreditar que Mina não sabia, mas a dúvida ia permanecer até que ela perguntasse. Antes que pudesse recuar, Lynet permitiu que sua indignação a levasse até os aposentos da rainha. Mas quando chegou lá, a rainha não estava. O fogo, porém, estava aceso, por isso Lynet soube que Mina voltaria logo.

Ela caminhou pelo quarto, pensando em todas as vezes que tinha estado ali antes, noite após noite – todos esses anos, todas as confidências que tinha compartilhado, todas aquelas oportunidades para Mina lhe contar os segredos de sua criação.

Ela sempre achou que o quarto de Mina era um dos lugares mais bonitos em Primavera Branca. Mina colecionava peças do Sul adquiridas todo dia de mercado. Uma seda laranja-clara estava pendurada em torno de sua cama, o tecido diáfano cintilando como líquido. Os vermelhos, laranjas e amarelos de pêssegos e maçãs iluminavam o aposento como se fossem feitos de luz. Na mesa de cabeceira havia um espelho de mão de prata sem nenhum vidro na moldura. Mina dizia que o guardava, mesmo quebrado, porque ele pertencera a sua mãe.

Na parede dos fundos, havia um espelho grande com uma moldura de madeira que refletia toda essa cor e luz para si mesmo, aumentando o quarto para um mundo próprio. Lynet parou diante desse espelho, surpresa com o próprio reflexo. Ela se perguntou qual seria sua aparência se tivesse nascido de forma natural, uma criança de carne e osso. Será que teria os traços delicados da mãe? Ou seu exterior se igualaria ao interior, sua pele por fim repousando confortavelmente sobre seus ossos, de modo que não tivesse sempre a sensação de que queria saltar para fora do próprio corpo? Ela se sentiu aprisionada por esse reflexo – e, ainda assim, alguma parte teimosa de si queria lutar por ele e tomá-lo de volta da mãe. Era a vez de Lynet viver agora, não era? Ela tinha todo o direito de reclamar esse reflexo como seu. *Seria meu se eu estivesse em qualquer lugar, menos aqui*, pensou ela. Se deixasse Primavera Branca, abandonasse a promessa de uma coroa e de uma vida que não era sua, então poderia ser quem desejasse...

Uma porta bateu e a assustou, e ela ouviu vozes vindas da sala íntima de Mina. Uma das vozes era da própria rainha, e depois de ouvir por um momento, Lynet reconheceu a voz do pai, também.

— E você nem pensou em me consultar primeiro? — Nicholas estava perguntando.

— Você nunca se importou antes — respondeu Mina. — Eu sou livre para fazer o que quiser com o Sul. Esse era nosso acordo.

— Construir e melhorar estradas e reviver a universidade é uma coisa, mas isso é um *castelo*, Mina. Qual o sentido em empreender um projeto desses?

Houve uma pausa pesada, e Lynet não precisava ver o rosto da madrasta para saber que estava duro de raiva. Lynet tinha anos de prática em fingir não perceber as discussões entre o pai e a madrasta, mas, com o passar dos anos, sempre que ouvia Mina levantar a voz com raiva ou baixá-la em desafio, Lynet começava a imaginar que, em vez disso, era sua própria voz, dizendo ao pai todas as coisas que desejava poder lhe dizer.

— Não espero que você entenda — disse Mina em voz baixa. — Mas no Sul, o abandono do castelo de verão sempre representou que o Norte não ligava para nós. Terminar sua construção vai ser uma espécie de legado, não apenas para mim, mas para você também. Vai dar ao Sul algo de que se orgulhar e vai empregar centenas de pessoas. Sei que o povo do Sul deseja isso, Nicholas. Eles escrevem para mim o tempo todo, contando o quanto estão gratos por alguém finalmente se importar com eles...

— Isso vai levar *anos*, Mina.

— Eu tenho anos para dar.

Então Nicholas fez silêncio, e Lynet prendeu a respiração, perguntando-se o que ia dizer e quem venceria essa batalha.

— Você me prometeu, Nicholas — sussurrou Mina. — Você não se lembra?

– Claro que sim, mas eu ainda... – Ele fez uma pausa e disse com voz mais calma: – Vamos discutir isso mais tarde, talvez depois do aniversário de Lynet.

– A construção já começou. Não vou deixar que você tire isso de mim, Nicholas.

– Mais tarde, eu disse. Não quero estragar o aniversário de Lynet com nossa briga.

Lynet ouviu a porta se abrir e fechar outra vez, então ouviu Mina dar um suspiro.

Em outro momento, Lynet estaria ansiosa para saber mais sobre o novo projeto da madrasta. Mina sempre falava do castelo de verão com muito carinho e lhe contava sobre suas cúpulas douradas e pisos de mármore, o resto abandonado e inacabado. Ela deixaria claro para Mina que concordava com a decisão, não importava o que Nicholas dissesse, e isso seria algo que elas compartilhariam.

Naquele momento, Lynet, que só conseguia pensar no segredo que Mina tinha guardado dela por todos esses anos, saiu do canto para se sentar na cama e esperar.

Quando Mina chegou aos aposentos e viu Lynet, seu rosto se contraiu em um sorriso tenso.

– Você chegou cedo! – ela exclamou. – Espero que não tenha ficado muito tempo esperando aqui.

Lynet não conseguiu se controlar. Então respirou fundo e disse:

– Por que você nunca me contou que eu era feita de neve?

Mina ficou boquiaberta com a surpresa antes de se recuperar e voltar ao sorriso forçado.

– O que você disse?

Seu fingimento era insuportável. Lynet esperava que qualquer outra pessoa a ignorasse, mas não podia aceitar isso de Mina.

– Mina, por favor – ela pediu em um sussurro. – Não minta para mim.

O sorriso desapareceu aos poucos do rosto da madrasta. Ela apertou os olhos por um momento, em seguida, assentiu para si mesma e tornou a abri-los. Mina foi até onde Lynet estava sentada na cama e levantou delicadamente a cabeça da enteada com as mãos, os dedos envolvendo o queixo dela.

– Quem lhe contou, então? – ela perguntou com voz triste, mas resignada.

– Então é verdade – disse ela. Seus últimos resquícios de esperança morreram enquanto encarava a madrasta com olhos arregalados e suplicantes. Pelo *que* estava suplicando, ela não sabia.

Mina começou a dizer algo, mas então parou, as mandíbulas tensas. Suas mãos caíram do rosto de Lynet.

– Meu pai falou com você? – Quando Lynet não respondeu, Mina a segurou bruscamente pelos ombros. – Me diga, foi ele que fez isso? Não, não, ele está viajando agora, não podia ter... – Ela soltou Lynet, e seus ombros relaxaram de alívio quando virou. – Mas, se ele não contou a você, então quem foi? – Mina murmurou para si mesma.

– A verdadeira pergunta é: Por que *você* não fez isso? – disse Lynet. Sua voz estava ficando mais alta. Ela se levantou da cama, querendo ficar em um nível mais próximo da madrasta. – Por que você me deixou descobrir sozinha?

Mina ficou em silêncio, e Lynet desejou que ela não parecesse tão triste – estava ficando mais difícil para ela continuar com raiva do que irromper em lágrimas como uma criança. Sem olhar para Lynet, Mina caminhou devagar até a mesinha de cabeceira e tocou delicadamente o cabo do espelho de mão quebrado. E, de repente, afastou a mão.

– Houve momentos ao longo dos anos – ela explicou, ainda olhando para baixo, para o espelho – em que pensei em contar, mas, conforme você crescia, a verdade parecia mais um fardo que um dom. Eu esperava que você nunca descobrisse. – Ela levantou o rosto e olhou para Lynet, com o fogo refletido em seus olhos castanhos e afetuosos. – *Você* não preferiria nunca ter descoberto?

Lynet começou a refletir sobre a resposta, mas então sacudiu a cabeça, como se estivesse tentando afastar alguma coisa. Ela não queria ver o ponto de vista de Mina. Não queria ser convencida. Queria gritar, liberar parte do pânico que ameaçava tomar conta dela por completo.

– Sei que meu pai nunca me disse, mas você... sempre confiei que você seria honesta comigo. Você devia ter me preparado para isso. Devia ter me dito *alguma coisa*. Se fosse você, em vez de mim, não ia querer saber?

– Não – disse Mina quase imediatamente, um tom cortante na voz. Ela estendeu a mão na direção do rosto de Lynet. – Eu teria achado um ato de crueldade contar a você.

Lynet recuou da mão estendida de Mina, afastando-se até tropeçar no canto de um tapete. Essa pequena indignidade foi demais para ela, e qualquer coragem que estivesse tentando manter diante dessa revelação se estilhaçou num instante, deixando-a com todo o medo e o sofrimento de uma criança que descobria a dor pela primeira vez.

– Não faz nenhum sentido! – ela gritou, enquanto irrompia em lágrimas. Lynet fechou os olhos e envolveu os braços ao redor do corpo, esperando Mina se aproximar e a abraçar a qualquer momento. Mas momentos se passaram, e ela ainda estava sozinha no escuro.

– Não é? – disse Mina, a voz baixa e vacilante. – Não há nada que você possa fazer em relação a isso, nada que possa mudar, então qual o sentido de saber a verdade? Por que eu a contaria a você, se não para machucá-la?

Quando Lynet abriu os olhos de novo, Mina estava agarrada a uma das colunas da cama como um escudo entre as duas. Lynet se perguntou se já tinha visto a madrasta com uma expressão tão aflita. Ela quase se moveu para confortar Mina, até se lembrar que era *ela* quem precisava ser consolada. Era por isso que estava com tanta raiva, com tanto medo, não porque Mina não tinha lhe contado antes, mas porque Mina não estava fazendo nada para melhorar aquilo. Ela achava que Mina lhe diria que estava tudo bem, mas, em vez disso, a madrasta parecia estar com ainda mais medo que Lynet.

– Pelo menos, me diga o que mais você sabe – pediu Lynet. – Me diga... Diga o que eu devo fazer.

A voz dela falhou, e o som pareceu finalmente atingir Mina. Ela se aprumou, foi até Lynet e a envolveu nos braços.

– É claro, Lynet – disse ela, as mãos acariciando os cachos da enteada, desemaranhando-os depois de anos de hábito. – Diga o que quer saber.

Ela a conduziu delicadamente até a cadeira em frente ao espelho, e Lynet afundou nela agradecida. Ela não queria mais estar com raiva – estava amedrontada e confusa demais para encarar a verdade sozinha, e a sensação dos dedos da madrasta alisando seu cabelo a fez se sentir segura. Mais que isso, a fez se sentir ela mesma.

– Então, afinal, o que eu sou? – ela perguntou, com a voz rouca. – Sou apenas uma... boneca?

– Não, você não é apenas uma boneca – Mina respondeu. – Meu pai a moldou não apenas de neve, mas de sangue.

– Isso é importante?

As mãos de Mina pararam por um instante, mas, em seguida, continuaram.

– Sim, é importante. Sem seu sangue, você seria artificial, uma imitação perfeita de ser humano, mas apenas uma imitação. Você não cresceria nem envelheceria – Você... você não teria batimentos cardíacos. Sangue cria vida verdadeira...

Lynet inspirou, trêmula.

– Então eu não... não vou morrer com a mesma idade de minha mãe?

Mina levantou o rosto, surpresa, e olhou nos olhos de Lynet pelo espelho.

– É disso que você tem medo? Oh, Lynet, não, sua vida pertence a você, para vivê-la como decidir.

Lágrimas novas encheram seus olhos, embora Lynet não soubesse dizer se eram de alívio ou desespero. A menina cobriu o rosto com as mãos, envergonhada que Mina a visse assim, mais uma vez, mas quando Mina tentou afastar as mãos do rosto delicadamente, Lynet permitiu, procurando obter forças do exemplo da madrasta. Mina estava ajoelhada ao seu lado, esperando-a falar.

– Desculpe – Lynet conseguiu dizer. – Desculpe por eu estar assim, mas eu... eu gostaria que não fosse verdade. Eu gostaria de ter algo que fosse apenas meu. Eu gostaria que tudo fosse diferente.

Mina pareceu se encolher, mas, em seguida, assentiu.

– Eu entendo. Mas me escute, lobinha. Eu nunca conheci sua mãe, só conheço você. Você não precisa ser como a sua mãe, não importa o que as pessoas digam.

– Às vezes acho que vou ser, querendo ou não...

Ela pegou a mão de Lynet com um brilho feroz nos olhos.

– Não vou deixar que isso aconteça. Você não é sua mãe e tem direito de ter algo que pertença apenas a você.

Nesse momento, Lynet acreditou nela. Acreditou que Mina pudesse fazer qualquer coisa que estivesse determinada a fazer, que sua vontade era mais forte que qualquer magia. Lynet jogou os braços ao redor do pescoço de Mina, que a abraçou forte.

– Obrigada – disse Lynet.

Mina se afastou primeiro, como sempre fazia.

– Está se sentindo melhor agora? – perguntou ela.

Lynet fez que sim, embora não soubesse ao certo como estava se sentindo. Aquela sensação incômoda de que estava aprisionada no corpo de outra pessoa continuava. Mas, na verdade, ela sempre se sentira assim, mesmo antes de saber a verdade

Mina mordeu o lábio e, em seguida, disse:

– Quero lhe mostrar algo.

Ela se levantou, foi até a porta e estendeu a mão para Lynet, esperando que a enteada a seguisse. Lynet a acompanhou, e as duas deixaram o quarto e caminharam juntas pelos corredores, atravessando a longa galeria até a ala oeste do castelo, até chegarem a um corredor estreito que Lynet não sabia ao certo se já tinha visto antes. Isso, porém, era impossível; ela conhecia todos os cantos de Primavera Branca, mesmo se visitasse alguns com menos frequência.

No fim do corredor havia uma porta simples de madeira. Mina a empurrou e a abriu, e Lynet entrou atrás dela. Então ela reconheceu o lugar: era uma capela ou, pelo menos, costumava ser. A fileira de altares de pedra ainda estava ali, mas os bancos de madeira para os fiéis tinham sido removidos ao longo do tempo, à medida que o Norte parou de acreditar em qualquer deus além de Sybil, e agora o ambiente parecia cavernoso e vazio. Havia três grandes janelas com vitrais lado a lado na parede atrás dos altares, mas, como não batia muito sol, as janelas eram embotadas e um pouco tristes, todo o padrão de cores aparentava a mesma tonalidade sombria.

– Sempre achei esta capela reconfortante – Mina comentou, a voz mal ecoando no salão vazio. Ela caminhou até a fileira de altares e se sentou diante do central, em um único movimento gracioso. Sua presença fazia o local parecer íntimo, em vez de solitário.

Lynet se sentou ao lado de Mina, tomando cuidado para não fazer nenhum barulho – de algum modo, ela imaginou que, se fizesse isso, seria desrespeitoso.

– Eu costumava vir aqui quando queria ficar sozinha – prosseguiu Mina. – Eu sabia que ninguém mais vinha a esta capela, por isso acreditava que esse era o único canto de Primavera Branca que me pertencia.

Lynet a observava com reverência, impressionada com o sorriso sereno de Mina, os olhos castanhos e delicados agora sem o brilho da chama que sempre ardia em seus aposentos. Mina quase nunca falava de sua vida antes de se tornar rainha, como se não tivesse de fato começado a existir até que passasse a usar uma coroa. Lynet acreditava nisso – ela não conseguia imaginar a madrasta como outra coisa além de rainha, embora tivesse uma vaga lembrança da ocasião em que as duas tinham se conhecido, antes de Mina e seu pai se casarem. Mesmo em suas memórias, Lynet sempre via Mina como uma chama, feroz, indomável e régia.

Mas ali, em meio ao silêncio calmo e tranquilo da capela, ela podia imaginar Mina quando criança – não uma criança, mas com dezesseis anos, a mesma idade da qual Lynet se aproximava rapidamente – sentada ali sozinha em um mundo estranho e frio, com sua chama um tanto reduzida. Ela pensou no fogo que sempre crepitava no quarto de Mina, as peles que usava mesmo quando todo o resto de Primavera Branca tinha se acostumado com o frio. Este lugar tinha lhe dado uma sensação de conforto, de pertencimento, e Lynet desejou poder encontrar as palavras para dizer à madrasta o quanto estava feliz por estar ali com ela naquele momento.

– Você vai encontrar algo que seja apenas seu – disse Mina, tomando a mão de Lynet. – E, quando encontrar, não deixe que ninguém o tire de você.

Lynet pensou na discussão ouvida entre Mina e o pai, a forma como a madrasta tinha lutado pelo que lhe pertencia. Será que Lynet algum dia seria capaz de fazer isso? Será que poderia arder tão forte quanto a madrasta, quando era feita de neve?

– Obrigada por me contar a verdade – disse Lynet. Ela esperava que Mina entendesse que estava lhe agradecendo não apenas por isso, mas, especialmente, por compartilhar desse lugar, dessa memória, com ela.

Mas Mina franziu de leve o cenho quando olhou para as mãos unidas. Quando finalmente falou, foi para dizer em uma voz entrecortada:

– Sim, Lynet, é claro.

Lynet quis perguntar o que ela estava pensando, mas algo a impediu. E continuou enxergando aquela garota sentada sozinha na capela; era estranho, até incômodo, pensar que Lynet na época não fazia parte da vida de Mina. O que quer que Mina estivesse pensando – quem quer que tivesse sido no passado – estava a um mundo de distância de Lynet. A garota apertou mais a mão da madrasta, sem estar pronta ainda para aceitar que havia tantos segredos escondidos no centro da chama, brilhante demais para que ela os visse.

8
LYNET

Lynet estava sentada na borda da grande janela da Torre Norte, esperando.

Faixas abertas no céu deixavam passar raios de luar, iluminando partes do aposento uma por vez: o canto de um tapete desbotado, o esqueleto da armação de uma cama vazia, o braço de uma poltrona acolchoada em excesso, tudo coberto de poeira. Os únicos habitantes da Torre Norte estavam na cripta, lá embaixo.

Toda manhã, nos últimos dias, Lynet encontrava um bilhete novo de Nadia enfiado nos galhos do zimbro. Ela não parava de implorar que Lynet fosse vê-la de novo, para que pudesse se desculpar por lhe entregar esse fardo a Lynet de maneira tão brutal. Lynet não respondia, mas ainda procurava o mais recente todas as manhãs. Além disso, estava ocupada demais para ir vê-la. Cada vez mais visitantes chegavam a Primavera Branca com a aproximação da celebração de seu aniversário, e seus deveres como princesa exigiam que estivesse ao lado do pai no salão, saudando e recebendo cada recém-chegado pessoalmente. E agora ela entendia por que o pai dava tanta importância a essa data todos os anos. Ele estava tentando, a seu modo, fazer com que ela se sentisse humana.

Por mais que tentasse, Lynet não conseguia sentir raiva dele por isso.

Ela também não estava com raiva de Nadia, não de verdade. Mas não ia aguentar voltar àquela sala, olhar para o ponto perto da mesa e pensar: *Foi aqui que descobri a verdade.*

Então, nessa manhã, ela encontrou outra mensagem garatujada na árvore – a mais curta até então:

Tenho os diários do cirurgião anterior, se quiser saber mais.

Ela sabia que Nadia estava apelando para sua curiosidade, mas isso importava? Lynet *queria* saber mais. Pela primeira vez, deixou um bilhete em resposta.

À meia-noite, no alto da Torre Norte. Traga os diários.

Ela tinha escolhido a torre porque era o ponto mais alto em Primavera Branca, um contraste nítido com a sala de trabalho no subterrâneo onde Nadia fizera a revelação com algumas palavras simples. Talvez na sala da torre, bem acima da cripta real, Lynet pudesse se recompor de novo.

Pouco antes da meia-noite, ela saiu pela janela do quarto e desceu com cuidado até o chão lá embaixo. Talvez tivesse sido dramático de sua parte marcar o encontro a essa hora, mas ela se sentia mais livre à noite. Não havia lugar nenhum onde devesse estar, *ninguém* que devesse ser, portanto, parecia a hora adequada para descobrir quem era.

Quando chegou ao pátio, verificou no mesmo instante o zimbro para se assegurar de que Nadia tivesse visto seu bilhete – sim, o bilhete tinha desaparecido, por isso passou rapidamente pelo arco que levava ao jardim. Depois de apenas alguns passos apressados, ela se viu correndo.

Correndo para a torre? Correndo de alguma coisa? Ela não sabia ao certo – só sabia que precisava sentir o sangue circulando pelo corpo, se tornar tão consciente das batidas de seu coração e do fluxo de ar por seus pulmões cansados até que não conseguisse se sentir nada além de humana – carne e osso, não neve e sangue. No escuro da noite, com apenas a lua a observá-la, ela podia até fingir que não se parecia nada com a mãe.

Ela conhecia a posição de cada árvore no Jardim das Sombras, e, por isso, quando de repente colidiu com alguma coisa, seu primeiro pensamento foi que uma das árvores estivesse no lugar errado. Mas então olhou para a frente e viu que não tinha esbarrado em uma árvore, mas em um homem.

As mãos dele seguraram seus ombros, enquanto a mantinham afastada, por isso ela o reconheceu como o melhor dos caçadores de seu pai quando viu a pele com cicatrizes que aparecia por baixo das mangas. Lynet o tinha visto muitas vezes da janela quando o pai estava se preparando para uma caçada, mas nunca pessoalmente, e ela estava grata por isso. Os braços com cicatrizes não a assustavam, mas os olhos, sim – eram muito vagos, vazios, como bolas de gude negras dispostas em um rosto humano.

– A senhorita é a princesa – disse ele, curvando um pouco a cabeça para olhar para ela. – A senhorita é tão bela quanto dizem.

Lynet se encolheu quando o caçador aproximou o rosto do dela. Essa era a outra coisa estranha em relação a ele – durante todos os anos em que Lynet o tinha visto, o caçador parecia nunca envelhecer. Mesmo agora, ele parecia apenas um pouco mais velho que Lynet, mas ela sabia que isso era impossível.

Ela estava ficando desconfortavelmente ciente do quanto ele estava perto e das mãos dele ainda em seus ombros, então se afastou.

– É tarde, criança – disse o homem, e Lynet se perguntou qual seria sua idade para ele chamá-la assim. – Por que está aqui fora a esta hora?

– Tenho o direito de estar aqui, se quiser – Lynet respondeu. – O que *você* está fazendo aqui a esta hora?

– Tenho o direito de estar aqui, se quiser – repetiu ele.

Nenhum dos dois pareceu totalmente convincente, mas talvez isso fosse uma vantagem para Lynet.

– Se esse é o caso – disse ela, a voz começando a tremer um pouco. – Então não há razão para nenhum dos dois contar a ninguém que nos encontramos aqui à noite.

Os dois observaram um ao outro, e talvez tenha sido apenas um truque do luar, mas Lynet achou que ele *parecia* ter a idade que aparentava, seus olhos percorrendo nervosamente os ombros de Lynet, o corpo um tanto curvado como o de uma criança culpada. Lynet percebeu que estava parada com a mesma pose.

O caçador acenou a cabeça para ela em um gesto solidário, e, então, quase ao mesmo tempo, os dois seguiram direções opostas. Lynet olhou para trás uma vez para se assegurar de que ele não a estivesse seguindo ou observando, mas o homem tinha desaparecido.

*

Lynet só precisou esperar alguns minutos empoleirada no batente da janela antes de ouvir o rangido alto da porta se abrindo às suas costas. Nadia surgiu na entrada segurando uma vela acesa que, de algum modo, parecia mergulhar ainda mais o ambiente em uma sombra tremeluzente. Ela trazia a bolsa de cirurgiã também.

– Esta torre é muito alta – ela comentou, um tanto sem fôlego.

Lynet deu de ombros, olhando para os beirais e apoios para os pés que tinha usado para escalar de uma árvore próxima até a janela da torre. Ela pulou da janela e se sentou no tapete no centro da sala. Nadia se ajoelhou com ela, colocou a vela entre as duas e se inclinou para a frente.

A subida tinha ocupado toda a sua atenção, por isso ela se sentia calma e focada, especialmente diante da falta de fôlego prolongada de Nadia.

– Você sabe onde estamos? – disse ela.

– Na Torre Norte – respondeu Nadia sem hesitar. – Como dizia seu bilhete.

Lynet balançou a cabeça, e as sombras de seus cachos dançaram pela parede.

– Não apenas isso. Estamos diretamente acima da cripta real. Vou lá uma vez por ano com meu pai para visitar o local de repouso de minha mãe. Fomos outro dia, antes de você me contar que ela não morreu durante meu parto.

Nadia se encolheu.

– Desculpe – disse ela. – Achei que você fosse querer saber. Achei que *qualquer pessoa* fosse querer saber. Eu nunca quis assustá-la.

– Não fiquei assustada – Lynet disparou. – Eu só precisava... pensar sobre o que você disse.

Nadia ofereceu um sorriso de desculpas.

– Então você não está com raiva de mim?

– Não mais – Lynet respondeu. – Estou feliz por saber a verdade.

Todo o corpo de Nadia pareceu relaxar de alívio. Ela pegou algo na bolsa e entregou a Lynet, com cuidado para não encostar na chama da vela.

– Isso pertenceu ao mestre Jacob, o cirurgião anterior a mim. Eu o encontrei no porão com outros registros antigos e achei que pudesse ajudá-la.

– Você já leu? – Lynet perguntou, pegando o diário fino e surrado.

Pela incerteza dela, Lynet soube que Nadia tinha, sim, dado uma olhada, antes mesmo que ela respondesse.

– Li. Tem mais alguns detalhes sobre você, mas não sobre a criação em si.

Lynet começou a folhear o diário, parando quando via o nome de Emilia. Ela leu o relato da doença da mãe, do desespero do pai quando convocou um famoso mago do Sul para ajudar a salvá-la. Quando ela morreu, o rei tinha pedido ao mago que lhe criasse uma filha, uma menina que fosse exatamente igual à mãe. O mago fez a garota de neve e do próprio sangue, que tinha o poder de gerar vida. Lynet não parava de ler, vendo a si mesma a distância – não como ser humano, mas como algum experimento estranho e sobrenatural.

Lynet baixou o diário, sua respiração estava normal. E desejou que Nadia não tivesse lido essas páginas. Todas as outras pessoas a viam como filha de sua mãe, mas, pelo menos, ainda a viam como humana. Lynet manteve os olhos na chama da vela, seguindo seus movimentos.

– O que você vê quando olha para mim? – disse ela.

A voz de Nadia estava contida ao responder.

– O que quer dizer com isso?

— Você me vê, agora, como se eu fosse... uma curiosidade? Algo sobrenatural ou... uma cópia de minha mãe?

— Não conheci sua mãe.

Lynet olhou para ela e tentou sorrir.

— Não foi uma resposta para minha pergunta.

Nadia ficou em silêncio, e Lynet tentou decifrá-la, mas parte da cirurgiã estava na sombra. Lynet esperou a resposta com cada vez mais temor — ela tinha sido projetada de fora para dentro, afinal de contas, o rosto pintado como o de uma boneca. Quem era ela, se não uma cópia feita para ser comparada à original?

— Não — respondeu Nadia finalmente. Sua voz assustou Lynet. — Eu definitivamente não a vejo como uma curiosidade, nem como a sombra de outra pessoa. Mas não tenho todas as respostas que você quer. Não posso lhe contar mais do que está no diário...

— Mas você pode — disse Lynet. — O diário diz que minha pele é sempre fria ao toque, mas não tenho como saber se isso é verdade sozinha. — Ela se aproximou devagar, estendeu o braço para pegar a mão de Nadia e a apertou contra sua pele exposta sob a garganta. — É verdade? — disse ela. — Eu sou fria?

Embora tivesse levado um susto de início, e sua mão tivesse dado um sobressalto sob a de Lynet, ela não estava mais na sombra, e, por um momento, Lynet achou ter visto preocupação em seus olhos — mas talvez fosse apenas o reflexo da chama.

— Então? — disse Lynet em voz baixa.

Nadia afastou a mão.

— Esse foi o teste errado — ela respondeu, os olhos indo da pele da garganta de Lynet de volta para seu rosto.

— Ah — disse Lynet. — Então qual seria o teste certo?

Nadia sorriu com o tom jocoso da princesa e empurrou a vela para a frente.

— Sua pele é fria, mas a pele de qualquer um fica fria em uma torre gelada como esta. O teste verdadeiro vai ser se sua pele consegue se esquentar. — Ela meneou a cabeça para a vela. — Aqueça a mão sobre a chama, mas não se queime.

Lynet tinha brincado disso várias vezes ao longo dos anos. Era outro meio de se livrar daquele desconforto na pele, colocar a mão sobre uma chama, aproximando-a cada vez mais até perder a coragem e afastá-la. E foi o que ela fez para Nadia, deixando a chama aquecer sua pele.

Depois de cerca de um minuto, Nadia afastou a vela e pegou a mão da garota.

— O que você sente agora? — ela perguntou, inclinando a cabeça sem jamais abaixar os olhos. — Você sente sua mão quente?

Ela passou o polegar áspero pela palma da mão de Lynet, e o coração da princesa deu um pequeno e estranho salto que ela não soube explicar.

— Sim, estou quente — ela disse, a voz um sussurro baixo.

Um sorriso lento se formou nos lábios de Nadia.

— Isso é estranho — disse ela. — Para mim, você não parece nada quente. Sua pele ainda é fria ao toque.

Lynet recolheu a mão, olhando-a e tentando encontrar as respostas que desejava em suas linhas.

— Como pode ser?

Nadia balançou a cabeça.

— Não sei. Talvez qualquer coisa que não seja fria pareça quente para você, mas o frio seja neutro. Você absorveu o calor, como uma espécie de esponja, mas a superfície permanece fria.

— Então você está dizendo que meu interior não é igual ao exterior? — Ela deu um riso seco. — Eu podia ter lhe dito isso.

— O que quer dizer com isso?

— Não é óbvio? Sou minha mãe por fora. Eu me pareço com ela. Eu falo como ela. Ponha uma coroa na minha cabeça, e ninguém consegue ver a diferença.

Lynet tentou manter a voz leve, mas o rosto de Nadia estava sério, e ela lembrou que a tinha achado uma contradição, também – a garota sorridente e a cirurgiã severa.

— E o que é você por dentro? – Nadia perguntou com delicadeza.

Lynet balançou a cabeça, e sua garganta de repente se fechou.

— Não sei – disse ela. Não importava o que fizesse, não importava quem fosse, a única coisa que as pessoas sabiam sobre ela era o quanto se parecia com a mãe. E a cada ano que que passava, ela só se transformava cada vez mais na mulher que jazia na cripta abaixo. Lynet estava destinada a ser outra pessoa, perder toda a noção de si mesma. Todo mundo sempre lhe dizia que ela não era mais criança, mas Lynet sabia que ser criança era a única defesa contra se transformar em uma mulher que não conhecia. Ela podia sentir a ardência das lágrimas em seus olhos, pensou em como tinha desmoronado diante de Mina. E se recusou a deixar que isso acontecesse de novo na frente de Nadia.

Lynet forçou um riso agudo, se levantou do chão e correu até a janela.

— Vamos descobrir? – Ela passou uma perna pela janela, depois a outra.

Nadia foi imediatamente até ela.

— O que está fazendo?

Lynet riu outra vez.

— Não se preocupe, há um beiral bem abaixo da janela. Viu? – Ela desceu até o beiral, com a janela na altura de sua cintura, e se agarrou ao batente atrás de corpo. Nadia não sabia ao certo se segurava as mãos de Lynet ou se isso a faria perder o equilíbrio.

– A vista daqui é extraordinária durante o dia – Lynet comentou. – Você pode ver Primavera Branca inteira à sua frente. – E mesmo agora, sob o luar, Lynet ainda podia ver os contornos do pátio lá embaixo, emoldurado pelas torres pronunciadas e pelos telhados íngremes. Aquela nuvem escura era o topo do zimbro, cercado por neve que parecia absorver a luz pálida, e, por um momento, Lynet não soube dizer se a neve estava refletindo o luar, ou o contrário. Além dos muros severos e acinzentados do castelo ficava a floresta, onde as formas escuras dos pinheiros emergiam como sentinelas.

– Tenho certeza de que é muito bonito – disse Nadia. – Agora, entre.

Lynet riu outra vez.

– Está com medo por mim? Já escalei até aqui esta noite, em vez de subir as escadas. – Ela se moveu lentamente pelo beiral. – Aqui, tem espaço para você também.

– Eu não vou pular para fora, e você provavelmente também não devia fazer isso. Não acho que seja seguro.

Um vento frio soprou por seu cabelo.

– Se eu cair, você vai me remendar, não vai? Como quando nos conhecemos?

– Não se você estiver morta quando cair no chão.

Em um instante, ela foi tomada pelo pensamento: *Pelo menos, se eu estiver morta, não vou me transformar nela.*

O que tinha feito Lynet pensar uma coisa dessas? Ela olhou para o chão bem lá embaixo e, pela primeira vez, compreendeu plenamente que podia cair. Podia morrer. Ela não era invencível. *Por que estou fazendo isso?*, Lynet se perguntou, e como sempre, uma voz em sua cabeça respondeu: *Para me sentir viva.* Mas, dessa vez, havia outra voz, uma que ela nunca tinha ouvido antes, que ofereceu uma resposta diferente.

Para morrer.

– Nadia? – ela chamou. – Quero voltar para dentro, agora. – Sua voz lhe parecia tão fraca, como se já tivesse caído e estivesse chamando lá de baixo.

Imediatamente, os braços fortes de Nadia a envolveram pela cintura e a puxaram por cima do batente da janela. Lynet podia ter voltado sozinha, mas não confiava no próprio corpo naquele momento. Aquela coceira por baixo da pele era perigosa; ela lhe dizia que Lynet podia saltar de um telhado para uma árvore, quando não podia. E dizia que ela podia se pendurar na janela de uma torre e não cair.

Mesmo quando a princesa estava em segurança no interior da torre, Nadia não a soltou de imediato, talvez com medo de que Lynet saltasse outra vez. E talvez ela devesse – ela podia sentir a batida rápida de sua pulsação sob a pele, tentando explodir e sair dela, e Lynet se preocupou que Nadia pudesse senti-la também. Ou talvez quisesse que Nadia sentisse também. Ignorasse a superfície fria de sua pele e encontrasse o sangue quente sob a superfície. Talvez só quisesse que alguém a virasse do avesso uma vez.

Mas como poderia explicar isso? Como poderia explicar qualquer uma de suas ações essa noite? Ela não podia simplesmente dizer que sua pele às vezes não se encaixava direito, e que a única coisa para consertar isso era fazer algo impensado e empolgante. Mas quando se afastou, Nadia não estava olhando fixamente para ela em reprovação ou confusão, estava olhando acima dos olhos de Lynet com algo que parecia satisfação, o esboço de um sorriso no rosto.

– O quê? – Lynet perguntou, sua curiosidade superando a vergonha.

– Seu cabelo...

De início, Lynet ficou confusa, até perceber que estava parada bem na nesga de luar que entrava pelo teto. Ela imaginou que tivesse criado uma espécie de halo ao redor de sua cabeça. Lynet estava pronta para rir de Nadia por ficar tão hipnotizada por algo tão comum, mas a cirurgiã estendeu a mão e tocou seus cachos de leve, e ela sentiu medo de fazer qualquer movimento. Nadia enrolou um cacho no dedo, evitando olhar o rosto da princesa; o coração de Lynet batia forte, em um ritmo lento e pesado contra suas costelas. Até o ar em torno delas pareceu ficar imóvel, de modo que cada respiração parecia significativa, o roçar de cabelo em seu rosto era o suficiente para fazer Lynet se esquecer da coceira sob a pele.

Nadia puxou a mão para trás, de modo tão súbito que Lynet achou que o incidente todo só tivesse acontecido em sua imaginação.

– Não posso deixar você ficar com esse diário, mas você pode vir à sala de trabalho a qualquer hora que quiser – Nadia explicou às pressas, a voz um pouco alta demais. – Há outros diários, mas não examinei todos. Você pode conseguir descobrir mais.

Então ela foi embora, abaixando-se para recuperar o diário e a vela antes de sair correndo pela porta, que se fechou, deixando Lynet parada perto da janela no aposento silencioso, olhando fixamente para o espaço vazio à sua frente onde Nadia tinha estado um instante atrás. Tudo tinha desmoronado rápido demais – Nadia estava se movendo absurdamente depressa...

Ou talvez Lynet estivesse presa em um único momento, o mundo à sua volta se movendo enquanto o tempo parava para ela.

9

MINA

Como seduzir um rei?

Era muito cedo, claro. Ele não se casaria de novo enquanto a memória da esposa estivesse fresca em sua cabeça, mas memórias não tinham substância e desapareciam bem rápido.

Como a temida filha do mago, ela nunca tinha se relacionado com os aldeões em casa, muito menos tinha sido cortejada por qualquer um. Mas precisava começar de algum lugar. Não haveria espaço para erros com o rei.

Talvez não importasse que ela não conhecesse nenhum rapaz. Ela era filha de seu pai, e o que não existia, ela criaria.

Tarde da noite, não muito tempo depois do banquete, Mina saiu escondida da cama. Ela acendeu uma vela, pegou o espelho da mãe e depositou os dois no chão perto do vidro coberto de gelo de sua janela.

Desde o dia no riacho em que ela descobrira que podia manipular o vidro, Mina praticava o uso de seu poder e percebeu que, quanto mais vidro tivesse ao seu redor, menos a magia a exauria, embora o efeito fosse sempre temporário. Mas a regra do sangue do pai não funcionava para ela. Uma vez, Mina tentou fazer um camundongo outra vez, mas quer usasse seu sangue para fazê-lo ou não, o rato nunca ficava de fato vivo – ele nunca tinha batimentos. Mas isso não importava. Essa noite ela não queria criar nada com batimentos.

Fortalecida pela janela de vidro, ela se concentrou no espelho, e o vidro deslizou da moldura para formar uma poça prateada no chão. A poça se alargou e, aos poucos, uma forma emergiu: um corpo humano, alto e magro. A figura de vidro era ainda transparente, mas tinha se tornado sólida, um manequim cristalino.

Mina o moldou em sua mente, prestando atenção aos mínimos detalhes: a curva dos cílios, os calos nas mãos, o relevo da clavícula. No último minuto, ela se lembrou de vesti-lo, e o vidro se transformou em uma túnica para obedecê-la. O vidro se tornou osso, carne e tecido, e quando terminou, Mina se debruçou sobre ele e sussurrou:

– *Viva.*

Mesmo com a janela, ela sentiu seu fôlego sumir no momento em que os olhos dele se abriram.

Ele era bonito, com olhos negros e cabelo escuro e brilhante. Seu único equívoco eram os braços. Mina tinha hesitado brevemente ao formá-los, sem saber ao certo se deveriam ser magros ou musculosos, e como resultado, os braços marrons estavam cobertos de pequenas cicatrizes, como rachaduras na superfície de um espelho.

Ela se debruçou sobre aquela forma.

– Você sabe quem eu sou?

Ele piscou devagar, em seguida abriu um sorriso de reconhecimento.

– É você – disse ele, e sua voz ecoou como vidro. – Eu olhei para seu rosto o dia todo. Embora tenha visto outras, você sempre foi a mais bela de todas.

Suas palavras eram uma carícia, como a sensação de vidro frio contra a pele dela em um dia quente.

– Meu nome é Mina. Deixe-me ajudá-lo a se sentar.

Com um braço por baixo de seus ombros, ela o acomodou. Ele imitou os movimentos, aprendendo a mover os membros e o corpo até estar sentado como Mina, os joelhos dobrados sob o corpo. Os dois estavam sentados frente a frente, observando um ao outro. Mina mordeu o lábio, e ele fez o mesmo.

– Meu nome é... eu tenho um nome? – ele perguntou.

Mina não tinha pensado em um nome. Ela ponderou, testando opções diferentes até encontrar uma que parecesse vidro quebrado em sua língua.

– Felix – disse ela. – Seu nome é Felix.

– Meu nome é Felix – ele repetiu. – O que você quer que eu faça? – Felix quis saber. – Se não posso mais mostrar seu rosto a você?

– Preciso que me ensine o que significa amar, como é, qual a sensação. Me ame, da melhor maneira possível, e vou aprender com você.

A voz dela começou a oscilar nas últimas palavras, e Mina ficou em silêncio, desejando não ter dito nada. O que um pedaço de vidro podia saber sobre o amor? Ela podia transformá-lo em pedaços, se quisesse, forçá-lo de volta à moldura do espelho e esquecer que já tinha tentado fazer aquele experimento equivocado.

Mas aí Felix colocou as duas mãos nos ombros dela e se inclinou para a frente, os lábios pairando sobre os dela antes de se mover para a faixa de pele logo abaixo do queixo, bem onde sua pulsação deveria estar, e ela perdeu o fôlego.

– Isso é fácil – ele murmurou junto a seu pescoço. – Eu amo você desde que abri os olhos e a vi.

Os olhos de Mina piscaram e se fecharam quando as mãos deslizaram pelos braços com cicatrizes dele. Ela o puxou para perto, maravilhada com o peso desconhecido, mas reconfortante, de sua cabeça afundada na dobra de seu pescoço. Por um momento, Mina pensou: *Talvez isso seja suficiente.* Talvez ela não precisasse do rei nem da coroa – talvez tudo de que ela precisasse fosse fechar os olhos e abraçar Felix com força o bastante para esquecer que nenhum dos dois tinha batimentos, que nenhum deles poderia tornar o outro verdadeiramente humano.

Mas ela não podia fechar os olhos para sempre, por isso os abriu de novo e se afastou delicadamente do abraço de Felix.

– Abra os braços – ela instruiu.

As rachaduras eram perceptíveis, mas pareciam cicatrizes, como as que poderiam surgir em duelos ou caçadas. É provável que ela pudesse tê-las consertado, mas decidiu que gostava mais dele assim. Mina passou os dedos pelas cicatrizes, e a sensação enviou um calafrio até seus ossos. *Meu.*

– Você tem a aparência de um caçador, meu amor. E o rei sempre sai à caça. Quando sair daqui, vá aos estábulos. Lá, pergunte pelo oficial e lhe diga que você veio se juntar aos caçadores reais. Talvez, com o tempo, você acompanhe o próprio rei, e então você vai voltar aqui, para mim, e me contar o que aprendeu sobre ele. Entendeu?

– Sim. Vou ser um caçador – recitou ele, de olhos arregalados e ávidos para agradá-la.

Ela curvou a cabeça e apertou os lábios sobre uma das cicatrizes da parte interna do braço de Felix, que levantou a cabeça devagar, acariciando o rosto dela, os lábios, com o polegar. Mina se inclinou para a frente até seus lábios encontrarem os dele. Quase imediatamente, ela tornou a se afastar.

Felix se adaptou rápido. Ele imitou os movimentos e inclinou a cabeça para a frente, para retribuir o beijo. Sua adoração e seu desejo a acalentaram, e ela entendeu por que sempre se dizia que os deuses eram ciumentos.

Ela fingiu estar beijando o rei, praticando em que ponto de suas costas pousar a mão, quando se afastar para que ele desejasse mais. *Essa é a sensação de ser abraçada, de ser amada*, disse ela para si mesma, mas Mina estava ciente demais de que era um espelho que a amava, e espelhos viam apenas a superfície. Será que as pessoas eram iguais? Se ela brilhasse o suficiente por fora, será que podia cegar a todos sobre o que havia por baixo?

Felix deu um grito. Sem querer, ela tinha rasgado a carne em sua nuca e, quando retirou a mão, tinha o sangue dele nas unhas.

Será que o grito tinha sido alto o bastante para acordar seu pai? Ela se levantou do chão tentando ouvir o som de passos. Felix permaneceu de joelhos diante dela, o rosto virado para cima e radiante com devoção, e Mina se esqueceu de suas preocupações diante dele. Ela achava que nunca iria se acostumar com aquela riqueza repentina de afeto.

– Levante-se – ela ordenou, e Felix obedeceu. – Machuquei você?

– Um pouco.

– Você ainda me ama?

– É claro.

Ela se aproximou para beijá-lo outra vez, mas o som de sua porta sendo escancarada a assustou.

Era seu pai, que estava furioso.

– Tire-o daqui – disse ele. Sua voz era um trovão baixo.

Felix olhou confuso para ela, esperando que Mina lhe dissesse o que fazer.

– Lembre-se de onde o mandei ir – Mina sussurrou para ele. O quarto ficava no térreo, então ela abriu a janela. Felix entendeu e acenou a cabeça uma vez antes de subir e sair para cumprir a tarefa que tinha recebido.

Quando ela fechou a janela, desejou poder acompanhá-lo, ou que, quando se virasse, seu pai tivesse desaparecido. Mas não teve tanta sorte. Gregory estava esperando por ela, tão furioso quanto antes. Então ela decidiu que, não importava o que ele dissesse ou fizesse, ela não lhe contaria a verdadeira origem de Felix. Isso ainda era seu segredo, e Mina o guardaria enquanto lhe restassem forças.

– Não sei dizer se você é ingênua ou profundamente estúpida – Gregory desdenhou, uma veia pulsando na testa.

Você não falaria assim comigo se eu fosse a rainha, pensou Mina, mas se manteve em silêncio. Que seu pai se enfurecesse e, quando terminasse, ela falaria.

– Você devia agradecer por eu tê-la detido antes que fosse longe demais. Se alguém descobrir isso, ou se você acabar grávida, seria impossível encontrar alguém para se casar com você.

– E se você *tivesse* chegado tarde demais? E se eu tivesse ido longe demais? – Era uma declaração arriscada, mas valeu a pena ver o sangue se esvair do rosto do pai. Sim, ele ia escutá-la agora. Ele ia prestar atenção a cada palavra.

Gregory a pegou bruscamente pelos ombros.

– Foi?

Mina esperou antes de responder, deixando que ele antecipasse sua réplica.

– Não – ela disse por fim.

Gregory a soltou, e seus ombros relaxaram de alívio.

– Se eu um dia pegá-la com ele outra vez, ou com qualquer outro homem, vou matá-lo. Como uma filha minha pode ser tão tola?
– Eu não ia deixá-lo...
O riso do pai a interrompeu.
– Você acha que teria conseguido detê-lo?
– Sim.
– E como sabe disso?
Porque eu o criei e posso destruí-lo. Ela manteve a boca bem fechada, com medo de que o orgulho a traísse.
– Eu sabia o que estava fazendo.
– Ah? Explique para mim.
Ela pensou rápido. Se contasse a verdade de seu propósito, suas ambições secretas, o pai poderia se tornar um aliado. Se mentisse, acharia que ela era uma tola e a faria se casar o mais rápido possível.
– Quero ser rainha.
A boca dele ficou aberta por mais alguns segundos antes que seu pai sacudisse a cabeça e se lembrasse de fechá-la. O que quer que esperava ouvir, não era isso. Ela o deixou sem fala, e isso foi uma vitória.
– Quero me casar com o rei – Mina prosseguiu. – Falei com ele no pátio, na manhã do banquete, e achei que se eu pudesse... praticar com alguém, então saberia o que fazer se alguma vez eu falasse com ele de novo. Eu saberia como... como fazê-lo me amar.
Gregory manteve o olhar vago na direção dela por algum tempo, em seguida, caiu na gargalhada.
– Eu subestimei você – disse ele. – Aqui estava eu com esperanças de casá-la em uma família importante, e esse tempo todo você sonhando em se tornar rainha. Você, afinal de contas, herdou alguma coisa de mim.
A ideia de herdar qualquer coisa dele lhe era desagradável, mas Mina não queria arruinar o bom humor do pai.

— Você podia me ajudar — ela propôs. — Podíamos trabalhar juntos. Você poderia ser o pai de uma rainha.

Gregory pareceu considerar a ideia com mais seriedade, sua expressão se tornando contemplativa.

— Vai levar mais alguns anos. A memória da rainha precisa começar a se apagar antes que o rei possa substituí-la. Você está decidida a esperar tanto?

— Estou — Mina respondeu, pensando na mesa alta no salão de banquete e nos rostos afetuosos que se voltariam para ela quando tomasse seu lugar ao lado do rei.

— E mais nada desse... desse "treino"?

Mina corou. E balançou a cabeça.

— Se conseguirmos fazer isso acontecer, Mina... — Ele se deteve, assentindo com a cabeça para si mesmo enquanto se dirigia à porta. Ele parou no umbral. — Mais uma coisa antes que eu vá. Estou apenas curioso: você deseja o homem ou a coroa?

Não havia resposta segura. Se escolhesse o homem, seria considerada indecente; a coroa, e seria mercenária. A única resposta que podia oferecer era a verdade.

— Os dois.

Mina costumava ser capaz de determinar as estações só pelas árvores. Mas, em Primavera Branca, era sempre inverno, por isso mal percebeu a passagem de um ano, depois outro. Ela não esperava ser rainha ao final de um ano, mas esperava pelo menos ter a chance de falar com o rei outra vez. Ela costumava ficar perto do pátio oeste onde os dois tinham se encontrado pela primeira vez, mas nunca mais o encontrou ali. Durante as refeições no salão, ela ficava longe demais da mesa alta para sequer capturar o olhar, muito menos falar com ele. Na maior parte do tempo, o rei nem estava ali, preferindo não fazer suas refeições em público.

Seu pai não estava preocupado.

– Ele não pode se contentar com uma memória para sempre – Gregory sempre lhe dizia. – Logo vai querer carne sólida, e isso é algo que você tem e que a antiga rainha não tem mais.

E embora encontrasse conforto nessas afirmações, parte dela sempre se perguntava: *Isso é tudo o que eu sou?*

Mas ela ainda tinha Felix. Mina não podia arriscar que o pai os flagrasse outra vez, por isso procurou um lugar seguro para se encontrar com ele, e uma noite o encontrou. Em um canto esquecido da ala oeste havia uma capela abandonada com vitrais nas janelas, o último vestígio de uma época em que o sol ainda brilhava em Primavera Branca, antes que, em vez disso, o Norte começasse a rezar para Sybil. Dali, Mina chamava Felix – como o tinha criado, podia localizá-lo com o pensamento, um leve puxão que ele sentia não importava onde estivesse. Felix estava ascendendo rapidamente entre as fileiras dos caçadores, mas o rei ainda estava além de seu alcance, portanto, fora do alcance de Mina também.

E então, certa noite no salão, Mina ouviu que logo haveria um piquenique no Jardim das Sombras atrás da ala leste do castelo. Isso só já era uma novidade – de vez em quando, a corte realizava pequenos encontros sociais para se divertir –, mas Mina também ouviu murmúrios de que aquela seria a primeira aparição pública da princesa, o que significava que o rei também estaria presente. Ela finalmente teria outra chance. Quando o rei a visse de novo, Mina não seria a garota trêmula e encolhida que ele conhecera no pátio.

No dia do piquenique, Mina foi sozinha até o Jardim das Sombras. Ela não achava que aquela coleção assustadora de árvores mortas e retorcidas sequer merecesse ser chamada de jardim, mas precisava admitir que o local estava quase bonito, com lanternas penduradas nos galhos nus das árvores, emprestando um brilho laranja à neve. A corte toda estava ali para a primeira aparição da princesa, junto com um número considerável de visitantes nobres. Um pavilhão sob uma tenda tinha sido montado longe das árvores. Embaixo dele o rei Nicholas estava sentado, assim como uma babá com uma menina ativa de dois anos no colo. A princesa estava lutando nos braços da babá, em um esforço para se juntar a um grupo de crianças que corria e brincava sob as árvores.

Mina se sentiu perdida na multidão. Ela reconheceu alguns rostos do Grande Salão, mas não tinha amigos nem aliados entre nenhum deles. Observou velhos amigos acenando uns para os outros e começou a desejar ter passado menos tempo observando o rei e se esforçado mais para fazer um ou dois amigos na corte. Ela tinha ido ali hoje esperando em segredo que a multidão se abrisse para sua chegada e formasse um caminho para ela direto até o rei, que ficaria instantaneamente impressionado com sua beleza. Mas era uma besteira romântica que ela devia ter deixado de lado anos atrás.

Mina ia encarar aquela oportunidade de maneira mais prática, então. Ela precisava ser acessível, atraente, para fazer as pessoas se aproximarem dela, em vez de implorar por atenção das margens. Ela caminhou pela multidão, à procura do momento certo, da pessoa certa. Só precisava que alguém a *visse*, que fosse atraído por sua beleza.

Ali, parados não muito longe do pavilhão, havia dois homens, ambos suficientemente jovens, então era possível que fossem solteiros, envolvidos em uma conversa. Mina caminhou apressada, olhando para o outro lado, enquanto seguia na direção dos dois, deixando-se colidir por acidente com um deles.

– Oh, me desculpe! – disse ela imediatamente, afastando-se de modo que ele pudesse vê-la melhor. – Eu devia olhar por onde ando. – Os dois homens começaram a franzir o cenho, mas, quando viraram para ver quem os havia interrompido de modo tão desastrado, as duas bocas se escancararam, e as expressões de mau humor foram esquecidas.

Sim, pensou Mina. *Olhem para mim.* Ela ficou ali parada, convidando-os para ver a maneira como seu cabelo complementava tão perfeitamente seu vestido verde-esmeralda. Eles reconheceriam suas raízes do Sul pelo brilho dourado da pele, mas também teriam de perceber a maciez de sua pele, de seu pescoço nu, embora ela estivesse com frio. Seus olhos brilharam enquanto ela se submetia aos olhares, empinando o nariz e se forçando a não virar quando se perguntou de novo: *Isso é tudo o que sou?*

– Não é preciso se desculpar – disse o mais baixo, passando a mão pelo cabelo castanho fino e liso. – Especialmente se você ficar e conversar conosco.

Mina sorriu e levou a mão à garganta, percebendo o modo como os olhos deles acompanharam o movimento.

– Obrigada, cavalheiros – disse ela. – Infelizmente, não conheço muitas pessoas na corte e seria um grande conforto ter um amigo.

Mina conversou animadamente e se exibiu para os dois como uma ave canora em uma gaiola, implorando para ser vendida, mas sempre parando de modo a conseguir ver o rei. Em pouco tempo, outros se juntaram ao círculo – primeiro, apenas outros homens, mas depois algumas mulheres se juntaram ao grupo também, até que Mina se tornou a principal atração das festividades. Todos primeiro passavam os olhos por ela, com o cenho um pouco franzido de hesitação no rosto ao perceberem que ela era uma forasteira, mas então Mina sorria ou brincava com o cabelo, e seus olhares se tornavam mais apreciativos.

O rei parecia preocupado em garantir que a filha não saísse correndo para se juntar às outras crianças brincando nas árvores, brandindo galhos como espadas improvisadas, mas Mina sabia que acabaria notando o círculo cada vez maior de pessoas e então a veria no centro de tudo, brilhando como um farol, chamando-o para si.

No fim, foi o riso de Mina que chamou sua atenção. Com os olhos vidrados de tédio, ele estava ouvindo um homem mais velho, que estava inclinado para lhe sussurrar algo, quando Mina fingiu rir de alguma coisa que, a princípio, só estava simulando ouvir. O rei virou o olhar com o som e então a viu, e sua cabeça se inclinou de leve de curiosidade quando percebeu a pequena multidão em torno dela. Mina estava com a cabeça erguida, querendo que ele a visse assim, adorada e admirada, em vez da garota solitária do pátio, mas, depois de apenas um momento, ele virou para o velho.

Tentando não reagir a essa decepção, Mina voltou sua atenção para o grupo, mas não estavam mais olhando para ela. Estavam se movendo para o lado, abrindo espaço para um grupo de pessoas conduzido por uma mulher de meia-idade, a cabeça levantada no alto do pescoço comprido e elegante.

Mina a reconheceu. Seu nome era Xenia. Ela e várias outras mulheres daquela idade estavam sempre sentadas próximas à mesa alta, muitas delas no conselho do rei.

A sobrancelha esquerda de Xenia formou um arco perfeito, e seus lábios se curvaram em um sorriso satisfeito, mas frio.

– Que dia estranho – ela disse alto o suficiente para todos ouvirem. – Nossa bela princesa está fazendo sua primeira aparição na corte, e aqui estamos todos reunidos em torno de uma garota do Sul que nenhum de nós sequer conhece. Imagino que o rei vá se ressentir desse insulto à sua filha.

Ela se virou e foi embora, levando a multidão junto. Alguns simplesmente saíram andando, mas vários outros se deram ao trabalho de, antes, lançar um olhar contundente para Mina.

Por que essas pessoas fazem com que eu sinta vergonha de meu lar?, ela pensou. Quando tinham conquistado o direito de fazer isso? Com todo o seu desdém pelos sulistas, eles não eram diferentes dos aldeões assustados de sua terra natal, sussurrando e jogando pedras em seus tornozelos quando ela não estava olhando. Suas razões para odiá-la eram diferentes, mas a dor pronunciada da rejeição parecia exatamente igual. Ela olhou para o rei, e se arrependeu no mesmo instante – ele olhava fixamente para Mina, testemunhando sua desgraça repentina com o cenho bastante franzido.

Ser humilhada era uma coisa, mas que *ele visse* isso – Mina não conseguiu se conter. Ela recuou o mais rápido possível sem começar a correr. Ela sabia que partir agora seria um sinal de derrota, mas não suportaria ficar e ser desdenhada enquanto seus planos para o futuro se dissolviam em um instante.

Ela estava quase saindo do jardim quando ouviu uma voz chamá-la.

– Espere! – Então uma mão forte segurou seu braço. Quando virou para confrontar seu último opressor, ela soltou um grito de surpresa. Era o rei Nicholas.

Como tinha imaginado, a multidão tinha se aberto para formar um caminho entre Mina e o pavilhão do rei, mas, em vez de ir até ele, o rei fora até ela. Todos estavam observando com interesse, esperando para ver o que o rei ia fazer.

Nicholas desviou o olhar de Mina para a multidão que observava e deu um suspiro de frustração. Ele soltou o braço de Mina e ofereceu o seu.

– Caminhe comigo – ele convidou, e Mina imediatamente aceitou seu braço, mal sabendo o que estava fazendo.

O rei manteve um ritmo relaxado enquanto se afastava do jardim – um simples passeio, em vez da fuga que ela estava preparando. Mina se segurou no braço dele, pensando furiosamente. Ela não sabia o que fazer, quem ser – qual tinha sido seu propósito quando a seguiu? Por que ele a estava conduzindo para longe dali? Será que estava tentando ajudá-la, ou queria lhe dizer pessoalmente para nunca mais comparecer a nenhum evento público?

Finalmente, o rei comentou sem olhar para ela:

– Eu sei quem você é. Você é a filha de Gregory.

– Meu nome é *Mina* – disse ela com firmeza.

Ele parou e virou para encará-la, um pequeno vinco surgiu entre suas sobrancelhas.

– Isso mesmo. Mina. A garota do pêssego. Você se tornou... – Ele balançou um pouco a cabeça e olhou para o outro lado. – Eles estavam sendo cruéis com você? Era por isso que você estava fugindo?

Mina estudou seu rosto, à procura de algum sinal de que o rei a estivesse atraindo para uma armadilha. Mas seus olhos eram gentis, e sua testa se franziu sutilmente de preocupação. Era o mesmo homem que ela tinha conhecido no pátio dois anos atrás, triste porém simpático.

– Sim – sussurrou ela – Foram cruéis comigo. Mas as pessoas sempre são cruéis comigo, por uma razão ou outra.

Ele assentiu com a cabeça indicando que entendia.

– Primavera Branca pode ter hábitos arraigados. Ninguém confia em ninguém nem em nada novo, não no princípio. Lamento que você tenha aprendido isso de maneira tão dura. Não vou deixar que aconteça de novo.

Mina não respondeu logo. Embora ainda estivesse tremendo, sentiu uma estranha espécie de calor, as palavras do rei se envolvendo em torno dela de maneira protetora. Ela tinha lhe confiado algo, e ele tomara seu partido.

— Obrigada, milorde — disse Mina. — Por vir em meu resgate. — *Nenhuma outra pessoa nunca fez isso*, ela teve vontade de dizer.

Ele sorriu um pouco, mas então sua expressão se fechou.

— Seu pai está aqui?

— Não — disse Mina rapidamente.

O rei ofereceu o braço para ela.

— Então, você gostaria de ficar pelo resto da tarde? Duvido que alguém lhe cause mais problemas, e eu odiaria que você fosse embora tão cedo.

Ela aceitou o braço, e o rei a conduziu de volta para a multidão antes de fazer uma mesura com a cabeça para ela e voltar para se sentar com a filha. Mina tentou não demonstrar um ar de muito triunfo quando as mesmas pessoas que tinham acabado de evitá-la e de desdenhar dela agora a chamavam e a cumprimentavam calorosamente, mas era difícil não saborear a forma como Xenia e seus amigos estavam de repente ao lado dela com sorrisos invejosos.

— O rei parece gostar de você — disse Xenia. — Vocês já tinham se conhecido?

— Uma vez — respondeu Mina.

— Espero que você não tenha ficado muito ofendida pelo que eu disse antes — acrescentou Xenia, colocando a mão no ombro de Mina. — Só uma pequena provocação divertida entre amigas.

Mina conteve a forte vontade de afastar a mão de Xenia. Ela podia ter dito algo duro e mordaz, algo para fazer Xenia se arrepender de ter sido cruel com ela, mas por mais que quisesse retaliar, Mina também se viu saboreando a atenção de Xenia. Fazer Xenia aceitá-la era ainda mais satisfatório que teria sido rejeitá-la.

— Eu entendo — disse Mina. — E tenho certeza de que vamos ser muito boas amigas de agora em diante.

*

Ainda eufórica com seu sucesso, Mina contou tudo ao pai quando voltou a seus aposentos. Ele estava sentado a sua escrivaninha, ouvindo o relato do dia sem dizer nada e, quando a filha terminou, falou apenas:

— O rei sabe que você é minha filha?

Mina assentiu, intrigada, mas então se lembrou do primeiro encontro com o rei, quando ele a deixara com rapidez ao descobrir quem ela era. Na época, ela não sabia que aquele estranho era o rei, e por isso supôs que Gregory tivesse apenas feito um novo grupo de inimigos. Mas agora se perguntava *por que* ele tinha reagido daquela maneira, por que tinha sido tão duro com ela quando perguntou se seu pai estava no jardim.

— O rei não gosta de você — disse Mina, percebendo como o pai não demonstrava surpresa com suas palavras. — Mas por quê? Você salvou a filha dele.

Os lábios do pai quase se retorceram em um ranger de dentes quando ele se levantou da cadeira e foi até a janela, com as costas viradas para ela.

— Mas não sua mulher — murmurou ele.

— Mesmo assim, ele não devia ser grato a você?

— Ele *devia* ser grato.

— Mas então por que não gosta de você? Por que você não foi ao piquenique comigo hoje?

Os dedos de Gregory se fecharam em torno do batente da janela.

— Duvido que o rei queira ser lembrado da dívida que tem comigo.

— Por salvar sua filha?

Gregory começou a rir, um som seco e áspero que rapidamente se transformou em uma tosse. Quando se recuperou, ele se virou para Mina, as mãos enrugadas diante do corpo.

– Olhe em que eu me transformei, Mina. Perdi minha juventude, minha vitalidade. E por quê? – Ele baixou os olhos para as mãos vazias. – Por nada. Por uma mentira. – Ele balançou a cabeça, e as mãos caíram ao lado do corpo. – Vou contar a *você*, pelo menos. Vou ter de me contentar com isso.

– Contar *o quê*? – disse Mina, cansada de seus jogos misteriosos.

– Eu não salvei a filha do rei – ele explicou, a voz plena de orgulho. – Eu a *criei*.

Primeiro Mina ficou em silêncio. Ela não parava de pensar no camundongo de areia que Gregory tinha lhe mostrado em sua antiga casa, na maneira como tinha feito tanto segredo sobre como salvara a bebê princesa, em sua aparência envelhecida e no passo pesado que surgiram de repente desde seu retorno para casa...

Gregory viu a constatação passar pelo rosto de Mina e acenou com a cabeça.

– Isso mesmo – disse ele. – A rainha já estava morta quando cheguei ao Norte. Ela estava doente; não estava nem grávida. Isso foi apenas uma mentira para explicar por que o rei de repente tinha uma filha. Depois da morte da rainha, o rei quis que eu criasse vida de um modo que eu nunca havia feito antes: um bebê que envelhecesse naturalmente. Ele queria que a menina fosse igual à mãe. – As palavras saíam dele em uma torrente, há muito contidas por qualquer promessa que tivesse feito ao rei. Como devia ser difícil para ele nunca contar para ninguém sobre seu maior sucesso.

– O sangue – disse Mina. – Você a criou com seu sangue.

– Neve e sangue. Foram necessárias várias tentativas para entender como fazê-la viver de fato, e cada tentativa me enfraquecia, drenava a vida de meu coração. – Gregory apertou o peito e voltou para a cadeira. – É uma piada cruel, não é? Por toda minha vida, tentei entender meu próprio poder, testar meus limites e ultrapassá-los. E agora que finalmente sei do que sou capaz, tornei-me um velho antes de minha hora. Nunca mais vou poder criar vida sem abrir mão da minha própria.

Mina mal ouviu o falatório cheio de autocomiseração. Ela estava pensando na garotinha se remexendo no colo da babá. Não havia sinal que fosse qualquer coisa além de uma criança normal de carne e osso. Era verdade, ela guardaria uma semelhança incrível com a mãe quando crescesse, mas tinha um coração pulsante e um pai amoroso que a protegeria desse segredo – e de Gregory. Mina mordeu a parte interna da bochecha até sentir gosto de sangue.

– Então, será que ele vai se casar comigo? – ela perguntou, mais para si mesma do que para o pai.

Gregory gesticulou para que ela se aproximasse e fez uma avaliação fria da filha.

– Você precisa fazê-lo desejá-la tanto que não se importe com mais nada. As pessoas não são racionais quando se trata de assuntos do coração. Afinal de contas, sua mãe se casou comigo, mesmo quando sua família ameaçou deserdá-la por isso.

E no final, ela o odiou, pensou Mina. *Será que ele vai me odiar também, se um dia descobrir o que eu sou?* Ela não se deu ao trabalho de enunciar sua preocupação para Gregory – Mina sabia que ele não iria se importar. *Vou ter de fazê-lo me amar, primeiro*, decidiu ela. Se o rei a amasse de verdade, não ligaria para seu coração morto.

E talvez, talvez, o rei não achasse a condição de Mina tão repugnante quando o nascimento da própria filha tinha sido tão incomum. Talvez ele fosse a única pessoa no mundo capaz de amá-la.

10
MINA

De seu novo lugar no salão, sentada com Xenia e seu círculo, Mina muitas vezes captava o olhar do rei, e um sorriso íntimo se passava entre eles. Durante o ano seguinte, ela o observou atender todos os desejos da filha e aprendeu que o rei se importava mais com a menina do que com qualquer outra pessoa. Se ela quisesse conquistar o pai, teria de conquistar a criança também.

Então, quando foi anunciada uma celebração do aniversário da princesa, Mina soube que era muito importante comparecer. Ela não foi a única – o salão estava repleto de visitantes na noite da festa, mas, dessa vez, Mina tinha um lugar entre eles. Ela sabia que a simpatia de Xenia nada tinha de sincera, mas mesmo assim gostava do fingimento e sentia alguma satisfação em saber que ela e seus amigos não podiam nem fazer comentários sobre as peles grossas que Mina vestia.

Com o passar da noite, Mina reconheceu que havia algumas virtudes em se destacar da multidão com seu vestido quente: houve uma ou duas vezes que o rei a viu de sua mesa, os olhos dos dois se encontrando antes que qualquer outra pessoa – em geral Lynet, que não parava de agitar as pernas e de tentar se enfiar embaixo da mesa – o distraísse. Mas já tinham sido olhares compartilhados e sorrisos distantes o suficiente, ela precisava encontrar um meio de atraí-lo outra vez, para fazê-lo procurá-la.

Na vez seguinte em que olhou para cima, o rei não estava mais ali. Mina procurou com o olhar ao redor do salão, mas não conseguiu encontrá-lo em lugar nenhum. E então, enquanto estava observando a porta principal, viu uma nuvem de cabelo preto sair correndo de baixo de uma mesa e fugir.

Então juntou as peças: uma princesa irrequieta que tinha escapado, um pai preocupado à sua procura, e ela, a única que sabia aonde a princesa tinha ido. Mina podia contar à guarda do rei o que tinha visto, mas sabia que se ela mesma encontrasse e resgatasse Lynet, o rei sem dúvida ficaria grato.

Mina deu alguma desculpa sobre precisar de ar e deixou o salão, emergindo no pátio frio. A luz do interior lançava sua grande sombra sobre a neve. Havia um zimbro perto da beira do pátio, mas, diferente das árvores altas e dos galhos nus do Jardim das Sombras, essa era verde e cheia, suas folhas congeladas pela neve.

Ela olhou ao redor do pátio, na esperança de que Lynet não tivesse ido longe demais, e viu uma ducha de neve cair do zimbro. Não havia vento para causar isso. Mina caminhou despreocupadamente na direção da árvore.

Quando estava parada embaixo dela, mais neve começou a cair. Mina limpou a neve molhada da nuca, olhou para o alto da árvore irritante e encontrou dois olhos curiosos encarando-a. Aninhada nos galhos estava uma garotinha, com olhos e cabelos tão negros quanto o lago à noite. A garota se encolheu em pânico ao ser descoberta.

– Lynet?

A garota se agarrou ao galho sem dizer nada, recusando-se a confirmar ou negar sua identidade.

– Lynet? Esse é seu nome, não é?

– O que você quer? – a menina perguntou antes de enfiar os nós dos dedos na boca.

Mina arrumou suas saias sob o corpo e se sentou ao pé da árvore. Ela deu tapinhas no chão, mas Lynet não se mexeu.

– Se vier sentar comigo, vou lhe dar um presente – disse ela.

Lynet desceu de seu galho para outro mais baixo e então pulou para o chão, aterrissando de quatro. Ela usava apenas um vestido fino, como uma verdadeira nortista, mas, mesmo quando a neve tocava sua pele, ela não parecia sentir nenhum frio.

– Que presente? – a princesa quis saber enquanto se sentava ao lado de Mina.

Mina não esperava que o suborno funcionasse muito, por isso não tinha pensado no que iria lhe dar de presente. Ela não estava usando nenhum anel, mas tinha sua pulseira de prata, comprada num desafio anos atrás. Ela soltou o adorno e o estendeu.

– Aqui – disse ela. – Não é bonita? Vou colocá-la em você. – Ela a depositou em torno do pulso da menina; era grande demais para ela, claro, mas ficou no lugar, e Lynet ficou hipnotizada pela peça.

– Obrigada – disse ela. – Você é bonita. Qual o seu nome?

– Meu nome é Mina.

Lynet assentiu e voltou a girar sua pulseira ao redor do pulso.

– Você também é bonita – disse Mina.

– Obrigada – Lynet respondeu imediatamente. Mina achou que não era a primeira vez que a princesa ouvia esse elogio.

— Você é muito destemida de subir em árvores tão grandes — ela comentou e, dessa vez, a garota a recompensou com toda sua atenção.

— O que é destemida?

— Significa que você é corajosa e valente, como uma filhotinha de lobo.

Lynet inclinou a cabeça sobre o pulso, e seu cabelo escondeu a maior parte do rosto, mas Mina viu que a garota estava sorrindo.

— Meu nome é um pássaro — disse ela. — Meu pai me contou. Ele disse que eu sou como um passarinho.

— Ah, é? O que mais seu pai diz?

— Que sou igual à minha mãe. Ela está morta.

Sua brusquidão foi inesperada, mas Lynet não pareceu perturbada. Era um fato, como qualquer outra coisa. Não era justo ter ciúme de uma criança, mas Mina desejava essa sensação de distanciamento em relação à morte da própria mãe, em vez da dor da rejeição.

— Minha mãe também está morta — Mina revelou sem pensar. Ela olhava fixamente para a frente, pensando no dia em que o pai lhe contara a verdade sobre a morte da mãe, quando sentiu o baque. Lynet tinha se aproximado dela, e uma de suas mãos sujas se emaranhou na saia de Mina. Ela quis tirar a mão da menina dali antes que sujasse o tecido, mas isso não ganharia o afeto da criança. E... ela percebeu que não se importava. A garota repousou a cabeça escura sobre o ombro de Mina, e isso também não a incomodou. A pressão da cabeça de Lynet era pesada e reconfortante.

— Você sente falta de sua mãe? — a princesa perguntou. Ela levantou a cabeça, e a ausência repentina deixou Mina com mais frio do que antes.

— Eu já senti, mas não sinto mais.

No entanto, a garota não ficou satisfeita com essa resposta; sua testa se franziu, e a cabeça baixou enquanto ela revirava suas saias.

– Qual o problema? *Você* sente falta de sua mãe?

– Meu pai sente – murmurou Lynet.

– Isso a deixa triste?

Ela deu de ombros.

– Você também sente falta dela?

Ela não respondeu – mas, na verdade, como podia sentir falta de uma mãe que tinha morrido antes mesmo que ela nascesse?

– Não tem problema não sentir falta dela – disse Mina com delicadeza. – Você não se lembra dela. Você nunca a conheceu de verdade. É difícil sentir falta de alguém de quem você não se lembra.

Lynet manteve a cabeça baixa.

– Não conte para o meu pai – sussurrou ela.

Mina balançou a cabeça.

– Não vou dizer nada, lobinha.

– Lynet!

Mina se assustou com o grito repentino, mas a menina ficou tensa com o reconhecimento: o rei Nicholas estava correndo na direção das duas. Mina se levantou imediatamente e limpou a neve do vestido. Ela não precisava se dar ao trabalho, o rei passou por ela sem um olhar sequer e pegou Lynet nos braços.

– Nós procuramos por você por toda parte – disse ele.

– Eu estava entediada – murmurou Lynet, os nós dos dedos sobre a boca.

– O que você estava fazendo aqui fora... estava subindo em árvores de novo? Eu avisei que é perigoso subir em árvores. Esses seus ossos podem quebrar.

– Ela não estava subindo em nada, milorde – disse Mina. – Eu a achei sentada aqui fora, e estávamos conversando.

O rei olhou para ela como se ela tivesse surgido do nada. Mas então pareceu reconhecê-la, e seu rosto se suavizou.

— Mina — disse ele. — Desculpe, não falei com você antes. Fiquei tão aliviado por encontrar Lynet...

— Eu gosto dela — Lynet sussurrou para ele.

— É mesmo?

— Ela é ainda mais bonita que a mamãe, não é?

O rei se encolheu.

— Ninguém é mais bonita que sua mãe — disse ele.

O orgulho de Mina ficou um pouco ferido, mas seria melhor para ela ficar ao lado do rei e contra Lynet nesse caso.

— Se sua filha de fato se parece com a mãe, milorde, então o senhor deve estar certo.

Isso amenizou um pouco o golpe, e ele sorriu carinhosamente para a filha antes de botá-la de pé outra vez.

— Posso confiar que você vai voltar para dentro, Lynet, meu passarinho?

A menina fez bico, mas assentiu. Ela olhou para Mina por um segundo, a pequena testa franzida em pensamento, em seguida, saiu correndo e jogou os braços em torno da cintura de Mina.

Mina riu, surpresa, e colocou a mão sobre a cabeça da menina. Ela olhou para Nicholas para ver se ele achava aquela bela imagem charmosa, mas o cenho dele estava franzido.

— Chega, Lynet — disse ele.

Lynet se afastou, deu um último sorriso para Mina, e saiu em disparada na direção do salão. Nicholas ainda estava de cenho franzido, e Mina tentou entender o que o aborrecia, para que pudesse dizer a coisa certa. Ela se decidiu por algo seguro:

— Ela é uma menina doce.

— Uma menina doce, mas não cuidadosa — ele comentou,

olhando para o alto, para o zimbro. – Ela se apegou a você muito depressa... – disse Nicholas, mais para si mesmo que para Mina.

– Imagino que ela queira uma amiga, ou... – Mina levou um momento para rever o que estava planejando dizer, o que também teve o efeito desejado de fazê-la parecer tímida ou insegura.

– O quê? Fale abertamente comigo.

– O senhor me perguntou uma vez, muito tempo atrás, se era fácil para uma garota crescer sem mãe. Agora posso lhe dizer com sinceridade que não. Eu cometi muitos erros que não teria cometido se tivesse uma mãe para me guiar. Depois da morte de minha mãe, desejei uma orientação feminina, alguém para imitar, com quem aprender. Eu queria... bom, eu queria uma mãe.

Mina mal se ouviu falar. A verdade das palavras não importava tanto quanto a reação de Nicholas. Ela o observou enquanto falava, esperando para ver se devia continuar no mesmo caminho ou recuar.

Pela forma como ele estava irritado, a resposta era clara: *Recuar*. Mina pensou freneticamente.

– É claro que eu não quis dizer que *eu*... – Ela deu um riso seco e baixou os olhos. – Parece que eu ainda não sei como falar com reis. Eu me encolho sempre que penso no dia em que o conheci. Tenho certeza de que fui muito rude. Eu nem sabia quem o senhor era.

– Sério? Eu não me lembro de você ser nada rude. Você foi autêntica. Espontânea. Gostei disso em você.

Mina conteve um suspiro de alívio.

– Gostou? – ela perguntou, olhando para o rei com um quê de timidez. – Eu perdi essa qualidade depois?

– Infelizmente, isso acontece com todos nós – ele respondeu com um suspiro, olhando para as estrelas obscurecidas que surgem por entre as nuvens. O olhar dele encontrou o de Mina de novo, e um leve sorriso se pronunciou em seus lábios. – Mas espero que, pelo menos, um pouco tenha restado.

Ela tentou esconder um sorriso, mas até mesmo esse gesto foi planejado e aperfeiçoado, projetado artificialmente para parecer autêntico, assim como seu coração. Ele tinha razão – em algum lugar ao longo dos anos, Mina tinha esquecido como ser ela mesma sem calcular o efeito de cada palavra, cada olhar. Ela tinha se vestido como nortista para se encaixar, e agora estava vestida como sulista para se destacar, sempre com a intenção de agradar ao rei. Tinha aguentado a falsa amizade de Xenia para se sentir aceita. Ela não era melhor que Felix, se adaptando para agradar a quem quer que estivesse segurando o espelho. Mina se perguntou se seria capaz de dar a ele algo real, contar tudo sobre si mesma e confiar que o rei se interessasse por ela mesmo assim.

– Seu pai está aqui esta noite? – Nicholas perguntou, um pouco tenso.

– Não, milorde – disse Mina.

Havia um toque de ceticismo nos olhos apertados dele.

– Ele parece nunca acompanhá-la a lugar nenhum.

Mina se mexeu desconfortavelmente, pensando em como responder. Talvez nesse caso, a versão honesta fosse a melhor.

– Não somos próximos – ela explicou com um sorriso dolorido.

Nicholas franziu o cenho.

– E, ainda assim, ele é a única família que você tem, não é? Deve ser solitário para você. – Ele deu um passo na direção dela e estendeu o braço para segurar sua mão, mas então se deteve. – Se conseguir impedir que Lynet suba mais em árvores, gostaria de convidá-la para caminhar conosco amanhã à tarde perto do lago. É o lugar favorito dela.

— Eu ficaria muito honrada, milorde — disse Mina, feliz por mudar de assunto.

— Você vai voltar para dentro? — ele perguntou, oferecendo o braço.

Mina pensou na oferta — ela teria adorado ver a cara de Xenia quando a visse entrar no salão de braço dado com o rei, mas então ele a deixaria para dar atenção para a filha, e a melhor parte da noite de Mina teria ficado para trás. Era melhor se despedir agora, quando a lembrança dela seria desse momento embaixo do zimbro.

— Obrigada, milorde, mas acho que vou me retirar por esta noite.

Ela imaginou, ou o rosto do rei ficou um pouco decepcionado? Ele lhe desejou boa-noite, e Mina esperou até que ele tivesse se afastado antes de se permitir um sorriso. Ela inspirou profundamente, respirando o ar frio e cortante, e mandou um agradecimento silencioso para Lynet por fugir e se esconder naquela árvore.

II

LYNET

Lynet manteve a cabeça baixa, mas levantava os olhos para observar discretamente Nadia trabalhando. Ela tinha passado boa parte dos últimos dias na sala de trabalho no porão, examinando em detalhes os diários do mestre Jacob à procura de respostas que nunca encontrou, mas nem uma vez sequer ela ou Nadia mencionaram o momento compartilhado na torre, quando o luar existiu apenas para elas.

As duas tinham ficado mais tímidas uma com a outra. Nadia lhe entregava os diários rapidamente, antes que as mãos pudessem se tocar, e Lynet sempre se sentava à mesa na frente dela, em vez de a seu lado. Mas quanto mais cuidado tomavam para não recriar aquela noite, mais Lynet pensava nisso, confusa pela torrente de emoções sem nome e indistintas que a memória sempre evocava.

Quando Nadia afastava fios de cabelo enquanto ria, Lynet se lembrava de como sua mão tinha tremido de leve quando tocara o cabelo de Lynet na torre. O som delicado da respiração de Nadia a fazia se lembrar como a própria respiração tinha ficado tão entrecortada depois, quando ficou parada sozinha no aposento. E quando Nadia mordia o lábio em concentração, Lynet se perguntava sobre a sensação de decepção que se abatera sobre ela, como se estivesse à procura de algo que nem sequer soubesse o que era. Às vezes, Nadia a observava, também, mas sempre abaixava a cabeça e fingia estar fazendo outra coisa quando seus olhos se encontravam.

Lynet virou outra página inútil do diário, remexendo-se irrequieta. Ela desejou que essa timidez entre elas passasse. Sem Nadia, Lynet só tinha a neve e os próprios pensamentos para lhe fazer companhia. Ela nunca tinha percebido antes o quanto a neve estava sempre presente, ali, como era impossível escapar dela. Só agora, quando a neve era um lembrete constante de suas origens, a princesa desejou que ela derretesse.

Os olhos dela se levantaram de novo até Nadia, e de repente um pensamento lhe ocorreu: *Eu poderia ir com ela. Eu poderia segui-la para o Sul, onde ninguém me conhece.* Seria muito mais fácil esquecer a verdade no Sul — ela nunca mais teria de ver neve nem ouvir o nome da mãe.

Ela mal leu outra palavra pelo resto da manhã e, ao ir embora, ainda estava imaginando a futura viagem das duas juntas quando viu o pai parado no pátio. Lynet devia estar com o professor de música, mas o pai não parecia surpreso por vê-la ali; na verdade, ele estendeu o braço quando a viu.

— Venha caminhar comigo — disse ele.

Lynet estava tentando evitar o pai desde que soube a verdade sobre seu nascimento. Ela tinha medo de dizer algo e revelar que sabia o segredo que ele estava guardando, medo de que algum ressentimento transparecesse em sua voz, mas pegou o braço dele e se deixou conduzir pelo arco de pedra que levava ao Jardim das Sombras.

— Você se lembra do quanto gostava disso aqui quando era pequena? O lago era seu lugar favorito.

Lynet se lembrava. Ela nunca tinha entendido por que mais ninguém brincava ali com ela. Mas agora sabia — a água era congelante para qualquer um, menos para ela.

— Você tem um novo lugar favorito, agora, não tem? — Seu pai prosseguiu.

Será que o pai ia repreendê-la por subir no zimbro? Ela deu um suspiro e esperou pelo pior.

Nicholas parou e olhou para ela.

— Você tem faltado a todas as suas aulas para poder visitar a sala de trabalho da cirurgiã quase todo dia.

Lynet o olhou boquiaberta, tentando decidir a melhor maneira de apaziguá-lo. Um pedido sincero de desculpas? Ela não podia negar aquilo, não quando devia estar tocando harpa mal naquele exato momento. E não podia explicar *por que* estava visitando a sala de trabalho sem revelar que sabia a verdade que o pai estava escondendo dela.

— Sei que você é jovem — disse Nicholas. — E é empolgante quando há alguém da sua idade em Primavera Branca, mas você não pode negligenciar seus deveres, especialmente na véspera de seu aniversário.

— O que meu aniversário tem de tão especial este ano? — murmurou Lynet com certa amargura.

Parte da severidade dele derreteu, e Nicholas sorriu para ela.

— Não quero que você esteja despreparada — disse ele. — Você não é mais uma criança, Lynet. Você vai ter de aprender a seguir os passos de sua mãe.

Um mês antes, ela teria baixado a cabeça, derrotada, e murmurado uma concordância desanimada. Talvez porque ela agora soubesse que o pai a havia *criado* para poder seguir os passos da mãe, ou talvez porque não parasse de ouvir a voz de Mina em sua cabeça dizendo: *Você não precisa ser como sua mãe, não importa o que as pessoas digam*, mas, dessa vez, Lynet disse as primeiras palavras que lhe vieram à mente:

— E se eu resolver não fazer isso?

O rei ficou surpreso com a resposta. Sua testa se franziu em confusão, mas, pelo menos, ele não pareceu ficar bravo com a filha.

— Só quero que você tenha a vida que deveria ter — disse ele. — Eu a deixei correr livre por aí por bastante tempo. Amanhã é o dia em que você deixa todos os seus hábitos infantis para trás. Nada de escalar, nada de faltar às aulas para fazer o que quiser... e menos tempo com Mina.

— *O quê?* — Pelo outros termos, ela estava esperando, mas esse último fez a exclamação escapar de seus lábios antes que Lynet conseguisse se conter.

Nicholas respirou fundo e levantou os olhos para a teia de galhos acima da cabeça dos dois. Pelo menos ele pareceu entender o peso do que estava lhe pedindo para fazer.

— Quando era criança, você se apegou imediatamente a Mina. Você a adorou. Eu deixei bem claro para vocês duas que não queria que ela tomasse o lugar de sua mãe, nem que tivesse influência sobre você. E, por algum tempo, achei que ela tivesse entendido. Mas vocês duas formaram... uma ligação. Quando você era criança, eu podia entender. Mas agora que está mais velha, você não precisa mais de uma madrasta. — Ele pegou as mãos dela e lançou-lhe um olhar suplicante. — Sei que você está em uma idade em que acha que não vai precisar da orientação de um pai, mas espero que você ainda confie no meu julgamento e o respeite. Estou pensando em seu futuro, Lynet.

Lynet controlou a respiração, se esforçando para não chorar.

– Então o que você quer que eu faça, finja que ela não existe?

– Claro que não, mas você se tornou dependente demais dela. Você vai vê-la toda noite. – Ele fez uma pausa e, quando abriu a boca de novo, falou devagar, escolhendo as palavras com cuidado. – Sei que isso pode ser difícil para você entender agora, mas quando ficar mais velha, você não vai poder confiar que Mina vá sempre querer o melhor para você. Seria sábio distanciar-se um pouco dela antes que isso aconteça.

Lynet pensou em como Mina tinha lhe mostrado a capela, e como se sentiu honrada por receber permissão para aquele vislumbre do mundo da madrasta. *Nada mais de Mina?* Era verdade que ela não era mais criança, mas isso só significava que as duas estavam se tornando algo um pouco mais equilibrado do que madrasta e enteada – estavam se tornando irmãs, amigas, capazes de confiar uma na outra mais do que nunca. E agora ela tinha que deixar a amizade para trás ou então machucar o pai por desrespeitar seus desejos.

Lynet balançou a cabeça; era a única resposta que podia dar para uma situação tão impossível, e seu pai deu um suspiro.

– Você vai entender tudo com mais clareza hoje à noite.

– Hoje à noite?

Nicholas sorriu.

– Você, Mina e eu vamos nos encontrar hoje à noite em meus aposentos, assim que o sol se puser. Há algo que preciso contar a você. Pense nisso como um presente antecipado de aniversário.

Lynet deu um sorriso fraco, mas não sabia ao certo se queria qualquer presente que não pudesse compartilhar com Mina. Ela se manteve em silêncio enquanto os dois voltavam juntos pelo jardim, e então seu pai a acompanhou pelos corredores para se assegurar que fosse para a sala de música. Ela teria ido mesmo que o pai não a tivesse seguido – afinal, não tinha permissão de ir a lugar nenhum mais.

– Ah, está aí você – disse seu pai quando ela chegou a seus aposentos na hora marcada. Ele gesticulou para que Lynet se sentasse perto da lareira. Mas havia apenas duas cadeiras perto do fogo, e Nicholas já tinha ocupado uma delas. Se Lynet pegasse a outra, Mina teria de se sentar em outro lugar.

Ela preferiu se ajoelhar no chão ao lado do fogo.

– Por que você nos chamou aqui?

Nicholas sorriu para ela.

– É uma surpresa, Lynet, meu passarinho. Vou lhe contar assim que...

A porta se abriu, e Mina entrou. Lynet tinha aprendido ao longo dos anos que a Mina que ela conhecia só aparecia quando as duas estavam sozinhas. Quando Nicholas estava perto, Mina ficava ereta, quase rígida, e seu rosto ficava inexpressivo, exceto por pequenos movimentos controlados. A Mina que entrou no aposento era distante e intocável, mas era sem dúvida uma rainha.

– Estávamos à sua espera. Sente-se – disse Nicholas.

Mina se instalou na cadeira em frente ao rei, a tonalidade avermelhada em seu cabelo e o brilho profundo de seus olhos captando a luz do fogo.

Nicholas se aprumou na cadeira e olhou atentamente para Lynet.

– Você sabe que é minha maior alegria neste mundo – disse ele.

Lynet olhou com culpa para Mina, mas o rosto da rainha não revelou nada. – Com quase dezesseis anos, você se transformou em tudo o que sua mãe era. Por isso, seu aniversário é o momento perfeito para você começar a tomar o lugar que ela deixou para você.

Mina deu um riso rápido.

– Não me diga que pretende se casar com ela.

– Claro que não – disse Nicholas com alguma irritação. – Quero prepará-la para se tornar rainha, começando por lhe dar o controle total do Sul.

Todos ficaram sem fala por um momento. Lynet sabia que devia dizer algo, agradecer, mostrar o quanto estava animada, mas tudo o que sentia era choque e uma sensação cada vez maior de pânico. Ela sabia que precisaria estar pronta para ser rainha quando o pai morresse, mas também sabia que, nesse dia, sua transformação na mãe estaria completa. Era isso o que ele estava de fato lhe oferecendo, afinal de contas – não o Sul, mas a chance de se tornar sua mãe mais cedo.

– Mas o que isso significa? – Lynet por fim conseguiu perguntar. – O que quer que eu faça?

Nicholas acenou com a cabeça em aprovação.

– Você vai aprender a ser rainha, Lynet. Vai comparecer a todos os eventos públicos da corte e saudar todos os visitantes pessoalmente. Você virá comigo quando eu me reunir com meu conselho e vai cuidar de todos os assuntos relacionados ao Sul, ouvindo petições, decidindo políticas. Como discutimos esta manhã, você vai ter de deixar a infância para trás de agora em diante. Você tem responsabilidades.

O estômago de Lynet se contorcia um pouco mais a cada palavra. Ela podia sentir seu mundo ficando cada vez menor, nada além de um dos caixões na cripta. Ela tinha desejado fugir, mas agora se sentia mais aprisionada que nunca.

Nicholas estava começando a franzir o cenho, e Lynet soube que não estava respondendo como o pai desejava ou esperava. Em desespero, ela se virou para Mina, esquecendo por um momento que seu pai não queria mais que ela contasse com a madrasta.

Mas Mina não estava olhando para Lynet. Estava olhando fixamente para a frente, para Nicholas, sentada perfeitamente imóvel, exceto por um leve tremor nas mãos.

Ela não sabia, percebeu Lynet, agora compreendendo toda a extensão da decisão do pai. Ela estava tão ocupada com os próprios medos que tinha esquecido que o poder que o pai estava lhe dando – a posição para a qual ele a estava preparando – era de Mina.

Por que o pai não tinha pedido a aprovação de Mina antes de tomar essa decisão? Mas claro que ele não faria isso – Lynet nunca tinha visto os dois concordarem sobre nada.

– Você faria isso? – Mina perguntou, a voz pouco mais que um sussurro.

– Vou fazer qualquer coisa que seja melhor para minha filha – Nicholas declarou, olhando para a esposa pela primeira vez desde que começou seu anúncio. – E, é desnecessário dizer, não vou permitir que você tome as decisões por ela nem governe por ela. Lynet tem idade suficiente para não precisar mais de você.

– E você considerou que Lynet pode não querer aceitar sua oferta?

Os dois se viraram para a princesa, que tentou não se encolher sob os olhares das duas pessoas mais importantes para ela. Nicholas a encarava sem acreditar, nitidamente confuso com a sugestão de que Lynet pudesse não querer dar um passo tão importante na direção de se tornar rainha. E Mina... Mina estava apenas esperando que Lynet dissesse a verdade ao pai.

Nicholas foi o primeiro a desviar os olhos.

– Não fale por ela. Se Lynet tiver alguma reclamação, vai falar por si mesma.

– Vai? – disse Mina com delicadeza, os olhos ainda em Lynet.

Lynet estava ficando um pouco atônita, quente demais de ficar sentada perto do fogo e, embora fechasse bem os olhos, ainda podia ver os dois observando-a, esperando que se pronunciasse. Não importava o que dissesse, ela teria de machucar um deles. Ela já podia ver a expressão no rosto do pai, a constatação lenta de que a filha não era a pessoa que pensava que fosse. Ela nunca tinha conseguido fazê-lo entender, mas Mina – Mina entenderia. Era possível argumentar com Mina. Mesmo que a chateasse agora, Lynet poderia se explicar mais tarde e sabia que Mina a perdoaria. Ela não pensava o mesmo em relação ao pai.

Lynet balançou a cabeça.

– Não tenho nada a dizer.

– Então está resolvido – disse Nicholas. – Vou fazer o pronunciamento depois do banquete de seu aniversário.

Houve uma pausa longa antes que Lynet ousasse abrir os olhos, mantendo a cabeça baixa enquanto virava para a madrasta. Mina não estava mais olhando para ela, mas Lynet podia sentir sua decepção mesmo assim; podia senti-la no calor punitivo do fogo.

– E quando Lynet assumir o Sul, o que eu vou fazer? – a rainha perguntou.

Nicholas deu de ombros.

– Você ainda vai ser rainha no título.

– O Sul é *meu*, Nicholas.

– Ele nunca foi seu para sempre. – Ele deu um suspiro e esfregou a testa. – Por favor, entenda que não é um insulto pessoal a você...

Ela deu uma risada seca.

– Não? Mesmo quando você me acusou de tentar governar por meio dela? Ou você está apenas com medo de que Lynet fique parecida demais comigo e não o suficiente com a mãe?

Nicholas se levantou da cadeira em um movimento, mas Mina permaneceu imóvel, observando-o desafiadoramente.

– Lynet, pode sair, agora. Quero falar com sua madrasta a sós.

Lynet ficou de pé e olhou desconfiada para Mina. Ela tinha certeza de que a madrasta a entenderia e perdoaria, mas ela ainda desejava ser tranquilizada.

Mas Mina só olhou para ela friamente e disse:

– Vá, Lynet. Não preciso que você me proteja.

Lynet obedeceu a ordem da madrasta e saiu correndo do quarto.

12

MINA

Mina caminhava às margens do lago com Nicholas e Lynet quase todo dia, mas sentia estar fazendo pouco progresso com o rei. Eles andavam tranquilamente enquanto Lynet corria na frente, mas era raro os olhos preocupados do rei deixarem a filha, e as conversas eram leves e impessoais.

O verdadeiro desafio, pensou Mina, seria encontrar um meio de se aproximar de Nicholas sozinho. Enquanto Lynet estivesse ali para distraí-lo, Mina sabia que os dois nunca iriam passar daquela amizade fortuita.

Ela pediu a Felix que seguisse os movimentos do rei, para observar aqueles raros momentos em que ele ficava sozinho. Certa manhã, sua chance surgiu finalmente quando ouviu uma batida na janela. Felix estava parado do lado de fora, e Mina rapidamente fechou a porta antes de abrir a janela.

– Você não devia estar aqui – ela reclamou em um sussurro.

– O pátio oeste – Felix sussurrou em resposta. – Ele está lá agora. Sozinho.

Mina agarrou o batente da janela para se acalmar. O rei estava sozinho no pátio oeste – exatamente onde Mina o tinha conhecido. Ela não era sentimental, mas, ainda assim, achou a coincidência um bom presságio.

– Obrigada, Felix – disse ela. – Vejo você à noite. Não fique aí parado.

Felix não se mexeu, mas Mina não tinha tempo a perder.

– Vá! – ela insistiu, e dessa vez ele obedeceu.

Nicholas estava sentado na beira da fonte quando Mina chegou ao pátio oeste.

– Milorde? – disse Mina, forçando um tom de surpresa na voz.

Ele ficou tenso com a intromissão, mas quando viu Mina, conseguiu sorrir um pouco.

– Espero não estar incomodando – disse ela.

Nicholas se levantou para cumprimentá-la.

– De jeito nenhum. Quando estou sozinho, meus pensamentos tomam conta de mim.

– Então terei de afastá-los para o senhor – Mina respondeu, fazendo uma mesura com a cabeça. Era um dos truques aprendidos nas suas caminhadas juntos, falar coisas ousadas de um jeito recatado. Abaixar o queixo encorajava um homem a levantá-lo outra vez. Cambalear ao caminhar o convidava a lhe oferecer o braço. Hesitar ao falar o fazia ouvir com mais atenção, com os olhos atentos a seus lábios. A fraqueza era mais atraente que qualquer sedução.

– Vou entediá-la com toda minha conversa triste.

– De jeito nenhum. Quero entender. As preocupações de um

rei não devem ter fim, especialmente sem uma rainha com quem dividi-las.

— Mesmo depois de tantos anos, eu... Mina, está com frio? Você está tremendo. — Ele removeu uma capa pesada que estava vestindo e a colocou ao redor dela, como Mina esperava que fizesse. Ela manteve a cabeça baixa enquanto o rei realizava seu número de galanteio, mas quando ele apertou bem a capa em torno de seu pescoço, ela levantou o queixo e o encarou. Mina esperava que Nicholas se afastasse dela, mas, em vez disso, ele manteve o olhar fixo em seu rosto virado para cima por mais alguns segundos antes de soltar uma respiração trêmula e se afastar.

Era outro truque, tremer de frio até que ele percebesse. Esse era o mais fácil de todos, já que ela praticamente não precisava fingir.

— Eu devia levá-la para dentro, se você está com frio — Nicholas comentou.

— Não! — Quando a levasse para dentro, o rei ia deixá-la, e Mina não sabia quando teria outra chance de ficar a sós com ele. — Não — repetiu. — Vou sentir tanto frio lá dentro quanto aqui fora e preciso mudar de ares.

— Mudar de ares, hein? — disse ele. — Eu não queria que você ficasse entediada com Primavera Branca. — Nicholas ficou em silêncio, em seguida, estendeu a mão para ela. — Venha comigo. Vou fazer você mudar de ares.

Satisfeita, mas com cuidado para não parecer satisfeita demais, Mina pegou a mão do rei, que a conduziu na direção do salão, mas entrou em um corredor que ela não tinha visitado antes, até um conjunto grande de portas fechadas. Ele abriu uma o suficiente para deixá-la passar.

Mina soltou uma exclamação involuntária quando entrou na sala — *a sala do trono*, percebeu ela, e viu as duas cadeiras ornamentadas na outra extremidade. O teto muito alto de abóbadas cruzadas a fez pensar em uma caixa torácica gigante, o estalido de seus sapatos no chão de pedra ecoava sobre ele como batimentos cardíacos. Um painel de ladrilhos coloridos se estendia pelas paredes, era um mosaico das quatro estações, um lembrete de algo havia muito perdido. Mina andou admirada até chegar às duas grandes cadeiras esperando sobre um tablado no fim da sala. Eram idênticas, entalhadas da mesma madeira escura.

— Esta é a minha — disse Nicholas, apontando para a cadeira da esquerda. — A outra é para minha rainha. Está vazia há um bom tempo.

Mina subiu na plataforma. Ela sabia que não devia se sentar no trono. Qualquer indicação de que queria substituir a amada Emilia o ofenderia. Em vez disso, ela se sentou no trono do rei e olhou para a sala com uma expressão imponente.

Ele riu e fez uma mesura exagerada.

— Você fica melhor aí do que eu. Não que eu o use muito. As pessoas estão sempre tão ansiosas para deixar Primavera Branca que eu mal tenho tempo de impressioná-las com minha grande sala do trono. Tem um enigma aqui, eu acho: Que tipo de rei governa um castelo tão desolado?

— Um rei teimoso.

— Você acha? Então o que você me recomendaria?

— Mover a corte. Deixar este palácio sombrio para trás e se mudar para o Sul. O senhor poderia finalmente concluir o castelo de verão. Eu cresci perto dali e nunca entendi por que ele foi abandonado.

— Ah, não, eu não poderia fazer isso. Este é meu lar. Sair daqui seria admitir a derrota, sucumbir à maldição de Sybil e deixar que ela nos expulsasse.

– Sempre achei que o Norte dá importância demais a Sybil. Talvez tudo o que precisem fazer para acabar com a maldição seja remover a estátua e parar de reverenciá-la tanto. Ou talvez este não seja lugar para um rei governar, e ela estivesse lhe fazendo um favor tentando tirá-lo daqui.

Nicholas riu, mas parou quando percebeu que Mina não estava rindo junto. Ela tinha dito aquilo como piada, mas então se perguntou se talvez não acreditava de fato nas próprias palavras – talvez não em relação a Nicholas, mas em relação a si mesma.

Nicholas levantou o queixo dela.

– Qual o problema?

A verdade chegou aos lábios dela antes que conseguisse detê-la.

– Às vezes acho que Primavera Branca não me quer aqui. Às vezes... – *Eu acho que ela sabe o que eu sou*, ela continuou em silêncio, *e me rejeitou*.

Nicholas pegou as mãos dela e a puxou do trono e para fora do tablado para ficar ao lado dele. Com uma mão cobrindo as dela, ele levou a outra ao seu rosto e piscou chocado quando a mão sem luva encontrou sua carne, como se esperasse outra coisa. A parte macia de seus dedos tocou a pele do rosto de Mina, seu queixo, seu pescoço. Será que o rei notaria que não havia pulsação batendo delicadamente sob a sua pele? Ela quis se encolher e se afastar quando os dedos dele alcançaram seu pescoço, mas não conseguiu se forçar a fazer isso, então se manteve imóvel e deixou que Nicholas aproveitasse a sensação de algo mais macio que o ar e mais quente que a memória.

A mão dele parou finalmente no rosto de Mina, o polegar perto dos lábios.

– Primavera Branca a quer aqui – disse ele. – *Eu* a quero aqui. Toda vez que você treme de frio ou se aperta mais em suas peles, isso me lembra de que, em algum lugar, o sol brilha mais forte do que aqui. Você traz isso na pele.

Era muito fácil acreditar nele. Afinal de contas, ela não sentia nesse momento um milhão de sóis brilhando sob sua pele? Não os sentia iluminando-a de dentro para fora? Seu coração era um espelho, refletindo os raios por todo o seu corpo e por seus olhos, desesperado para lançar sua luz sobre Nicholas também. Naturalmente, a verdade a atingiu: *Se eu pudesse amar alguém, seria ele.*

– Se é do sol que sente falta, por que ficar? Venha para o Sul, para as colinas onde nasci, e eu lhe mostro o sol.

A mão dele caiu do rosto dela, e o rei sacudiu a cabeça.

– Porque eu amo o inverno, também. O mundo aqui é congelado, então nunca muda, portanto, é sempre o que eu espero que seja. Existe conforto nisso. Além do mais... – Ele gesticulou fracamente para o trono da rainha e deixou o braço cair, derrotado. E embora não dissesse as palavras, Mina as ouviu com nitidez suficiente: *Além do mais, como eu poderia deixá-la?*

Mina foi tomada pela vontade infantil de derrubar a cadeira e depois chutá-la, mas em vez disso, disse:

– Eu entendo. E gostaria de saber como fazer o sol tornar a brilhar para o senhor.

– Ah, só uma pessoa pode fazer isso.

Mina se irritou.

– Lynet.

O nome provocou um sorriso, mas não para ela.

– Para que preciso do sol, quando tenho Lynet?

Ela o tinha levado na direção errada. Mina precisava trazê-lo de volta, para longe de Lynet, para longe da esposa morta. *Como posso fazê-lo feliz outra vez?*, ela perguntou para si mesma, mas a resposta foi impiedosa: *Ele não quer ser feliz.* As vezes em que ele a procurara

— no piquenique e embaixo do zimbro — tinham sido quando vira Mina mais sozinha. Se ela queria que o rei a procurasse outra vez, teria de lhe dar um pouco da própria tristeza.

— Eu gostaria de ter crescido com um pai que me amasse tanto quanto o senhor ama Lynet — ela comentou. Lembrá-lo de seu pai era sempre um risco, mas Mina sabia que um fragmento de verdade seria mais eficaz que uma mentira, por mais bem contada que fosse.

E estava certa. Sua tristeza o atraiu de volta.

— Oh, Mina — disse ele. — Ele é cruel com você?

Mina balançou a cabeça.

— Não. Cruel, não, mas... — Ela hesitou e mordeu o lábio. — Nicholas, eu... Oh, desculpe, milorde, eu não devia...

— Não, está tudo bem — disse ele levando a mão outra vez a seu rosto. — Você pode usar meu nome.

— Nicholas, você estava certo outro dia... Eu *sou* solitária. Não tenho ninguém, exceto... exceto você.

Ela revelou uma intensa expressão de dor e anseio no rosto, uma que tinha praticado com Felix. Ela sabia que era eficiente.

Nicholas estava olhando fixamente para seus lábios e, em seguida, se inclinou para a frente, aproximando a cabeça da dela.

O som da porta pesada se abrindo a fez se afastar como uma criança culpada. Mina olhou feio para o intruso: Darian, o mordomo. O velho vivia em Primavera Branca fazia muito mais tempo que qualquer outra pessoa, por isso estava encarregado de administrar o lugar, talvez mais até que Nicholas.

— Perdoe-me, milorde — disse ele. — Não havia audiência marcada para a sala do trono, no entanto, ouvi vozes aqui dentro. Desculpe a interrupção.

— Não foi nada — disse Nicholas, evitando olhar em qualquer

direção próxima de Mina. – Na verdade... eu... queria falar com você. Espere aqui.

Ele virou para Mina.

– Gostei de nossa conversa hoje e espero que você tenha gostado também. Acredito que você consegue encontrar o caminho de volta a seus aposentos.

– Sim, milorde – disse Mina em voz baixa. – Não vou detê-lo por mais tempo.

Ele fez uma mesura para ela em agradecimento e saiu apressado com o mordomo, deixando Mina sozinha na sala do trono vazia.

Mina tomou uma decisão naquela noite na capela. Ela repassou os acontecimentos do dia, a conversa na sala do trono, pensando nas verdade ocultas que tinha contado, nas mentiras nas quais tentara envolvê-lo. Havia mentiras que ela precisava contar e verdades que precisava esconder, mas, fora isso, ela se viu ansiando por mais momentos como os que tinham compartilhado – momentos em que tinha revelado algo verdadeiro para ele, algo real.

Se alguém pudesse me amar, seria ele.

Ela tinha tentado usar fingimento para conquistá-lo, mas, no fim, sempre cometia um deslize e deixava um pouco de verdade escapar – e, quando fazia isso, ele respondia com calor, com bondade. *Se ele se casar comigo*, decidiu Mina, *vou contar a verdade sobre meu coração. Vou contar a ele na noite de núpcias.*

Mina esperou Felix, mas tinha algo difícil para lhe dizer naquela noite, por isso não sentiu nada da excitação habitual quando ele apareceu na porta da capela.

– Obrigada por me dizer onde encontrá-lo – disse Mina, oferecendo-lhe um sorriso quando ele parou a seu lado.

– Eu gostaria de não ter feito isso – disse Felix. – Fiz exatamente o que me pediu, mas gostaria de tê-la desobedecido. – Ele balançou a cabeça. – Eu o vigiei para você, dia após dia, e, quando nos encontramos, só falamos sobre *ele*. Às vezes, quando o estou vigiando, acho que o odeio.

– Felix...

– E você... – Ele levou a mão ao rosto dela, acompanhando a maçã do rosto com o polegar. – Eu vejo o quanto você o deseja. Vi isso em seu rosto, hoje. E embora você esteja feliz, eu... eu sinto algo diferente.

Mina retirou a mão dele de seu rosto e beijou a palma, agora mais áspera e mais calejada do que quando ela o criara.

– Você está com raiva de mim?

Ele pensou por um momento, tentando entender sentimentos que, pela primeira vez, eram dele.

– Não – Felix respondeu. – Eu sinto... tristeza. Solidão. Essa é a parte que não entendo: quanto menos solitária você se sente, mais solitário eu me torno. Não devia ser assim.

Mina deu um sorriso triste para ele.

– Eu queria me despedir, Felix.

– Despedir?

– Não posso mais vê-lo assim.

– É por causa dele, não é?

– Sim. Quero ser eu mesma com ele ou, pelo menos, quero tentar. Você é um segredo grande demais para esconder.

Ele balançou a cabeça.

– Eu não contaria...

– Eu sei – disse ela, envolvendo o pescoço dele com os braços e repousando a cabeça em seu peito. Talvez estivesse começando a refleti-lo, agora... ela podia sentir sua tristeza. – Eu sei, meu querido, mas não posso ser verdadeira com ele e manter você ao mesmo tempo. Não quero mais treinar o amor, quero tentar senti-lo. Desculpe – disse ela, dando um último beijo em seus lábios. – Mas preciso mandá-lo de volta.

Felix se afastou dela de repente.

– Me mandar de volta para onde? – disse ele com a voz dura. – Para seu espelho, onde posso apenas observá-la a distância?

Mina, a princípio, não entendeu por que ele estava reagindo assim, mas então percebeu seu uniforme de caçador, suas botas arranhadas e o pequeno rasgo em sua manga direita. Felix tinha uma cicatriz fresca nas costas da mão. Mina tinha esquecido que ele agora tinha experiências próprias, uma vida para além daquela capela, além do uso que ela tinha inventado para ele. Ele tinha se tornado humano demais para ser apenas um espelho; transformá-lo outra vez em vidro agora seria uma espécie de assassinato.

– Desculpe – disse ela. Felix lhe parecia novo, e ela quis tocá-lo outra vez, entender a pessoa que ele tinha se tornado nos últimos três anos. Mas temia que, se fizesse isso, talvez não conseguisse deixá-lo ali, como sabia que precisava fazer. Felix não tinha um coração para lhe oferecer, e ela queria algo mais que vidro. – Não vou mandá-lo de volta – ela lhe assegurou. – Mas você não deve mais tentar me ver.

Felix não respondeu. Ele simplesmente a observou com aquele olhar infinito, e mesmo quando deu as costas para ele e saiu andando da capela, Mina ainda pensou poder sentir a força daqueles olhos vazios e fixos.

13

LYNET

Lynet estava começando a lamentar a escolha de se sentar do lado de fora da porta e escutar enquanto Mina e Nicholas discutiam. Mas era melhor saber do que ir se sentar em seu quarto e ficar curiosa.

– Você tomou uma decisão que me afeta – Mina estava dizendo, a voz baixa de fúria. – Sem sequer me avisar.

– Não avisei – respondeu Nicholas – porque eu sabia que você contaria a Lynet. Apesar de todos os meus esforços, você tem uma influência considerável sobre minha filha. Sei que você a teria voltado contra mim, assim como sempre tentou voltá-la contra a mãe.

O silêncio que recaiu sobre eles era ainda pior que a discussão, e Lynet apoiou a testa nos joelhos, se preparando.

– Você não sabe nada sobre sua filha – disse Mina. – Ela nunca se importou com a mãe, desde o princípio.

Lynet levantou a cabeça, surpresa. *Não, ela não devia ter dito isso.* Esses eram segredos que as duas tinham compartilhado, segredos que ela nunca poderia contar ao pai.

– Você agora só está tentando me machucar – disse Nicholas com delicadeza.

– Não, é *ela* quem está sempre tentando *não* machucá-lo. Ela não quer que você saiba que se importa tão pouco com Emilia. Como poderia? Ela nem a conheceu. Nunca sentiu falta dela, nunca a amou, nunca quis ser nada como ela.

– Mina...

– Emilia não é nem mãe dela...

– *Basta!* – berrou Nicholas. – E se você ousar contar a ela...

Lynet prendeu a respiração. Mina já tinha contado um de seus segredos. Como podia ter certeza de que ela não contaria todos?

Mina apenas deu uma risada ríspida.

– Eu não sou tão cruel.

– Não? Você é filha de seu pai, não é?

Outro silêncio.

– Para sua sorte, Nicholas, eu não sou – Mina respondeu, a voz tão baixa que Lynet mal conseguiu distinguir as palavras.

Lynet ouviu passos se aproximando da porta, então saiu correndo pelo corredor e entrou em outro onde não seria vista.

E aonde ela deveria ir primeiro? Até Mina? Até o pai? As fissuras em sua família que se espalhavam fazia tantos anos finalmente começavam a se romper, criando uma fenda que estava se tornando grande demais para se manter junta. Mesmo que conseguisse reunir a coragem para falar com o pai e contar que tinha mudado de ideia, ele provavelmente acharia que era obra de Mina. Mas ela precisava acreditar que ainda podia se desculpar, se explicar para Mina e consertar parte do dano que tinha criado.

Alguns minutos depois, Lynet bateu de leve na porta da madrasta. Não houve resposta. Tampouco havia luz sob a porta, mas Lynet sabia que Mina não podia já estar dormindo. Ela olhou de cenho franzido para a porta por um momento, em seguida, teve uma ideia sobre onde a rainha poderia estar.

Ela constatou que estava certa quando viu o filete de luz por baixo da porta da capela. Lá dentro, Mina estava sentada sob o altar principal ao lado de uma vela. Enrolada em suas peles e com o cabelo solto sobre as costas, ela parecia muito pequena.

– Mina? – Lynet chamou. Foi um sussurro, mas sua voz ecoou, e Mina levou um leve susto.

– Venha se sentar comigo – disse Mina.

Lynet caminhou com cuidado, sentindo que não devia fazer barulho nenhum, como se sequer devesse estar ali. Ela se sentou no chão ao lado da madrasta.

– Mina, eu não...

Mas quando Mina olhou para ela, esperando qualquer explicação patética que a enteada fosse oferecer, Lynet entendeu como suas palavras não faziam mais sentido. E sentiu uma onda de ressentimento em relação ao pai, porque sabia que era por causa dele que tinha se voltado contra Mina com seu silêncio. Ela tinha feito isso porque sabia que era uma oportunidade de deixá-lo feliz, e era muito difícil deixá-lo feliz. Mas ela tinha escolhido a felicidade do pai acima da de Mina porque tinha menosprezado o perdão da madrasta, e sabia que isso não era nada justo. Se quisesse falar sobre seus sentimentos, devia ter feito isso antes, na frente do pai. Qualquer coisa que ela dissesse agora só faria piorar o insulto do silêncio anterior.

No fim, foi Mina quem falou:

– Acho que as coisas são assim – disse ela. – Acho que eu desconfiava que alguma coisa assim pudesse acontecer quando percebi o quanto você tinha crescido. Enquanto você ainda era uma criança, eu era bonita, eu estava segura... Mas agora que você está mais velha, não há mais utilidade para mim.

— Não é verdade — Lynet disse imediatamente.

Mina lhe ofereceu um sorriso triste.

— Um dia você também vai ver. Quando ficar mais velha, outra pessoa vai estar à espera para tomar seu lugar, alguém mais jovem e bonita que você. Eu sabia que esse dia estava chegando para mim. Eu sabia mesmo enquanto você ainda era criança, então por que estou tão surpresa em saber que estou sendo deixada de lado? Por que estou sempre tão surpresa?

Lynet pegou a mão dela.

— Eu nunca a deixaria de lado!

Mina levantou a sobrancelha.

— Não? Você diz isso agora, mas o tempo pode fazê-la mudar de ideia. E as ordens de seu pai? Ele não quer que eu me aproxime de você. — Mina segurou a mão de Lynet e a apertou forte pelo pulso. — Você é corajosa o bastante para desafiar seu pai, lobinha?

Mina a segurava com força, mas o mais alarmante era o desespero em sua voz, a súplica em seus olhos. Lynet nunca achou que veria Mina desse jeito, ainda que, na verdade, nunca tinha visto Mina à beira de perder algo tão importante.

Lynet olhou nos olhos da madrasta, mas tentou não se deixar engolir por inteiro.

— O que quer que eu faça?

A mão de Mina relaxou.

— Conte a ele a verdade, que você não quer o Sul.

Lynet engoliu em seco.

— Não sei se consigo fazê-lo mudar de ideia, mesmo se falar com ele.

— Você consegue, se encontrar as palavras certas. Seu pai não quer que você seja infeliz. Ele ama você. Será que é tão difícil convencê-lo a fazer o que você quer?

Lynet finalmente soltou o pulso. Será que era tão difícil? Lynet sabia muito bem que o pai tinha certas expectativas para ela e não abriria mão delas com facilidade.

— Mina, eu não sei...

— Você quer governar o Sul?

— Eu... não, não quero.

A luz da vela brilhou nos olhos da madrasta.

— Então nós duas queremos a mesma coisa. Não lhe prometi que nunca deixaria ninguém transformá-la em sua mãe? Se deixar que seu pai a prepare para o trono enquanto ele ainda está vivo, é exatamente o que vai acontecer.

A inquietação familiar estava se abatendo sobre ela enquanto ouvia a verdade nas palavras da madrasta. Essa era sua escolha, então — ela não ia conseguir contentar tanto o pai quanto a madrasta, mas, se escolhesse o pai, havia a possibilidade de se perder, perder tudo o que a tornava dona de seu destino. A resposta parecia óbvia e, ainda assim, ela hesitava.

A voz de Mina rasgou o silêncio.

— De que você tem medo, Lynet?

— Não tenho medo — Lynet respondeu, as palavras jorrando antes que conseguisse impedi-las. — Eu vou fazer isso. Vou falar com ele.

Mina passou os braços pela enteada e a puxou para perto. Para Lynet, ficar aninhada nas peles de Mina era quase insuportavelmente quente, mas ela se agarrou à madrasta em busca de conforto, mesmo enquanto tentava oferecê-lo. Depois de todos esses anos tentando não ouvir Mina e o pai brigando e tentando não perceber como as Pombas falavam sobre ela, só agora Lynet se permitia reconhecer que talvez sua bonita e confiante madrasta fosse tão insegura quanto ela. Não era uma surpresa, então, que Mina estivesse tão desesperada para não perder sua última conexão com seu lar – que fazia parte dela, tanto quanto Mina era parte de Lynet. Então talvez, pela primeira vez, Lynet pudesse ajudá-la como Mina sempre a ajudou. Ela diria ao pai que não estava pronta para sua oferta, ele concordaria, e talvez todos pudessem voltar a como as coisas eram antes.

– Obrigada, lobinha – disse Mina antes de se afastar.

Lynet sentiu uma necessidade terrível de proteger a madrasta, de fazer valer o apelido que Mina tinha lhe dado tanto tempo atrás. Se não conseguisse dizer ao pai o que queria por seu próprio bem, pelo menos podia fazer isso pelo de Mina.

– Nada vai ficar entre nós. Eu prometo – disse Lynet, pegando a mão de Mina e a apertando com delicadeza.

Mina retribuiu o gesto, mas ainda havia dúvida em seus olhos, nos cantos de seu sorriso cansado, e murmurou algo baixo e quase inaudível quando começou a se levantar. Lynet não conseguiu entender as palavras exatamente, mas achou ter ouvido Mina dizer: *Espero que você tenha razão.*

Lynet acordou na manhã de seu aniversário com o latido de cães, excitados com a caçada. Ela saiu da cama, foi até a janela e esticou o pescoço para ver os cachorros reunidos nos portões do castelo, junto com o resto do grupo de caça montado em cavalos. Seu pai estava ali, assim como o chefe dos caçadores, o de olhos vazios. Lynet logo tirou a cabeça da janela; ela não queria que nenhum dos dois a visse.

Lynet suportou as aulas do dia, embora sua costura estivesse ainda pior que o normal, e ela esquecesse constantemente as datas e os nomes dos governantes anteriores de Primavera Branca que devia decorar. Ela estava preocupada demais tentando decidir o que dizer ao pai e imaginando suas reações.

Quase no fim da tarde, quando as aulas tinham terminado, ele ainda não havia voltado, por isso ela se sentou na sala de trabalho para observar Nadia. Ela ocupou seu lugar de costume, empilhando diários de um lado da mesa, mas, a essa altura, tinha certeza de que sabia tanto quanto o mestre Jacob, e isso ainda não era o bastante. Ela não parava de se remexer no banco, folheando as páginas com uma inquietude nervosa. Quanto tempo até seu pai voltar? Quanto tempo até ter de decepcioná-lo? Se não conseguisse convencê-lo a não lhe dar o Sul, será que Mina acreditaria que ela tinha tentado de tudo? Será que ela ia perder os dois?

Mãos firmes surgiram sobre as dela, detendo seus movimentos frenéticos, e ela levantou os olhos para Nadia, que estava parada acima dela com uma expressão fechada e curiosa.

– Qual o problema? – ela perguntou. Era a primeira vez que Nadia a tocava desde a torre, por isso Lynet soube que ela devia estar preocupada.

A princesa não queria negar que alguma coisa estava errada. Não podia recorrer a Mina dessa vez, não quando sua madrasta era parte do problema – e ela não tinha mais ninguém com quem falar sobre isso.

– Meu pai quer que eu governe o Sul – Lynet revelou de repente e, em seguida, contou o resto.

Quando terminou, Nadia apoiou um braço nas costas da cadeira de Lynet, pensativa.

– Então seu pai quer que você assuma o Sul – disse ela. – E sua madrasta quer que você o convença do contrário.

– Correto – disse Lynet, entrelaçando as mãos no colo e olhando para cima enquanto esperava pela solução de Nadia. Mesmo com toda sua confusão, parte dela estava feliz que as duas estivessem conversando normalmente outra vez. – O que a cirurgiã da corte sugere que eu faça?

Nadia sorriu de leve.

– A cirurgiã da corte recomenda uma dose de interesse próprio.

Lynet balançou a cabeça.

– Não entendi.

– Você me contou o que seu pai e sua madrasta querem, mas e você? – Sua mão foi das costas da cadeira para o ombro de Lynet e, por um momento, Lynet só conseguiu acompanhar o movimento, antes de seus olhos percorrerem a mão de Nadia, subirem por seu braço e encontrarem seu olhar, que estava à sua espera. – O que *você* quer? – continuou Nadia, a voz um pouco mais baixa que antes.

– Eu... eu não seu. Quero que os dois sejam felizes – Lynet respondeu, com a garganta seca.

Nadia recolheu a mão.

– Quero dizer, o que você quer para o seu futuro?

Lynet não sabia o que dizer. Ela não sabia como explicar que sempre tentava não pensar no futuro, porque quando olhava para ele, não conseguia mais ver a si mesma. No fim, não importava se ela aceitasse ou não a oferta de seu pai. Ela acabaria substituindo Mina e se tornando rainha e, quando fizesse isso, se transformaria em sua mãe. Esse era seu propósito, ressuscitar os mortos e morrer um pouco no processo.

A coceira sob sua pele estava de volta, mas, dessa vez, sair por uma janela seria suficiente.

– Vamos fugir – disse ela, girando em sua cadeira.

Nadia riu, surpresa.

– O quê?

Lynet se levantou, e as duas estavam cara a cara.

– Você quer mesmo ir para o Sul para a universidade, não quer? Vamos agora, juntas.

Ela ficou corada com a empolgação, praticamente balançando de vontade de *partir*, deixar Primavera Branca e todos os seus problemas para trás. E não entendeu por que Nadia estava de cenho franzido daquele jeito, por que estava balançando a cabeça.

– Você não pode simplesmente *ir embora*.

– Posso, sim. As pessoas fazem isso o tempo todo. Por que todo mundo tem o direito de ir e vir à vontade menos eu? Podemos ir para a universidade, como você planejou.

– *Não* – disse ela, e Lynet ficou assustada com a dureza em sua voz. Nadia pareceu assustada também, porque sacudiu a cabeça e acrescentou em tom mais suave: – Quero dizer... é uma viagem longa, até mesmo perigosa. As estradas não são sempre boas, e há ladrões que se escondem na floresta. Você nunca nem saiu do castelo.

Lynet se aborreceu quando entendeu o que Nadia estava dizendo, e suas mãos se retorceram em torno de sua saia enquanto tentava manter a compostura.

– Você está dizendo que não sou forte o suficiente para sobreviver fora de Primavera Branca? – ela perguntou. – Você não acha nada de diferente do que o resto das pessoas. Você acha que sou delicada demais para sobreviver a qualquer coisa.

Nadia não a olhou nos olhos.

– Lynet... – Ela foi interrompida por batidas furiosas na porta e correu para atendê-las enquanto Lynet tentava se tornar pequena e invisível.

Nadia abriu a porta, e Lynet ouviu uma voz masculina dizer:

– Precisamos de você imediatamente. O rei sofreu um acidente.

14

MINA

— Quero lhe perguntar uma coisa — disse Nicholas.

— É claro, milorde. — Mina tentou manter a voz baixa, o que era uma tarefa difícil, já que Lynet estava enfiando as mãos no lago congelante. Mina estava preocupada que ele tentasse evitá-la após o encontro na sala do trono, mas logo em seguida o rei a convidou para outro passeio à beira do lago. Com Lynet como acompanhante, é claro.

— Eu gostaria de convidá-la para jantar comigo amanhã à noite, em algum lugar mais reservado que o Grande Salão.

Mina ficou feliz que ele não a estivesse observando, porque não conseguiu conter um sorriso satisfeito.

— Eu ficaria honrada, milorde.

Nicholas finalmente virou para ela.

— Não quero que você se sinta honrada. Quero que você fique

feliz. – A voz dele estava rouca, mas, pela centelha de aflição em seu olho, ele parecia de fato preocupado.

Então Mina permitiu que ele a visse sorrir.

– Então eu ficaria feliz. Eu... eu gosto dos nossos encontros.

– Assim como eu – disse ele. – Assim como...

Mas ele não precisou terminar a frase: seus olhos foram parar direto em Lynet, que agora estava quase até a cintura dentro do lago.

– Lynet! – chamou ele. – Não vá tão longe na água!

Lynet olhou para o pai por um instante, em seguida voltou a brincar com a água do lago.

– Lynet, eu não vou pedir de novo.

Dessa vez, a menina ignorou o pai por completo.

Nicholas deu um suspiro.

– Ela está sempre testando os limites. – Ele foi buscar a filha, tirou-a da beira do lago e a levou embora.

Lynet não reagiu bem e começou a se debater como um gato raivoso, chutando em protesto enquanto puxava o próprio cabelo.

Mina observava toda essa demonstração com fascínio. Será que Nicholas a repreenderia pela desobediência? Será que a castigaria na sua frente, ou esperaria até mais tarde? Que forma sua raiva assumiria em relação à filha?

Mas Nicholas apenas riu do chilique. Era a primeira vez que Mina se lembrava de ouvi-lo rir, o que tornou aquilo ainda mais inesperado.

– Meu passarinho está tentando voar – ele comentou, abrançando-a mais forte de brincadeira. – Mas sei que ela não iria querer deixar seu pai triste. Não é verdade?

Suas palavras pareceram acalmá-la, ou talvez a menina estivesse apenas exausta de brigar tanto. Ela balançou a cabeça.

— Bom, então ela precisa fazer o que seu pai diz. Mas, primeiro, precisa dar um beijo nele. — Nicholas ofereceu o rosto, e Lynet apertou ruidosamente os lábios nele.

Mina os observava com um ressentimento crescente que não entendia. Ela não queria exatamente ver Lynet ser castigada, mas não parava de se perguntar *por quê*. Por que ele não a estava punindo, quando outros pais fariam isso? Por que Lynet merecia esse luxo quando tantos outros não o tinham? Mas não havia razão; havia apenas o gritinho de prazer de Lynet e a expressão de devoção do pai enquanto a colocava no chão.

— De todo jeito, acho que está na hora de você voltar para dentro — ele avisou a filha. — Preciso me reunir em breve com o conselho.

Lynet agarrou a perna do pai e balançou a cabeça.

— Fique.

— Não posso ficar, nem você — disse ele, despenteando carinhosamente seu cabelo.

— Mina pode ficar.

Pai e filha olharam para Mina ao mesmo tempo; um, desconfiado, a outra, esperançosa. Mina não sabia como responder — ela não queria que Nicholas achasse que ela estava ultrapassando os limites, mas, se ele decidisse lhe confiar o cuidado de Lynet, isso revelaria muito da opinião do rei sobre ela.

— Apenas se me permitir, milorde — disse ela. — Eu ficaria feliz em cuidar dela por mais um tempo e levá-la para o quarto. — As palavras saíram com tanta facilidade que ela nem se perguntou se eram verdade.

Nicholas deliberou por um instante e, em seguida, assentiu.

— Está bem, Lynet, você pode brincar um pouco mais, depois Mina vai levá-la de volta para dentro. — Enquanto Lynet comemorava com um gritinho agudo e corria na direção das árvores, tropeçando em seus pezinhos, Nicholas disse para Mina: – Mas não muito. Não quero que ela se canse.

Mina não comentou que Lynet parecia ter energia suficiente para brincar por horas.

– Vou tomar conta dela com muita atenção, milorde.

– Preciso ir, agora – Nicholas anunciou. – Mas vou mandar alguém buscá-la amanhã à noite.

Sim, era verdade – ele a tinha convidado para encontrá-lo na noite seguinte.

– Até amanhã, então, milorde – disse ela.

– Você me chamou de Nicholas da última vez que conversamos – disse ele com delicadeza. – Eu gostaria que você voltasse a fazer isso.

– Até amanhã, Nicholas – murmurou Mina.

O rei a observou por um momento mais demorado e então se aproximou dela e disse:

– Estou ansioso por amanhã.

Não havia precaução nem malícia quando Mina sorriu – ela sorriu apenas porque aquelas palavras a tinham deixado feliz. E mesmo quando o rei partiu, ela continuava feliz. Ele a tinha convidado para um encontro, não porque Lynet tinha pedido nem porque ele se sentira obrigado, mas porque queria vê-la. Ele *a* queria.

Mina chegou mais perto do jardim para vigiar melhor Lynet, que corria em círculos ao redor das árvores gritando com algum amigo ou inimigo invisível, Mina não sabia ao certo.

Mina estava tensa, de braços cruzados, os ouvidos zumbindo com os gritos da menina. Agora que Nicholas tinha ido embora, não havia razão para fingir para si mesma que queria cuidar de uma criança mimada que nunca era castigada pelo pai por nada. Como devia ser bom para Lynet viver em um mundo onde *pai* era apenas e sempre uma palavra feliz, e brincar de lutar contra ameaças imaginárias, porque nunca tinha conhecido nenhuma de verdade.

E enquanto pensava que era apenas uma questão de tempo até que o mundo perfeito de Lynet se estilhaçasse, Mina a viu tropeçar em uma raiz de árvore e cair no chão.

Mina correu imediatamente na direção dela, torcendo para que Lynet não tivesse se machucado de um jeito que ficasse aparente para o pai. Ela estava esperando ouvir o choro ou grito, mas Lynet estava em silêncio, abraçando a perna direita.

— Deixe-me ver, Lynet — Mina pediu, e a menina esticou a perna para mostrar o pequeno arranhão no joelho causado pela raiz da árvore. Seu rosto estava franzido, seus lábios, trêmulos, mas ela ainda assim não chorou nem emitiu nenhum som. Mina não entendeu — ela achava que Lynet estaria uivando a essa altura, correndo na direção do pai para que ele consertasse todos os seus problemas...

Então ela se deu conta — se Nicholas soubesse daquele incidente, provavelmente não a deixaria brincar lá fora de novo por pelo menos uma semana. Lynet já devia ter aprendido isso durante seus poucos anos de vida, por isso tinha se treinado para não chorar, gritar nem demonstrar nenhuma dor. Mina tinha começado a considerar Lynet uma criatura frágil e mimada, mas então se lembrou da primeira vez que a viu, empoleirada em uma árvore, sem o rei por perto para mantê-la sob controle. Talvez Mina estivesse certa ao chamá-la de "lobinha". Talvez Lynet fosse mais forte do que parecia.

— Não se preocupe, Lynet — disse Mina com delicadeza. — Não vou contar para seu pai se você não quiser. — Esse era um instinto que Mina podia entender, algo que finalmente podia compartilhar com a princesa.

Lynet pareceu relaxar. Ela não fechou os olhos quando Mina limpou seu joelho com neve e, quando ela sugeriu que era hora de entrar, a menina levantou com um salto e colocou a mãozinha na de Mina.

As duas caminharam a passo de criança de volta ao pátio. Lynet não parava de falar, e Mina tentava acompanhar suas mudanças repentinas de assunto e as palavras murmuradas. Entre outras coisas, Mina aprendeu que Lynet odiava usar sapatos e que um de seus dentes estava mole. Mas Mina ficou grata por ter concordado em ficar com a menina. Algo na juventude despreocupada de Lynet fazia com que Primavera Branca parecesse um pouco menos austera e sombria.

– Mina!

A mão de Mina apertou a de Lynet quando ouviu a voz de Gregory atrás delas, justo quando estavam se aproximando da entrada da ala leste. Ela sabia que Nicholas não iria querer Gregory perto de sua filha. Gregory devia saber disso também. Então por que estava correndo tamanho risco ao se aproximar das duas? Será que ela devia mandar Lynet percorrer sozinha o resto do caminho?

Mas agora seu pai já tinha atravessado o pátio às pressas para se juntar a elas. Mina segurou firme a mão da menina enquanto ele a olhava com grande interesse. Lynet, era preciso reconhecer, estava tentando se esconder atrás de Mina, longe do olhar dele.

– Ela é perfeita – disse Gregory em voz baixa. – Você sabe quem eu sou, criança? Meu nome é Gregory.

– Lynet, você conhece o resto do caminho de volta? – Mina perguntou, sem tirar os olhos do pai. Ela não tinha considerado que Gregory pudesse ter qualquer interesse em uma criança, mas então lembrou que Lynet não era uma criança qualquer para ele: era sua criação. *Eu também*, Mina pensou, mas, na verdade, ela era um fracasso. Seu coração sem sangue não era de maior interesse para ele que um de seus camundongos de areia. Lynet, no entanto... Lynet era única.

— Sim — disse Lynet, a voz abafada pelo vestido de Mina.

— Então quero que você vá agora. Siga o caminho todo até seu quarto e não pare. Pode fazer isso?

Lynet não se deu ao trabalho de responder. Ela soltou a mão de Mina e correu para dentro. Mina não parou de olhar até que a menina estivesse em segurança, fora de vista.

Quando virou de novo para Gregory, seus olhos ainda estavam fixos no espaço vazio onde Lynet estivera.

— Você não devia ter feito isso — ela disse para o pai. — E se o rei o visse?

Houve um lampejo de raiva nos olhos dele, mas logo passou, e Gregory assentiu com a cabeça.

— Foi irresponsabilidade minha, eu sei. Eu não estava pensando. Mas vi vocês duas passando, e eu... eu não consegui resistir à oportunidade.

— Ela estava com medo de você, não notou? — Mina perguntou. Ela achou que sentiria prazer com a expressão magoada no rosto do pai, mas, em vez disso, sentiu algo mais próximo da dor. E não entendeu por que devia estar com ciúmes, mas tudo em que Mina conseguia pensar era que ele nunca tinha se importado quando a *filha* tinha medo dele.

Gregory coçou o queixo, pensativo.

— Sim, ela pareceu ter medo de mim, não é? Sou um estranho para ela, graças ao rei. — Seus olhos se estreitaram com desprezo. — Não parece injusto para você que eu deva ser um estranho para a garota que criei com minhas próprias mãos?

Ele continuou a olhar para o espaço vazio à sua frente, e Mina encarou fixamente o perfil do pai com um medo cada vez maior.

— O que você quer com ela? — ela perguntou em um sussurro. — Por que ela é tão importante para você?

Gregory balançou a cabeça, aparentemente confuso com a pergunta.

– Não é natural que eu queira conhecê-la melhor? Qualquer pai pediria o mesmo.

Mina decidiu que tinha ouvido o suficiente desse sentimento paternal repentino pela filha de outra pessoa e saiu apressada pelo pátio, para longe dele. Então esse era outro motivo por que Gregory estava tão ávido para ver Mina transformada em rainha, por que tinha insistido para se mudar para Primavera Branca. Ele queria Lynet. Queria ser um *pai* para Lynet. Que ele ficasse com ela então, Mina decidiu. Que diferença fazia?

Ainda assim, quando voltou para seus aposentos, ela pensou na mãozinha de Lynet na sua, no acordo que as duas compartilharam sobre o machucado, e seus pensamentos duros derreteram. Ela se lembrou do medo que Lynet sentiu de Gregory e se perguntou se o único jeito verdadeiro de proteger Lynet era afastar a si mesma e ao pai por completo da vida da garota. Mas ela estaria disposta a fazer esse sacrifício?

Mina deixou o pensamento de lado e foi para seu quarto; ela precisava decidir o que vestir para encontrar o rei.

15

MINA

Na hora marcada, um criado chegou ao quarto de Mina para levá-la até o rei, que estava em sua sala de jantar privada. Ela estava com o cabelo solto, sem nenhum enfeite. Nessa noite, ela não teria nenhum plano, nenhum artifício. Ela iria até Nicholas como a jovem que era e iria provar, sem restar dúvida, que Nicholas podia amá-la pelo que era.

O criado a conduziu até o fim de um corredor onde duas portas grandes estavam ladeadas pelos guardas do rei, e Mina se sentiu como uma noiva sendo conduzida para o marido. *Logo*, pensou ela. *Logo isso vai se realizar.*

Os guardas abriram as portas, e ela flutuou pelo umbral só para ser recebida por um fantasma.

Mas, não, não podia ser um fantasma, porque fantasmas eram do passado, e essa era uma visão do futuro, de Lynet como mulher. Na parede oposta, sobre uma enorme lareira acesa, havia um grande retrato da rainha morta. Embora tivesse ouvido falar muitas vezes sobre a semelhança entre a princesa e sua mãe – e embora soubesse o verdadeiro motivo disso –, Mina não estava preparada para ver essa verdade com os próprios olhos. Ela sentiu como se fosse sufocar sob a pressão daquele fantasma do passado e do futuro, dessa mulher que estava morta e, no entanto, viva.

– Admirando minha rainha? – perguntou Nicholas.

Mina ficou tão assustada com o retrato que não percebeu Nicholas parado em uma das extremidades de uma longa mesa de banquete em frente à lareira. Uma farta refeição nortista de veado os aguardava posta, e Mina se perguntou por um instante se tinha sido Felix quem abatera aquele animal.

– Boa noite, Nicholas – disse ela, ignorando a pergunta.

O rei segurou a cadeira para ela, esperando-a se sentar antes de ir para a outra extremidade da mesa. Eles comeram quase em silêncio, com Mina fazendo comentários ocasionais sobre a refeição, ou Nicholas lhe oferecendo mais vinho. Durante todo esse tempo, a rainha Emilia olhava fixamente para os dois, observando enquanto comiam. Mina se remexeu no lugar, tentando tirar o retrato de seu campo de visão. Algo estava incomodando o rei nessa noite, mas ela não sabia se tinha alguma coisa a ver com isso. Um rei podia ter muitas razões para estar incomodado, afinal de contas.

Quando estavam acabando a refeição, Nicholas se levantou da mesa e foi até a lareira, onde parou de costas para Mina, as mãos entrelaçadas às costas.

– Você está quieta hoje – ele comentou com delicadeza.

Mina quase riu.

– Só porque você parece muito pensativo. Eu não queria interromper sua contemplação particular. – Ele assentiu, e Mina pôde ver apenas seu perfil, sombreado contra as chamas. – Eu gostaria de saber em que você está pensando – disse ela, permitindo-se falar com mais honestidade do que normalmente ousava fazer.

Nicholas virou para ela, e os dois observaram um ao outro, embora Mina não soubesse o que cada um estava procurando.

– Eu estava pensando em Lynet – disse Nicholas. – No que é melhor para ela.

Mina se forçou a não reagir, embora seus olhos não conseguissem evitar o retrato acima da cabeça dele.

– E o que você decidiu?

O rei foi até a mesa com um passo pesado, parou ao lado dela e enrolou uma mecha do cabelo de Mina em torno dos dedos. Ela permaneceu sentada e perfeitamente imóvel, quase sem respirar.

Nicholas largou a mecha e a olhou nos olhos.

– Conversei com Lynet hoje de manhã – disse ele. – Ela pareceu perturbada, incomodada com alguma coisa. Quando perguntei se algo tinha acontecido depois que eu a deixei com você ontem, ela ficou quieta, quase com medo. Depois de muito investigar, descobri que ela encontrou seu pai.

Mina sentiu o sangue se esvair de seu rosto. E pensou freneticamente, mas acabou dizendo a verdade.

– Não consegui evitar – sussurrou ela. – Eu a estava levando para o quarto quando ele nos deteve.

Nicholas respirou fundo e então voltou até a lareira.

– Fico tentando esquecer quem você é, quem é seu pai, mas eu só estava me enganando.

A resignação em seu tom a assustou, e pele dela formigou de preocupação.

– O que quer dizer com isso?

Sem olhar para ela, Nicholas disse:

– Não devíamos continuar nos encontrando a sós. Você e seu pai vão continuar a viver na corte, é claro, mas nossa interação será reduzida ao mínimo.

Mina se levantou da mesa.

– Nicholas, eu... – Ele se virou para ela, e Mina deu um passo vacilante antes de começar a cair no chão. Ela estava bem, é claro, abalada, mas não incapaz de andar, mas queria que Nicholas se aproximasse. Ele fez isso sem hesitar, correndo em sua direção antes que ela pudesse tocar o chão e a levantando nos braços, e Mina se lembrou de como tinha desejado ser ela mesma essa noite, sem nenhum truque nem jogo. Ela já tinha falhado.

– Você precisa se sentar?

– Não – Mina respondeu, se apoiando nos braços dele para se manter ereta. – Não, está tudo bem, eu só... não entendo. Fiz alguma coisa errada?

– Não, Mina, é claro que não. Não é sua culpa. – Ele afastou os olhos dela. – Mas seu pai...

– Eu não sou meu pai.

Nicholas ainda não olhava para ela, e o momento para timidez tinha passado, então Mina colocou as mãos frias nas dele.

– Mina, eu não posso...

– Por favor, por favor, só olhe para mim.

O rei se virou para encará-la, e ela ficou aliviada por ele parecer tão arrasado pela decisão quanto ela mesma. Mina não podia aceitar que tivesse chegado tão longe só para perdê-lo agora.

– Nicholas – disse ela –, durante toda minha infância as pessoas me odiaram por causa de meu pai, por causa de seus poderes. Não suporto pensar que até você me odiaria por causa *dele*. Me odeio por alguma outra razão, mas não por essa.

Nicholas balançou a cabeça.

— Eu não odeio você, Mina, mas eu... — Ele parou, franziu o cenho e, por um momento, não houve som além do crepitar do fogo. Seus olhos endureceram, e suas mãos se apertaram nas dela. — Você sabe sobre Lynet, não sabe?

Mina não sabia como responder — não sabia que resposta ele queria ouvir —, mas sua hesitação *era* a resposta, e Nicholas soltou suas mãos e se afastou dela.

— Ele prometeu que não contaria a ninguém, mas contou a você, não contou? *Não contou?*

— Não vou mentir para você — Mina respondeu. A doçura tinha desaparecido de sua voz, e ela não fingiu mais estar fraca. O momento de mentir havia acabado. Ela precisava mudar de postura, como se estivesse se equilibrando em um muro muito alto que de repente começasse a desmoronar. Se tomasse cuidado, podia não cair. — Sim, eu sei. Eu sei e nunca contei a ninguém. Eu nunca contaria a ninguém, muito menos a Lynet.

Nicholas deu as costas para ela e se virou na direção do fogo — na direção de Emilia. Mina sabia que o perderia se ele continuasse a olhar para a rainha, em vez de para ela.

— Nicholas, me escute — ela pediu para as costas que se afastavam. — Eu não estava mentindo quando disse que estava solitária aqui. Meu pai não é um bom homem. Ele se preocupa pouco comigo, e eu sempre soube disso. Nos anos em que estive na corte, você demonstrou apenas bondade para comigo, especialmente quando eu mais precisei. É muito difícil acreditar que eu fosse sentir alguma... afeição em relação a você? Que eu fosse querer estar perto de você sempre que pudesse? Não sou um peão nos jogos de meu pai. Eu... eu queria você para mim, não por causa dele. Por favor... — Ela parou quase sem fôlego. Mina não sabia que a honestidade pudesse ser tão exaustiva.

Mas Nicholas não foi afetado pela confissão. Ele se manteve de costas para ela, sacudindo a cabeça lentamente.

— Eu quase a pedi em casamento esta noite — ele revelou em voz baixa.

Mina agarrou as costas da cadeira para se equilibrar, mas agora ela realmente precisava disso.

— O que você disse?

— Foi por isso que eu a convidei aqui. Eu estava planejando pedi-la em casamento.

Mina respirou fundo para se acalmar.

— E ainda quer?

Nicholas balançou a cabeça escura.

— Não tenho certeza. Às vezes acho que não devia nem me casar de novo.

Os dedos de Mina se fecharam nas costas da cadeira, as unhas fazendo pequenas marcas na madeira. Ela tinha removido todas as peças de sua armadura, se livrado de todas as mentiras e todos os fingimentos, e mesmo assim ia perdê-lo por causa de seu pai. Ela tinha tentado ser a garota triste e solitária que precisava ser resgatada, e tentado ser ela mesma, o máximo que ousava ser. O que mais podia fazer para que ele a quisesse? O que mais ela tinha para lhe oferecer?

Ela ouviu a voz do pai em sua cabeça, tranquilizando-a em silêncio: *Ele não pode se contentar com uma memória para sempre. Logo vai querer carne sólida, e isso é algo que você tem e que a antiga rainha não tem mais.*

Ele continuava olhando para o retrato, sua amada rainha morta que só podia ser amada a distância. Mina largou a cadeira e foi até ele. Mesmo que o ofendesse, pelo menos agora ele iria recusá-la por seus próprios atos, e não pelos do pai. Ela se apertou contra as costas dele, passou o braço por seus ombros, e ele soltou uma breve expressão de surpresa.

— Nicholas — murmurou ela. — Eu não quero perder você.

O rei se desvencilhou de seus braços e se virou para ela. Contanto que parasse de olhar para aquele retrato, Mina achava que talvez ainda tivesse uma chance.

— Eu me pareço com meu pai? — ela perguntou, virando o rosto na direção da luz.

Ele conseguiu dar um riso baixo.

— Sem dúvida não.

— Então o que você vê quando olha para mim?

Ele engoliu em seco.

— Mina...

— Você me acha bonita?

Nicholas começou a se virar outra vez, por isso Mina pegou a mão dele e a levou à própria face.

— Na sala do trono naquele dia, você tocou meu rosto assim. Acho que queria me beijar. Nada mudou entre nós.

Depois de amar um fantasma por tanto tempo, ele parecia maravilhado com a sensação da pele sob a mão. Ele era mais quente que Felix, mais macio também, e ela se perguntou se o toque dele poderia transformá-la de vidro em carne.

— Nós dois temos andado solitários, não? — Mina sugeriu, sem saber ao certo se ainda estava interpretando um papel ou se estava falando com sinceridade.

Nicholas estava brincando com o cabelo dela, deixando os fios caírem entre seus dedos.

— Sim, às vezes — ele concordou, tão baixo que Mina mal conseguiu ouvi-lo. — Eu não achava que fosse me casar de novo, mas...

Ele se inclinou para a frente, só um pouco, e Mina precisou

se conter para não puxá-lo para si em um só movimento. Em vez disso, ela pensou em Felix e ficou na ponta dos pés para dar um único beijo sob o seu maxilar, onde podia sentir as batidas pesadas de seu coração sob a pele.

Esse simples momento de contato pareceu destruir qualquer autocontrole ao qual o rei ainda estivesse se apegando, e ele puxou Mina para si, pressionando a boca sobre a dela.

Se soubesse que tudo o que precisava fazer era beijá-lo primeiro, ela teria feito isso muito antes.

Ele a empurrou e a afastou de repente, virando as costas ao mesmo tempo para o retrato e para Mina, enquanto passava as mãos pelo cabelo. Quando voltou a encará-la, seus olhos brilhavam desafiadores.

– Case comigo – disse ele.

As palavras soaram tão doces que Mina quis ouvi-las mais uma vez. E esperou tanto tempo que ouviu.

Nicholas foi até ela e a puxou para si passando um braço por sua cintura.

– Eu não me importo com o seu pai. Quero que você se case comigo. Quer ser minha mulher e minha rainha?

Mina deu um riso trêmulo.

– Eu quero, de todo coração.

Ele a beijou de novo e, em seguida, apenas a abraçou forte, como se alguém pudesse tentar tomá-la dele. Mas Mina tinha lutado tanto por esse momento que sabia que nada poderia afrouxar aquele abraço agora. E se agarrou a ele aliviada, os lábios roçando o pescoço dele. Mas então ela sentiu o coração dele bater contra o peito e rapidamente pôs algum espaço entre os corpos, preocupada que ele percebesse que não havia pulsação nela. Mina teria de tomar cuidado para não deixar que nenhum abraço durasse tempo demais.

Nicholas beijou sua têmpora.

– Mais uma coisa – disse ele. – Precisamos contar a Lynet.

– Agora? Não é tarde para irmos falar com ela? – Mina perguntou.

Ele a soltou e foi em direção à porta.

– A fofoca corre rápido, e não quero que ela saiba por ninguém além de mim. – Nicholas mandou chamar a filha, em seguida virou de novo para Mina, com uma expressão séria. – Você entende, é claro, que não posso permitir que Lynet se apegue a você. Não quero que seu pai fique sozinho com ela, e, se isso significar que você vai precisar mantê-la a distância, que seja.

– É claro – disse Mina. Ela seria uma tola de dizer o contrário, por mais que gostasse da menina.

Quando Lynet chegou, com os olhos um pouco vermelhos de sono, mas ainda brilhantes e curiosos, Nicholas parou ao lado de Mina. O rei olhou para ela, em seguida para a filha, e deu um passo para a frente. Ele limpou a garganta e disse:

– Temos uma coisa para dizer a você, Lynet. – Ele fez uma pausa, provavelmente desejando que Lynet descobrisse a notícia e a anunciasse por conta própria para poupá-lo do esforço. Quando isso não aconteceu, ele prosseguiu: – Você vai ser uma rainha, um dia. Sabe disso, não sabe?

Lynet meneou solenemente a cabeça.

– Mas até esse dia chegar, este reino precisa de uma rainha, e isso significa que eu... eu preciso me casar outra vez. Você entende?

Ela tornou a assentir, e seus olhos foram parar em Mina.

– Mina e eu vamos nos casar – Nicholas anunciou por fim.

Lynet, então, olhou diretamente para Mina e tentou esconder um sorriso.

– Você vai se casar com meu pai?

— Vou – disse Mina.

— Isso significa que você vai ser minha mãe?

Mina ia falar, mas Nicholas se abaixou até a filha, apoiando um joelho no chão, de frente para ela.

— Escute, Lynet. Só porque vou me casar outra vez, isso não significa que estou tentando substituir sua mãe. – Ele apontou para o retrato. – *Aquela* é sua mãe e sempre vai ser. Mina vai ser sua madrasta.

O lábio inferior de Lynet começou a se projetar para a frente, mas ela o deteve antes de fazer um bico. E lançou um olhar suplicante para Mina, que estava atrás de seu pai.

Mas Mina já tinha tomado sua decisão.

— Seu pai está certo – ela confirmou.

Lynet se aproximou lentamente de Mina e a encarou com aqueles olhos que tinha herdado da mãe – mas a verdade era que ela não tinha mãe, exceto pela neve. Talvez alguma parte dela entendesse isso, e era por isso que não estava disposta a abrir mão de Mina com tanta facilidade. Lynet envolveu os braços com cuidado na cintura de Mina e apoiou a cabeça em sua barriga.

Nicholas as estava observando, esperando para ver como Mina reagiria. E, apesar dos braços da menina em sua cintura, Mina sentiu uma forte pontada de ressentimento em relação a ela só por esse gesto e por colocar em risco sua nova e precária posição. Ela se agarrou a esse ressentimento, irracional como era. Iria precisar dele para fazer o que tinha de fazer em seguida.

Mina afastou delicadamente a garota de si. Nicholas acenou com a cabeça em aprovação, e Mina se concentrou nisso, em vez da curva triste dos ombros de Lynet. Nicholas pegou a mão de Lynet para levá-la embora, e Mina manteve os olhos nele, e não na cabeça baixa da princesa. Se havia um momento para ser fria, era aquele.

16

LYNET

O rei sofreu um acidente.

Lynet sabia que isso podia significar várias coisas, que não havia razão para acreditar que algo terrível tinha acontecido, mas ela *sentiu*, pela dormência repentina na ponta de seus dedos, que devia esperar o pior.

– É... – Nadia começou a dizer, mas então moveu a cabeça de leve na direção de Lynet e simplesmente assentiu. – Estou indo agora mesmo.

Quando Nadia virou para sua bolsa de cirurgiã, Lynet a afastou e saiu correndo pela porta.

– Lynet, espere! – Ela ouviu Nadia chamar, mas não conseguia esperar. A verdade não podia ser tão terrível quanto o que estava imaginando, por isso precisava saber a verdade imediatamente.

O pátio estava repleto de gente, a maioria reunida em torno de alguns homens em roupa de montaria – nobres que tinham acompanhado o rei na caçada. No burburinho da multidão, ela identificou as palavras *veado* e *sangue*, mas não queria ouvir nenhum relato exagerado – Lynet queria ver o pai.

Ainda assim, ela ficou paralisada no começo da aglomeração, sem saber ao certo como abrir caminho sem que ninguém a detivesse. Desesperada, ela olhou para cima: talvez, se escalasse as paredes, ninguém notaria, e ela chegaria mais rápido aos aposentos do pai.

Ela deu um pulo quando uma mão a envolveu pela cintura. Nadia a tinha alcançado, e não disse nada enquanto conduzia Lynet pela multidão, protegendo-a de olhares curiosos.

Mina já estava lá sozinha quando as duas chegaram aos aposentos do rei, exceto pelo caçador marcado por cicatrizes. Havia sangue em suas mãos e seus antebraços, e o brilho vermelho atraiu imediatamente a atenção de Lynet.

Mina cambaleou e colocou uma das mãos no braço do caçador para se manter de pé. Foi a visão da madrasta, pálida e desorientada, que fez Lynet perder o que lhe restava da compostura.

– Onde ele está? – Lynet saiu correndo, sem ligar para o medo que tinha do caçador. – O que aconteceu? – Ela o segurou pelo braço e decidiu que não soltaria até que ele lhe contasse. – Por favor.

Ele olhou para a rainha, que mal parecia notar Lynet.

– Um acidente – ele respondeu. – Um veado.

Lynet correu para a porta do quarto, sem esperar para ouvir mais. *Ele está morto. Ele está morto como minha mãe, ele me deixou para ficar com ela, ele está morto, ele está morto.* Mas, antes que chegasse à porta, braços fortes a detiveram.

– Me solte – disse Lynet com voz embargada. Ela caiu de joelhos e só então viu que não era o caçador, mas Mina, que a estava segurando.

– Deixe a cirurgiã cuidar dele primeiro, depois você pode entrar – sua madrasta estava dizendo. *Cirurgiã. Porque era um ferimento aberto. Porque ele está morto.* Nadia saberia. Nadia contaria para ela. Ela estava falando em voz baixa com o caçador, mas, quando Lynet tentou fazer contato visual, virou a cabeça para o outro lado.

– Ele está morto – disse Lynet, as palavras se repetindo sem parar em sua cabeça. *Ele está morto, morto como ela.*

– Ele não está morto. – Mina colocou as mãos nos ombros de Lynet. – Escute. Ele perdeu muito sangue, mas não está morto.

Nadia limpou a garganta e gesticulou para a porta que Lynet e Mina estavam bloqueando.

– Vou fazer o possível para ajudar – ela anunciou.

– Então vá – ordenou Mina, e quando a rainha ordenava, qualquer um obedecia.

Nadia entrou correndo no quarto e fechou rapidamente a porta. Lynet quis segui-la, mas Mina ainda a segurava.

– Então ele está vivo – disse Lynet, testando as palavras e achando-as muito mais doces que seu refrão anterior. *Ele está vivo, ele está vivo.*

– Ele está vivo por enquanto – disse Mina com uma mistura de tristeza e alívio.

– Por enquanto? Mas ele... Mas você disse...

– Os ferimentos foram sérios. O veado o chifrou. Ele pode não estar conosco por muito mais tempo.

Não fazia muito sentido para ela. Era possível estar morto ou vivo, mas Lynet não sabia o que fazer com nada no meio do caminho.

– Lynet, você entende o que estou dizendo?

– Mas ele não está morto – a princesa insistiu. Ela só precisava explicar que Mina estava errada. *Sua mãe* estava morta, mas o pai estava vivo. Sempre fora assim. – Ele não pode morrer.

— Qualquer um pode morrer — murmurou Mina.

Ela se levantou e se tornou de novo a rainha que Lynet conhecia tão bem. Lynet não sabia como se recompor tão rápido quanto Mina e ficou onde estava no chão, uma parte sua acreditando que se esperasse ali por tempo suficiente, seu pai sairia andando pela porta, vivo e inteiro. Mina deu um leve aceno de cabeça para o caçador, que retornou o gesto e saiu do quarto, deixando-as sozinhas.

Devagar, Mina começou a andar pelo aposento, quieta. A luz cinza embotada da janela a fazia parecer esmaecida e fantasmagórica, perdida em outro mundo, e Lynet não sabia como trazê-la de volta. Mas não conseguia aguentar aquela espera silenciosa.

— Vão conseguir salvá-lo, não vão? — ela perguntou, as mãos retorcendo as dobras do vestido.

Mina desabou pesadamente em uma das cadeiras perto da lareira, com a cabeça nas mãos, de modo que o cabelo a escondia. Então levantou a cabeça, olhou para a lareira vazia e disse:

— Eu não sei.

Não era isso o que você devia dizer, pensou Lynet. Mina devia ajudá-la, oferecer conforto e segurança — mas, ultimamente, Lynet sentia que, em vez disso, era ela quem sempre tentava confortar a madrasta.

— Só me diga que ele vai ficar bem...

— Lynet, eu não *sei* — retrucou bruscamente Mina.

— Pare de dizer isso! — gritou Lynet. Sua voz estava estridente, com um pânico mal contido. Ela ficou de pé, embora suas pernas estivessem tremendo. Ela odiava sentir tanto medo, odiava se sentir fraca e impotente para proteger qualquer um com quem se preocupasse. Mas como podia ser corajosa, quando Mina nem olhava para ela? — Como você pode ficar aí sentada? — Lynet perguntou, as palavras explodindo. – Como você pode estar tão calma? Você nem se importa que ele se recupere, não é? Na verdade, por que deveria? Você nunca o amou.

Finalmente, Mina virou para Lynet com olhos frios, e a raiva de Lynet recuou, deixando-a apenas com vergonha.

– Mina, eu não...

– Você tem razão – disse Mina com voz baixa, mas clara. – Eu não o amo. Já achei que o amasse, muito tempo atrás. Mas você está errada em pensar que não me importo com o acontece com ele. – Ela hesitou, então disse: – Você vai ser rainha se ele morrer, você sabe.

Rainha? Isso era a última coisa na mente de Lynet. Ela abdicaria de qualquer reivindicação que já teve sobre o trono se isso significasse manter o pai vivo.

– Eu não me importo – a menina respondeu. – Nada disso importa para mim.

Mina sorriu, um retorcer assustador dos lábios, tornou a afastar os olhos, e seus dedos se fecharam nos braços da cadeira.

– É muito fácil para você, não é? – ela disse num sussurro. – Se eu tivesse um pai como o seu ao crescer, talvez também não me importasse em ser rainha.

Lynet ficou em silêncio, maldizendo a própria falta de consideração. Ela sabia que ser rainha significava mais que uma coroa para Mina, mas só agora entendeu de fato a inevitabilidade de perder aquela coroa. Se isso importava para Lynet ou não, ela iria se tornar rainha no dia em que o pai morresse – hoje ou anos no futuro – e, nesse dia, Lynet não seria a única a perder algo precioso.

– Mina...

A porta do quarto de seu pai se abriu antes que Lynet pudesse continuar, e ela e Mina se viraram quando Nadia saiu do quarto.

Seu rosto estava tenso, e havia uma leve camada de transpiração em sua testa enquanto ela respirava fundo algumas vezes.

– Ele perdeu muito sangue – ela explicou olhando apenas para Mina. – Dei meimendro a ele, para fazê-lo dormir.

– Posso... – Lynet engoliu em seco. – Posso vê-lo?

Nadia deu um suspiro quando virou para ela, mas, em seguida, assentiu com a cabeça.

– Ele pode não estar coerente o bastante para falar com você, mas pode ir até ele, se quiser.

Mina se levantou da cadeira.

– Vou deixar você entrar sozinha. Você precisa de mais conforto do que posso lhe oferecer agora. – Para Nadia, ela disse: – Me chame se alguma coisa mudar.

Depois que a madrasta saiu, Lynet não tinha mais desculpa para esperar. Ela parou diante da porta, se preparando.

– Quer que eu vá com você? – Nadia perguntou, colocando a mão de leve em seu ombro.

– Não – Lynet respondeu. – Só... só me diga se ele vai viver. Seja honesta comigo.

A mão de Nadia se contraiu por um instante, e essa pressão delicada foi resposta suficiente.

– Se ele viver, provavelmente não vai ser por muito tempo – disse Nadia. – É melhor você se despedir agora, só por garantia. E Lynet...

Lynet se virou e olhou para ela.

– Em relação a mais cedo, quando estávamos conversando na sala de trabalho...

Lynet balançou a cabeça e deu de ombros para tirar a mão de Nadia.

– Agora, não. Agora eu não me importo com isso.

Antes que Nadia pudesse responder, Lynet entrou no quarto de seu pai e fechou a porta. Assim que estava ali dentro, ela estremeceu, e todo seu corpo se recolheu ao ver a forma imóvel repousando na cama. Ela achava que nada poderia ser pior do que a cripta, mas agora sabia que estava errada.

Lynet se forçou a avançar até a cama. O pensamento flutuava em sua cabeça, embora se sentisse por demais culpada para articulá-lo: ela precisava ser rápida, caso o pai morresse enquanto ela estava ali parada.

A ferida no flanco tinha um curativo pesado, e a pele estava pálida e amarelada, mas seu pai parecia tranquilo em seu sono induzido por drogas. Sonhos agradáveis, torceu Lynet. Hesitante, tentou pegar a mão dele, mas precisou de três tentativas para conseguir tocá-lo. Ela achou que o pai estivesse num sono profundo demais para acordar, mas, ao toque de sua mão, ele gemeu, e Lynet retirou a mão. Ele estava vivo, pelo menos. Morrendo, mas vivo, ainda vivo.

Ele olhou para a filha, os olhos turvos devido ao sono artificial, e disse uma palavra:

– *Emilia?*

– Não – ela se ouviu dizer. – Não é Emilia. É Lynet.

– Lynet – murmurou ele, e seus olhos piscaram e se fecharam outra vez.

– Sim, *Lynet* – ela repetiu. Ela tinha ido ali para se despedir, mas, assim que começou a falar outra vez, as palavras pareceram sair por conta própria. – Eu serei sempre Lynet – ela prosseguiu em um sussurro. – Não quero me tornar Emilia. Não quero o Sul e não quero ser rainha, e eu gostaria... gostaria de nunca ter me parecido com ela. Eu gostaria que você parasse de vê-la toda vez que olha para mim. Gostaria que você parasse de querer tanto que eu seja igual a ela. – Talvez só conseguisse dizer o que pensava, agora, porque ele não podia realmente compreendê-la. Ou talvez fosse porque soubesse que essa podia ser sua última chance, mas agora que tinha começado, não conseguia parar; o discurso rígido e cuidadoso que tinha ensaiado estava esquecido.

– Eu gostaria de saber como fazê-lo feliz sem esquecer quem eu sou – disse ela, engasgando com as palavras. – Mas... eu ainda amo você e... e queria me despedir.

Sua voz estava falhando, mas ela se sentiu muito leve naquele momento, leve e inteira.

Nicholas abriu os olhos para encará-la, embora não parecesse exatamente *vê-la*, e mais uma vez falou o nome de sua mãe.

– Sim – ela respondeu. – Sim, sou eu. Emilia. – Ela faria esse favor para o pai. Ela podia fazer isso sem medo, agora que tinha lhe dito a verdade.

Lynet se abaixou e o beijou na testa, retirando-se rapidamente, antes que ele pedisse mais alguma coisa. *Eu não sou minha mãe*, ela lembrou a si mesma. *Eu estou viva*.

Os olhos dele tornaram a se fechar, e ela se afastou, grata por ver o movimento no peito do pai enquanto deixava o quarto.

Sybil a estava esperando perto do lago, escondendo o rosto nas mãos de pedra como sempre. A celebração de aniversário da noite tinha sido cancelada, é claro, por isso Lynet não prestou atenção no céu que escurecia aos poucos enquanto estava encolhida sob a estátua, abraçando os joelhos junto ao peito e fazendo preces silenciosas pelo pai.

Era estranho como nada havia mudado. A rainha Sybil chorava, o lago estava sereno como sempre, as árvores no Jardim das Sombras retorciam seus braços nus na direção do céu. Não parecia justo que Lynet devesse desfrutar de qualquer coisa bela enquanto seu pai estava morrendo (estava vivo, mas morrendo; morrendo, mas vivo). *Eu devia ter ficado*, ela pensou. *Eu devia ter esperado até o fim.*

Mas ela o tinha ouvido chamá-la pelo nome da mãe e foi tomada pelo pânico. Lynet apertou mais os joelhos e soube que não ia voltar, não agora, não quando a morte estava tão perto. Não era mais um jogo. E se, quando a morte chegasse para seu pai, ela a confundisse com sua mãe e a levasse também?

Mas ela já estava à beira da morte, não estava? Porque se Nicholas vivesse, Lynet nunca seria capaz de recusar a oferta do Sul, não depois de quase perdê-lo, e, se ele morresse, ela se tornaria rainha. E, de todo jeito, Lynet temia que também fosse morrer lentamente, não deixando nada, apenas Emilia.

De qualquer forma, Mina a odiaria por isso.

A memória vergonhosa de sua briga com a madrasta finalmente a levou às lágrimas, e ela não emitiu nenhum som enquanto chorava com a cabeça nas mãos como a triste rainha Sybil acima dela – a rainha Sybil, que só era lembrada por sua morte e pelo dano subsequente. E como Lynet seria lembrada? Como uma garotinha assustada que agredia as pessoas que amava?

É muito fácil para você, não é?

Lynet deitou a cabeça na neve e fechou os olhos, esforçando-se para parar de chorar, parar de pensar em seu pai ou em Mina, parar de pensar em qualquer coisa...

Quando tornou a abrir os olhos de novo, seu pescoço estava doendo, e o céu estava completamente escuro, exceto pela lua brilhando. Ela devia ter adormecido. Enquanto saía de sua posição, lembrou-se do que, a princípio, a tinha levado até ali e desejou poder mergulhar de novo na inconsciência e fazer todo o mundo desaparecer mais uma vez.

Ela rastejou até a beira do lago e lavou o rosto. O vento estava criando ondulações na água e assobiando por entre as árvores no Jardim das Sombras em um lamento triste. Lynet achou que soava como a palavra: *Fuja*. Ela ouviu a palavra em sua cabeça, tão urgente quanto uma ordem, mas delicada como um sussurro. *Fuja, fuja.*

– Eu não posso. Eu não devo.

Mas fazia sentido. Nadia tinha deixado claro que a vida do pai já tinha acabado e, desse jeito, ninguém jamais iria lhe dar a notícia de sua morte. Não haveria notícias a transmitir, não se ela tivesse partido e estivesse longe dali. Mesmo que ele de algum modo sobrevivesse, Mina ainda teria tudo o que queria, já que Lynet não estaria ali para tirar dela. E Lynet...

Lynet seria livre.

Ela ouviu outro sussurro urgente, mas dessa vez era a voz de Nadia lhe perguntando: *O que você quer?*

Mas ela tinha dito a Nadia o que queria, e Nadia tinha negado, fazendo Lynet se sentir frágil e mimada, uma borboleta com asas atrofiadas que nunca aprendeu a voar. Se soubesse, Nadia impediria Lynet de partir.

Então não vou contar a ela.

Lynet ficou de pé. O sussurro deu lugar ao ronco ensurdecedor de seu coração batendo as palavras em uma espécie de cântico furioso:

Fuja, fuja, fuja.

Nadia achava que Lynet não conseguiria sobreviver fora de Primavera Branca, mas estava errada; a única maneira de sobreviver era deixar Primavera Branca, criar uma vida nova para si mesma fora daqueles muros. Ela tinha nascido e sido moldada a partir de uma mulher morta, vivendo sob sua sombra fantasmagórica, e agora ela ia finalmente escapar disso do único jeito que sabia.

Ela faria uma mala com o que precisasse à noite e, em seguida, partiria pouco antes do amanhecer, quando ainda estivesse escuro – e talvez então já soubesse com certeza o destino do pai. Lynet se concentrou no sangue correndo por seu corpo, no estranho borbulhar de energia que enchia seu peito e que quase a fez querer rir, só para poder liberar um pouco daquilo. Ela precisava se lembrar dessa sensação, porque sabia que tudo se encolheria quando fosse ver Mina. Ela não podia partir sabendo que Mina estava com raiva dela, que suas últimas palavras uma para a outra tinham sido marcadas pelo ressentimento.

Lynet não se deu ao trabalho de ir ao quarto de Mina. A essa altura, ela sabia aonde sua madrasta ia quando estava mais aflita.

Mas a capela estava vazia quando Lynet chegou. Devagar, ela foi até o altar central. A onda de energia de ter tomado uma decisão estava desaparecendo, e agora o nervosismo de ver Mina outra vez estava se abatendo sobre ela.

Passos estavam se aproximando, e a princípio Lynet achou que era Mina, mas eram pesados demais para pertencer a sua madrasta. Instintivamente, Lynet se escondeu atrás do grande altar de pedra, espiando para ver quem além de Mina ia àquela capela abandonada.

A pergunta foi respondida quando o caçador com cicatrizes entrou com urgência. Será que ele a tinha seguido até ali? O que poderia querer com ela? Lynet se encolheu de novo atrás do altar, com medo que ele se abaixasse e a agarrasse pela nuca como um animal. As mangas dele ainda estavam sujas de sangue seco.

Mas ele só ficou ali parado, esperando, até que Lynet imaginou que ele fosse encontrar alguém ali – um romance secreto talvez. E sentiu uma onda de raiva em nome da madrasta, que qualquer um usasse o santuário dela para seus próprios propósitos. Ela ficou ainda mais irritada porque sabia que não podia sair dali antes que o homem fosse embora, e suas pernas estavam com câimbra de ficar agachada.

Mas estava curiosa. Seria de fato um encontro romântico? E se fosse, quem amaria um homem daqueles? Ele era obviamente forte e bastante atraente, com o maxilar quadrado e os ombros largos; ela imaginou que as cicatrizes lhe conferiam uma espécie de fascínio perigoso. Mas quem poderia olhar naqueles olhos estranhos e vazios e encontrar amor ou calor brilhando de volta?

A cabeça do caçador se levantou bruscamente quando uma silhueta surgiu na porta.

– Desculpe pelo atraso, meu amor, mas fui detida no caminho.

Lynet reconheceu a voz imediatamente, claro, por isso já estava se segurando no altar de pedra, chocada, quando a silhueta se adiantou e se transformou em Mina.

17
MINA

O noivado foi discreto, e a cerimônia de casamento, pequena, exatamente como Nicholas quis. Ele parecia achar que celebrar seu novo casamento ofenderia a esposa morta.

Ainda assim, Mina considerou aquilo um triunfo. Ela tinha prestado muita atenção em Xenia quando Nicholas anunciou que Mina seria a nova rainha de Primavera Branca, saboreando a expressão de choque que passou por seu rosto antes que ela conseguisse ocultá-la. Casar-se com o rei tinha se tornado mais que um meio de assegurar um marido e uma coroa – era um ato de desafio.

A sensação aumentou quando ela tomou seu lugar na mesa alta ao lado do rei no banquete de casamento, dois meses depois do pedido. O salão estava cheio de pessoas que antes tinham virado o rosto para ela, mas nem mesmo sua reprovação tinha sido suficiente para afastá-la daquela cadeira. Ela, a filha do mago, era agora a rainha, e o próprio mago estava sentado à sua esquerda.

À sua direita estava o rei – seu marido –, e à direita *dele* estava Lynet. Mina desejou que a menina estivesse sentada em outro lugar; ao lado do pai, ela ocupava toda sua atenção, deixando Mina apenas com sua nuca e Gregory como companhia. Ela não sabia ao certo qual dos dois preferia.

– Você podia estar um pouco mais feliz no dia de seu casamento – o pai sussurrou. Gregory mal olhou para ela ao falar, os olhos brilhando com a luz do salão.

– Estou entediada – murmurou Mina. – Eu não achava que meu marido preferisse conversar com uma criança do que comigo.

– Entediada? Então vou providenciar diversão para você.

Antes que tivesse a chance de lhe perguntar o que ele queria dizer, Gregory se levantou. Ele esperou o ruído no salão cessar enquanto todo mundo, incluindo Mina e Nicholas, voltava a atenção para ele. Um desconforto vago se abateu sobre o local.

– Obrigado a todos por celebrar este dia conosco – Gregory exclamou, e Mina teve vontade de se encolher diante de sua presunção. – Como pai de nossa linda nova rainha, eu gostaria de dar um presente para o casal real, se puder.

Nicholas virou para Mina com um olhar intrigado e um pouco temeroso, mas ela apenas deu de ombros. Depois de uma breve hesitação, o rei assentiu com a cabeça para Gregory, em seguida se aproximou mais da filha.

Gregory desceu da plataforma. Ele gesticulou para dois homens na extremidade do salão, que saíram rapidamente, e então voltaram carregando um objeto enorme coberto por um lençol. Eles o depositaram no chão em frente à plataforma.

– Milorde, milady, eu entrego aos dois um presente feito pelos melhores artesãos do Norte – Com um movimento exagerado, ele removeu o lençol, e Mina viu... a si mesma.

O espelho era mais alto que seu pai; sua moldura era feita de madeira escura, simples e sem adornos. Era a primeira vez que ela via a si mesma desde que tinha se tornado esposa do rei. O casamento tinha sido surreal, como caminhar em um sonho, mas isso – essa mulher no espelho usando uma tiara de ouro –, isso era algo em que acreditar.

Eu sou a rainha.

Nicholas se levantou, e Mina caminhou ao lado dele, descendo do tablado para se aproximar do presente. O marido estava agradecendo a Gregory, mas ela não o escutou, cativada demais pela mulher no espelho. Ela queria tocar o vidro com a mão, para chamá-lo para si, mas sabia que não devia fazer isso, ainda não.

As pessoas no salão aplaudiram alto, liberando Mina do estranho feitiço do espelho. Ela, a princípio, quase encolheu diante do olhar coletivo. Será que viam uma garota sulista, uma forasteira, elevada acima de sua posição? Mas não, não havia desprezo no rosto de seus novos súditos. Mesmo aqueles que já tinham zombado dela sabiam que não deviam insultar uma rainha. Naqueles olhos, ela se via como eles a viam – bela, sim, mas mais que isso: régia, poderosa.

Eles a amavam.

Mina ouviu o som de alguém correndo do tablado, e então Lynet estava ao lado do pai, ávida para fazer parte desse novo jogo. Rindo, ele a tomou nos braços e a aproximou do espelho enquanto Mina se encolhia para o lado. Lynet estava explorando o espelho com as mãos, passando os dedos pequenos e gordinhos pela madeira, e Mina ruborizou com uma irritação inesperada.

Ela perguntaria a si mesma depois se o que aconteceu em seguida poderia ter sido evitado; ela viu as partes, mas não conseguiu adivinhar o todo rápido o bastante para impedi-lo. Gregory, sentindo a inquietude crescente da multidão, ordenou que os homens pegassem o espelho e o levassem embora. Ao mesmo tempo, Nicholas se ajoelhou para colocar a filha no chão. Enquanto o espelho era levantado e Lynet chegava ao chão, os dois colidiram, e a cabeça de Lynet bateu na parte de baixo do objeto.

Uma expressão de susto encheu o salão, e houve um silêncio tenso antes que Lynet começasse a chorar, apesar de todo seu esforço para não fazer isso, o rosto contorcido de dor. Nicholas a pegou imediatamente, empurrou seu cabelo para trás e revelou o corte – nada tão grande como Mina temia, mas o bastante para liberar um filete de sangue pela testa da menina e sobre sua bochecha.

Nicholas gritou para um dos criados chamar seu cirurgião, em seguida lançou um olhar penetrante para os homens de Gregory, que tinham posto o espelho no chão de novo.

– Livrem-se disso – ele ordenou, aninhando Lynet nos braços.

O rei começou a se virar, mas Gregory surgiu à sua frente, bloqueando seu caminho.

– Milorde – disse ele, fazendo uma mesura. – Tenho alguma habilidade com medicina e não gostaria que perdesse seu próprio banquete de casamento. Dê a criança para mim, e eu cuido dela. Afinal de contas, agora somos uma família, não somos?

Mina observou horrorizada aquela cena. Depois do pedido de casamento de Nicholas, ela tinha contado a Gregory quão perto tinha chegado de perdê-lo por causa de sua interferência, e embora ele tivesse olhado para ela com raiva, ela imaginou que seu pai tivesse entendido. Mas talvez ele *tivesse* entendido – e escolhido esse momento para pedir Lynet, quando toda a corte estava olhando. Se Nicholas recusasse sua generosa oferta ou o insultasse, todo mundo se perguntaria se havia algum significado mais profundo por trás disso, e a última coisa que Nicholas queria era especulação sobre a filha. Mina questionou o quanto o ferimento de Lynet tinha sido acidental.

Ela não conseguia ver o rosto de Nicholas de onde estava, mas podia ver sua derrota refletida no brilho friamente triunfante nos olhos do pai. Ela queria intervir, tirar Lynet dos dois, mas sabia que, se se aproximasse agora, Nicholas acharia que ela fazia parte dos planos do pai.

Gregory estendeu os braços para Lynet, que se agarrava a ele com toda sua força, mas então um dos guardas chegou com o cirurgião real. Nicholas lhe entregou de bom grado Lynet, em vez disso, enquanto Gregory lançava um olhar raivoso para o intruso.

— Sua oferta é apreciada, mas desnecessária — Nicholas disse para Gregory, para o benefício dos presentes. Ele saiu do salão atrás do cirurgião, sem um olhar sequer para sua nova rainha.

Mina ficou ali parada, desalentada, sem saber ao certo se devia segui-los. Estrondos ecoaram pelo corredor, e Mina soube que se não os aquietasse agora, eles a sobrepujariam. De canto do olho, ela viu Xenia, com um leve sorriso malicioso nos lábios. Como seria satisfatório para ela se Mina começasse seu reinado em confusão e caos. Mina cerrou os punhos ao lado do corpo. *Eu sou uma rainha*, disse a si mesma. *E sou amada.*

— Por favor, fiquem calmos — ela exclamou para a multidão. — A princesa tem um pequeno ferimento, nada que não vá se curar em pouco tempo. Continuem sua refeição, pois tenho certeza de que meu marido gostaria disso. — Sua voz estava firme, e o burburinho ansioso morreu. Mina sabia que devia voltar à mesa; se não voltasse, todos imaginariam que havia alguma coisa errada.

Antes de subir de novo no tablado, ela examinou o espelho e encontrou uma pequena rachadura no vidro perto do pé. Ela podia tê-la consertado, é claro, mas gente demais já tinha visto o dano.

– Devemos jogá-lo fora, milady? – perguntou um dos homens.

Mina passou os dedos pelo vidro frio. Mas não era apenas vidro; ela estava procurando por si mesma, pela imagem que tinha lhe ensinado que ela era uma rainha. Não seria ingratidão se livrar dele tão rápido?

– Não – disse ela. – Levem-no para meus aposentos, os aposentos da *rainha*. – Os homens obedeceram e levaram o espelho embora.

Gregory parou ao lado dela.

– Você lidou muito bem com a situação – ele disse enquanto os dois subiam juntos a plataforma.

Mina não respondeu. Ela apenas ocupou seu lugar na mesa alta, olhou para seus novos súditos e se viu no reflexo de seus olhos.

Depois do banquete, Mina foi procurar seu novo marido. Ela não tinha esquecido a promessa feita a si mesma, de contar a ele sobre seu coração na noite de núpcias. Ela explicaria para ele o que isso significava, e ele diria que seu pai devia estar enganado, que seu amor um pelo outro era prova de que seu coração era tão real quanto o dele.

Mina encontrou Nicholas em seu quarto, olhando fixamente para a lareira.

– A princesa se recuperou? – perguntou Mina.

Nicholas se virou para ela, o corpo todo tenso.

– Sim, ela está dormindo em seu quarto. Vou vê-la outra vez mais tarde.

– Com certeza não é muito sério, é? Foi só um arranhão. Seu cirurgião a examinou?

– Sim.

— E?

— Quero estar lá se ela precisar de mim. Não quero que ela pense que nosso casamento vai mudar nada.

— Entendi. — *Ele prefere passar a noite de núpcias com ela*, pensou Mina, e não conseguiu evitar a onda de raiva que sentiu pelo marido, por sua filha, até por sua esposa morta.

— Você está brava comigo — disse o rei, levantando surpreso uma sobrancelha.

— Não estou brava, milorde — ela mentiu. — Mas eu esperava não passar minha noite de núpcias sozinha. — Ela se aproximou dele, colocou a mão em seu peito e agarrou o tecido da camisa com os dedos, desejando poder atravessar tanto a carne quanto o tecido para reclamar para si seu coração. O rei olhava fixamente para a mão dela e a cobrou com sua própria mão, sua pele quente por causa do vinho e da excitação do dia. Mina retirou a mão da dele e a levou até seu queixo, sua face, e a pressionou sobre seus lábios. Ela se inclinou para perto dele, sentindo-se viva sob seu olhar.

— Volte comigo para o meu quarto, marido.

Ele envolveu o rosto dela com as mãos e a beijou de modo agressivo. Mina levou as mãos ao peito dele, mas ele recuou ao toque, balançando a cabeça para ela.

— Não posso ignorar o que aconteceu esta noite, Mina.

— Eu não entendo.

— Achei que pudesse me casar com você e, ainda assim, manter Lynet longe de seu pai, mas foi um erro. — Ele tornou a balançar a cabeça e desviou os olhos dela. — Infelizmente este casamento foi um erro.

Sua voz estava resoluta e firme quando proferiu essas palavras. E mesmo enquanto Mina sentia o medo se espalhar pelo corpo, parte dela sabia que devia ter esperado por isso desde o começo. *Ninguém pode amá-la, lembra?*

— Nicholas, você não pode estar falando sério — ela disse quase em um sussurro. — Você queria isso tanto quanto eu.

— Eu sei — o rei respondeu. — Mas não tive um momento de paz desde que fiz o pedido. Não parei de me perguntar se não estava colocando minha filha em perigo, se estava buscando meus próprios desejos egoístas sem pensar nela. Pelo menos agora sei que estava certo em me sentir assim.

— É um pouco tarde demais para mudar de ideia, não é? — Mina perguntou com raiva. Suas mãos tremiam. Ela não sabia se ficava arrasada ou furiosa, as duas emoções crescendo dentro dela até ter certeza de que se partiria em duas.

Nicholas se aproximou, segurou o rosto dela entre mãos, simplesmente olhando-a, à procura de algo.

— Fui injusto com você — ele disse com delicadeza. — Quando estamos sozinhos, juntos, é fácil para mim esquecer quem você é, fingir...

Mina se desvencilhou dele.

— Fingir que sou Emilia. É isso que você quer dizer?

— Mina, desculpe.

Ele tentou tocá-la outra vez, mas ela se afastou.

— Se você fechasse os olhos e me tomasse nos braços, seria fácil pensar que eu era ela, sentir que tinha uma mulher que pudesse tocar outra vez. Mas eu sou mais do que algo para tocar, Nicholas. Eu quero que você *me* ame.

— Eu sei. Mas não posso lhe dar o que você quer, não mais do que você pode me dar o que quero. Eu agora vejo isso.

Ele começou a se virar, mas Mina o deteve com uma mão em seu braço.

— Por quê? — perguntou ela com voz trêmula. — Por causa de meu pai? Ou por causa dela? Emilia está *morta*, Nicholas.

Ela soube no mesmo instante que tinha cometido um erro, e sua mão soltou o braço dele. Mesmo com o fogo queimando atrás do rei, nesse momento ele pareceu feito de gelo, rígido e insensível.

– Nicholas...

– Você tem razão – disse ele em voz baixa. – Emilia está no passado, e agora preciso olhar para o futuro, para o *nosso* futuro. Não vou tirar sua coroa de você. Ainda vamos ser rei e rainha juntos, prometo. Mas vamos ser marido e mulher apenas no nome. E não quero que seu pai se considere parte da família de Lynet.

Mina não falou nada. Ela não confiava que não gritaria nem lançaria pragas tanto sobre o novo marido quanto sobre sua filha desprezível. E o que ela diria ao pai? Que sua beleza não era suficiente, e ela não tinha mais nada a oferecer? Que mesmo como rainha, ela não tinha o poder de conquistar o amor de um único homem?

Mas você não tem esse poder e nunca vai ter, Mina lembrou a si mesma. Até a multidão afetuosa no banquete a amava apenas porque era rainha – e Nicholas já tinha uma rainha para amar.

– Isso é tudo? – ela perguntou quando reencontrou a voz.

Ele suavizou nesse momento, soltando um suspiro enquanto esfregava a testa.

– Não – disse ele. – É claro que não. Faça qualquer pedido a mim, e vou tentar atendê-lo.

O primeiro instinto dela foi negar tanto sua oferta quanto sua pena, mas então pensou com mais cuidado – ela era rainha agora, não era? Ela tinha desejado os dois: Nicholas e a coroa. Por que devia jogar os dois fora se podia ter apenas um?

– Eu quero o Sul – ela respondeu, uma constatação mais que um pedido. Ela era a primeira monarca sulista desde antes da maldição de Sybil; isso não lhe dava algum sentido de posse, até mesmo de responsabilidade? – Quando você receber petições de qualquer lugar no Sul, quero que as passe para mim. Eu decido o que acontece lá e quais projetos são financiados, sem interferência. Você me concede isso?

Nicholas a estudou por um momento, surpreso pelo fervor em sua voz ao fazer o pedido. Finalmente, ele assentiu.

– Muito bem. O Sul é seu. Mais alguma coisa?

Um lugar em seu coração.

– Não – disse ela. – Mais nada que você esteja disposto a me dar.

– Mina...

– Boa noite, Nicholas. – Ela queria sair enquanto ainda tinha essa vitória parcial.

E se lembrou, ao deixar o quarto, que queria lhe contar sobre seu coração. Agora, ela nunca faria isso.

Os aposentos da rainha eram muito mais grandiosos do que os da filha de um mago. Seu espelho novo já ocupava um lugar no quarto, e Mina olhou para si mesma de cenho franzido no reflexo enquanto retirava a tiara de ouro. Ela era bonita, sim, mas do mesmo jeito que um tapete era bonito. Uma coisa para se olhar, não para se amar.

Ela desabou no chão, sob o peso da autocomiseração. *Olhe para si mesma*, o reflexo pareceu repreendê-la. *Uma rainha sem rei, uma esposa sem marido, sentada sozinha no chão de seu quarto grande, mas vazio, e sentindo pena de si mesma.*

Mina não conseguia nem enfrentar os próprios olhos. Seu olhar caiu sobre as rachaduras no canto do espelho, a fonte de todos os seus problemas naquela noite. Ela pensou em Lynet e combateu o impulso de culpá-la pelas decepções recentes. E disse a si mesma que, mesmo se Lynet não tivesse se machucado, Nicholas ainda acabaria rejeitando-a – se não por causa de Gregory, por alguma outra razão. Mina disse essas coisas a si mesma, mas não sabia se acreditava nelas totalmente – nem se queria acreditar. Em nome de seu orgulho, era muito mais fácil culpar Lynet. E ela não merecia esse alívio em sua noite de núpcias?

Mina passou os dedos pelas linhas no vidro, lembrando-se das cicatrizes nos braços de Felix.

Felix.

A moldura de espelho vazia ainda estava trancada em um baú. Ela a guardava porque tinha sido de sua mãe, mas também porque lhe ajudava a lembrar que havia alguém naquele castelo que a amava a seu próprio modo. Houve momentos desde que dispensara Felix em que ela tinha ficado tentada a chamá-lo outra vez, mas sempre resistia – agora, no entanto, não havia necessidade de resistir, nenhuma razão para ser fiel a um marido que não era marido nenhum.

Mina tomou uma decisão: ela não passaria sua noite de núpcias sozinha.

Era tarde o bastante para que pudesse sair pelos corredores do castelo sem ser notada, e a capela estava deserta, como sempre, quando chegou ali. Será que Felix ainda iria até ela, se o chamasse? Ou resistiria, ressentido agora que ela estava casada?

Mina o chamou mesmo assim, apenas o suficiente para que ele sentisse aquela atração e soubesse que ela o queria. Ela podia *fazê-lo* ir até ela, fazê-lo amá-la de novo com uma ordem silenciosa, mas não queria isso. Ela queria que Felix escolhesse ir à capela – que ele *a* escolhesse.

Ela tremeu de frio, esperando. E tentou dizer a si mesma que era uma caminhada longa dos alojamentos dos criados até a capela, que precisava ser paciente, mas a cada momento que passava, ela tinha certeza de que Felix não apareceria. Ela teria de voltar para o quarto sozinha, duas vezes rejeitada, ou esperar ali no escuro para sempre.

Outro minuto se passou, mais um, e a capela vazia — antes tão receptiva — parecia zombar dela por sua esperança tola. Será que ela se achava tão merecedora de perdão que podia esperar que Felix simplesmente corresse em sua direção outra vez?

Então, aconteceu o impossível: o som de passos. Mina prendeu a respiração e ouviu com atenção à medida que passos apressados seguiam seu caminho na direção da capela, mais altos ao chegar à entrada.

A figura larga de Felix encheu a porta, e ele a olhava surpreso.

— No início, não acreditei — disse ele. — Achei que estivesse errado, e que viria para cá e encontraria este lugar vazio. — Ele entrou na capela, mas manteve distância dela, observando-a com cautela. — Achei que esta fosse sua noite de núpcias.

Mina quis se aproximar, desejando sentir a largura familiar de seus ombros, as cicatrizes que percorriam seus braços, mas não conseguiu suportar a ideia de que até ele pudesse rejeitá-la.

— Esta noite *é* minha noite de núpcias, mas... mas meu marido não me quer.

Felix piscou. Seu rosto estava inexpressivo.

— Então ele deve ser um tolo.

Mina deu um sorriso triste.

— Eu senti sua falta, Felix.

Ele inclinou a cabeça.

— Você me rejeitou. — Não havia reprovação em sua voz, ele estava apenas declarando um fato.

A luz brilhou em seus olhos, e ela viu como eram inexpressivos e vazios. Da última vez que ela o viu, Felix era quase humano, mas agora, depois de ficar longe dela, ele tinha se tornado o caçador perfeito, nada mais. Será que ele se lembrava de tê-la amado?

– Eu não devia tê-lo chamado – Mina murmurou. – É tarde demais.

– Tarde demais para quê? – Felix perguntou, dando um passo para perto dela. – Por que você me chamou aqui esta noite?

Ela queria fazer o que devia ter feito da última vez – transformá-lo de novo em vidro, destruir qualquer prova de que ele tinha vivido, de que ele tinha estado ali naquele mesmo ambiente e a amado.

– Eu não sei – retrucou ela. – Você nem...

Felix deu mais um passo na direção dela.

– Eu não o quê?

Ela balançou a cabeça, furiosa consigo mesma por ter ido até ali naquela noite.

– Não importa.

Ele estava parado bem diante dela, fazendo-a olhar para cima para encará-lo.

– O que você quer de mim, Mina? – ele perguntou e, por um momento, ela viu em seus olhos um lampejo de esperança, ou talvez fosse apenas seu próprio sentimento refletido nele.

– Só quero que você volte a me amar – disse ela.

Quando falou, sua voz estava embargada, e ela percebeu como desejava desesperadamente o que tinha dito. Se Felix não a amasse mais – se até sua própria criação tivesse se voltado contra ela –, então o que lhe restava? Sua compostura gelada tinha desaparecido, e ela lhe implorou como um igual, dois corações de vidro desajeitados tentando se encaixar sem quebrar.

– Mina – murmurou Felix, e seus olhos pareceram brilhar, absorvendo a luz do lampião. Ele tomou seu rosto nas mãos e se inclinou para beijá-la na testa, depois no arco do nariz. Ele a envolveu com os braços, e Mina se agarrou a ele, aliviada. Felix não era quente, não exatamente, mas a pressão de seus braços ao redor dela era algo similar ao calor, e era suficiente nessa noite.

– Você me manteve afastado por tempo demais – Felix murmurou no cabelo dela. – Eu tinha me esquecido da sensação de amá-la.

– Nunca mais vou esperar tanto tempo – prometeu ela.

Ela sabia que o amor dele era apenas uma ilusão, mas isso, também, era o suficiente naquela noite.

Era tarde quando ela voltou para o quarto, mas Mina não planejava dormir. Ela acendeu algumas velas e sorriu para si mesma, ainda se agarrando àquele momento de alegria quando Felix a tomou nos braços outra vez. Então houve uma batida na porta, e o momento foi arruinado.

Nicholas? Seu primeiro pensamento foi que o marido tinha vindo vê-la, e de repente ela teve a consciência do quanto desejava que isso fosse verdade, do quanto ainda queria que ele a amasse. Ela sabia que quebraria todas as suas promessas para Felix se isso significasse que podia ter o marido a seu lado.

Mas, quando abriu a porta, de início não viu ninguém. Então Mina ouviu uma pequena tosse, olhou para baixo e viu Lynet parada na porta com um curativo na testa e os nós dos dedos na boca. A felicidade de um momento atrás revelou ser uma coisa rasa e frágil em comparação com a grande decepção que sentia agora.

– Lynet? O que está fazendo aqui tão tarde?

– Desculpe por quebrar seu espelho – a menina murmurou. Ela olhou para os próprios pés.

Embora tivesse ficado satisfeita por culpar Lynet pela humilhação da noite, a garota parecia tão perturbada que Mina quis tranquilizá-la.

Mantenha distância, Mina começou a lembrar a si mesma – mas não precisava mais fazer isso. Lynet tinha ficado tímida com ela desde o noivado, e Mina nada tinha feito para desencorajar isso, mas isso tinha sido antes, quando queria agradar Nicholas. Agora não havia razão para fazer qualquer coisa por ele.

– Entre, Lynet – disse Mina. – Quero lhe mostrar uma coisa.

Ela conduziu a menina por seu quarto até as duas pararem juntas em frente ao espelho. Mina se ajoelhou e apontou para a teia de rachaduras no canto.

– Está vendo isso?

Lynet fez que sim.

– Foi onde você bateu a cabeça. Viu? Eu teria de ficar aqui embaixo de joelhos para sequer perceber isso. Quando fico de pé... – Ela se levantou para mostrar o que queria dizer. – Não consigo nem ver. – Ela chegou um pouco para o lado, de modo a não refletir nada sobre o vidro rachado, e Lynet finalmente levantou os olhos para ela e sorriu.

– Mas e o machucado? Dói onde você bateu? – perguntou Mina.

Lynet balançou a cabeça.

– Seu pai sabe que você está aqui?

Ela tornou a balançar a cabeça.

– Ele está dormindo.

Mina ficou estranhamente orgulhosa disso, como se ela e Lynet estivessem guardando um segredo juntas. Ela olhou para a menina a seu lado, a menina que não tinha demonstrado nada além de calor e aceitação desde que as duas se conheceram. Lynet era nova demais para ter os preconceitos de seus conterrâneos nortistas, inocente demais para ver em Mina o brilho cortante de seu coração de vidro – e, assim, em sua inocência, ela também tornava Mina inocente.

Mina foi se sentar na beira da cama.

– Venha se sentar aqui comigo – ela chamou, batendo de leve no espaço a seu lado.

– Sim, madrasta. – Lynet se sentou ao lado dela.

Mina franziu o nariz.

– Oh, eu não gosto disso. "Madrasta" me faz parecer muito velha e formal. Me chame de Mina, como você costumava fazer.

Lynet não disse nada.

– Lynet, eu sei... Eu sei que andei preocupada com o noivado e o casamento, por isso não pude passar muito tempo com você, mas agora que isso tudo acabou...Bom, nós ainda somos amigas, não somos?

– Você é minha madrasta – declarou Lynet.

– É verdade – disse Mina. – Sou sua madrasta e nunca vou poder substituir sua mãe, mas você ainda pode... – *Você ainda pode me amar.* – Você ainda pode ser minha amiga. Você só tem uma mãe, mas pode ter muitos amigos.

Lynet pensou sobre isso e então, devagar, se aproximou de Mina, pegando uma mecha de cabelo em sua mãozinha.

– Eu queria que meu cabelo fosse igual ao seu – ela comentou.

O cabelo escorreu de sua mão.

– Mas você tem cachos tão maravilhosos – disse Mina. *Como sua mãe.* Mas ela tinha certeza de que Lynet já tinha ouvido isso muitas vezes de Nicholas. – Você só precisa desembaraçá-los com mais frequência.

Lynet balançou a cabeça.

– A escova fica presa e machuca. Eu não gosto de pentear o cabelo.

Mina estudou o cabelo de Lynet por um momento, então disse:
– Vire e fique de costas para mim.

Lynet franziu o cenho, desconfiada, mas virou, de braços cruzados.

– O que você está fazendo?

– Vou pentear seu cabelo. – No mesmo instante, Lynet tentou sair dali, então Mina a puxou de volta e manteve as mãos em seus ombros. – Escute. Vou pentear seu cabelo com meus dedos. Vou tomar cuidado para não machucar, mas, se doer, nós paramos. Combinado?

– Não!

– Está com medo, lobinha?

Ela fez bico, mas parou de tentar escapar.

– *Não*.

Mina tentou não rir, sabendo que Lynet ficaria ofendida. Ela começou a passar os dedos pelo cabelo da menina, desemaranhando e desfazendo nós. Ela machucou Lynet uma ou duas vezes – a garota se encolhia sempre que ela atacava um emaranhado especialmente feio –, mas Lynet não protestou nem tentou fugir.

– Quando eu crescer, quero ser igual a você – a menina revelou com delicadeza.

Mina fingiu não ouvir. Era um desejo impossível. Mas não podia explicar isso para Lynet, é claro, não mais do que podia explicar o próprio coração de vidro.

As mãos de Mina pararam quando tocaram a pele do pescoço de Lynet. Sua pele era sempre muito fria, ainda assim, ela nunca parecia sentir frio. Talvez sua aparente imunidade ao frio fosse um dos efeitos de sua criação – mas seria o único? Mina nunca tinha considerado que Lynet pudesse ter o mesmo poder sobre a neve que Mina tinha sobre o vidro, mas se perguntou como podia não ter percebido isso. Houve momentos em suas caminhadas com Nicholas em que Lynet brincara na neve, fazendo estruturas elaboradas que deviam ser difíceis, se não impossíveis, para uma criança tão impaciente. Mina só conseguiu moldar vidro depois que seu pai lhe contou sobre seu coração; talvez Lynet não pudesse transformar a neve por completo até saber a verdade sobre seu nascimento. *Eu poderia ensinar a ela*, pensou Mina. *Sou a única que poderia fazer isso.*

Mas então ela teria de explicar a Lynet as circunstâncias de seu nascimento, a dívida que tinha para com Gregory. Às vezes, Mina ainda tinha pesadelos com aquele coração apodrecido no pote, a voz do pai às suas costas dizendo que ela lhe devia a vida. Ela se lembrou de como as garotas da aldeia a olharam quando a viram testar seus poderes. Era melhor que Lynet nunca soubesse a verdade.

Mesmo quando o último nó foi desfeito, nem Mina nem Lynet se moveram. Passar as mãos pelo cabelo da menina era surpreendentemente reconfortante. Era mais grosso que o seu, mas mais sedoso. Será que Nicholas era capaz de olhar para ele sem pensar no cabelo de sua esposa? *Sua esposa*, pensou Mina, como se ele só tivesse tido uma. Ela sentiu uma vontade urgente de puxar o cabelo de Lynet, até o último fio, e queimá-lo inteiro.

Lynet soltou um gritinho, e Mina viu que tinha começado a concretizar sua fantasia sem querer, e alguns fios soltos da menina saíram em sua mão.

— Acho que está na hora de você voar de volta para seu quarto, Lynet. Seu pai pode acordar e não encontrá-la, e sua madrasta está cansada.

Alegre e já esquecida do ocorrido, Lynet pulou da cama, e Mina a observou ir embora. Quantos anos elas teriam juntas até Lynet perceber que qualquer amor que acreditasse sentir por Mina não era nada além de uma ilusão infantil? Quanto tempo até Lynet começar a se assemelhar ao retrato de Emilia na parede de Nicholas? Um dia, as duas começariam a se ver de maneira diferente, e Mina não conseguia imaginar como, quando esse dia chegasse, elas poderiam se tornar qualquer coisa além de inimigas.

18

LYNET

O caçador foi direto até Mina e tomou seu rosto entre as mãos, estudando-a com atenção.

– Você parece triste – disse ele. – Cansada.

Lynet estava fascinada. Ela nunca tinha visto ninguém abordar sua madrasta com tamanha intimidade. Seu pai sempre usava uma camada de formalidade quando estava com a rainha, mas, apesar de sua aparência jovem, o caçador falava com ela e a tocava como se os dois se conhecessem havia muito tempo.

Mina afastou as mãos dele e disse com a voz fria:

– Eu pareço triste, é isso, Felix? E por que você acha isso?

O caçador – Felix – deu um passo hesitante para longe dela.

– O rei está morto? – Havia um leve toque de esperança em sua voz?

– Morto, não – disse Mina. – Mas está vivo por pouco. A cirurgiã fez um belo trabalho em fechar o ferimento, mas é como... é como se ele quisesse morrer. Ele não para de perguntar por *ela*, por sua rainha morta. Acho que quer se juntar a ela.

— Sinto muito, Mina...

Ela riu, um som entrecortado.

— Sente mesmo? Não acho que você saiba o que significa sentir muito.

— Só sei o que você sabe. O que você quer que eu saiba.

— E você sabe como machucar? Como destruir? Eu lhe ensinei isso? — Ela agarrou seu braço e puxou uma das mangas, revelando a pele com cicatrizes do antebraço. — Veja essas cicatrizes. Você ganhou alguma hoje, quando tentou matar meu marido? — Felix se encolheu e arrancou o braço da mão dela, mas Mina não cedeu. Um silêncio terrível pairava sobre os dois, e Lynet manteve a mão sobre a boca, com medo de se revelar por algum som.

— Mina — ele disse por fim. — Juro para você que não o matei. Foi um veado. Nós estávamos separados. Eu não estava lá para ajudá-lo.

— Você não estava lá, mas *viu* acontecer, não viu? Posso ver isso agora nos seus olhos. — Ela levou a mão ao peito do homem, e então Lynet testemunhou algo extraordinário: rachaduras surgiram na superfície da pele do caçador, rachaduras que se ramificaram por todo o pescoço e seguiram na direção do rosto. O caçador continuou perfeitamente imóvel, sem sequer respirar. *Mina* estava fazendo isso com ele? Como era possível?

— O que você fez então? — Mina perguntou, a voz perigosamente baixa. — Já sei a resposta, mas quero ouvi-la de você.

— Eu pensei em *você* — ele respondeu num sussurro e enterrou a cabeça na curva entre o pescoço e o ombro dela. Os braços do caçador envolveram sua cintura.

As rachaduras em sua pele desapareceram quando Mina retribuiu o abraço, uma das mãos cravada em suas costas e a outra emaranhada em seu cabelo. Lynet sentiu uma pontada inesperada no peito. *Ela* sempre acreditou ser a única a ver a personalidade privada de Mina, a mulher por trás da rainha majestosa, mas entendeu naquele momento que nunca tinha visto a verdadeira Mina.

– Ah, seu tolo – murmurou Mina, contra o pescoço do caçador. A rainha puxou seu cabelo e colocou o rosto dele no nível do seu. – Seu tolo adorável. Você estragou tudo.

– Eu não entendo – disse ele. – Ele não a amava. Ele sempre a fazia sofrer.

– Oh, Felix.

Ele implorou como uma criança ferida, suplicando que ela o entendesse.

– Eu queria vê-la sorrir, como você fazia antes – disse ele. – Queria que você me olhasse nos olhos e se visse como é, sorridente e bonita. O que fiz de errado, então?

– Quando o rei morrer, não vou mais ser rainha.

– E daí? Nós não éramos mais felizes antes? Antes que você me preterisse por ele? Foi quando virou rainha que você começou a parecer tão infeliz, tão diferente da primeira noite em que a vi.

Ele tentou tocá-la, mas Mina se encolheu.

– Isso foi quando eu não tinha nada a perder. Agora posso sentir tudo me escapando: minha juventude, minha beleza, minha coroa. Mesmo que Nicholas viva, ele vai dar todo meu poder para Lynet, parte por parte, até que não me reste nada além do coração de vidro que meu pai me deu. – Os dedos dela se fecharam sobre o próprio peito, e Mina fez uma careta. – Ela vai me substituir.

O caçador inclinou a cabeça de leve e franziu um pouco o cenho, pensativo.

– Quer que eu mate a garota?

O silêncio que se seguiu foi tão denso quanto a escuridão na capela. O silêncio de Mina foi pior para Lynet do que qualquer outra coisa que tivesse ouvido. Era o silêncio do pensamento, da dúvida, e independente da resposta de Mina, Lynet jamais conseguiria se esquecer da pausa que a precedera.

– Não, Felix – ela respondeu por fim, a voz rouca. – Você não pode... *eu* não posso fazer isso.

Mina deu as costas para o caçador e olhou para as janelas de vitral como se pudessem falar com ela. Pelas janelas, a lua lançava sombras matizadas em seu rosto, lembrando Lynet das rachaduras estranhas que tinham aparecido no pescoço de Felix. Mina estava caminhando na direção do altar, e Lynet se moveu para se esconder melhor. Então ouviu Mina inspirar bruscamente.

No momento seguinte, Lynet descobriu por quê – a lua tinha mudado de posição desde que ela tinha se escondido ali, por isso agora estava projetando uma sombra grande que se movia com ela.

A voz de Mina, forte mas levemente temerosa, ecoou pela capela.

– Sei que tem alguém aí.

Não havia mais sentido em se esconder. Era melhor ela se levantar e se revelar do que ser pega encolhida de medo. Lynet saiu de trás do altar, tentando não cambalear sobre as pernas doloridas, e o rosto de Mina desabou quando a viu. Lynet sabia que Mina estava relembrando tudo o que tinha dito para o caçador, tudo o que Lynet devia ter ouvido. E talvez, como Lynet, ela tivesse decidido que preferia encarar esse momento de frente, em vez de se encolher de medo e ser arrastada para fora.

Diante dos olhos de Lynet, Mina se tornou a rainha orgulhosa outra vez, em toda sua altura. Ela levantou uma mão altiva para

Felix, gesticulando para que ele ficasse onde estava, enquanto se aproximava de Lynet com passos calculados.

– Você está sempre xeretando, sempre espionando, não é, Lynet? – disse Mina. Seu tom era duro, mas havia uma hesitação temerosa que ela estava tentando controlar. Mina estendeu a mão para tocar o rosto da enteada, e Lynet não conseguiu evitar e se virou quando Mina encostou as costas dos dedos em sua face. – O que eu faço agora? – sussurrou Mina. – O que eu faço com você agora? Você ouviu demais. Você viu...

Mina recuou e levou a mão à garganta, e seus olhos foram parar no caçador. Ao mesmo tempo que se dava conta do que as rachaduras no pescoço do caçador significavam, Lynet recordou o que Mina tinha dito sobre o coração de vidro que seu pai lhe dera. Ela não havia entendido antes, mas então se perguntou... se uma garota podia ser feita de neve e nunca sentir frio, então talvez...

– Você é como eu, não é? – disse Lynet. – Você é feita de vidro.

Mina deu de ombros e fez uma mesura, e o cabelo escondeu seu rosto. Quando tornou a levantar os olhos, ela de fato *parecia* ser feita de vidro – fria e afiada, os olhos tão ilegíveis quanto os do caçador.

– Meu coração é feito de vidro, Lynet, mas eu não sou como você. – Ela agarrou o pulso da menina. – Você acha que foi o único experimento de meu pai? Seu único sucesso? – Mina levou a mão de Lynet até o próprio peito. Lynet esperou, confusa e assustada demais a princípio para entender o que estava sentindo – o que *não estava* sentindo. Não havia batimentos cardíacos, nenhum sinal de vida pulsando sob a carne de Mina. Ela levou um susto, e Mina riu.

– Pronto, viu só? Quando eu era criança, meu coração parou, então meu pai me abriu e me deu um coração de vidro. Você se lembra do que lhe contei sobre seu nascimento, Lynet? Sobre o sangue de meu pai? O sangue é o que a torna real, mas não há sangue em meu coração. Ele cumpre sua função e me mantém viva, mas não pode amar, e ninguém ama uma coisa sem coração como eu.

Lynet puxou a mão, os próprios batimentos cardíacos loucos e frenéticos. Havia tanto desafio na voz de Mina que Lynet quase não percebeu o medo oculto. Mas estava ali, esperando pelo próximo movimento de Lynet, por sua próxima palavra. A cada segundo que se passava, Lynet sabia que tinha de fazer ou dizer alguma coisa, se quisesse provar que não veria Mina de maneira diferente, que não tinha medo dela, que ainda a amava. Mas não havia nada a dizer, nenhuma palavra capaz de soprar vida no coração da madrasta, e a verdade era que Lynet *estava* com medo. Agora Mina era um mistério para ela; como ela podia alegar conhecer o coração da madrasta melhor do que Mina?

Então ela só conseguiu observar enquanto a esperança no rosto da madrasta se esvaía aos poucos com cada momento de silêncio.

– Fale alguma coisa – disse Mina, tão baixo que Lynet pensou, a princípio, ter ouvido errado. – Não aguento ver você olhando para mim desse jeito.

Mina recuou, os braços em torno de si mesma. Mas Lynet continuou sem dizer nada, como se aquilo fosse um teste ou uma armadilha, e ela tivesse a certeza de que ia falhar – ou talvez já tivesse falhado.

– *Diga* alguma coisa! – rugiu Mina, e nesse instante, todas as janelas de vitral se estilhaçaram ao mesmo tempo, e cacos coloridos choveram sobre as duas.

Lynet rapidamente cobriu o rosto, mas ainda sentiu um dos cacos cortar sua bochecha, e sem pensar, correu para a porta da capela para escapar da nevasca de vidro. Quando passou pela porta, ouviu Mina gritar:

– Vá atrás dela! – E então ela sentiu as batidas das botas do caçador sob os próprios pés, em perseguição.

O coração de Lynet batia furiosamente enquanto corria pelos corredores. Ela chegou sem fôlego ao pátio oeste, parando apenas por um momento para se recompor. Era raro ela ir até ali, sabendo que era um dos lugares favoritos da mãe, mas sabia que, se subisse pelo muro à frente, sairia do castelo. Quando tinha imaginado fugir, ela não tinha se visualizado assim, furtiva e desesperada, de mãos vazias e com medo. Mas mesmo no silêncio da noite, ela ainda podia ouvir o som de vidro se estilhaçando em seus ouvidos, e estava mais ansiosa que antes para fugir e deixar para trás os destroços de sua antiga vida.

Não havia tempo a perder, por isso, no breve espaço entre uma respiração e a seguinte, ela tomou a decisão, correu para o muro e o escalou o mais rápido possível. Mas não estava familiarizada com aquela parede em especial, e colocou o pé sobre uma pedra que, por acaso, estava solta. A pedra escorregou, e Lynet caiu para trás, esperando o impacto da neve contra sua costas.

Mas ela não atingiu a neve – alguém a segurou.

– Peguei você – disse o caçador, os braços em torno dela.

Lynet o chutou, e ele soltou um grunhido surpreso e a largou. Ela não olhou para trás quando correu para o muro outra vez, mas o caçador estava acostumado a perseguir animais muito mais rápidos, então a alcançou e a jogou no chão. Felix prendeu seus braços, com um joelho de cada lado de sua cintura.

– Ela mandou você me matar? – ela disparou com raiva. – Foi por *isso* que ela o mandou atrás de mim? – Mesmo ao dizer aquelas palavras, ela se surpreendeu ao descobrir que queria saber a resposta. Mina tinha dito ao caçador para não matá-la, mas podia ter mudado de ideia depois de descobrir que Lynet tinha ouvido todos os seus segredos. Será que tinha mandado o criado fazer o que ela não conseguiria fazer por conta própria?

– Vai ser mais fácil para ela se você estiver morta – o caçador respondeu.

Lynet desejou conseguir parar de tremer. Desejou poder olhá-lo nos olhos e lhe dizer para ser rápido.

– Então é verdade – ela disse, mas sua voz soou tão fraca, tão delicada quanto a sensação de um cílio em seu rosto. – Você vai me matar.

A mandíbula do caçador ficou tensa.

– Sinto muito, criança.

Lynet não entendia por que *ele* parecia tão assustado, ou por que sua voz ficou embargada quando a chamou de "criança". Quando Lynet fez uma careta de dor por causa da força com que ele segurava seus braços, o caçador fez o mesmo, como um reflexo perfeito. Isso a fez lembrar da noite em que o encontrara no jardim, a maneira como ele pareceu seguir seus movimentos, chegando a imitar sua postura. *Ele é uma espécie de espelho*, pensou Lynet, lembrando-se de como Mina quase o fez se estilhaçar como as janelas de vidro. *Ele sente qualquer coisa que eu sinta.* Se olhasse para ele com uma resolução feroz, ele faria apenas o mesmo. Ela não obteria nada dele fingindo ser corajosa.

Ela começou a chorar, a respiração tão alta e entrecortada que ameaçava sufocá-la.

– Por favor – engasgou em seco. – Por favor, não me mate. – Demonstrar medo era mais fácil do que ela queria admitir. Não foi nem preciso tentar; era mais como se ela precisasse parar de tentar.

O surto o pegou desprevenido, e a força em seus braços relaxou um pouco.

– Por favor, não me machuque, eu não quero morrer, estou com muito medo. – As palavras jorraram dela, e Lynet não sabia ao certo se conseguiria parar se tentasse. – Deixe-me ir...

Ele a soltou, com o rosto contorcido, e Lynet se sentou devagar. Mas então ele sacudiu a cabeça, estendeu o braço, e sua mão envolveu a garganta dela.

– E se eu fizer isso? – ele perguntou.

Lynet não se mexeu. De algum modo, ela tinha certeza de que, enquanto pudesse ver o medo em seu rosto, o caçador não a machucaria.

– Não foi para isso que ela me fez originalmente – ele comentou em voz baixa. – Ela me criou para amá-la, para lhe mostrar o que é o amor, não para caçar nem matar. – A mão dele fez mais força. – Se eu matar você para ela, o que ela vai ver em mim? E o que vou ver nela? – Ele soltou o pescoço de Lynet, que lutou para se manter imóvel.

Felix se levantou, e Lynet ficou paralisada como um coelho assustado, esperando para saltar.

– Agora vá – disse ele. Felix tirou uma bolsinha no cinto e a jogou na neve ao lado dela. – Deixe-a em paz, e não me deixe encontrá-la de novo. Se precisar de ajuda, peça à neve.

Peça à neve? Lynet não entendeu, mas não parou para perguntar. Ela pegou a bolsa, se levantou cambaleante, correu para o muro, escalando-o com facilidade dessa vez, e caiu do outro lado – seus primeiros passos fora de Primavera Branca.

Parte dela tinha medo de que Nadia estivesse certa, que assim que seus pés tocassem o chão, a terra se abrisse sob ela e a engolisse por inteiro. Ela precisaria atravessar uma mata densa tarde da noite antes de chegar à cidade mais próxima – o que a fazia achar que sequer conseguiria sobreviver?

Lynet deu um passo na direção da floresta, depois outro, e nada aconteceu, exceto que, agora, estava dois passos mais perto de uma vida nova. Afinal de contas, ela tinha quase morrido essa noite *dentro* das muralhas de Primavera Branca. A morte estava em toda parte no castelo, em cada dia que era exatamente igual ao anterior, mas a vida – a vida era o que ia acontecer em seguida, a vida era o fluxo de ar em seus pulmões quando ela deu um salto que não tinha certeza de ser capaz.

Ela sabia que não devia ficar ali, seria tolice apostar a vida nos caprichos do caçador. E Mina... Ela ainda não queria pensar sobre Mina. Lynet não entendia um mundo em que Mina representava um perigo – então ia simplesmente deixar esse mundo para trás.

Olhou para Primavera Branca pela última vez, despedindo-se de tudo o que já tinha conhecido.

Então não restava nada a fazer além de correr.

19

MINA

Mina estava parada na capela, cercada de pedaços de vidro estilhaçado. Não tinha sido sua intenção reagir com tamanha violência, mas o medo e a raiva que se acumulavam nela exigiram alguma espécie de liberação, algo para abafar o silêncio de seu coração. Como Lynet já sabia a verdade, não havia mais razão para se conter.

A capela estava escura e silenciosa, mas Mina ainda podia ouvir os ecos de quando o vidro se estilhaçara, podia ver a expressão horrorizada no rosto de Lynet, uma expressão causada por um estranho assustador. E talvez ela fosse uma estranha – Mina tinha mantido muita coisa escondida dela ao longo dos anos, fosse para a segurança de Lynet ou dela mesma.

Mas ela sabia que isso ia acontecer um dia. No momento em que Mina percebeu o quanto Lynet tinha crescido – na mesma noite em que viu pela primeira vez um fio branco no próprio cabelo –, soube que essa desilusão era inevitável. Ela sabia que a adoração infantil de Lynet não podia durar para sempre, e que quando ela tivesse idade suficiente para ver Mina – para ver seu coração –, a enteada só poderia odiá-la. Ela devia ter se preparado melhor para essa noite.

Mina franziu o cenho. Felix estava demorando demais. Ele já devia ter voltado com Lynet a essa altura. Ele já tinha capturado presas mais difíceis que uma garota assustada, mesmo que ela tivesse habilidade de se esconder. Mina sentiu tomar forma dentro de si o mesmo medo frustrado que sentira antes de estilhaçar a janela, mas agora não havia mais vidro para quebrar.

Preciso cair nas graças de Lynet de novo, pensou Mina. Quando Felix a trouxesse de volta, Mina iria se explicar e tentar ser a madrasta que Lynet sempre conheceu...

Mas assim que o pensamento entrou em sua mente, ela sabia que era impossível. Era tarde demais. Não haveria outras chances, não haveria outros papéis além daqueles determinados para as duas desde o começo – a rainha amarga e envelhecida e a jovem e doce princesa pronta para tomar tudo dela.

Ela ouviu Felix chegar antes de vê-lo – ouviu seu passo de sempre, rápido e entrecortado, por isso não se surpreendeu quando ele apareceu sozinho na porta.

– Onde está ela? – Mina perguntou em um sussurro.

Ele balançou a cabeça, e o luar que entrava pelas janelas quebradas fez seus olhos escuros brilharem com uma intensidade assustadora.

– Não sei.

Mina levantou as saias, deu a volta no vidro quebrado para ir até ele, tomou seu rosto nas mãos e procurou respostas naqueles olhos ilegíveis.

– Felix, o que está dizendo? Não conseguiu encontrá-la?

Ele tentou se virar, mas ela o segurou enquanto uma expressão sentida e envergonhada começou a encher seus olhos.

– Não – ele respondeu. – Não consegui encontrá-la.

Mina o soltou e enterrou o rosto nas mãos. *Se ela foi falar com Nicholas...*

– Não pare de procurar – disse ela, tirando as mãos do rosto. – Procure nas árvores, especialmente. Vou verificar os aposentos do rei. Precisamos encontrá-la.

Mas Lynet não estava com o pai. E Felix não a encontrou em nenhum dos outros lugares sugeridos por Mina – Lynet não estava perto da estátua, não estava na Torre Norte e não tinha sido vista escalando nenhuma parede ou caminhando pelos telhados. Onde mais ela poderia estar? Onde mais em Primavera Branca ela passava seu tempo? Quem mais ela visitava?

A cirurgiã, lembrou Mina, a que Lynet havia mencionado apenas uma vez, mais de um mês atrás, e depois se recusado a falar sobre ela de novo, mesmo quando Mina perguntou. Ela soube pelo modo como Lynet evitou seus olhos que a menina não tinha esquecido a cirurgiã, só que não desejava falar dela com Mina.

Ela disse a Felix para esperá-la na capela e desceu correndo até a sala de trabalho da cirurgiã. Mina sabia que seu nome era Nadia, mas nunca tinha falado com ela nem tido necessidade de seus serviços antes do acidente de Nicholas; na verdade, ela nem a notara até ser mencionada por Lynet. Desde então, ela tinha passado a prestar atenção sempre que a garota passava, observando seu passo confiante e, ainda assim, elegante, o modo como ela olhava sempre para a frente, sem sequer reparar em ninguém à sua volta. Outros podiam interpretar isso como arrogância, mas Mina reconhecia os modos da cirurgiã como obstinação. Uma garota em sua posição não podia se permitir demonstrar dúvida nem fraqueza. Ela podia ver por que Lynet tinha ficado atraída.

Quando bateu na porta da sala de trabalho no porão, não houve resposta, por isso Mina entrou na sala vazia para esperar.

Ela torceu para não ter de esperar muito. Seus braços se arrepiaram em alerta, e a respiração de Mina ficou entrecortada na sala atulhada e mal iluminada, o pé-direito baixo fazendo pressão sobre ela. Seus olhos percorreram as prateleiras de frascos e potes, a mesa de madeira manchada, os livros empilhados por toda parte, tudo fazendo-a recordar outra sala de trabalho, e Mina entendeu por que se sentia tão desconfortável ali.

Ela foi até a mesa e se apoiou sobre o móvel enquanto lutava para controlar a respiração irregular. Não podia deixar que a cirurgiã a encontrasse assim, como uma garota assustada e sem poder. Ela não era mais aquela garota, e esse não era o laboratório de seu pai. A mesa de madeira sob suas mãos trêmulas era feita de uma madeira mais leve que a outra. Ela abriu um dos diários da cirurgiã e encontrou anotações feitas com sua caligrafia, confusa e inclinada, diferente da escrita limpa e angulosa de seu pai...

Mina franziu o cenho e piscou diante dos diários, tentando entender por quê, por um momento, *tinha* visto a caligrafia do pai. Era apenas um truque que sua mente estava pregando nela? Mas, não, ela viu outra vez de canto do olho um pedaço de pergaminho solto projetando-se do meio das páginas do diário. E ali, naquele pergaminho, havia duas palavras escritas com uma letra da qual ela jamais se esqueceria: *Bom trabalho*.

Ela achou que o tivesse rasgado em sua pressa de tirá-lo do diário, mas o papel já estava rasgado, uma simples meia folha com aquelas duas palavras escritas e mais nada. Não havia assinatura, mas Mina soube pelo suor frio na nuca que só podia ser de Gregory.

Sem se importar mais com o estado em que a cirurgiã a encontraria, Mina vasculhou o resto dos papéis, à procura de mais explicações para o bilhete.

Estou ficando louca, ela pensou enquanto folheava mais diários. O ambiente a havia afetado, despertando memórias dolorosas, e agora ela estava à procura de algo que não estava ali.

Então viu outro pedaço de pergaminho solto, enfiado sob uma pilha de livros, e teve certeza de que não estava imaginando nada. Mina puxou o pergaminho – duas folhas – e olhou para a carta inacabada na letra da cirurgiã.

Ela leu o conteúdo, os dedos apertando os lados das folhas com força suficiente para amassá-las.

A porta da sala de trabalho se abriu, mas Mina não se mexeu.

– Milady! – disse a cirurgiã, surpresa. – A senhora precisa...

Mina baixou a carta e virou para encarar a cirurgiã; sua irritação disforme de antes tinha sido afiada e transformada em uma ponta aguçada.

– Quando conheceu o mago Gregory? – ela perguntou calmamente.

Para crédito da cirurgiã, ela não piscou nem desviou os olhos. Uma mão se apoiou no quadril em uma demonstração de confiança.

– Antes de vir para Primavera Branca. Foi ele que me encorajou a me candidatar à vaga.

– Ele lhe pediu para espionar Lynet? – A voz dela ainda estava calma, mas suas mãos tremiam.

Os olhos da cirurgiã olharam rapidamente para a carta nas mãos de Mina, sabendo tão bem quanto Mina que a carta continha, em sua própria letra, informações sobre os planos de Nicholas de entregar o Sul para Lynet, com atenção especial para a reação de Lynet à notícia, seus medos e dúvidas. Nadia respirou fundo antes de responder.

— Ele queria saber mais sobre a menina. Nada... nada prejudicial, só sua personalidade, suas reações a... a...

— A saber como foi criada?

Nesse momento, a vergonha fez a cirurgiã desviar o olhar.

— Eu teria contado a ela mesmo assim — ela murmurou. — Ela tinha o direito de saber.

— E o que meu pai lhe prometeu em troca dessa informação?

— Passagem para o Sul e uma vaga na universidade — Nadia respondeu em voz baixa.

Mina assentiu e deixou a carta sobre a mesa atrás de si. De certa forma, ela tinha pena da jovem. Ela era o que seu pai precisava — uma estranha, alguém sem lealdade a Lynet, que quisesse algo o bastante para trocar informações aparentemente inofensivas por isso. Em seu lugar, ela talvez tivesse feito o mesmo.

E agora Mina estava ali à procura de um espião próprio, na esperança que Nadia pudesse levá-la até Lynet.

— Onde está Lynet? — perguntou Mina com delicadeza.

Nadia balançou a cabeça com indiferença, ainda amedrontada pela confissão, e, agora que o ar de desafio tinha desaparecido, Mina percebeu o quanto a cirugiã era jovem, como era insegura. Ela não podia ser muito mais velha que Lynet.

— Eu não sei — Nadia respondeu. — Não vejo Lynet desde o acidente do rei.

Mina deu um passo na direção dela, examinando seu rosto à procura de sinais de que estivesse mentindo, mas encontrou apenas derrota.

— Ela não veio ver você?

Nadia franziu o cenho, e Mina pôde ver as peças se encaixando em sua mente.

— Lynet desapareceu?

Sua confusão parecia bem autêntica, e Mina deu um suspiro e se virou, decepcionada.

— Alguma coisa aconteceu? — ela insistiu com um tom de preocupação na voz.

Mina deu um riso seco.

— Você acha que vou lhe contar, só para você mandar outro relatório ao meu pai? — Ela pegou a carta e a amassou. — Você já parou para se perguntar *por que* ele ia querer essa informação, quando ele mesmo podia obtê-la?

Nadia deu de ombros.

— Gregory disse que o rei não gostava dele, que tinha dificuldade de conhecer essa menina que considerava sua neta. Mas Lynet é...

— Tenho certeza de que foi isso o que ele *disse*. Mas você acreditou? — A voz de Mina foi ficando mais alta. — Você deve ser uma garota inteligente, para ser cirurgiã nessa idade. Você não se questionou por que ele não podia simplesmente *me* perguntar sobre ela? Ou por que ele queria estar longe enquanto você estava aqui coletando essas informações? Você não achou nada disso nem um pouco suspeito?

— Claro que sim! — retrucou Nadia. Ela pareceu surpresa com a própria explosão e olhou para os pés quando continuou. — Mas... mas isso, na época, não importava para mim. Eu não a conhecia. Eu não...

— Você não se importava. Só queria sua recompensa. Bom, vou lhe contar o preço de sua recompensa. Meu pai não considera Lynet uma neta, nem mesmo uma pessoa. Só pensa que ela lhe *pertence*. Ele não tem respeito pela vida humana. Por que deveria, quando pode criá-la tão facilmente? E, pelo jeito, você também não tem, já que estava disposta usá-la em proveito próprio, a sacrificar sua segurança só para conseguir o que queria. – Ela começou a despedaçar a carta, rasgando-a enquanto cada palavra que dirigia à Nadia a revirava e perfurava.

Mas suas palavras tiveram algum efeito na cirurgiã também. Nadia parecia abalada, paralisada, com os olhos fixos, sem piscar, nos pedaços de papel que caíam das mãos de Mina.

– Você tem razão – ela disse sem entonação. – Passei a noite inteira tentando escrever essa carta, mas é como se estivesse extraindo sangue. – Ela balançou a cabeça. – Tentei não deixar que isso me incomodasse antes, mas agora...

Mina tentou manter a indignação, mas só conseguia pensar que as duas eram traidoras, ambas ferramentas usadas por seu pai para chegar à garota que ele tinha criado. E agora Lynet tinha desaparecido, deixando as duas sozinhas para encarar o que tinham feito. Mina traíra Lynet por uma coroa, e Nadia a traíra pela universidade. Mas como ela poderia culpá-la tão duramente por querer escapar daquele lugar horrível e ir para um lugar quente? Pelo menos uma delas ainda podia fazer isso.

– Eu vou dar a você o que meu pai lhe prometeu.

A cabeça de Nadia se levantou de repente.

– O quê?

– Quero você longe daqui. Vou deixar uma carta selada e uma bolsa com o mordomo para você. A bolsa vai levá-la até o Sul, e a carta vai lhe garantir uma vaga na universidade. Meu único preço é que você parta ao amanhecer e nunca mais volte.

– Mas Primavera Branca...

– Nós sobrevivemos sem um cirurgião antes de meu pai encontrá-la.

Nadia ficou em silêncio por um longo momento e então balançou a cabeça, resoluta.

– Não posso ir até saber o que aconteceu com Lynet

– Lynet está além do seu alcance e do meu. – Mina passou por ela e chutou para o lado os pedaços de papel espalhados. – Lembre-se, quero você fora de Primavera Branca ao amanhecer. Não me deixe encontrá-la outra vez.

– Ela queria fugir – Nadia gritou às costas dela, e Mina ficou paralisada. – Lynet queria ir para o Sul comigo. Ela me disse isso antes do acidente.

– E você acha que ela vai conseguir chegar tão longe sozinha? – Mina perguntou.

Nadia não respondeu, e Mina soube que as duas estavam pensando que, mesmo com toda a energia inquieta e os hábitos impensados de Lynet, ela ainda era uma menina protegida, lutando contra as grades de sua jaula.

Mina deixou a sala sem ser interrompida dessa vez, mas quando estava longe dos olhos da cirurgiã, parou e se apoiou contra a parede da escada com os joelhos trêmulos. Assim que soube que Lynet não tinha ido até Nicholas, parte dela adivinhou que tivesse deixado Primavera Branca. Ela afastou o pensamento, guardou-o bem fundo em sua mente, não por medo, mas pela sensação muito mais vergonhosa que a tomava agora...

Alívio.

– Não é melhor para você que ela tenha partido? – Felix perguntou quando os dois estavam na capela de novo. – Não é mais seguro se você nunca mais encontrá-la?

– Não, Felix – ela respondeu, mas claro que sabia que havia verdade naquelas palavras. Lynet tinha partido, mas, pelo menos, não podia contar ao pai os segredos de Mina.

Ela inspirou fundo. *Eu estou segura.*

Em seguida soltou o ar. *Mas Lynet está em perigo.*

Mesmo quando fechava os olhos, ela ainda podia ver o rosto da menina, a mão cobrindo a face em dor e choque quando foi atingida por um pedaço de vidro...

Em algum lugar sob sua pele, Mina podia sentir cada caco afiado espalhado pela capela. Ela se concentrou nisso, sabendo que precisaria deles para ter forças para completar essa próxima tarefa, e eles começaram a se mover, a rastejar pelo chão e se juntar uns aos outros. Felix observava ao lado dela, com a boca um pouco entreaberta em assombro quando, uma a uma, as poças de vidro líquido se levantaram do chão e formaram seus novos irmãos.

Havia uma dúzia deles, o mesmo número da guarda do rei, todos com rostos simples e comuns. Mas ela estava com pressa, por isso alguns tinham cicatrizes parecidas com as dos braços de Felix. Mina também os vestiu com o mesmo uniforme azul e branco da guarda real, instilando neles um propósito: encontrar a princesa e trazê-la de volta a Primavera Branca. Ela lhes instruiu que procurassem na floresta ao sul de Primavera Branca, que vigiassem a cidade caso ela aparecesse por lá. Em hipótese alguma deviam ferir a princesa.

– Vão – Mina ordenou aos soldados, com o peito dolorido pelo esforço de criar tantas pessoas ao mesmo tempo, e eles saíram marchando, com Felix à frente.

Ela achou que ficaria mais tranquila depois de tomar uma atitude, mas não conseguia parar de retorcer as mãos. Se alguma coisa acontecesse com Lynet fora dos muros do castelo, seria sua culpa. Fora Mina quem a assustara e a fizera partir. *E serei eu quem vai trazê-la de volta*, ela prometeu a si mesma.

Mas um sussurro traiçoeiro acrescentou: *E depois, o que você vai fazer com ela?* Lynet sabia sobre seu coração e sabia sobre Felix. Como poderia confiar nela de novo, agora que tinha sido virada do avesso, seu âmago podre exposto para a única pessoa que ainda a achava perfeita?

20

LYNET

Lynet tropeçou na escuridão. Sua única guia eram as faixas de luar que atravessavam as árvores. Ela não pensava em onde estava indo, mas tentava se manter na estrada principal. Não pensava no que estava deixando, embora não parasse de olhar para trás, certa de que o caçador tinha mudado de ideia e estava indo atrás dela. Ela só se concentrava em seguir em frente, ignorando o aperto no peito, o nó na garganta. *Era o que você queria, não era?*, ela não parava de pensar. *Você está livre agora. Você pode ser o que quiser.*

Mas, cercada por pinheiros altos, ela não se sentia livre. Ela se sentia uma covarde, fugindo ao primeiro sinal de perigo.

A cada passo, as moedas na bolsa tilintavam, e Lynet fazia um esforço para não se encolher ao pensar no vidro se estilhaçando na capela. Não parava de dizer a si mesma que não era verdade – que Mina a amava, que ela não tinha enviado o caçador para matá-la –, mas o peso da bolsa que ele lhe dera era um lembrete constante. Ela perdeu a noção de quanto tempo ficou andando, mas sabia que, se continuasse na estrada para o Sul, acabaria saindo da floresta e, então, chegaria à cidade de Cume Norte. Isso supondo, é claro, que nenhum animal selvagem a atacasse na mata. *Como aconteceu com meu pai*, ela quase pensou, mas forçou a ideia para o fundo de sua mente. Havia pensamentos perigosos demais, e ela desviava deles com o maior cuidado possível, como se estivesse navegando por um campo de armadilhas.

Logo, prometeu ela a si mesma. Logo ela chegaria à cidade, mas não ia parar por lá, ia seguir em frente...

Para onde?

O Sul, é claro. Ela iria para o Sul, como tinha planejado. E colocaria a maior distância possível entre si mesma e os acontecimentos dessa noite, até que esquecesse sua velha vida e se transformasse em alguém completamente nova. Era isso que ela queria – a liberdade de moldar o próprio futuro. Não havia nada a temer, nada do que se arrepender. *Eu queria isso*, ela lembrou a si mesma de novo. E toda vez que tropeçava na escuridão, ou se perguntava se tinha ouvido alguma coisa rosnando, ou se lembrava da expressão no rosto de Mina na capela, ela apenas repetia isso uma vez mais. *Era o que eu queria.*

Ela ainda estava dizendo isso para si mesma quando sentiu mãos ásperas a segurarem, um braço envolvendo sua cintura, enquanto o outro segurava algo afiado sobre sua garganta.

Ele me encontrou, Lynet pensou, mas a voz que falou não pertencia ao caçador.

— Sua bolsa — disse a voz, baixa e frenética, perto de seu ouvido. — Posso ouvir as moedas. Entregue-a para mim, ou vou cortar sua garganta e pegá-las por conta própria.

Lynet se lembrou de Nadia lhe dizendo que ladrões se escondiam na floresta, que ela nunca sobreviveria sozinha. Ela respirava com dificuldade – a lâmina pressionava sua pele, e um filete lento de sangue começou a escorrer onde ela a cortou de leve.

– Pode levar – disse ela, apanhando a bolsa amarrada em torno da cintura. Ela a levantou e rezou em silêncio para que ele não decidisse matá-la e revistá-la mesmo assim.

Mas, assim que o ladrão pegou a bolsa de sua mão, ele desapareceu, deixando Lynet aterrorizada e sem um centavo, mas viva.

Lynet correu.

Na verdade, ela teve sorte, Lynet disse a si mesma. O ladrão não tinha visto a pulseira de prata em seu pulso, escondida pela manga, de modo que ela ainda podia pagar pela viagem para o Sul. Se precisasse de mais alguma coisa, ela teria de suplicar por isso.

Com suas botas pesadas, Lynet tropeçou em uma raiz de árvore que sobressaía na neve e caiu de quatro. Então, algo se rompeu dentro dela, e todos os pensamentos perigosos que ela estava tentando evitar finalmente a alcançaram: seu pai, a capela, o caçador, o ladrão com a faca em sua garganta – todos se abateram sobre ela ao mesmo tempo, e Lynet lutou para conter as lágrimas que ardiam em seus olhos, a garganta queimando pelo esforço de não chorar.

Ela deitou em posição fetal, segurando os joelhos junto do peito, agarrando-se ao vestido enquanto tentava controlar os soluços secos e arquejantes que sacudiam seu corpo todo, cada um fazendo-a se odiar um pouco mais. Ela tentou imaginar a própria aparência para um observador naquele momento, e a imagem era de uma presa assustada tentando se fazer pequena e invisível.

É verdade, sussurrou uma voz traiçoeira em sua cabeça. *Eu não sou forte, eu nunca fui forte, eu só estava fingindo.* Qual a vantagem de subir em árvores ou torres altas se ela ia simplesmente acabar ali, deitada indefesa na neve? Ela tinha tentado se convencer de que não era delicada, sem nunca entender que a única razão para fazer tanto esforço para provar isso era porque nunca tinha sido de fato testada. E agora que *tinha* sido testada, agora que tinha falhado tão terrivelmente, ela sabia que nunca tinha sido forte – apenas tivera sorte.

Ela se forçou a abrir os olhos e se sentou lentamente. Havia uma mancha escura na neve que ela sabia ser sangue do ferimento em seu pescoço e, por um momento, ficou hipnotizada pela imagem, uma distração dos pensamentos que a incomodavam. O sangue servia como lembrete de quem ela era, de que era feita. Ela não era filha de sua mãe – nunca tinha sido. Ela era sangue e neve, por isso seria como a neve, como as agulhas de pinheiro, como o vento de inverno: fria e cortante. Neve não quebrava nem estilhaçava, ela também não. Tudo o que precisava fazer era ser fiel à sua natureza.

Fria como neve, cortante como vidro. Lynet ficou de pé. Ainda tinha um longo caminho pela frente.

Quando ouviu pela primeira vez o som de cascos às suas costas, ela não hesitou. No mesmo instante, Lynet saiu correndo da estrada principal e mergulhou no labirinto de árvores, sabendo que poderia se perder irremediavelmente. Havia apenas uma razão para ouvir cavalos vindo de Primavera Branca no meio da noite – Mina tinha mandado alguém atrás dela, para procurá-la.

Lynet pensou depressa. O que importava se escapasse de seu algoz só para acabar morrendo perdida na mata? Era preciso manter a estrada principal visível de algum modo, nem que só para saber quando o perigo tivesse passado, e ela pudesse parar de se esconder.

Lynet encontrou uma árvore com galhos baixos o suficiente para escalar e chegou o mais alto que ousou, até ter uma vista decente da estrada que se estendia nas duas direções. E agiu bem a tempo – apenas alguns segundos depois de se esconder na árvore, ela viu dois homens passarem a cavalo.

Ela estava certa – eles eram de Primavera Branca e usavam o uniforme dos guardas de seu pai. Mas, quando o luar tocou seus rostos, ela soube que aqueles homens não pertenciam ao reino. Um deles tinha uma cicatriz comprida que descia pelo pescoço, e os dois tinham olhos escuros e vazios, como o reflexo de dois poços. Seu estômago se retorceu quando ela se lembrou de olhar naqueles mesmos olhos, certa de que estava prestes a morrer.

Os dois homens foram em frente, mas logo vieram outros. O caçador de Mina estava entre o grupo. Eles estavam cavalgando mais devagar, levantando seus lampiões para espiar na mata. Alguns estavam a pé e se espalharam entre as árvores.

Lynet tentava não respirar, na esperança de que não se aproximassem de sua árvore, de que não olhassem para cima nem jogassem a luz de seus lampiões diretamente nela. Ela não podia fazer nada além de esperar – se tentasse subir mais, podia fazer barulho ou chamar atenção. Pior: podia escorregar e cair, aterrissando aos pés deles com um pescoço quebrado. E a busca, então, estaria terminada.

Lynet perdeu os soldados de vista – ela achou que havia dez, sem contar os dois que passaram a cavalo à frente. Mas então ouviu um barulho vindo de baixo e viu a luz dourada de um lampião se aproximar da árvore.

Era o caçador que saiu do meio das árvores segurando seu lampião no alto. Ele estava olhando para cima, vasculhando os galhos do pinheiro à procura de uma menina assustada que pudesse estar escondida ali.

Lynet agradeceu pelo vestido marrom-escuro e torceu para que, se mantivesse a cabeça baixa, com o cabelo escondendo o rosto, não parecesse nada além de uma sombra. Ela ouvia sua respiração sair em lufadas curtas e levou a mão à boca, esperando, esperando...

Mas o caçador não parecia particularmente empolgado com a tarefa. Os outros a procuravam com uma determinação obstinada, mas o caçador se movia mais devagar, virando o lampião de árvore em árvore depois de apenas uma olhada para cima. Quando ele chegou à sua árvore, o coração de Lynet batia forte contra o peito, mas a luz do lampião nem se aproximou, balançando em um arco bem abaixo de onde ela estava.

Foi uma sorte ser ele. Qualquer um dos outros poderia ter descoberto seu esconderijo, mas o caçador não a tinha deixado escapar só para capturá-la outra vez. Ela não achava que Felix a deixaria ir uma segunda vez, mas dava para ver que ele estava, a princípio, torcendo para não encontrá-la.

Ela não desceu da árvore até o último dos soldados desaparecer de seu campo de visão na estrada, e mesmo assim esperou um pouco mais antes de começar a descida, devagar e com cuidado.

O nó em seu estômago relaxou, mas não foi embora por completo. Lynet adivinhou o propósito dos dois primeiros cavaleiros. A missão deles era ir até a cidade e esperar por lá caso Lynet emergisse da floresta antes que os demais a encontrassem

Ela não podia ir para Cume Norte. Não podia voltar para Primavera Branca. Ela estava presa na floresta até morrer de fome ou ser encontrada. A morte a esperava em todas as direções.

Lynet se agarrou à base da árvore, sem saber para onde ir. Ela estava sozinha, em desvantagem numérica e de mãos vazias, sem ninguém para ajudá-la...

Se precisar de ajuda, peça à neve.

Ela se abaixou até o chão, revirando as palavras misteriosas do caçador em sua cabeça. Talvez fosse uma espécie de enigma, mas, por mais que as repetisse para si mesma, não conseguia encontrar nenhum outro significado.

Lynet pegou um punhado de neve e o observou desconfiada.

– Socorro? – sussurrou ela. Nada aconteceu, mas ela não sabia nem o que desejava que acontecesse nem que tipo de ajuda estava pedindo. Ela precisava mesmo era de uma capa com capuz, algo para esconder o rosto, de modo que, se conseguisse encontrar um caminho até a cidade, se mantivesse discreta. Lynet estava visualizando a capa, algo um pouco desmazelado e sem graça, de modo a não chamar atenção, quando percebeu o que estava acontecendo.

A neve estava se *movendo*, e Lynet a deixou cair de sua mão em pânico. Mas ela não parou de se mover, em algum ponto entre sólido e líquido, enquanto se espalhava pelo chão. Então, num piscar de olhos, surgiu uma capa negra e simples estendida sobre a neve.

Quase sem acreditar no que via, Lynet tocou a capa, sentindo o tecido pesado entre a ponta dos dedos, maravilhada que aquilo fosse *real*. A neve tinha se transformado em capa, porque ela tinha pedido. Mas como era possível...?

Porque eu sou feita de neve, ela pensou, a resposta ao mesmo tempo óbvia e incrível. Lynet sempre teve uma habilidade especial para fazer formas na neve, criando castelos intricados ou moldando animais que quase pareciam ganhar vida. E de que outro jeito o vidro da capela podia ter se estilhaçado, a menos que Mina tivesse feito isso acontecer apenas com sua vontade? De que outra forma aquelas rachaduras teriam se espalhado pelo pescoço do caçador sob o comando de Mina? Os soldados de olhos vidrados e expressão vazia... Eles, na verdade, não eram reais. Eram homens feitos de vidro. Se o coração de vidro de Mina lhe dava poder sobre o vidro, então Lynet devia ter o mesmo poder sobre a neve. Afinal, ela tinha sido feita de magia – por que parte dessa magia não podia se manter em seu sangue?

Lynet limpou algumas agulhas de pinheiro para o lado e pegou um punhado de neve. *Derreta*, pensou ela. A neve se transformou em água em suas mãos quase instanteneamente, escorrendo entre os dedos. Apesar de tudo, ela quis rir. Era como mexer outro braço, uma extensão de seu corpo da qual ela não tinha noção antes.

Mas Mina sabia. Ela devia pelo menos ter desconfiado que Lynet tivesse esse poder, já que tinha nítida consciência do seu próprio. Era outro segredo que Mina tinha guardado dela, então, outro pedaço seu que ela não conhecia. Havia muita coisa que ela ainda não sabia – sobre si mesma ou sobre Mina. Nenhuma das duas era a mesma pessoa. Lynet ainda guardava todas as peças – todos os momentos que ela e Mina compartilharam, a sensação das mãos da madrasta trançando seu cabelo, os pequenos confortos que ela tinha oferecido –, mas elas pareciam estar espalhadas à sua volta, sem que fosse possível consertá-las sem criar uma imagem distorcida, um espelho rachado. E nos espaços entre todas essas rachaduras estavam os segredos de Mina, a Mina que dizia ser incapaz de amar, a Mina que Lynet nunca conheceu.

Lynet ainda não entendia os poderes estranhos que tinham moldado as duas. *Para isso, imagino, eu teria de perguntar ao mago.* Mas Lynet não podia perguntar a Gregory, porque Gregory...

Gregory estava longe, no Sul.

Ela sentiu um formigamento em toda a pele, empolgada com uma sensação de propósito cada vez maior. Ela já estava planejando ir para o Sul, mas agora tinha um destino mais exato: ela podia ir para a universidade, encontrar Gregory e lhe fazer todas as perguntas. Talvez ele soubesse como curar o coração de vidro de Mina, torná-la capaz de sentir o amor de que Lynet se lembrava. Talvez o espelho rachado não fosse irreparável, no fim das contas.

Mas primeiro era preciso escapar dos soldados de Mina. Ela tinha a capa, mas não era suficiente, especialmente se eles continuassem avançando rumo ao sul até que a pegassem. Ela tinha de despistá-los de algum modo, fazê-los pensar que estava indo para outro lugar, para que não a seguissem. Lynet olhou para a neve, perguntando-se como ela podia ajudá-la agora.

Então se lembrou de estar no alto da árvore, pensando que se caísse e quebrasse o pescoço aos pés dos guardas, a busca estaria terminada. *Posso fazer outra eu*, pensou ela. *Outra garota feita de neve igual a mim*. Mina a queria morta – então, se lhe desse o que ela queria, se Mina acreditasse que Lynet estava morta, encerraria sua busca, e isso lhe daria o tempo de que precisava para chegar até Gregory.

Um corpo, ela pensou, afundando as mãos na neve. Não, não apenas qualquer corpo. *Eu. Transforme-se em mim*.

A neve começou a derreter na frente dela. Lynet manteve a própria imagem em mente, repetindo várias vezes a ordem até que a neve se moveu e se liquefez sob suas mãos. A neve se espalhou e formou o contorno de um humano – mas criar uma réplica perfeita de si mesma era mais difícil do que fazer uma capa discreta. A figura diante dela era uma imitação assustadora de Lynet, mas lhe faltavam os cílios, o vestido era do tom errado de marrom, e seus dedos pareciam um borrão. Ela também tinha esquecido do pequeno corte no rosto onde fora atingida pelo vidro na capela. A imagem mental não tinha sido precisa o bastante, por isso ela se concentrou repetidas vezes, fazendo ajustes até estar olhando para o próprio corpo, com o mesmo vestido marrom com forro de pele.

Era sua imagem exata, com exceção dos batimentos cardíacos e de não haver respiração. Ela se perguntou se essa tinha sido a aparência de sua mãe na hora da morte.

Lynet sentiu um calafrio. Ela sabia que precisava fazer mais uma coisa para que Mina acreditasse que ela tinha morrido sozinha na floresta, e não estava ansiosa para ver o resultado.

Um pescoço quebrado de uma queda de árvore, pensou ela, visualizando isso, e depois que a neve se liquefez e se solidificou outra vez, Lynet olhou para a cabeça naquele corpo – a cabeça *dela* –, agora disposta em um ângulo estranho, uma realidade que ela tinha conseguido evitar por pouco muitas vezes.

Lynet tirou a pulseira de prata, seu primeiro presente dado por Mina, e a colocou no pulso do corpo. Ela se sentiu leve, quase sem peso, como um espírito deixando para trás o corpo enfraquecido. Lynet estava morta, assim como sua mãe, e a garota que emergiria era alguém nova, descamando sua pele fina para se transformar em algo frio e intocável. Ela quase tinha esquecido que era seu aniversário.

O primeiro aniversário de verdade que eu já tive, Lynet pensou enquanto jogava a capa nova nos ombros. Ela levantou o capuz para esconder o cabelo e o rosto e se levantou da neve para começar uma nova vida.

21

MINA

Mina esperava que Felix lhe trouxesse Lynet, mas, em vez disso, ele lhe trouxe o cadáver de Lynet.

Ela estava esperando diante da porta do aposento real ao amanhecer quando Felix se aproximou, várias horas depois de ter sido mandado para a floresta com os soldados de vidro.

Ela estava assustada naquele momento, gélida com a ideia de que Lynet estivesse esperando por ela, agora cheia de ódio pela madrasta. E quase desejou que o caçador não a tivesse encontrado.

Felix a levou até a capela, e Mina não entendeu por que ele evitou seu olhar quando lhe disse que Lynet estava lá, por que ele não parava de dizer que sentia muito.

Vários soldados esperavam na capela, parados em torno do altar central. Com um gesto, Felix ordenou que se afastassem e conduziu Mina com delicadeza. E só então viu que aquele era o corpo de Lynet, e que Lynet estava morta.

Mesmo ao se debruçar para a frente para examinar o cadáver, ela ainda acreditou que tudo fosse algum truque, ou que ela tinha se equivocado e que fosse ver um leve movimento no peito da menina sinalizando que ela estava viva, mas inconsciente. Seu peito, porém, permaneceu imóvel, e, pela primeira vez, os batimentos cardíacos de Lynet se igualaram aos de Mina.

O pescoço estava quebrado, e ainda havia um pequeno corte no queixo onde Mina acidentalmente a ferira com vidro. *Não*, disse Mina a si mesma. *Nada disso foi um acidente.* Lynet devia ter caído, provavelmente de uma árvore onde estava escondida – escondida de Felix e dos soldados. Todas as peças da morte de Lynet se juntaram, como centenas de pequeninos cacos de vidro, e juntas formavam um espelho que mostrou a Mina seu próprio rosto, sua própria culpa.

Mina cambaleou, e Felix a segurou pelo braço, ajudando-a a ficar de pé.

– Alguém o viu trazê-la aqui? – ela perguntou, a voz rouca e fraca.

– Não – o caçador respondeu. – Ninguém sabe, só você.

Mas todos acabariam sabendo. A morte da princesa, tão perto do acidente do rei. Será que alguém acreditaria que Lynet tinha tido um fim natural? Ou todos iriam supor que ela tinha tirado a própria vida, temendo pela do pai? Uma parte terrível de Mina sussurrava que ela podia tirar proveito dessa suposição, se desejava afastar a suspeita de si mesma.

Com as mãos trêmulas, Mina tocou com delicadeza o rosto de Lynet. Sua pele estava fria como sempre, seu rosto igualmente puro e belo. E, ainda assim, o corpo era uma imitação pálida da garota viva; era apenas um fac-símile de beleza sem a animação do rosto dela, sem o espírito por trás dos olhos. Não era isso que Mina secretamente queria – despir Lynet de sua beleza, ser a única mulher digna de ser olhada, digna de ser amada?

Ela ficou feliz por ter mandado a jovem cirurgiã deixar Primavera Branca em vez de lhe infligir uma punição mais dura. Estava feliz por haver mais alguém nesse mundo que levaria a memória dos olhos de Lynet, seu sorriso, o jeito como ela sempre corria pelos corredores, em vez de andar. Nicholas tinha sua própria memória de Lynet, e os cortesãos se lembrariam de uma princesa que se parecia com a mãe. Mas, se aquela jovem tinha sido amiga de Lynet, então talvez fosse a única pessoa além de Mina que sabia como Lynet era, não como parecia ser.

As mãos de Felix a envolveram gentilmente, tentando afastá-la dali.

– Não – disse ela. – Ainda não. – Ela tirou a pulseira de prata do pulso de Lynet. Ela ia guardá-la na mesa de cabeceira, ao lado da moldura de espelho vazia que pertencera a sua mãe. Uma coleção de coisas perdidas, supunha ela, de pessoas que ela tinha afastado.

– Levem-na para a cripta – Mina ordenou, embora parecesse errado. Lynet sempre teve muito medo da cripta, certa de que terminaria ali como a mãe, as duas idênticas na morte como em vida. E o medo se tornara realidade.

– Tente não deixar ninguém vê-lo. Não quero que o rei saiba disso antes que eu mesma conte a ele.

Felix levou os outros embora, e Mina respirou fundo antes de voltar para os aposentos do rei. Ela se perguntou se essa notícia o mataria.

Nicholas estava lúcido quando ela se sentou ao lado de sua cama, embora sua pele tivesse ganhado uma tonalidade acinzentada. Suas primeiras palavras foram:

– Onde está Lynet?

Mina manteve o rosto impassível.

– Por que você pergunta isso?

Ele olhou para o dossel acima da cama, os olhos arregalados e cegos.

– Acho que sonhei com ela. Eu acho... acho que ela estava dizendo adeus. – Ele fechou os olhos com o rosto contorcido de dor. – Não sei mais dizer, não sei dizer quem... Qual delas eu vi...

– Nicholas...

– Não paro de ouvir a voz dela em minha cabeça, me contando coisas terríveis, as mesmas que você me contou, que ela nunca ligou para a mãe, que ela era infeliz, mas não consigo me lembrar se alguma coisa é real. – Nicholas pegou a mão dela, e Mina a segurou, surpresa. – Me diga, Mina, me diga... Ela era feliz, não era? Nós éramos felizes juntos.

Mina não sabia se ele estava falando de Lynet ou de Emilia, tampouco tinha certeza se Nicholas sabia, ou se as duas tinham se juntado para formar uma bela mulher morta, longe do alcance dele. *Ele me amaria também, se eu estivesse morta*, ela pensou. Com toda a amargura que havia entre eles, Mina sabia que, se morresse de repente, o marido choraria por ela. Nicholas moldaria a memória dela, formaria uma mulher que ele poderia amar e iria venerar seu corpo morto da mesma maneira que o evitara vivo. *Ele não ama nada tanto quanto a própria tristeza.*

– Nicholas, você precisa me escutar. Eu preciso lhe contar uma coisa.

– Ela disse adeus... Por que ela disse adeus? Aonde ela foi?

Mina estava com a sensação curiosa de não estar no próprio corpo, de estar observando de algum outro lugar, e apertou mais forte a mão dele, obrigando-se a voltar e terminar o que tinha começado.

– Ela está morta, Nicholas. Lynet está morta.

Ele soltou a mão dela imediatamente.

– Você me odeia tanto assim?

– Eu não odeio você, Nicholas, nunca odiei. Sempre foi você quem me odiou.

Nicholas balançou a cabeça.

– Eu nunca odiei você. Mas não posso amá-la, e acho que você nunca vai me perdoar por isso. É por essa razão que você está mentindo para mim agora.

Mina deu um suspiro, desejando ter esperado que ele morresse, em vez de revelar o ocorrido.

– Você tem razão – disse ela. – Estou mentindo. Lynet está em seu quarto.

– Vá chamá-la para mim – ele pediu. Seus olhos adejaram e se fecharam.

– Vou chamar – Mina respondeu. – Você vai vê-la em breve, vai ver as duas em breve.

Ele murmurou algo em voz baixa, algo que pareceu com:

– Ela disse adeus. – E lágrimas começaram a escorrer debaixo de suas pálpebras.

– Nicholas? – sussurrou Mina, com um toque de pânico na voz.

Mas, antes que pudesse dizer mais alguma coisa, ele estava morto.

Mina estava parada sozinha na capela, olhando para os pedaços irregulares de vidro nos batentes vazios das janelas. Ela não devia ter voltado. O lugar a fazia lembrar de Lynet – algo que Mina sabia que aconteceria na primeira vez que levou a menina ali. Ela estava estranhamente nervosa naquela ocasião. Talvez estivesse apenas com medo que Lynet a visse com demasiada clareza, visse a garota raivosa e com saudade de casa que ela era.

Os medos de Mina tinham sido infundados. Lynet tinha entendido. E lhe agradecera por compartilhar aquele pedaço de si mesma, e se teve alguma visão passada de Mina, não a tinha julgado com muita dureza.

Mina caiu de joelhos em frente aos altares, o único som era sua respiração entrecortada. O vidro quebrado se cravou em seus joelhos pelas saias grossas, mas ela mal sentiu a dor.

Mina ouviu a porta se abrir às suas costas, mas manteve a cabeça baixa.

— Achei que você estaria aqui — disse Felix, ajoelhando-se ao seu lado.

— Me deixe.

Ele envolveu delicadamente o rosto de Mina nas mãos e levantou sua cabeça para fazê-la olhar para ele.

— Peça outra vez que eu vou.

Ela não respondeu, por isso Felix se inclinou para a frente e roçou os lábios nos dela.

— O rei está morto — Mina disse.

Felix baixou a cabeça, mas ela não sabia ao certo se era por vergonha ou respeito.

— Sinto muito.

— Não conte para ninguém ainda. Se Primavera Branca souber que o rei e a princesa estão mortos, vai ser o caos. — Mina pegou o rosto dele nas mãos e levantou sua cabeça para fazê-lo olhar para ela. — Felix, o que eu faço agora? — ela perguntou em um sussurro.

Ele pôs as mãos sobre as de Mina e as levou aos lábios, beijando as costas de seus dedos.

— Seja uma rainha, como sempre foi seu destino.

Mina olhou fixamente em seus olhos, tentando descobrir se ele estava apenas refletindo a resposta que ela desejava poder dar a si mesma.

– O que você vê em mim, Felix? O que você vê agora?

Ele a observou e, ao fazer isso, seu rosto começou a mudar, seus lábios se curvaram para baixo, os olhos se encheram de desespero. Mina viu algo quebrado nele, o que significava que Felix tinha visto algo quebrado nela. Ela tinha dito a Lynet que era uma dádiva ser delicada, porque significava que ninguém tinha tentado quebrá-la. A palavra que Lynet tanto odiava soava como um luxo para Mina. Ela tentou pensar em uma época em que, alguma vez, se sentira delicada, mas não conseguiu; desde que conseguia se lembrar, ela sempre se sentira coberta de fraturas invisíveis, um mapa de cicatrizes como as que subiam e desciam pelos braços de Felix. Talvez estivesse tão quebrada que tivesse se tornado inquebrável.

Ninguém jamais a veria assim, decidiu Mina. Ninguém a veria de joelhos com a cabeça baixa de vergonha. Ela não tinha mais nada a perder, exceto a coroa – e ia lutar por isso. O povo do Sul ainda precisava dela, e Mina ia lutar por eles também. Ela não desperdiçaria a morte de Lynet desmoronando agora.

Mina pensou na garota que estivera sentada naquele mesmo lugar prometendo a si mesma que seria rainha e ficou de pé.

Mina andava de um lado para outro na sala sem janelas do conselho, esperando pela convidada. Hoje a mesa comprida e o trono em sua cabeceira estavam vazios.

Pai e filha estavam mortos, mas Mina não podia se dar ao luxo do luto. Na capela, ela podia cair de joelhos e se entregar ao remorso, mas, no momento em que passava pela porta, ela tinha de ser nada além de uma rainha, sem sinal de fraqueza ou dúvida.

Ela sabia que precisava agir rápido nas primeiras horas depois da morte de Nicholas. O capitão da guarda sempre gostou dela – ele tinha lhe revelado num sussurro certa vez que tinha raízes sulistas – portanto, quando Mina levou doze novos soldados para serem treinados por ele como sua guarda pessoal e uma bolsa cheia de ouro para gastar em agradecimento por sua lealdade constante, ele fez uma mesura com a cabeça grisalha e prometeu sempre servir à rainha.

Mina procurou alguns dos nobres que conhecia, aqueles cujos olhares se demoravam um pouco sobre ela ao longo dos anos, homens com quem flertara muito tempo atrás em eventos sociais antes mesmo de ser rainha. Ela não contou que Nicholas estava morto, mas expressou suas preocupações de que o rei pudesse morrer em breve, que pudesse se tornar uma rainha viúva. Ela manteve todos a distância, usando apenas lisonja e a ilusão de vulnerabilidade para fazê-los pensar que ela estava perto o bastante para ser tocada. Mais tarde, quando soubessem que tanto Nicholas quanto Lynet estavam mortos, cada um deles se lembraria de que tinham sido procurados pela rainha especialmente, e se consideraria favorecido, talvez até mesmo desejado. Todos acreditariam que, com Mina no trono, poderiam ter uma chance de governar também – uma rainha viúva era um recurso valioso para um homem que quisesse ser rei.

Finalmente, ela falou com o mordomo e se certificou que seus planos tivessem algum precedente histórico. Então mandou chamar Xenia. Por mais que odiasse admitir, Mina precisava de seu apoio.

Uma batida na porta trouxe Xenia, escoltada por um dos novos soldados de Mina, e a rainha lhe instruiu a esperar do lado de fora enquanto as duas conversavam.

– Aconteceu alguma coisa, milady? – Xenia perguntou no tom melífluo que sempre usava desde que Mina se tornara rainha.

– Sente-se, por favor – disse Mina, indicando a mesa. Xenia tomou seu lugar habitual, ao lado esquerdo do rei, e Mina se sentou de frente para ela. – Estou lhe contando isso porque sei que posso confiar em você para fazer o que é melhor para a estabilidade deste reino – disse Mina. Ela achou que seria um esforço dizer aquelas palavras, mas descobriu, para a própria surpresa, que acreditava nelas. O poder de Xenia vinha de sua posição na corte, uma posição que dependia de estabilidade e ordem inalterável. Se pudesse convencer Xenia que as duas queriam a mesma coisa, ela venceria.

– Fico honrada por sua confiança em mim, milady – respondeu Xenia. – Espero que o rei esteja bem.

– Infelizmente, não – disse Mina. Ela olhou para as próprias mãos entrelaçadas por um momento antes de continuar. – O rei está morto.

A notícia chocou Xenia e ela ficou em silêncio por um momento, boquiaberta.

– Eu o conhecia desde que ele era um menino – a nobre comentou, esforçando-se para recuperar a compostura. – Eu, eu sinto muito, milady, sei que essa perda deve ser...

Mina se remexeu no assento.

– Entendo sua tristeza, mas não temos tempo para isso agora.

As palavras bruscas tiveram o efeito pretendido – a máscara educada de Xenia desapareceu, e seu rosto se endureceu enquanto encarava com ódio a mulher de baixa estirpe que estava acima dela.

— Então vai me perdoar por perguntar por que me chamou aqui sozinha. Sei que não é pela alta consideração que tem por mim.

Mina deu um sorriso frio para Xenia.

— Você tem razão. Mas eu entendo sua posição aqui, a influência que tem sobre o resto da corte. Vivenciei isso em primeira mão quando era menina. Uma palavra sua, e o resto a segue.

Xenia inclinou a cabeça em sinal de reconhecimento.

— Verdade.

— Tenho mais uma coisa para lhe contar... Algo que eu gostaria de não precisar dizer. — Mina fez uma pausa, com medo que sua voz se embargasse. Quando se sentiu segura, ela disse: — A princesa também está morta.

Xenia não teve nenhuma reação, seu rosto estava perfeitamente imóvel. E então perguntou:

— Está me dizendo a verdade?

A visão do cadáver de Lynet disposto na capela passou pela mente de Mina. Ela respirou fundo e se esforçou para afastar a imagem antes de responder.

— Lynet foi encontrada morta de manhã cedo nas dependências do castelo. Seu pescoço estava quebrado, provavelmente de uma queda. Não tenho como saber ao certo, mas acho... acho que ela recebeu muito mal a notícia do acidente do pai.

Xenia levou um susto, entendendo a implicação das palavras de Mina.

— Pobre criança.

Mina esperou que ela se recuperasse e compreendesse as ramificações maiores da morte de Lynet, como sabia que Xenia faria.

E então lá estava ela: Xenia levantou de repente o rosto para Mina e a olhou nos olhos, entendendo tudo perfeitamente.

— O rei não apontou outro sucessor, não é?

Mina balançou a cabeça.

— Eu falei com o mordomo. Ele disse que o rei não tinha nenhum outro parente direto, só primos distantes, todos com o mesmo direito ao trono. Sabe o que isso significa?

— Claro que sim. Este reino vai mergulhar no caos. Pode haver uma guerra civil...

— Não quero isso, e imagino que nem você. Quero que tudo fique como está. E só vejo um jeito de isso acontecer.

Mina temia que Xenia fosse rir quando descobrisse o que ela de fato queria, mas a nobre não riu nem zombou dela. Ela assentiu com a cabeça lentamente, olhando direto nos olhos de Mina quando disse:

— A senhora precisa continuar sendo rainha. E não pode fazer isso sem mim.

— Parece que nós duas precisamos uma da outra — disse Mina. — Você me mantém neste trono, e eu a mantenho em meu conselho.

— Isso é tudo o que pode me oferecer? — ela perguntou com a voz baixa, mas firme.

Mina estava preparada para essa pergunta.

— Vou torná-la minha principal conselheira.

— Uma aliança, então?

— Pelo bem do reino.

As duas mulheres se olharam, e Mina soube que estavam chegando à mesma conclusão — que, apesar de não gostarem uma da outra, ambas ficariam mais fortes juntas do que tinham sido antes, quando estavam em desacordo. A paz de um reino inteiro esperava que elas deixassem de lado ofensas passadas em nome do poder e do pragmatismo.

Os olhos de Xenia se estreitaram um pouco.

— Se eu ajudar a trazer o conselho e o resto da corte para o seu lado, acha que consegue manter seu lugar no trono?

– Tenho a guarda do castelo do meu lado – disse Mina. – E uma guarda pessoal recém-criada. Além disso, o mordomo garante que não sou a primeira rainha na longa história de Primavera Branca a continuar no poder depois da morte do marido. Só posso imaginar que toda Primavera Branca também prefira uma transferência de poder pacífica, em vez de uma longa busca, ou uma guerra, por um sucessor, e não me cause problemas. E, claro, tenho o apoio do Sul. Se eu ordenar que se levantem, ou parem de mandar alimentos para o Norte, eles vão obedecer.

Xenia estremeceu, provavelmente imaginando o desastre que um cerco do Sul contra o Norte traria. Por fim, ela assentiu.

– Ninguém quer uma guerra, especialmente não o Norte.

– Então temos um acordo? – disse Mina, levantando-se da mesa. – Vamos falar juntas com cada um dos conselheiros, comunicar o que aconteceu e explicar por que seu apoio é necessário, como expliquei a você. Com sua influência e minha posição, tenho certeza de que podemos convencê-los a aceitar.

Xenia ficou de pé também.

– Acredito que a senhora está certa. Não se preocupe, milady. A senhora vai dormir esta noite como rainha.

Naquela noite, Mina reuniu a corte na sala do trono com seus guardas, tanto os antigos quanto os novos, posicionados ao longo das paredes. O salão era mais adequado para uma plateia daquele tamanho, mas Mina achou que a sala do trono conferia a ela um ar de autoridade e oferecia uma mudança de cenário dos reis e das rainhas bolorentos e estagnados que a tinham precedido.

– Povo de Primavera Branca – exclamou Mina para a pequena multidão. – Como alguns de vocês já devem ter ouvido, o rei

Nicholas morreu esta manhã, de ferimentos recebidos em um acidente de caça. – Ela esperou que todos murmurassem entre si e se preparou para o que tinha de dizer em seguida. Será que algum dia isso seria fácil de dizer? Será que ela um dia se acostumaria com essas palavras? – Mas mesmo enquanto choramos sua perda, precisamos enfrentar outra tragédia: a princesa Lynet também foi encontrada morta.

Os presentes arquejaram de susto coletivamente por causa da notícia, mas Mina não viu nenhum novo pesar, nenhuma verdadeira surpresa. Todos os membros do conselho sabiam, é claro, porque tinham sido informados por ela e por Xenia, e deviam ter compartilhado a notícia com os outros rapidamente. Nesse momento, ela preferia a tristeza honesta de Nicholas às expressões calculadas de tristeza nos rostos da corte.

– Haverá bastante tempo para o luto nos próximos dias, mas, neste momento, é meu dever olhar para o futuro, garantir que nada de mal aconteça a este reino enquanto está sob meus cuidados. O rei morreu sem apontar um novo sucessor, e, por isso, no interesse de manter a paz em nosso reino, me foi pedido que continuasse no trono como rainha para governar no lugar de meu marido. Eu nunca poderia imaginar aceitar tal pedido sem o apoio e a aprovação de minha corte. Se há alguém aqui que deseja refutar meu direito, por favor, fale agora.

Minutos se passaram em silêncio, e embora Mina visse várias pessoas olharem desconfiadas para os soldados em torno da sala, ninguém ali falou.

Finalmente Xenia se adiantou, separando-se da multidão, mas ainda a uma distância cuidadosa de Mina.

– Acho que falo por todos nós, milady, quando digo que estamos gratos pela sua liderança em um momento tão perturbador – disse ela. – Todos devemos a continuidade de nossa boa sorte à senhora, rainha Mina. – E com uma expressão astuta nos olhos que apenas Mina podia ver, Xenia fez uma mesura. Imediatamente, o resto da multidão a seguiu, e toda a sala fez uma reverência para sua rainha.

Mina se permitiu inspirar por um momento breve e silencioso, imperceptível para qualquer um que pudesse estar olhando para ela acima do mar de cabeças curvadas. Ela já tinha estado diante de uma corte em reverência, mas sempre ao lado de Nicholas, sempre com Lynet perto, atrás dela, um lembrete de que era apenas um ínterim entre duas rainhas idênticas. A última vez que se lembrava de ter encarado a corte sozinha tinha sido em sua noite de núpcias. Essa também tinha sido a última vez que sentira que podiam amá-la.

E eles a amavam agora? Será que a aceitariam completamente, agora que ela era sua melhor e única escolha? Será que iriam se lembrar dela como a rainha que tinha salvado o reino de ser despedaçado por uma guerra civil? Ou sempre pensariam que devia ser Lynet ali parada, em vez dela?

Mina manteve a cabeça erguida, aceitando gesto deles, mas parte dela se perguntava se tinha apenas trocado o fantasma de uma rainha por outro.

22

LYNET

A carroça do mercador estava cheia, mas Lynet estava feliz por isso; quanto mais gente, menos atenção atrairia. Enfiada no canto da carroça, Lynet tentava não pegar no sono, mas estava exausta e se beliscava sempre que a cabeça começava a pender.

A neve tinha se tornado um recurso inesperado. Ela agora tinha um punhal novo escondido sob a capa e, embora não tivesse certeza se saberia usá-lo, se sentia mais segura com a arma ali. Ela não comia desde que partira de Primavera Branca, por isso criou um pouco de pão de neve e o devorou. Também tinha uma nova bolsa com dinheiro, que usou para pagar pela viagem para o Sul.

A carroça pertencia a um mercador de frutas que estava voltando para o Sul para repor seu estoque. Quando viu outros pagando para percorrer parte do caminho nela, Lynet fez o mesmo. Ela tinha cogitado brevemente criar um cavalo e uma carroça para si mesma, mas ainda não sabia ao certo como seus poderes funcionariam longe da neve. Até onde sabia, tudo o que tinha feito podia derreter assim que ela cruzasse a Fronteira do Gelo que separava o Norte e o Sul. A ideia de criar uma criatura viva também a intimidava. Ela não era muito familiarizada com cavalos – e se se esquecesse de algum detalhe crucial na formação?

Os outros não estavam indo tão longe quanto ela. Lynet ouviu uma garota mais nova explicar que tinha conseguido um emprego como criada de copa em uma propriedade nortista. Ela só conseguiria andar na carroça até a cidade seguinte, então teria de caminhar pela neve pelo resto do trajeto. Lynet não sabia como ela conseguiria chegar tão longe; os nós dos dedos da garota já estavam vermelhos e rachados por causa do vento congelante. A mulher de cabelo grisalho a seu lado tirou um xale de tricô do ombro e o ofereceu a ela, assegurando-a de que estava voltando de uma visita à família e poderia fazer outro xale quando chegasse em casa.

Lynet se encolheu na capa. Estava satisfeita por ter aquela capa pesada para esconder seu vestido elegante e bordado, mas se sentiu culpada sabendo que na verdade não precisava dela quando os outros na carroça tremiam sob as roupas finas.

Em Primavera Branca, era uma questão de orgulho não demonstrar nenhum sinal de frio. Mas Lynet entendia agora que isso era um jogo que apenas os ricos podiam jogar – suportar o frio em público só para retornar para as lareiras e peles quentes de seus aposentos particulares. Ela resmungava em silêncio sempre que uma farpa de madeira prendia em suas roupas ou sua mão, ou sempre que a carroça balançava e provocava ondas de náusea em seu estômago, mas só pensava na bênção que era nunca ter de sentir o frio cortante.

O mercador parou várias vezes no caminho para alimentar os cavalos, para esperar que a neve fosse retirada das estradas ou para dormir à noite. Em cada parada, Lynet aproveitava a oportunidade para explorar as aldeias do Norte, sempre torcendo para que fossem diferentes das anteriores.

Lynet tinha sentido um quê de empolgação ao pisar pela primeira vez em Cume Norte. Seu pai nunca permitia que ela fosse à cidade em dias de mercado, insistindo que, se Lynet quisesse algo, ele mandaria alguém comprar para ela. Ainda assim, Mina lhe contava histórias de sua casa no Sul, e parte dela imaginava que todas as cidades fossem iguais — alegres e agitadas, cheias de cores e movimento. Cume Norte não era nada assim. Lynet passou por pessoas curvadas devido às muitas camadas de roupas que não combinavam usadas para protegê-las contra o frio, os rostos vincados pela fadiga.

Ninguém olhou para ela. Ninguém olhava para nada. Era como… *como caminhar entre fantasmas*, ela pensou com um calafrio da primeira vez. Claro que ela não tinha entendido como era para os nortistas que não podiam comprar calor em Primavera Branca — ela nunca tinha sentido frio.

Caminhando por outra aldeia desolada, Lynet teve a mesma sensação que em Cume Norte, de estar andando entre fantasmas. Ela caminhou pelo mercado, na esperança de achar uma barraca de frutas, mas a maioria das frutas já tinha começado a estragar, e não havia sinal do luxo do qual o Norte tinha tanto orgulho — nada de pedras preciosas nem do trabalho de metal das minas, nenhum entalhe intricado em madeira —, só necessidades.

Nada cresce aqui, Nadia tinha dito. Com uma pontada de vergonha, ela achou que toda fruta que continuava fresca durante a viagem para o Norte provavelmente ia para Primavera Branca.

Outra garota mais ou menos da sua idade também estava olhando para as frutas estragadas, franzindo o nariz em sinal de decepção. Ainda assim, ela comprou uma única maçã insípida e seguiu seu caminho, enquanto Lynet foi na outra direção, sabendo que podia pegar um punhado de neve e fazer sua própria fruta. Ela parou de caminhar, perguntando-se se *devia* criar uma maçã e correr atrás daquela garota para lhe oferecer algo melhor do que podia ser encontrado ali. Então, seus pensamentos se expandiram – se ela podia fazer uma, por que não uma carroça cheia? Por que não alimentar uma cidade inteira se tivesse a habilidade para isso?

Porque você devia estar morta, ela lembrou a si mesma. Lynet não tinha ouvido nenhuma notícia da morte do rei nem da princesa durante a viagem para o Sul, mas tinha certeza de que, a essa altura, os soldados de Mina já tinham achado o corpo. Ela também não podia se dar ao luxo de ser heroica – precisava ser alguém novo e invisível, pelo menos até chegar ao Sul.

E talvez fosse egoísmo, mas ela *gostava* de ser invisível. Ela não tinha nome, não tinha rosto, não tinha nenhuma conexão com Emilia. Lynet simplesmente existia por seus próprios méritos e, pela primeira vez, o futuro era um vasto desconhecido, uma estrada com a neve removida.

Ela estava caminhando de volta para a carroça nos limites da cidade quando uma mão se estendeu e a agarrou pelo braço. Lynet levou um susto, mas era apenas uma velha, com mechas de cabelo branco escapando por baixo de seu xale esfarrapado.

– É você? – murmurou ela, olhando para o rosto de Lynet sob o capuz. – Você é a princesa?

Lynet ficou rígida de medo e olhou em volta para se certificar de que ninguém estava prestando atenção. A mão da mulher em seu braço era mais forte do que ela teria esperado de alguém que parecia tão pequena e frágil, mas, na verdade, a mulher precisava ser forte para viver por tanto tempo no Norte.

– Não. A senhora está enganada – Lynet conseguiu dizer em um sussurro embargado.

– Eu trabalhei em Primavera Branca, nas cozinhas – disse a mulher. – Você não teria me notado, mas conheço seu rosto. Era o rosto de sua mãe, também.

A mulher tinha começado a falar mais alto, e Lynet não sabia como fazê-la parar, fazê-la largar seu braço. Suborná-la? Mas isso só confirmaria sua desconfiança, e ela poderia contar a mais alguém, e a notícia de que a princesa tinha sido vista em uma das aldeias no caminho para o Sul se espalharia pelo Norte.

Se quisesse escapar, Lynet teria de convencer a mulher que não era nenhuma princesa delicada, nenhuma borboleta frágil. Ela arrancou o braço das mãos da velha, que quase perdeu o equilíbrio com o movimento violento. Lynet abriu a capa só um pouco e colcou a mão de leve sobre o cabo do punhal em sua cintura.

– A senhora está enganada – ela disse novamente, dessa vez com mais firmeza. – Agora me deixe em paz.

A mulher olhou fixamente para a arma enquanto recuava.

– É claro – disse ela. – É claro, desculpe o incômodo. – E então deu meia-volta e saiu correndo.

Lynet soltou o ar longamente enquanto voltava para a carroça. E sentiu mais vergonha que alívio. Ela não estava acostumada a esse tipo de atitude; não parecia natural nela, como um vestido que não cabia direito. Havia uma espécie de dor em seu peito, uma sensação de vazio. *É essa a sensação de ser forte?*

De volta à carroça, não parava de pensar na velha, na garota e na maçã estragada, em como seria fácil descer da carroça e ela mesma desbloquear as estradas apenas dizendo à neve o que queria. Lynet tinha visto alguns trabalhadores no caminho, retirando neve da estrada com pás, e ficou tentada a ajudá-los, simplesmente pedir à neve para se afastar para o lado e vê-la obedecer. Estradas desobstruídas, comida fresca – ela podia ver maneiras de enfrentar as dificuldades da maldição de Sybil e, no entanto, estava fugindo.

Mas não era isso que precisava fazer para sobreviver? Mina não tinha ocultado os próprios segredos, em vez de usá-los para o bem de alguém além de si mesma? Se Lynet quisesse estar à altura da madrasta, teria de ser mais forte do que costumava ser, e teria de aprender a guardar os próprios segredos, também.

A carroça esvaziava um pouco a cada parada, até que Lynet ficou sozinha com o mercador, que felizmente não lhe deu nenhuma atenção. Ela teve sorte de estar sozinha quando eles cruzaram a Fronteira do Gelo, porque, assim que isso aconteceu, ela ficou visivelmente impressionada.

Mesmo que não pudesse ver com os próprios olhos que a neve tinha desaparecido, Lynet teria sabido no mesmo instante. Ela simplesmente não conseguia mais *sentir* a neve. Para começar, ela nunca tinha pensado que podia sentir a neve, mas agora que tinha desaparecido, Lynet podia sentir sua ausência, como um zumbido baixo em seu ouvido que de repente tinha silenciado.

Então ali estava o calor que se espalhava lentamente por seu corpo, fazendo-a se sentir pesada e apática. Quando levantou o braço, ele pareceu mais lento que o habitual, como se o próprio ar estivesse tentando empurrá-lo para baixo. Olhando para a própria mão, ela se lembrou dos experimentos com Nadia e se perguntou se sua pele ainda era fria ao toque. Ela precisaria tomar cuidado para não deixar ninguém encostar nela ali; sua pele fria não era estranha no Norte em meio à neve, mas as pessoas provavelmente achariam que ela estava doente se estivesse congelante ao toque, mesmo sob o sol.

Eu não me encaixo aqui, ela pensou de repente e se perguntou se Mina tinha se sentido da mesma forma ao atravessar pela primeira vez a Fronteira do Gelo vinda da outra direção. Mina sempre sentia frio, não importava quantos anos tivesse passado no Norte, e Lynet soube, sem ser capaz de explicar por quê, que nunca se acostumaria ao calor que sentia agora sob a pele.

Lynet olhou em volta e encontrou todo um mundo que nunca tinha visto antes. Colinas verdes se erguiam perto do horizonte e, acima delas, o sol estava quase dolorosamente brilhante, agora que não estava oculto por nuvens densas. Ela tinha visto árvores antes, claro, mas sabia que elas só vinham em duas variedades: verdes ou secas. À medida que a carroça avançava aos solavancos pelo caminho, ela viu o ambiente mudar. Lynet viu árvores com folhas vermelhas e douradas, árvores com flores cor-de-rosa, árvores cheias de frutas ou bagas. Ela ficou maravilhada, pensando nos aposentos de Mina, em sua tentativa de levar essas cores para Primavera Branca. Como aquelas cores pareciam esmaecidas agora, em comparação com as imagens a sua frente.

Eles passaram por quilômetros de fazendas, fileiras de trigo e outras lavouras que Lynet nem reconheceu, mas nunca precisaram parar – a estrada estava lisa e desobstruída. Lynet fechou os olhos e conjurou os mapas do reino que tinha estudado em suas lições, visualizando a faixa estreita de terra, ao mesmo tempo protegida e isolada por suas pesadas cadeias de montanhas ao longo das fronteiras norte e oeste, e a vasta extensão de mar ao sul e ao leste. A pouco menos de meio caminho desde o limite do Norte ficava a Fronteira do Gelo. Mina uma vez dissera que sua viagem para o Norte tinha levado quase uma semana, mas a aldeia de Mina era mais perto da fronteira Sul do reino. O destino de Lynet, a maior cidade no Sul, ficava mais ao Norte, não muito longe da Fronteira do Gelo, por isso a parte mais difícil de sua viagem já tinha passado.

Eles chegaram à cidade quando o sol começava a se pôr, quase três dias depois do início de sua jornada. Lynet olhava fixamente, hipnotizada pelos rosas e dourados que se espalhavam pelo céu. Agora ela sabia que nunca tinha visto um pôr do sol antes.

O mercador passaria a noite ali antes de seguir caminho, de modo que a carroça seguiu em frente, mais devagar, pelas ruas sinuosas da cidade, parando constantemente à medida que as pessoas passavam sem dar atenção aos cavalos. O ar estava quente e sedutor com o cheiro de carne queimando, e quando eles atravessaram uma ponte sobre um rio, o resto de luz do sol refletiu tão brilhante sobre a água que Lynet teve de afastar os olhos.

Mina tinha lhe dito que era ali que Gregory ia durante suas visitas ao Sul, à universidade que Mina reabrira não muito depois de se tornar rainha. Pensar na universidade a fez pensar em Nadia, é claro, mas Lynet a afastou da mente, tentando não imaginar como aquela viagem poderia ter sido diferente se Nadia tivesse fugido junto quando ela propusera. Era arriscado, talvez, procurar o pai de Mina para pedir ajuda, quando sua madrasta devia acreditar que ela estava morta, mas Lynet se lembrou da maneira como Mina se irritava sempre que falava de Gregory, e se lembrou de como Gregory tinha ficado muito satisfeito ao vê-la na única vez que os dois tinham se encontrado. Ela não sabia ao certo onde estaria a lealdade do homem, mas ele era o único que podia responder suas perguntas, e por isso ela precisava correr o risco.

Quando a carroça parou diante de uma estalagem, o mercador ajudou Lynet a descer, e ela lhe agradeceu por tê-la levado até ali. No início, tudo o que conseguiu fazer foi ficar parada na rua enquanto todo mundo se movia ao seu redor, toda a cidade girando enquanto ela lutava para manter o equilíbrio. Quando se recuperou, perguntou ao mercador onde podia encontrar a universidade, e ele simplesmente apontou para um ponto adiante. Lynet olhou e viu uma grande abóboda acima dos outros prédios, não muito longe. Ela agradeceu e começou a caminhar na direção dessa abóboda.

Mas as ruas ali não eram simples linhas retas apontando para a frente. Elas serpenteavam e faziam curvas, levando Lynet para longe de seu destino e, em seguida, em sua direção outra vez, depois um pouco para a esquerda. O tempo todo, ela sofreu com o calor sob a capa e tentou não perceber os olhares estranhos que as pessoas lhe direcionavam ao passar em roupas leves e frescas, com os braços nus. Lynet achou que devia parecer uma nuvem de tempestade passando.

E, aonde quer que fosse, ela não parava de ouvir o nome de Mina.

– Fique quieto – disse uma mãe a seu filho. – O que a rainha Mina ia pensar se visse o quanto você é impaciente?

– À saúde da rainha Mina! – exclamaram dois homens ao passar uma caneca entre si.

Ao se aproximar da universidade, ela ouviu um grupo de jovens estudantes rindo e celebrando.

– À rainha! – exclamou um deles. Os outros, por sua vez, responderam:

– À rainha Mina! À rainha sulista!

A rainha sulista – como essas palavras, agora, soavam diferentes, em comparação a quando as Pombas as diziam com escárnio.

Eles a amavam ali, lembrou-se Lynet, cobrindo mais o rosto com o capuz. Ela tinha ouvido Mina contar ao seu pai sobre cartas de agradecimento que recebia, mas nunca considerara plenamente o quanto sua madrasta devia ser importante para o Sul. Para essas pessoas, Mina era sua defensora, e Lynet então se perguntou como eles teriam se sentido em relação aos planos de seu pai de entregar o Sul para a filha nortista.

O sol estava um pouco mais baixo quando Lynet terminou de percorrer o caminho sinuoso pela cidade e chegou à universidade. Ela olhou com assombro para o enorme prédio principal. Ladrilhos de vidro decoravam as paredes em vários padrões, reluzindo sob a luz do sol.

Lynet seguiu um grupo de estudantes pelos portões e entrou em um elegante pátio com rosas cor-de-rosa desabrochando e subindo pelas paredes de arenito. No centro havia uma fonte baixa e redonda coberta de ladrilhos coloridos. Lynet teria gostado de olhar com mais atenção para um jardim de verdade, e para uma fonte que não estivesse congelada, mas não se permitiu distrações. Ela passou pela arcada redonda e se maravilhou com o desfile de cores e luz por toda parte que olhava, o sol poente projetando sombras dramáticas de arcos e balaustradas sobre o chão de lajotas. Não havia linhas retas ali, nenhuma das arestas pronunciadas de Primavera Branca – das lajotas no chão aos batentes das janelas e o telhado acima, os desenhos eram todos redondos ou curvos.

Uma grande escadaria de mármore dominava o hall de entrada, e Lynet começou a subi-la, na esperança de encontrar alguém que pudesse conduzi-la até Gregory. Ela precisou parar quando a escadaria chegou a uma grande janela de vitral. O resto de luz do sol derramava-se em uma tapeçaria de cores, e ela se perguntou se as janelas na capela de Primavera Branca já tinham tido aquela aparência nos dias anteriores à maldição. Lynet olhou para as próprias mãos. A luz pintava sua pele em tons diferentes de laranja, vermelho e dourado.

Então ela levantou os olhos para observar toda a janela e levou um susto com a imagem: uma rainha de cabelo avermelhado e pele dourada, o sol se levantando às suas costas. A janela era um tributo à Mina, em retribuição por reabrir a universidade.

Lynet só conseguiu ficar ali parada por pouco tempo – o calor estava se tornando quase insuportável –, mas ela ainda podia ver o desenho da janela por trás de suas pálpebras quando piscava. Não parava de pensar em Mina, que crescera sob o sol, mas agora precisava se resignar a acender lareiras em uma tentativa de recriar seu calor. Lynet se sentiu estranhamente envergonhada de estar ali, agora, como se aquele fosse o território de Mina, e ela o estivesse invadindo, então puxou o capuz mais baixo sobre o rosto.

No fim de um dos corredores, Lynet encontrou uma mulher mais velha com um passo confiante e a parou para perguntar se ela sabia onde encontrar o mago Gregory.

Os olhos da mulher se estreitaram quando examinou o traje inapropriadamente pesado de Lynet.

– O pai da rainha? Você não vai encontrá-lo aqui agora.

O tom sério fez Lynet se encolher um pouco.

– Mas ele... ele não vive aqui? – ela perguntou.

– Ele vem aqui com frequência para visitar a biblioteca – a mulher respondeu. – Mas ele não vive no prédio.

– Se não for muito incômodo, a senhora poderia me contar onde ele vive?

A mulher fez um gesto vago no ar.

– Em algum lugar aqui perto. Pelo que eu soube, ele mantém a casa em segredo porque não gosta de ser incomodado, mas se você está assim tão desesperada para encontrá-lo, pode tentar o farmacêutico. Talvez ele saiba mais.

A mulher seguiu caminho e deixou Lynet parada desnorteada no corredor. Ela desejou não ter recuado tão facilmente nem ter ficado tão intimidada pela atitude proibitiva da estranha, mas pelo menos tinha uma ideia de onde continuar procurando. Agora ela só precisava encontrar a loja do farmacêutico.

Mas não essa noite. Enquanto descia a escada de novo, grata que o céu do anoitecer obscurecesse a imagem de Mina na janela, ela decidiu que refaria seus passos até a estalagem onde o mercador tinha parado e passaria a noite ali. E de manhã, bem, de manhã ela ia querer ver a cidade à luz do dia. A loja do farmacêutico podia esperar. Afinal de contas, antes daquela noite na capela, mesmo antes do acidente de seu pai, ela queria vir para o Sul para descobrir quem poderia ser quando não era apenas a filha de sua mãe. A descoberta dos poderes de Mina – e de seus próprios – a tinha feito esquecer a razão original para vir para o Sul, mas agora que estava ali, em uma cidade movimentada, cheia de estranhos, ela soube do que de fato queria se esquecer – do som da voz de Mina na capela, da visão do pai em seu leito de morte... e de si mesma.

Acima de tudo, ela queria se esquecer de si mesma.

23

LYNET

O sul era mais barulhento do que Lynet antecipara. Ela se sentiu um pouco nervosa, mas bem firme, ao trancar a porta de seu quartinho na estalagem e deitar na cama com o punhal ao seu lado, fácil de alcançar. Ela tinha dito a si mesma que, apesar da exaustão, teria de dormir levemente, para ter consciência de cada passo do lado de fora de sua porta. Uma garota sozinha em uma cidade precisava ser vigilante.

Mas ela não precisava ter se preocupado em dormir pesado demais. Em casa, a neve parecia abafar todos os sons, criando um mundo de sussurros e movimentos silenciosos. Mas ali, essa barreira não existia, a cortina se abria, por isso Lynet ouviu cada passo em frente a sua porta e no andar acima dela. Ouviu os sons de gritos e risos na ruas fora de sua janela. Ouviu o chacoalhar de rodas e os cascos de cavalos. Ouviu todo som que a cidade tinha a oferecer e, quando se levantou de manhã cedo, com o sol penetrando por sua única janela, ela mal tinha dormido.

O peso que recaiu sobre ela ao cruzar a Fronteira do Gelo não a tinha deixado. Ela ainda sentia um pouco como se estivesse tentando seguir por águas agitadas, com seus movimentos uma fração mais lentos do que esperava que fossem. *Você não é inteira sem a neve*, insistia uma voz teimosa em sua cabeça, mas ela a ignorou.

Lynet esvaziou a bolsa no chão e contou as moedas de neve que ainda restavam. Ficou grata por não terem derretido e se perguntou se podia derretê-las outra vez e fazer mais. Ela se concentrou e observou as moedas se transformarem em neve com o mesmo assombro da outra vez. Então, antes que a neve pudesse derreter, ela visualizou o dobro da quantidade de moedas. Mas, assim que a neve se transformou, seu corpo pareceu se rebelar contra ela – sentiu uma dor no peito como se alguém estivesse torcendo seu coração, uma fadiga repentina como se a energia estivesse sendo drenada dela.

Lynet fechou os olhos e respirou fundo e com dificuldade várias vezes até que a dor desapareceu, mas a letargia se prendeu a ela como uma névoa densa, quente e úmida. Usar seu poder no Norte não dava essa sensação, mas lá ela estava cercada de neve, tão consciente de sua conexão que parecia ser uma parte sua. E agora faltava essa conexão. Ela não podia se dar ao luxo de usar seu poder outra vez, a menos que fosse necessário, não se quisesse continuar de pé.

Guardou as moedas de novo na bolsa, olhando com insatisfação para a capa preta e pesada. Usá-la ao entardecer já tinha sido bem desagradável, mas a ideia de jogá-la sobre o vestido já pesado enquanto o sol brilhava pela janela era insuportável. Mesmo seu cabelo denso parecia um fardo, e ela o tirou do pescoço, perguntando-se se não devia simplesmente cortá-lo.

Por que não? Seu pai jamais a teria deixado cortar o cabelo da mãe, mas seu pai estava... seu pai não estava ali para impedi-la. Antes que perdesse a coragem, ela pegou o punhal e cortou o cabelo em uma linha irregular que parava nos ombros. Ela imediatamente se sentiu mais fresca e soltou um suspiro de alívio, parte de sua energia restaurada. Mas mais que isso: quando viu o estrago feito nos cachos da mãe, sentiu um tipo curioso de imobilidade se abater sobre si. Ah, não, não era imobilidade – porque seu coração estava batendo, e ela achou que conseguia até sentir o sangue correndo pelas veias –, mas harmonia. Todas as partes dela estavam finalmente se juntando, não mais puxadas em direções diferentes para criar aquela sensação irrequieta sob sua pele.

Ela riu, sabendo que ninguém ia escutá-la – ou que não importaria se alguém escutasse. Estar sozinha em uma cidade cheia de gente era, às vezes, uma perspectiva assustadora, mas agora a fazia se sentir corajosa. Ela desceu e se aventurou pela cidade, seguindo a estrada para o mercado movimentado. Lynet comprou um vestido novo, sua seda vermelha deslizava por seus dedos como líquido. Ela ficaria feliz em se livrar do vestido de lã, agora rasgado e sujo das viagens, mas decidiu continuar a usar a capa quando saísse. Sempre no fundo de sua mente havia o medo de que alguém a reconhecesse. Ela não ouvia o próprio nome desde que tinha fugido e queria manter a identidade em segredo – pelo menos até encontrar Gregory.

Amanhã, prometeu. Ela tentaria encontrá-lo amanhã. Precisava, primeiro, estudar o ambiente.

Pelo resto do dia ela fez apenas isso. Caminhou pelo mercado, deixando que a onda da multidão a empurrasse e a levasse por cestos cheios de romãs, uma barraca chilreando com os sons de pássaros engaiolados e carrinhos de tapetes enrolados. Ela tomou nota de um fabricante de bonecas, lembrando a si mesma para voltar com o cabelo que ela tinha cortado de manhã para ver se ele o compraria. Desceu até o rio que tinha atravessado na noite anterior e caminhou ao longo de sua margem. Ela viu um grupo de crianças com água até os joelhos na parte mais rasa e fez o mesmo, ignorando o eco da voz do pai lhe mandando tomar cuidado.

Ela foi à loja de bonecas no dia seguinte com uma trança comprida de seu cabelo, e, antes de ir embora, com a bolsa um pouco mais pesada, perguntou ao fabricante de bonecas onde podia encontrar o farmacêutico. Seguindo as indicações, ela percorreu a rua principal que serpenteava pela cidade em uma grande espiral até virar em uma rua sombria com algumas lojas espalhadas. Ela soube qual era a do farmacêutico só pelo cheiro que a cercava, uma mistura intoxicante de lavanda e alecrim.

O cheiro ficou ainda mais forte no interior da loja. Havia feixes de ervas secas pendurados no teto, e atrás de um balcão comprido havia prateleiras cheias de vidros e frascos. Havia algumas outras pessoas no interior da lojinha, e Lynet esperou sua vez até conseguir falar com o farmacêutico. Ele era um homem idoso, mas tinha um ar jovial, um brilho de prazer nos olhos enquanto tratava seus produtos com um cuidado amoroso. Lynet o abordou com um sorriso e perguntou se ele sabia onde podia encontrar Gregory.

O brilho nos olhos do farmacêutico se apagou quando olhou para ela da sua mesa.

— Por que uma garota jovem como você gostaria de falar com o pai da rainha?

Mas Lynet tinha sido intimidada uma vez e se prometido não deixar que isso tornasse a acontecer.

— Não importa — ela respondeu sem tirar os olhos dos do velho. — Eu só preciso saber onde encontrá-lo.

O farmacêutico balançou a cabeça.

– Eu não sei.

– O senhor não sabe ou não quer me dizer?

Ele quase sorriu.

– Ele vem aqui com bastante frequência, mas não sei aonde vai depois que deixa minha loja. Ele é muito reservado.

Lynet lhe agradeceu por seu tempo e foi embora da loja, perguntando-se o que devia fazer agora. Antes de avançar mais que alguns passos, ela sentiu uma mão começar a se fechar em torno de seu braço.

Imediatamente, Lynet o puxou, sacou o punhal e virou para ver quem a estava interpelando. A lembrança de ser roubada na floresta ainda estava fresca em sua cabeça, e ela estava determinada a lutar dessa vez.

Um rapaz com cabelo escuro e despenteado estava olhando para ela, as mãos erguidas para mostrar que não queria lhe fazer mal. Ela o reconheceu como um dos outros clientes na loja do farmacêutico e baixou punhal.

– O que você quer? – perguntou ela.

– Eu a ouvi perguntar sobre o pai da rainha – ele respondeu com um sorriso malandro. – Eu sei onde você pode encontrá-lo.

– Então me diga – disse ela e, por um momento, não reconheceu a própria voz. Ela lhe parecia mais profunda, mais forte, sem nenhum toque de incerteza, e Lynet se perguntou se era porque não havia mais ninguém para falar por ela. Ela não podia se dar ao luxo de ser nada além de segura, agora. Talvez estivesse lentamente mudando, assim como a neve, transformando-se em outra pessoa.

O jovem a olhou de cima a baixo com uma sobrancelha apreciativa levantada.

— Achei que pudéssemos ir juntos.

Lynet o observou com mais atenção, percebendo que, apesar de sua confiança e sua altura, ele parecia ter apenas treze ou catorze anos.

— Obrigada pela oferta — disse ela, suavizando a voz. — Mas não estou procurando um guia. Você sabe mesmo onde ele mora?

O garoto deu de ombros, e sua postura relaxou depois que sua tentativa de flerte falhou.

— Às vezes ele me pede para entregar coisas. Quando faço isso, sempre as deixo nos degraus da igreja abandonada atrás da universidade.

— Obrigada — disse Lynet. — Você foi de grande ajuda. — Ela pegou algumas moedas da bolsa e as estendeu para o garoto, mas ele balançou a cabeça e recuou.

— Não é necessário — disse ele. — Só ver seu rosto bonito foi pagamento suficiente.

Lynet escondeu um sorriso quando ele passou andando, e ela deu continuidade à sua busca sozinha, mas logo começou a desejar que não tivesse dispensado a ajuda do garoto tão rápido. Lynet acompanhou as paredes da universidade até os fundos e, como prometido, encontrou uma igreja antiga e abandonada no fim de uma trilha curta e empoeirada, escondida por trás de alguns carvalhos. Mas quando caminhou até a porta, encontrou-a trancada.

Com as mãos nos quadris, ela olhou para a igreja, pensando em um jeito de fazê-la abrir mão de seus segredos. A fachada de pedra tinha manchas de água e estava coberta de musgo, e algumas das janelas mais altas estavam quebradas. Um ninho de pássaro aparecia da borda das telhas deterioradas. Lynet tinha visto pessoas entrarem e saírem de uma igreja mais nova com uma torre alta de sino do outro lado da universidade e imaginou que

Mina a tivesse financiado, considerando a ruína da igreja antiga. Mas por que então Gregory pediria ao garoto que lhe entregasse qualquer coisa ali?

Lynet puxou mais uma vez a porta com força, mas, a essa altura, o céu estava escurecendo, e a igreja estava ganhando uma aparência sinistra sob as sombras, as manchas de água fazendo as pedras parecerem estar chorando. Ela era a única pessoa naquele trecho de rua escondido e se deu conta de como estava sozinha, não apenas na igreja, mas em toda a cidade. Não havia ninguém para ajudá-la, nenhum lugar aonde ir exceto seu quarto na estalagem. Seu coração se agitou, e ela sentiu como se estivesse pendurada outra vez na janela da torre, de repente consciente da altura de onde podia cair. Dessa vez, não havia ninguém para puxá-la de volta para dentro.

Eu queria que Nadia estivesse aqui, pensou. Ela tinha tentado não se permitir pensar em Nadia antes, mas agora a saudade da amiga estava totalmente formada e implacável, forçando-a a reconhecer as sombras nas bordas de seus pensamentos, as dúvidas que ela tentara afogar com o movimento da cidade. Em algum lugar no interior de sua mente havia um vazio escuro que tinha começado a se transformar na noite em que ela deixara Primavera Branca, e Lynet se preocupou que, se chegasse muito perto dele, pudesse cair em seu interior e nunca escapasse.

Ela voltou para a estalagem, à procura de conforto na luz e nos movimentos da cidade, mas nem mesmo as luzes pareciam tão brilhantes quanto o sorriso de Nadia.

A cabeça dela repousava sobre algo duro. Ela abriu os olhos e viu apenas pedra acima dela. *Eu estou na cripta*. Assim que foi atingida pelo pensamento, ela soube que era verdade. *Devo estar morta se estou na cripta.*

Ela se sentou ereta em seu ataúde de pedra e, por toda a sua volta, os espíritos dos mortos se sentaram em seus caixões. À direita de Lynet estava a mãe, de olhos tristes e insubstancial, como se fosse feita de fumaça. A rainha morta acenou de leve para Lynet.

– Eu não lembro como morri – disse Lynet, mas as palavras, em vez disso, saíram da boca de Emilia. – Não lembro quem eu era.

Ela tentou falar outra vez.

– Onde está Mina?

– Mina está dormindo. Você se esqueceu de acordá-la.

Lynet conhecia essa voz. Ela se virou e viu Nadia à sua esquerda, sentada ao seu lado no ataúde. Seu cabelo estava solto sobre os ombros. Enfeitiçada, Lynet estendeu a mão para tocá-lo, mas Nadia balançou a cabeça com um sorriso triste.

– Os mortos não podem tocar os vivos. Você me deixou para trás.

– Eu não quis deixá-la – disse Lynet. Seu próprio cabelo estava crescendo, ficando cada vez mais longo até começar a se encaracolar em torno de seus pés como um emaranhado de cobras. Ela olhou para as serpentes. Elas estavam sibilando. – Como eu morri?

Lynet estava deitada de costas outra vez, embora não conseguisse se lembrar de fazer isso, e Nadia estava ajoelhada a seu lado, os fios de seu cabelo escuro fazendo cócegas no pescoço de Lynet.

– Você não devia ter morrido – disse Nadia. Ela se debruçou para chegar ainda mais perto, os lábios roçando a base do pescoço de Lynet. – Você nunca me contou o que queria – ela disse outra vez sobre a pele de Lynet.

Os olhos de Lynet adejaram e se fecharam. Nesse momento, ela queria *tanto*. Até seu coração estava batendo as palavras. E começou a dizê-las em voz alta:

– Eu quero...

– É tarde demais – disse Nadia com rispidez, virando a cabeça bruscamente para cima. Seu rosto se contorceu, e Lynet não sabia dizer se ela estava com raiva ou triste. – Você não vê? Tudo morreu com você.

– Não faz sentido – Lynet tentou dizer, mas estava morta, e os mortos não podiam falar. Ela tentou se levantar, mas os mortos não podiam se mover.

– Vou cortar suas mãos, agora – Nadia murmurou no cabelo torcido de Lynet. – Mas vou guardá-las caso você as queira novamente.

As pontas afiadas da serra de Nadia se apertaram contra seu pulso...

Lynet acordou com o cabelo molhado de suor e imediatamente se assegurou de que as mãos ainda estavam presas aos pulsos. O sonho retornou a ela em partes – uma mistura de prazer e medo, mas, acima de tudo, uma sensação pesada de remorso – e ela o empurrou para o fundo da mente.

Era a igreja, ela decidiu mais tarde, quando estava caminhando pela praça da cidade. A igreja velha estava botando pensamentos amedrontadores em sua cabeça, mas ela não podia se deixar assustar.

Havia músicos tocando na praça naquele dia, algumas crianças dançando junto, e o céu estava mais azul do que ela já tinha visto. Antes mesmo de perceber que tinha tomado qualquer decisão, estava sentada na beira da fonte construída em uma parede observando as pessoas que passavam pela praça.

Ela olhou livre e abertamente, segura de que nem uma única pessoa ali sabia quem ela era. Lynet estava empolgada por não conhecê-las também, tão acostumada que estava a ver os mesmos rostos em Primavera Branca. Ela só se deu conta inteiramente de como seu mundo era menor quando viu duas moças andando de mãos dadas, com os dedos entrelaçados. Uma delas parou para comprar uma flor em uma venda e a colocou no cabelo da outra garota com tanto carinho que Lynet soube que elas deviam ser namoradas. Tentou não olhar de modo perceptível demais, mas seus olhos não conseguiam deixar de voltar para elas repetidas vezes enquanto as duas seguiam seu caminho sem pressa pela praça. Ali estava algo que ela nunca tinha visto em Primavera Branca antes. Sua experiência limitada só tinha lhe dito que homens e mulheres se casavam e tinham filhos – ela nunca soube que havia uma outra opção.

E por que você está tão interessada nesse conhecimento?, sussurrou uma voz em sua cabeça. O que isso tinha a ver com ela?

As gargalhadas altas das crianças a arrancaram de seu emaranhado confuso de pensamentos, e ela se permitiu a distração, observando as crianças dançarem e brincarem.

Seus pés sapateavam no chão ao ritmo da música. Ela nunca tinha dançado assim quando era criança, de olhos fechados, girando até ficar tonta. Seu pai sempre se preocupava que ela caísse ou se cansasse, de modo que ele a pegava no colo e lhe dizia que ela poderia dançar o quanto quisesse quando fosse um pouco mais velha. Mas as danças controladas dos adultos nunca poderiam compensar o abandono rodopiante da infância que ela tinha perdido. E, por fim, Lynet se permitiu admitir que parte dela estava feliz porque, na véspera, a igreja estava fechada. Ela queria muito ajudar Mina, mas quanto mais rápido encontrasse Gregory, mais rápido teria de perder o anonimato e voltar para sua antiga pele. A pele de sua mãe.

Uma das garotinhas virou com tanta violência que quase colidiu com a fonte antes que Lynet a segurasse.

– Cuidado – disse ela, mas o riso da criança afogou seu alerta.

– Meu amigo acha você bonita – a garotinha comentou, empurrando o cabelo castanho-claro da testa com o pulso. Ela apontou para um garoto de sua idade, provavelmente com seis ou sete anos, que olhava com firmeza para os pés, o rosto um pouco vermelho. – Você devia dançar com ele.

– Oh, eu não posso... – Começou a dizer Lynet, mas então se perguntou: Por que não? Em que outra situação ela teria uma desculpa em sua idade para dançar de novo como criança? – Na verdade, eu vou, sim – disse Lynet, e deixou que a garota a levasse pela mão até as outras crianças.

O menino estava ainda mais vermelho, então Lynet pegou suas mãos e disse:

– Você me ensina a dançar? Eu nunca tive permissão quando era criança.

Ele fez que sim, e logo eles estavam girando juntos em círculo, as mãos unidas. Todas as outras crianças queriam sua vez, e Lynet dançou com todas elas, uma por uma. Ela logo ficou sem fôlego, e o calor do sol a exauriu, mas por algum tempo, pelo menos, ela esqueceu que já tinha sido qualquer outra pessoa.

Então, enquanto estava no meio de um giro, ela recebeu um lembrete vívido.

Caminhando pela praça naquele exato momento estava Nadia.

A trança escura às suas costas, as linhas marcantes de seu rosto – Lynet quase tropeçou nos pés ao deixar a dança, de tão certa de ter visto Nadia. Mas então olhou com mais atenção e não reconheceu ninguém na multidão. Será que sua mente estava lhe pregando uma peça ao mostrar o que ela queria ver? Aquele sonho na noite anterior...

Mas se ela a *tivesse* visto, o que Nadia estaria fazendo ali? A única maneira de deixar o leito do rei era se... se o rei não precisasse mais de cirurgiã, de um jeito ou de outro. De repente, todos os seus velhos medos recaíram sobre ela outra vez, enrolando-se em torno de si como espirais invisíveis.

Lynet deixou as crianças para trás para seguir aquela aparição na direção do mercado, à procura de uma cabeça negra em meio a um patchwork de cores, mas Nadia – se fosse realmente ela – havia desaparecido.

Ela ainda estava caminhando pelo mercado, olhando de um rosto para outro, quando um sino grande soou. No primeiro momento, Lynet levou um susto, mas então se lembrou da torre do sino que fazia parte da igreja nova. As pessoas estavam começando a seguir nessa direção, e Lynet se juntou a elas, curiosa. Quando chegou ao pátio da igreja, ouviu o som de vivas e viu as mesmas crianças dançando em frente aos portões.

Lynet se aproximou do primeiro garoto com quem havia dançado e se ajoelhou para chamá-lo para si.

– O que aconteceu? – ela lhe perguntou. – Por que está todo mundo vibrando? Por que o sino tocou?

Ele deu um sorriso luminoso.

– Houve uma mensagem de Primavera Branca – disse ele. – O rei e a princesa estão mortos, mas a rainha Mina ainda está no trono.

– Viva a rainha sulista! – exclamou uma voz de adulto.

– Viva a rainha sulista! – respondeu a multidão.

O menino então saiu correndo, deixando Lynet ainda de joelhos.

A notícia que se espalhava rapidamente pela cidade era que o rei tinha se ferido gravemente em um acidente de caça, e a princesa, em sua tristeza por sua morte iminente, se jogara de uma torre. Ao saber da morte da filha, o rei tinha morrido imediatamente.

Havia três partes na história – uma Lynet sabia ser verdade, e uma ela sabia ser mentira, mas a terceira... ela não tinha como saber sobre a terceira.

É minha culpa, pensou Lynet enquanto caminhava sem direção pela cidade. Ela mal estava consciente de estar se movendo. *Ele morreu por minha causa – por todas as coisas que eu disse a ele, porque eu fugi*. Ela, de repente, sentiu uma onda nauseante de culpa por ter cortado o cabelo.

Lynet se enfiou em um beco e se dobrou ao meio, querendo vomitar mesmo que não tivesse comido nada. Quando o estômago se aliviou, ela se encolheu contra a parede e apoiou a testa sobre os joelhos enquanto todo seu corpo tremia com lágrimas. Era tolice chorar agora, disse ela a si mesma. Ela sabia que o pai ia morrer – foi por isso que tinha querido partir de início. Mas agora ela se perguntava... se não tivesse decidido fugir, se não tivesse ido à capela para procurar Mina, e se tivesse se sentado ao lado do leito dele como uma boa filha, será que estaria vivo? Será que ela deveria ter tido mais fé que ele sobreviveria à noite? E se ele tivesse vivido, será que ela e Mina teriam se tornado inimigas?

Mina. Os rumores eram que ela tinha mantido o trono para impedir uma guerra pela sucessão. Agora Lynet nunca poderia voltar, não a menos que quisesse lutar contra Mina pela coroa. Não que ela quisesse voltar – ela queria *esquecer*.

Mas, quando se levantou sobre pernas bambas e deixou o beco, ela se perguntou se isso seria possível. Não adiantava fingir mais que ela era outra pessoa, não quando a morte de seu pai a tinha feito lembrar de maneira tão brusca quem era. Ela provavelmente era a única pessoa na cidade que tinha chorado pelo rei, e essa tristeza a definia mais claramente do que seu cabelo curto ou seu vestido novo. Ela não podia esquecer que o rei era seu pai, ou que ela o havia amado.

Mesmo agora, enquanto continuava a caminhar pela cidade, ela via sinais de Mina por toda parte, mais lembretes da vida que tinha tentado deixar para trás. A ponte que ela atravessara com a carroça naquela primeira noite tinha sido reconstruída por Mina. Ela passou por um grupo de trabalhadores que estavam cavando uma estrada nova, sob ordens da rainha, de modo que a estrada principal para o Norte ficasse menos cheia. E sempre a distância, acima dos morros, Lynet podia ver o brilho dourado do que só podia ser o castelo de verão. Fazia muito tempo que Mina tinha se mudado para Primavera Branca, e ainda assim Lynet não parava de encontrar todos esses pedaços dela que tinham ficado para trás. *O que eu deixei para trás?*, perguntava-se ela agora. Que pedaços de si mesma ainda estavam em Primavera Branca?

O som de uma criança rindo interrompeu seus pensamentos, e ela levantou os olhos e viu uma garotinha de cinco ou seis anos sentada no colo da mãe na beira da fonte na praça. A mãe estava trançando o farto cabelo castanho da menina, Lynet sentiu uma pontada de dor repentina no peito, e sua mão tentou pegar cachos que não estavam mais ali abaixo de seus ombros. *Devíamos ser nós*, pensou ela. *Mina devia estar aqui comigo.* Se elas tivessem se conhecido de qualquer outra maneira, se o pai de Lynet não fosse um rei, ou se Mina e Lynet tivessem sido feitas apenas de carne, sem vidro nem neve nos corações, será que estariam juntas, agora?

Ela se afastou da fonte com um novo propósito. Ela tinha adiado esse momento por bastante tempo, se escondendo e tentando esquecer os laços que ainda puxavam seu coração. Ela tinha ficado aliviada ao se sentir sozinha e livre de controles antes, mas agora se sentia caindo naquele espaço negro e vazio que não parava de ameaçar engoli-la por inteiro. E, ainda assim, só havia um jeito de sair do vazio: Mina. Mina era sua única família agora, e Lynet não podia desistir da madrasta até que soubesse não haver maneira de curá-la.

Nada mais de distrações. Nada mais de perseguir fantasmas ou arrastar os pés. À noite, sob a cobertura da escuridão, ela entraria naquela igreja. À noite, ela se transformaria em Lynet outra vez.

24

MINA

Os funerais tinham acabado. Os corpos tanto do rei Nicholas quanto da princesa Lynet tinham sido depositados na cripta real ao lado da falecida rainha Emilia, os três finalmente reunidos. Mina baixou a cabeça com o resto da corte enquanto todos ofereciam preces para a rainha Sybil no Jardim das Sombras, e os caixões eram levados para o interior da cripta.

Se as pessoas de Primavera Branca a achassem fria ou insensível, ela não se importava. Mina sabia que se desmoronasse, elas nunca conseguiriam acreditar que ela seria capaz de governar como rainha, nunca confiariam que ela seria estoica diante de dificuldades. E ela sabia também que, se cedesse à culpa e à tristeza, se deixasse que elas retorcessem seu rosto em algo tão feio quanto seu coração, aquela imagem duraria para sempre, muito mais que sua beleza.

E assim, embora fosse solene, ela estava sempre composta, e tentava se distrair da visão do caixão de Lynet – tão pequeno e confinado para uma garota que amava estar sob céu aberto – projetando o castelo de verão em sua cabeça. Ela tinha perdido o marido e a enteada, mas ainda tinha seus planos para o Sul.

Seu primeiro ato como rainha foi retomar a construção do castelo de verão. Ela sabia por que Nicholas queria que ela desistisse do projeto – mesmo nessa época, ele devia estar planejando entregar o Sul para Lynet. Por isso, soube que as duas mortes eram a única forma de dar continuidade a ele agora. Mas esses pensamentos a incomodavam quando mergulhava neles muito profundamente, portanto, sempre que surgiam, ela se dedicava ainda mais a terminar o castelo. Quando não estava presente em reuniões do conselho, estava debruçada sobre plantas da construção levadas para sua aprovação, supervisionando cada passo.

Mina queria acreditar que a atitude da corte em relação a ela mudaria. Eles agora a tinham *escolhido*, afinal de contas, a tinham escolhido como sua rainha, em vez de ter de aceitá-la só porque o rei tinha se casado com ela. E Mina estava preparada para fazer um esforço também. Ela se continha nas sessões do conselho e deixava Xenia liderar, sabendo que se fosse agressiva demais no começo, todos ficariam ressentidos com ela por isso. Então, a cada dia que se passava, ela aos poucos se transformava em nada mais que uma figura decorativa. Mina ainda detinha o controle completo do Sul, mas o conselho tomava suas decisões sobre como administrar Primavera Branca ou como mediar descontentamentos entre seus residentes, e Mina não dizia nada. A única vez que tentou discordar de alguma questão sem importância, Xenia a fez lembrar com delicadeza que o conselho a pusera no trono.

Ela só conseguia pensar em um meio de trazer o Norte para seu lado, um ato que iria distinguir seu reinado além de todos os outros. Se conseguisse acabar com a maldição de Sybil, então eles sem dúvida a amariam por isso.

— Eu quero remover a estátua de Sybil — ela anunciou ao conselho no dia seguinte. Ela tinha sugerido a Nicholas uma vez que a resposta para acabar com a maldição podia ter a ver com a estátua junto do lago, e mesmo agora ela achava que devia haver alguma verdade nisso. Afinal de contas, ninguém sabia nem quando a estátua tinha sido construída — ela aparentemente tinha surgido sozinha algum tempo depois da morte de Sybil.

Assim que enunciou as palavras, todo o conselho começou a falar.

— Seria o mesmo que demolir Primavera Branca — Xenia respondeu, olhando para ela com uma mistura de ultraje e incredulidade.

Mina esperou com os braços cruzados sobre a mesa até que todos se aquietassem e então disse:

— Eu sei que nem sempre entendo suas tradições nortistas, mas, nesse caso, isso pode ser uma virtude. Ao longo dos anos em que morei em Primavera Branca, eu me perguntei se a maldição de Sybil estava de algum modo conectada com sua estátua. Se nós a derrubarmos, e diminuirmos seu poder sobre Primavera Branca, talvez a maldição perca seu poder também. — Ela se virou para Xenia com um sorriso inocente, do tipo que costumava usar com Nicholas. — Mas, claro, eu queria a aprovação de minha principal conselheira sobre o assunto. — *Assim como do resto do conselho*, pensou ela. Ela só precisava convencer Xenia, e os outros a seguiriam sem protestar. — Seria um triunfo para este conselho se encontrássemos um meio de acabar com a maldição.

Xenia deliberou em silêncio enquanto olhava fixamente pela

janela na direção da estátua. Mina tinha certeza de que ela ia concordar – se derrubar a estátua *acabasse* com a maldição, então Xenia dividiria a glória, e, se a tentativa falhasse, ela podia simplesmente botar a culpa do fracasso em Mina.

– Acho que a ideia tem mérito – disse Xenia em voz baixa. – A estátua é um lembrete da tristeza de Sybil, assim como a maldição. Talvez uma não exista sem a outra.

Uma a uma, todas as outras Pombas concordaram, e Mina agradeceu por sua cooperação. A estátua seria retirada, e então pelo menos uma sombra soturna desapareceria de Primavera Branca.

Mina ordenou aos guardas que removessem a estátua alguns dias depois. Ela olhou para o jardim de sua janela enquanto eles lascavam a base da estátua e jogavam uma corda em volta do pescoço da rainha Sybil. A informação se espalhou de que a remoção da estátua poderia acabar com a maldição, por isso uma multidão estava reunida no jardim, esperando pelos primeiros sinais de primavera.

Quando as últimas partes da estátua foram jogadas no lago, nada mudou, exceto que havia agora um quadrado de solo vazio que logo seria coberto de neve. *Talvez não*, disse Mina a si mesma. Talvez a mudança fosse gradual, a neve derretendo um pouco de cada vez.

Mas a neve caiu pesada na semana seguinte, e logo Mina teve de admitir que tinha fracassado. Quando tentou se dirigir ao conselho outra vez, Xenia lhe disse com frieza que no momento eles não precisavam de uma perspectiva sulista sobre questões do Norte. O rosto de Mina queimou de vergonha, e ela não falou pelo resto da reunião, retirando-se outra vez para os pensamentos sobre o castelo de verão.

Que as Pombas fiquem com Primavera Branca, pensou ela. Ela teria algo melhor no final.

*

Tarde naquela noite, ela se viu na sala do trono. Mina não conseguia se lembrar da decisão de ir até ali, mas lá estava ela, como uma sonâmbula que tivesse acordado apenas agora, surpresa por estar olhando para os mosaicos de vidro nas paredes. Felix a seguira, como seu guarda pessoal, mas não dissera nada enquanto a acompanhava, carregando um candelabro que iluminava a sala ampla e escura.

Ela tinha chegado a esse momento do mesmo jeito, um passo de cada vez, sem saber aonde estava indo, onde o caminho a estava levando, até que de repente estava ali, tremendo e sozinha, com o marido e a enteada mortos, governando sobre uma corte de pessoas que mal a toleravam. Ela se lembrou de sua primeira noite no banquete, uma garota sonhando ser rainha, porque então seria amada. Se ela pudesse se casar com o rei, Mina tinha pensado, se pudesse se sentar no trono, então teria tudo o que quisesse... E o que vinha em seguida? Que mentira ela contaria a si mesma agora para acreditar que ainda estava a apenas um passo do amor que tanto desejava?

Mas não, se ela cedesse ao arrependimento agora, então Lynet a teria odiado – Lynet teria *morrido* – por absolutamente nada. Ela ainda tinha o Sul, não tinha? As pessoas lá eram felizes porque ela era sua rainha.

Então, enquanto olhava fixamente para os dois tronos no fundo da sala, ela teve a ideia – assim que o castelo de verão estivesse finalizado o bastante para se tornar habitável, ela podia receber a corte lá, em meio a pessoas que a amavam e protegeriam seu direito ao trono. Ela tinha considerado a ideia de mover a corte para o Sul antes, mas não seriamente, sabendo que Nicholas jamais teria concordado com isso. Mas agora Nicholas estava morto...

Talvez por isso ela tivesse ido até ali essa noite – para lembrar pelo que ainda estava lutando.

Na luz hesitante das velas, os mosaicos de vidro das quatro estações cintilaram.

– Afaste-se das paredes – ela disse para Felix. Então Mina estendeu as mãos, sentindo cada pedaço de vidro como se estivesse engastado em sua pele, se concentrou e *puxou*.

Todas as lajotas de vidro caíram no chão e reluziram sob a luz. Mina se concentrou outra vez, e havia vidro suficiente ao seu redor para que ela sentisse apenas o mais leve tremor no peito quando cada pedaço do mosaico se transformou em um homem ou mulher adulto vestindo as roupas ricamente feitas de um nobre. *Uma corte de vidro*, pensou ela.

Os membros da nova corte de Mina caíram todos de joelhos, em reverência a ela, com a cabeça baixa. No centro da sala do trono, cercada e protegida por suas próprias criações, Mina se sentiu algo próximo de segura e amada, estendeu o braço e pegou a mão de Felix, porque de todos ele era o mais próximo de um humano. O caçador pegou a mão dela, abaixou-se também sobre um joelho e apertou-a contra a testa.

Eu devia ter feito isso antes, ela pensou, mas tinha tido medo demais para usar seu poder tão livremente, medo de alguém descobrir sobre seu coração.

Mas não importava mais. Mina nem teria de esperar até que o castelo de verão estivesse pronto. Ela podia substituir todos os seus inimigos por amigos agora. Podia até mesmo criar uma família para si mesma, se quisesse, um pai amoroso e uma mãe leal, um marido dedicado, um filho...

Mina engasgou de leve e levou a mão à boca. Se decidisse, podia pegar um daqueles pedaços de vidro e transformá-lo em uma cópia perfeita da Lynet anterior ao dia do acidente, antes de Mina destruir tudo entre elas, uma garota que nunca cresceria.

Uma boneca, pensou Mina. *Tudo o que Lynet não queria ser.*

Que insulto terrível seria para a memória de Lynet transformá-la exatamente na coisa que ela sempre temera – uma casca, um corpo sem vida nem vontade própria, uma réplica de alguém morto.

Quantas vezes Lynet a procurara com medo, às vezes não dito, mas sempre escondido por trás de cada palavra, de cada pergunta inocente que fazia? E quantas vezes Mina insistira para que ela deixasse a memória da mãe para trás? Mina achava na época que estava dando a Lynet o conselho certo ao encorajá-la a escolher a própria identidade, mas, agora que Lynet estava morta, Mina podia ser mais honesta consigo mesma. Era fácil conduzir Lynet no caminho contrário da mãe quando esse mesmo caminho também levava para longe do trono, para longe da coroa de Mina.

Olhando para seus novos súditos leais, para seu trono no fundo da sala, Mina sentiu um calafrio de repulsa – de si mesma, da vida que roubara de Lynet porque tinha medo de não ser mais nada se não fosse mais uma rainha.

Assim que permitiu que o pensamento tomasse forma em sua cabeça, a corte de vidro se congelou e estilhaçou, e vidro cobriu o piso de mármore à sua volta. Ela pensou por um momento que tivesse se estilhaçado com eles, mas foi apenas sua resolução que oscilou. Talvez fosse mais fácil viver na fantasia que tinha criado, um mundo de vidro que refletia as únicas partes de si mesma que ela podia admirar.

Mas cada pedaço de vidro no chão era outra mentira para distraí-la da memória de Lynet, e por isso ela os devolveu às paredes, recompondo a imagem das estações que o Norte perdera muito tempo atrás.

Mina voltou para seus aposentos, com vontade de ficar sozinha, e olhou para si mesma no espelho. Os cabelos grisalhos em torno das têmporas tinham crescido de novo, e ela instintivamente os arrancou, sem piscar com a dor, porque já tinha realizado esse ritual muitas vezes.

Uma ruga de preocupação na testa. Olheiras escuras. As falhas em seu rosto estavam começando a aparecer. *Se eles a amarem por alguma coisa, vai ser por sua beleza*, ela disse em silêncio, observando os lábios formarem as palavras.

Ela levou os dedos ao vidro, e a superfície fria se aqueceu com seu toque.

Mina olhou para as próprias mãos. Elas estavam ficando magras; seus dedos, ossudos, e ela podia acompanhar com um dedo as veias protuberantes que percorriam seus pulsos. Mais uma vez ela se moveu como uma sonâmbula. Foi até a mesa de cabeceira, pegou a pulseira de prata que ainda estava ali e a colocou no pulso como um lembrete, como um castigo. Desde que deixara a pulseira ao lado da cama, Mina tinha desenvolvido um medo mórbido dela, encolhendo-se cada vez que a via de canto do olho. Mas ela a mantivera ali teimosamente mesmo assim, porque se recusava a se sentir culpada ou temerosa.

Ela também não estava com medo agora. Havia uma espécie estranha de calma, um alívio inexplicável por finalmente dizer as palavras para si mesma, repetidas vezes. *Você a expulsou. Você a matou. Você roubou seu trono. Você roubou sua vida. Ela está morta por sua culpa.* Quanto mais abomináveis os pensamentos, mais alívio ela sentia, até finalmente ser levada a se ajoelhar e dar voz a todas as verdades que mais temia.

Felix a encontrou desse jeito de manhã, dobrada e apertando os pulsos junto ao peito, ainda murmurando palavras baixo demais para qualquer um ouvir além dela mesma.

25

LYNET

A subida curta até as janelas do segundo andar da igreja devia ter sido fácil, mas Lynet ainda estava lidando com a desorientação que se abatera sobre ela desde que deixara o Norte. Seus braços ficavam cansados rápido, e ela precisou parar várias vezes, agarrada às bordas da construção, até sua cabeça parar de girar.

Mas conseguiu chegar a uma das janelas quebradas e entrou por ela, com cuidado para não se cortar no vidro. A sala era escura, com lençóis empoeirados jogados sobre os móveis. Ela espiou por baixo de um desses lençóis e encontrou um altar de pedra inacabado, muito parecido com o da capela de Primavera Branca.

Ela deixou a sala e se viu no fim de um patamar longo e estreito iluminado por um raio de luar vindo de uma janela localizada no telhado inclinado. Ao lado dela havia uma escadaria em caracol que descia, e do outro lado havia mais salas escuras. Lynet tentou ser o mais silenciosa possível enquanto atravessava o patamar, mas a madeira rangeu sob seus pés.

Ela ia pegar a maçaneta da primeira porta quando sentiu uma lâmina se apertar contra a parte de baixo de suas costas. Lynet ficou paralisada, e sua mão se retorceu para pegar o punhal em sua cintura.

– Você está invadindo – disse o dono da faca em suas costas, e Lynet deixou as mãos caírem ao lado do corpo, aliviada. Era a voz de Gregory.

– Me deixe virar e vai saber por quê – disse ela.

Mas ela nem precisou virar antes de ouvir Gregory suspirar profundamente.

– Vire-se – ele disse, e a lâmina em suas costas desapareceu.

Lynet se virou em sua direção, perguntando-se se ele conseguiria reconhecê-la com tão pouca luz. Ela só podia ver o contorno de sua silhueta e a forma da lâmina em suas mãos.

– Lynet? – ele perguntou em voz baixa e foi até a luz do luar para ver seu rosto. Os olhos do mago brilhavam sob sobrancelhas brancas enquanto ele olhava para a garota que deveria estar morta. Gregory estava mais magro do que ela se lembrava, o cabelo mais grisalho. Se Mina fosse uma chama, pensou Lynet, então Gregory se assemelhava à fumaça que subia depois que a chama se apagava.

– O senhor me disse uma vez que, se um dia eu precisasse de ajuda, devia procurá-lo – disse Lynet.

Ele assentiu.

– Eu me lembro. E estava falando sério. Mas como... – Ele começou a estender a mão na direção do rosto dela, os dedos magros e esqueléticos. Lynet quase se encolheu, mas conseguiu se conter. Ele balançou a cabeça e segurou o pulso dela, com uma força surpreendente, seus dedos longos circundando completamente o pulso.

— Tem mais luz lá embaixo – disse ele. – Mas me conte como você chegou aqui.

Ele a conduziu de volta pela plataforma até a escada em caracol sem jamais soltar seu pulso. Lynet quis recolher a mão, mas Gregory parecia tão frágil que ela teve medo de machucá-lo por acidente. Os dois seguiram ao passo lento dele, e Lynet contou sua história de maneira seletiva durante a descida, deixando certos detalhes de fora – ela não tinha o direito de contar todos os segredos de Mina. Quando mencionou forjar a própria morte usando a neve, ele parou de repente, e Lynet quase tropeçou no degrau.

Gregory a encarava do alto com olhos arregalados.

— Você é ainda mais milagrosa do que eu imaginava – disse ele com a voz reverente. – Há muito tempo eu queria que você soubesse a verdade, mas seu pai e Mina não permitiam. Sempre esperei que, um dia, você descobrisse sozinha e viesse até mim de livre e espontânea vontade... – Ele sorriu, e a pele se esticou sobre o osso. – E agora você veio.

— Há outros como... como eu? Feitos de sangue?

O sorriso dele se azedou, e Gregory começou a descer a escada outra vez.

— Não, não há outros como você – ele respondeu. E fez uma pausa, com a voz tensa ao perguntar: – Você já viu Mina exercer o mesmo poder que você tem? Poder sobre vidro?

Lynet engoliu em seco. Se Mina tinha mantido seu poder em segredo de Gregory por todos esses anos, então que direito tinha ela de falar sobre isso, agora? Pensar em Gregory sabendo desse segredo sobre sua madrasta, quando Mina não o tinha contado nem a Lynet, trouxe um gosto amargo a sua boca.

— Não – disse ela com voz forte e clara. – Acho que não.

Gregory assentiu com a cabeça.

– É o sangue. É algo que apenas nós compartilhamos. – Eles chegaram ao pé da escada, mas Gregory ainda não tinha soltado sua mão, apertando-a e olhando-a nos olhos com uma intensidade quase febril. – De certas maneiras, Lynet – disse ele –, *você* é minha verdadeira filha.

Lynet engoliu em seco e se perguntou como Mina teria se sentido ao ouvi-lo fazer essa proclamação. Ela permaneceu em silêncio enquanto o mago a conduzia até o piso principal da igreja.

À luz mortiça de velas, Lynet viu os restos da igreja transformados em uma sala improvisada. A fileira de altares que normalmente ficaria na frente do salão estava agora toda unida no centro para formar uma mesa, com metades serradas de bancos servindo como cadeiras. Ao longo das paredes, bloqueando as janelas, havia estantes de livros. Mais pilhas de livros cobriam a mesa e todas as cadeiras, menos uma.

– O senhor vive aqui? – Lynet perguntou, deixando de fora o "por quê" enquanto avançava mais por ali.

Gregory moveu os livros das cadeiras para o chão.

– Tudo o que quero é um lugar sossegado para fazer meu trabalho sem ser perturbado, sem pessoas constantemente implorando minha ajuda. Ou elas querem que eu lhes faça algum favor como mago, ou então querem que eu peça alguma coisa a Mina, como pai da rainha. – Ele balançou a cabeça em sinal de reprovação. – Escolhi viver perto da universidade de modo a pode me manter na vanguarda do progresso e do aprendizado – disse ele, gesticulando para os livros ao seu redor. – Não para transmitir mensagens para minha filha. – Ele acendeu mais velas, então se virou para Lynet e disse: – Mas foi por isso que você veio, não foi? Você quer me fazer perguntas sobre Mina. Quer saber como derrotá-la.

Lynet engoliu em seco, reunindo a coragem para fazer a pergunta que ela queria fazer desde o princípio.

– Na verdade... eu quero saber se ela pode ser curada.

Ele levantou uma sobrancelha, surpreso.

– Curada?

– Ela diz que não pode amar nem ser amada, mas talvez só pense que isso é verdade porque seu coração é de vidro. Se houvesse algum jeito de tornar seu coração real, então talvez... – *Talvez ela se lembrasse do quanto nós nos amávamos.*

Gregory soltou uma vela e foi até ela, a testa franzida em contemplação. Ela pareceu tê-lo surpreendido com a pergunta, ou talvez ele nunca tivesse considerado essa possibilidade antes.

– Eu não sei – disse ele. – Mas talvez, se trabalharmos juntos, possamos encontrar uma resposta.

Ela sorriu aliviada.

– Foi por isso que vim procurá-lo. O senhor sabe mais sobre Mina, sobre mim, do que qualquer outra pessoa. Quero ajudá-la de toda maneira possível.

Ele juntou a ponta dos dedos das mãos e os apertou sobre os lábios finos.

– Acho... sim, acho que se pudesse retirar uma amostra de seu sangue, Lynet, eu poderia descobrir mais.

Sem pensar, Lynet cruzou os braços.

– O que meu sangue poderia lhe dizer?

A luz de velas tremeluziu sobre o rosto imóvel de Gregory.

– Sangue é a fonte de nossa magia, Lynet. Se eu quero saber mais sobre nossa magia e suas capacidades, então eu primeiro preciso estudar nosso sangue. Eu poderia usar o meu próprio, é claro, mas eu... não sou tão forte quanto costumava ser.

– Não, é claro que não – disse ela rapidamente. – O senhor pode usar meu sangue.

Os lábios dele se curvaram em um sorriso.

– Obrigado, Lynet. Vamos fazer isso agora, o que acha?

Ele se dirigiu para os fundos da sala e desapareceu atrás de uma estante de livros, mas então Lynet ouviu uma porta se fechando. Ela o seguiu e encontrou uma portinha no canto atrás da estante. Em alguns momentos, a porta tornou a se abrir, e Gregory reapareceu e a fechou deliberadamente.

– Meu laboratório – disse ele à guisa de explicação. O mago tinha uma faca fina em uma das mãos e um frasco de vidro na outra. – Preciso lhe pedir para não entrar ali sozinha, Lynet, sob nenhuma circunstância. Não é seguro, a menos que você esteja comigo.

– Oh, mas...

– Agora apenas sente-se aqui – ele indicou, conduzindo-a para uma cadeira e se ajoelhando ao seu lado.

Não havia nada a temer, Lynet disse a si mesma enquanto estendia o braço para Gregory. Ela nunca desviava os olhos quando observava Nadia, e não desvirou os olhos quando Gregory fez uma incisão fina em seu braço, e seu sangue irrompeu na superfície. Ele se concentrou muito no sangue, retirando-o de sua veia para o frasco.

Seu sangue em troca de ajudar Mina. No fim das contas, era um preço pequeno a pagar.

Ela achou ter visto Nadia de novo no dia seguinte.

Ela estava atravessando o pátio da universidade a caminho da igreja antiga quando viu de relance uma trança negra de canto do olho. Mas, quando se virou para olhar, não encontrou ninguém parecida com Nadia no pátio.

Lynet ainda estava abalada pela própria decepção quando entrou na igreja. Sua cabeça estava cheia de fantasmas. Quando acordou de manhã, houve um momento em que esqueceu que o pai estava morto. Então foi tomada pelas memórias, e foi como receber a notícia novamente pela primeira vez, um sino ecoando em sua cabeça.

Gregory tinha lhe dito que podia examinar seus livros enquanto ele trabalhava no laboratório, e embora ela tivesse a sensação de que o homem estava tentando agradá-la, ela observou as estantes à procura de algo que pudesse lhe indicar como ajudar Mina. Mas mesmo quando começou a retirar livros das prateleiras, Lynet se perguntou se estava apenas se iludindo ao achar que podia encontrar os segredos para o coração da madrasta ali. Gregory tinha feito aquele coração – se ele não sabia como curá-lo, então como Lynet poderia fazer isso?

Com uma pilha de livros equilibrada em um braço, Lynet estendeu a mão para pegar um volume grosso e vermelho em uma prateleira mais alta, só para sentir a pilha inteira escorregar por trás de seu cotovelo e aterrissar ruidosamente a seus pés. Com um suspiro, ela se abaixou para recolher os livros, na esperança que nenhum deles tivesse se danificado na queda. Enquanto Lynet recuperava um livro que estava aberto no chão, uma folha de papel dobrada caiu do meio das páginas. O papel estava amarelado nas bordas, mas ainda estava rígido, o que significava que provavelmente tinha sido guardado e esquecido.

Com os dois joelhos no chão, Lynet desdobrou o papel, e seus olhos foram imediatamente para os dois nomes escritos ali, um no alto da página – *Mina* – e o outro no pé – *Dorothea*. Era uma carta da mãe para Mina. Mas será que Mina a tinha visto alguma vez? Será que ela mesma a tinha deixado ali?

Minha querida Mina, começava. *Não posso partir sem me despedir.*

Lynet disse a si mesma que não devia continuar a ler, mas não conseguiu tirar os olhos da folha, e quando chegou às palavras finais, ficou feliz por não ter parado. Muito tempo atrás, Mina contara a Lynet que sua mãe, Dorothea, estava morta. Quando Lynet começou a ler a carta, achou que fosse o último adeus de uma mãe para sua filha antes de morrer. A carta *era* uma despedida, mas não de uma mãe moribunda. Lynet a leu outra vez para ter certeza de não estar enganada, mas não havia dúvida que Dorothea não estava morrendo, mas partindo.

E, segundo essa carta, ela tinha partido por estar com medo de Gregory.

Lynet sentiu um embrulho no estômago ao se lembrar de Gregory lhe contando que ela era sua verdadeira filha. E sentiu uma pontada de solidariedade pela garota que tinha se tornado sua madrasta, vivendo sozinha com um homem que a via como um experimento fracassado, uma nódoa nas próprias habilidades. Ela não valia nada para ele, e Lynet entendeu que Mina devia ter sentido isso todos os dias de sua vida.

Se eu tivesse um pai como o seu ao crescer, talvez também não me importasse em ser rainha.

Mina tinha dito a Lynet que ninguém jamais poderia amá-la, mas a mãe de Mina a tinha amado – a prova estava ali, em três palavras escritas no pé da página. Lynet se perguntou se Gregory sabia da carta de Dorothea, se ele tinha mentido para Mina sobre a morte de sua mãe. Olhando com cautela na direção do laboratório, Lynet enfiou a carta na parte da frente do vestido.

Ela começou a se levantar do chão quando uma pontada de dor em seu peito a forçou a se ajoelhar de novo. Seu coração estava disparado, uma ave frenética tentando escapar de seus confinamentos restritos, e quando tentou se mover, o entorno se misturou, e sua cabeça começou a latejar. Ela tentou respirar fundo, mas a respiração soava mais como soluços. Será que era porque estava longe da neve por tempo demais? Será que ela tinha se permitido ficar fraca demais?

Tentando pensar com clareza, Lynet esvaziou parte da bolsa na mão e deixou que as moedas se transformassem em neve outra vez. Ela quase chorou na pilha de neve, tamanho o alívio que foi para sua pele febril. Pelos poucos minutos antes que a neve derretesse entre seus dedos, o mundo parou de girar, e Lynet começou a respirar melhor. A dor diminuiu, mas seu coração ainda estava acelerado, e ela se sentiu completamente drenada, exangue...

Exangue. Lynet pensou no sangue que dera a Gregory na noite passada. Seria por isso que estava tão fraca hoje? Será que a perda de sangue a exaurira além de seus limites, ou os experimentos de Gregory a estavam afetando, puxando algum fio invisível entre seu sangue e seu coração?

Lynet se levantou cambaleante e guardou a bolsa. Ela precisava deter Gregory antes que ele fizesse mais testes. Ele não devia saber... Mas, na verdade, aquela carta de Dorothea provava que Gregory sabia mais do que revelava.

Não havia tranca na porta, por isso Lynet adentrou no laboratório sem avisar, sem dar a Gregory a chance de negar sua entrada.

O laboratório era maior do que ela esperava, uma sala redonda com uma janela alta que deixava entrar o sol dourado do Sul. O local lembrou Lynet da sala de trabalho de Nadia – a mesma variedade de potes nas prateleiras, a mesma mesa comprida, embora essa estivesse coberta de aparatos de vidro que ela nunca havia visto antes.

E, ainda assim, essa sala era tão diferente da de Nadia quanto Nadia era de Gregory. Era a diferença entre a escuridão natural da noite e a escuridão bolorenta da cripta.

Gregory estava debruçado sobre a extremidade oposta da mesa, mas levantou os olhos, surpreso, quando ouviu a porta.

– Se você queria entrar, Lynet, só precisava bater – disse ele.

– O que está fazendo com meu sangue? – ela perguntou.

– Exatamente o que lhe disse. E estou muito satisfeito com os resultados. Venha – ele chamou com um aceno ávido da mão. – Deixe-me lhe mostrar o que você pode fazer.

Lynet atravessou a sala, passando por prateleiras cheias de potes com conteúdo desconhecido, incluindo uma forma amarronzada e murcha que a fez estremecer violentamente por algum motivo. Na outra ponta da mesa estava o frasco agora vazio que guardara seu sangue. Ela olhou para a mesa, tentando entender a relação entre os itens da estranha coleção reunida ali. Junto do frasco havia pilhas pequenas de areia, assim como dois recipientes de vidro abertos. Em um dos recipientes havia outra pilha de areia, mas no segundo havia um pequeno camundongo do campo, as patinhas diminutas tentando escalar a parede do frasco.

– Está vendo? – Gregory perguntou, segurando a parte de cima do braço para puxá-la para mais perto. – O camundongo é seu, feito de sangue e areia, do *seu* sangue. Você só pode trabalhar com neve, mas com seu sangue, eu posso dar forma a qualquer coisa. E o camundongo tem batimentos cardíacos, o que significa que está realmente vivo, Lynet.

Lynet encostou a ponta do dedo no recipiente e observou o camundongo tentar tocá-la com as patas pelo vidro. Ela ouviu a excitação na voz de Gregory, mas tudo o que sentiu foi o vazio.

– Quando você usou meu sangue para fazer isso, quase me matou – ela disse com voz tensa. E olhou para Gregory. – Você sabia que isso aconteceria?

Gregory bufou.

– Ah, você está exagerando. É desorientador, no princípio, mas essa fraqueza inicial vai passar. Criar *você* quase me matou, é claro, mas humanos são complexos, e eu tinha um número de experimentos fracassados antes de conseguir criá-la corretamente. Sem falar que eu era muito mais velho que você na época. Enquanto você, Lynet... você ainda é jovem, tem o coração muito forte. Você tem muita vida para dar...

Havia uma fome em seus olhos quando estendeu a mão para tocar seu rosto, e Lynet se encolheu. Ela ainda tinha o punhal na cintura por baixo da capa. Ela precisava distraí-lo para poder pegá-lo sem que ele percebesse.

– Eu... eu não estou me sentindo bem – disse ela. – Talvez eu deva ir.

Os olhos dele se dirigiram rapidamente para a porta, e Lynet soube que Gregory estava pensando que, se a deixasse sair por ali, nunca mais voltaria. Ele se aproximou lentamente dela e balançou a cabeça, confuso.

– Você não pode sair agora. Você é a resposta que eu estava procurando. Durante todos esses anos, eu tento reverter os efeitos de sua criação: meu envelhecimento, minha fraqueza. Vim para cá na esperança de que a medicina me ajudasse, já que a magia só piorava minha condição, mas sem sucesso. Pense em todo esse potencial desperdiçado, Lynet! Eu tinha acabado de começar a descobrir o que podia fazer antes de ficar fraco demais para continuar, mas agora que *você* está aqui, podemos desvendar todos os segredos de nossa magia juntos. Se você ficar aqui comigo, não há limite para o que podemos realizar juntos. Foi para isso que você foi feita.

Lynet deu um pequeno passo para trás. Ela sempre achou que tinha sido feita para se tornar sua mãe – e agora, finalmente, havia a confirmação de que ela não era sua mãe, que ela tinha um propósito e uma habilidade todos seus. Ela estava dividida entre querer respostas sobre a natureza de sua existência e querer deixar a velha vida para trás – e agora Gregory podia lhe oferecer os dois. Ela podia renascer nessa imagem, em vez da imagem da mãe. Era isso o que ela queria?

– Mina e seu pai a mantiveram afastada de mim – continuou Gregory. – Eles fizeram você ter medo de mim, mas eu sabia, eu sempre soube, que havia uma chance de que fôssemos iguais, de que você pudesse compartilhar de meus dons. – Ele sorriu, e talvez fosse apenas o modo como a luz da janela atingia seu rosto, mas Gregory pareceu mais jovem, com alguma cor nas bochechas envelhecidas, um brilho esperançoso nos olhos. Como ele era diferente de seu próprio pai, como estava disposto a deixar que ela visse as partes mais temerárias e poderosas de si mesma.

Ele assentiu com a cabeça, sentindo a resistência dela diminuir.

– No mundo todo, você é a única que pode me ajudar – disse ele. – Estou me deteriorando há muito tempo, Lynet. Você me deixaria agora? Quem mais pode orientá-la como eu posso?

Quem mais? As palavras dele ecoaram em sua cabeça, sobrepondo-se umas às outras em uma torrente infinita e confusa. Então a resposta veio a ela com a clareza cortante do vidro...

Mina.

Mina tinha poderes sobre o vidro, e Gregory não sabia disso. Ele tinha passado os últimos dezesseis anos tentando fazer contato com Lynet, mas nunca se dera ao trabalho de considerar a própria filha. *Ele nunca poderia me ajudar a curá-la. Ele não conhece Mina.* E se não conhecia a própria filha, não entendia por que Lynet queria ajudá-la, então como poderia um dia entender Lynet?

Gregory deu um passo na direção dela, e Lynet recuou aos poucos, enfiando a mão por baixo da capa. Seus dedos pousaram no cabo do punhal.

– E se eu me recusar a ficar com você? – ela perguntou.

O sorriso se congelou no rosto dele antes de desaparecer, os olhos duros e embotados.

— Bom, então eu precisaria admitir que não fui muito honesto com você sobre minhas razões para querer que você fique. Sabe, a verdade é que eu não preciso de *você*. Só preciso do seu coração.

Lynet sacou o punhal no momento em que Gregory agarrou sua mão, e seus dedos se fecharam em torno de seu pulso. Ele a empurrou contra a mesa, e a borda machucou suas costas, com o punhal pairando entre os dois. Gregory tinha segurado o outro pulso também, mas eles estavam presos em um impasse, nenhum deles forte o bastante para dominar o outro.

— Você não está sendo justa, Lynet — disse Gregory por entre dentes cerrados. — Eu a criei, sacrifiquei meu poder e minha vitalidade para lhe dar vida. Agora é hora de você me devolver tudo isso.

— Dando meu *coração* a você? — Ela tentou se desvencilhar, mas acabou apenas afundando mais a borda da mesa nas costas.

— Você sentiu aquela dor no peito mais cedo, não sentiu? — disse Gregory. Seus dedos apertaram e torceram seu pulso, e a força de Lynet no punhal começou a afrouxar. — Sangue é a fonte de nosso poder, como eu disse, mas o coração é a fonte de nosso sangue. Fiquei fraco porque drenei meu coração rápido demais, mas com o seu, tão jovem e saudável, tão cheio de magia, eu tomaria mais cuidado. Eu ficaria forte outra vez. Não parece justo, Lynet, que você restaure a vida que roubou de mim? — Ele deu uma torção final em seu pulso. Ela gritou de dor, e sua força cedeu o suficiente para permitir que Gregory tomasse o punhal dela.

— Vim aqui para curar o coração de Mina, não o seu — disse Lynet com raiva. Ele ainda segurava seu outro pulso na mão, mas ela podia sentir a força diminuir agora que ele estava com o punhal. Se conseguisse distraí-lo...

O rosto dele se esticou em um sorriso horrendo.

— Você ainda acha que pode ajudá-la? Vou lhe mostrar o que Mina realmente é. Olhe aqui. — Ele apontou para as prateleiras ao seu lado, e Lynet olhou rapidamente de canto do olho, sem perder Gregory de vista, para ver para o que ele estava apontando.

Mas antes mesmo de olhar, parte dela já sabia o que veria: aquela... aquela *coisa* no pote que a fizera estremecer.

— Sim — Gregory estava dizendo. — Você já o viu, não foi? É isso que resta do coração de Mina. Mesmo que você encontrasse um meio de dar um novo coração a ela, ela sempre carregaria dentro de si esse coração apodrecido. Você agora vê como é inútil tentar curar algo que já está morto? É tarde demais para ela, mas não para mim.

Seus olhos não paravam de ir e vir entre Gregory e o coração, tentando entender o que aquela coisa horrorosa tinha em comum com o brilho de Mina, a fúria de Mina. Mas, mesmo com a atenção dividida, ela percebeu que a respiração de Gregory estava mais pesada, sua força em seu pulso diminuindo. Todo aquele esforço o estava exaurindo, por isso Lynet deixou de lado qualquer pensamento sobre o coração de Mina e deu um último puxão. Ela podia estar enfraquecida, mas anos de escaladas a tinham deixado mais forte do que parecia, e seu pulso escapou dele. Ela conseguiu percorrer a extensão da mesa antes que Gregory a alcançasse, batendo os dois punhos dos dois lados de seu corpo para prendê-la contra o móvel, mas Lynet tinha acabado de se lembrar de algo sobre o punhal que ainda estava na mão dele — ela o tinha feito de neve, e enquanto tivesse a neve, ela nunca seria realmente fraca.

Queime, ordenou ela.

Gregory soltou um grito quando o punhal queimou sua mão direita, e, assim que ele o soltou, Lynet pegou a arma. Ignorando a dor do metal que queimava, ela segurou o punhal e o cravou na mão esquerda de Gregory, prendendo-o à mesa.

Ele gritou de dor, e, antes que conseguisse se recuperar o suficiente para retirar a lâmina, Lynet saiu correndo pela porta.

Quanto tempo ela tinha antes que Gregory se restabelecesse e começasse a segui-la? Ela precisava de uma multidão, algum lugar onde se perder de modo que, mesmo que fosse atrás dela, Gregory nunca a encontrasse. Lynet correu para longe da igreja, na direção dos portões da universidade. Se ela fosse por ali, podia voltar à rua principal, e então ele nunca conseguiria encontrá-la.

Estudantes saíram de seu caminho enquanto Lynet corria pela passagem principal entre os prédios da universidade. Ela esbarrou em alguns, mas não se permitiu parar nem reduzir a velocidade. Ela podia ver o cor-de-rosa das rosas no pátio a distância – estava tão concentrada em alcançar o pátio que mal percebeu o borrão de alguém a sua frente, alguém que não estava se movendo para o lado mesmo enquanto Lynet se aproximava aos esbarrões...

Ela perdeu o fôlego quando colidiu com alguém, e as duas figuras caíram no chão. Lynet chiou de dor quando a queimadura em sua palma da mão direita encontrou a areia, mas a maior parte de sua queda tinha sido amortecida pela outra pessoa.

Ela imediatamente começou a fugir, mas então fez uma pausa, os braços apoiando-a enquanto olhava para baixo, para a garota que atropelara, a garota que não tinha se afastado nem quando Lynet chegou correndo em sua direção...

Depois de todas aquelas imagens incertas, ela finalmente tinha encontrado Nadia.

26

LYNET

No início elas apenas olharam uma para a outra, as duas com olhos arregalados de descrença. Então Nadia levantou a mão e passou os dedos pelo rosto de Lynet, testando para ver se ela era real. Seus olhos se iluminaram quando a ponta de seus dedos encontrou carne sólida.

— *Lynet?* — sussurrou Nadia.

O som de seu nome rompeu o transe de Lynet, e ela lembrou que devia estar fugindo — e que ainda estava em uma posição estranha em cima de Nadia. Ela se levantou depressa, assim como Nadia, que ainda a olhava fixamente, chocada. Não foi surpresa que Nadia não tivesse se movido para o lado quando Lynet estava correndo em sua direção — ela provavelmente pensou que estivesse vendo um fantasma.

A corrida frenética de Lynet cobrou seu preço; seu peito doía, as pernas estavam bambas, e a cabeça girava de se levantar tão de repente. Ela olhou para trás, à procura de qualquer sinal de Gregory.

— Posso explicar tudo depois — disse ela para Nadia. — Mas, neste momento, preciso de algum lugar onde me esconder.

Nadia não respondeu. Ela estava olhando para Lynet assombrada, talvez não totalmente convencida de que ela fosse real.

Lynet segurou a mão de Nadia e a apertou com firmeza.

— Nadia, *por favor*. Gregory, o pai de Mina, está me procurando, e estou fraca demais para correr.

Nadia olhou para as mãos juntas delas, mas ao som do nome do mago, sua cabeça se levantou de repente, seus olhos estavam focados e límpidos.

— Não vou deixar que ele a encontre — disse ela. Sem soltar a mão queimada de Lynet, Nadia a conduziu pela passagem e a levou pela porta lateral do prédio principal que Lynet visitara em sua primeira noite ali.

As duas estavam se aproximando do pé da escadaria gigantesca quando Nadia de repente ficou paralisada e empurrou Lynet para o interior de um pequeno nicho na parede e a protegeu de vista com o próprio corpo.

— O que você...

Nadia a silenciou, e Lynet ouviu a voz de Gregory ecoando no grande saguão. Ele devia ter dado a volta e vindo pelo portão da frente — se ela tivesse chegado ao pátio, talvez tivesse colidido com *ele*, em vez de com Nadia. Lynet se encolheu rapidamente atrás da figura alta de Nadia enquanto ouvia Gregory descrevê-la para alguém, perguntando se ela tinha sido vista. Então ouviu passos hesitantes vindo na direção delas. Nadia se apoiou contra a abertura do nicho, e Lynet tentou ficar o mais escondida possível. Sem dúvida Gregory passaria por elas sem olhar duas vezes...

Mas seus passos pararam bem junto de seu nicho, e o coração de Lynet batia tão alto que ela mal conseguiu ouvi-lo quando ele falou.

– Oh, é você – disse ele. Lynet não conseguia ver o dano que tinha causado a sua mão, mas a voz dele estava rouca e entrecortada.

– O que você está fazendo aqui?

Ele reconhecia Nadia de Primavera Branca? Lynet achava que ele tivesse viajado antes da chegada de Nadia, mas talvez estivesse equivocada.

– A rainha me mandou – respondeu Nadia com a voz rígida.

Gregory bufou.

– Ela descobriu, não foi? Ah, bom, isso agora pouco importa. – Ele baixou a voz. – Escute, não tenho tempo para perguntas, mas venha à igreja antiga atrás da universidade hoje à noite. Tenho uma nova tarefa para você.

Nadia hesitou apenas pelo espaço de uma respiração, então assentiu.

Gregory continuou seu caminho e, quando saiu pela porta, Nadia expirou longamente. Ela virou para Lynet com o rosto tenso de medo, mas não se afastou para o lado.

– Eu posso explicar – disse ela.

Lynet não tinha entendido todo o significado por trás das palavras de Gregory, mas sua pele se arrepiou de desconfiança quando assimilou a expressão de Nadia; era a mesma sensação de quando ouviu Mina e seu caçador na capela. Ela reconheceu o gosto amargo em sua boca como traição.

– Deixe-me sair – disse Lynet em voz baixa.

– Ele descreveu você para pessoas. Se sair correndo daqui agora, alguém vai reconhecê-la.

Lynet estava com dificuldade para respirar no espaço confinado do nicho. Seus músculos ansiavam por movimento.

– *Afaste-se* – disse ela, com um tom de pânico cada vez maior. Nadia estendeu a mão e segurou seu braço.

– Pelo menos me deixe...

Algo em relação à mão de Nadia vindo em sua direção fez Lynet atacar. Ela tentou afastar o braço da garota, mas a palma de sua mão direita gritou de dor assim que fez contato. Por um momento, ela viu tudo vermelho, caiu de joelhos, abandonada pelo resto de sua força, e aninhou a mão junto ao peito.

Ela não percebeu de início que Nadia tinha se afastado do nicho, que não estava mais bloqueando o caminho. *Corra*, insistia parte dela, mas estava muito cansada, muito tonta, e a verdade das palavras de Nadia agora estava aparente: se tentasse correr, não chegaria muito longe.

– Por favor, escute – Nadia sussurrou, agachando-se ao lado de Lynet. – Você está ferida e está exausta, e eu posso levá-la para um lugar seguro e ajudá-la com essa queimadura. Vou explicar tudo, e então... se você nunca mais quiser me ver, vou entender. Mas não vou entregá-la a ninguém. Se eu quisesse fazer isso, poderia ter feito um momento atrás.

A bruma vermelha de dor começou a desaparecer, assim como o pânico crescente de antes. E agora Lynet apenas tentava *pensar*. Gregory tinha dito que aquela sensação de desorientação passaria com o tempo, e tempo era do que ela realmente precisava – tempo para se curar, para descansar, para esperar até que a escuridão ocultasse seus traços de qualquer um que pudesse reconhecê-la pela descrição de Gregory. Mas o que era aquele acordo entre Gregory e Nadia? Será que ela podia confiar na cirurgiã? Mas, na verdade, Nadia estava certa: se quisesse entregar Lynet a Gregory, já tinha tido a oportunidade perfeita de fazê-lo.

– Certo – disse Lynet. – Eu vou com você, por enquanto.

Nadia ajudou Lynet a se levantar do chão e, se ficou satisfeita por Lynet ter aceitado sua oferta, Lynet não sabia. O rosto de Nadia estava tão sério e impassível como quando estava trabalhando. As duas atravessaram o saguão com cautela, com Nadia espiando cuidadosamente antes de cada curva para se certificar de que estivessem sozinhas, e saíram por outra porta lateral. Elas entraram em um prédio de pedra mais antigo ao lado do principal, e Nadia subiu com Lynet um lance de escada e a conduziu por um corredor alinhado com portas até parar para destrancar uma delas.

Lynet seguiu Nadia para o interior de um pequeno quarto de pedra, vazio exceto por uma mesa, uma cadeira e uma cama estreita junto da parede dos fundos, embaixo de uma janela baixa. E quando Nadia fechou a porta, o coração de Lynet finalmente começou a desacelerar.

Nadia soltou um suspiro, as costas apoiadas na porta. Seu cabelo estava escapando da trança, e ela o sacudiu com impaciência e deixou as ondas escuras caírem soltas e livres em torno de seu rosto.

– Sente-se, vou cuidar de sua queimadura – disse ela, gesticulando na direção da cama.

Lynet se sentou rígida na beira da cama, sem tirar os olhos de Nadia. Ela observou enquanto Nadia abria um baú pequeno ao lado da mesa, dentro do qual havia duas fileiras organizadas de potes. Ela escolheu um e, em seguida, por um breve momento antes de se virar, Lynet viu os ombros de Nadia cederem sob algum peso invisível, seu rosto obscurecido por alguma tristeza desconhecida.

Mas, quando se aproximou de Lynet com o pote, ela era a cirurgiã perfeita outra vez, metódica e imperturbável. Nadia pegou a cadeira, colocou-a na frente da cama e segurou a palma ferida de Lynet.

– Sinto muito pelo seu pai – disse ela com delicadeza.

Lynet não respondeu, com um nó na garganta.

— Você pode me contar o que aconteceu no Norte? Por que as pessoas acham que você está morta? — Nadia não levantou o rosto ao perguntar, os olhos concentrados na pele feia e cheia de bolhas da palma da mão de Lynet.

Lynet podia ter contado — Gregory já sabia, afinal de contas —, mas permaneceu cautelosamente em silêncio.

Nadia não reagiu ao silêncio de Lynet quando começou a aplicar a pomada verde sobre a palma de sua mão.

— Você podia pelo menos me contar o que aconteceu entre vocês dois? Por que Gregory está procurando você?

Mais uma vez, silêncio.

Dessa vez, Nadia balançou a cabeça de leve, a boca esticada em um sorriso dolorido.

— Não, é claro que não — murmurou ela. — Sou eu quem lhe deve explicações. — Mas ela ficou em silêncio enquanto terminava a aplicação da pomada, e Lynet tentou não notar como os cílios de Nadia lançavam sombras longas sobre suas bochechas, ou como ela ainda tinha grãos de areia no cabelo de quando as duas caíram no chão. Ela tentou não ligar para o fato de que a pomada era um alívio tão grande para a queimadura que ela agora começava a desfrutar da sensação do polegar de Nadia desenhando pequenos círculos sobre sua pele.

— Explique, então — disse Lynet, a voz embargada.

Nadia soltou a mão dela e a olhou nos olhos com a mesma determinação implacável de quando amputara o pé do criado. Mas o que ela ia decepar dessa vez? Que fio invisível existia entre as duas que corria o risco de ser cortado?

— Eu já lhe disse antes — começou Nadia —, muitas vezes foi difícil para mim encontrar trabalho depois que meus pais morreram. Imagine como me senti quando o pai da rainha me procurou e me ofereceu uma posição em Primavera Branca. Ele estava a caminho do Sul, passando pela aldeia onde eu estava, e me procurou quando soube do trabalho que eu tinha feito. Primavera Branca precisava de um cirurgião, e ele... ele precisava de um espião.

Lynet percebeu que ela queria desviar o rosto, seus olhos dirigindo-se continuamente para o chão.

Nadia respirou fundo e se obrigou a olhar Lynet nos olhos.

– Era muito simples. Tudo o que eu precisava fazer era me manter próxima de você, revelar como você foi feita e contar a ele o que eu descobrisse sobre você. E antes que o ano acabasse, se estivesse satisfeito, ele me daria uma passagem para o Sul e uma vaga na universidade.

O coração de Lynet parecia bater em seus ouvidos, e ela sentia um sabor amargo na língua. Suas pernas estavam inquietas, e ela se levantou e foi na direção da porta, embora ela e Nadia soubessem que não havia para onde ir. Nadia se virou na cadeira, mas não se levantou nem tentou detê-la, nem mesmo quando Lynet estendeu a mão na direção da maçaneta e segurou o metal com a mão boa até doer. Lynet se virou; de costas para a porta tinha a ilusão de fuga, de liberdade.

– Então toda vez que nós conversamos – disse ela –, tudo o que eu contei a você, ou que você me contou... Era tudo para que você pudesse contar a *ele*? – Lynet pensou na noite na torre, na estranha conexão que as duas tinham formado, frágil e escondida como uma teia de aranha, visível somente de certos ângulos, sob certos feixes de luz. Será que esses momentos tinham sido dissecados e registrados em cartas para Gregory?

– Não – disse Nadia com firmeza, e Lynet teve certeza de que ela estava respondendo à segunda pergunta, a que Lynet não fizera em voz alta. – Eu não contei tudo a ele. Eu só precisava contar o bastante para que você desejasse procurá-lo. Os diários que lhe dei, os experimentos que fizemos na torre... Tudo isso foi contra minhas ordens. – Ela balançou a cabeça, e suas mãos torceram seu cabelo em uma corda comprida enquanto ela desviava os olhos. – Eu queria muito ir para a universidade, onde as pessoas me levariam a sério, e eu poderia fazer o trabalho de minha família. Eu disse a mim mesma que você não era real, que você era apenas... uma boneca de papel. Um experimento, nem mesmo uma pessoa de verdade. Eu disse a mim mesma que não importava.

Lynet se encolheu ao ouvir Nadia proclamar seus maiores medos.

– E agora? – As palavras saíram roucas. – Você ainda me vê assim?

Nadia ficou de pé e olhou para ela incrédula.

– Lynet, eu parei de ver você dessa forma quando nos conhecemos. – Nadia caminhou lentamente na direção da porta, dando a Lynet tempo suficiente para se afastar ou mandá-la parar, mas Lynet não se mexeu nem disse nada quando Nadia parou à sua frente, tentando hesitantemente pegar a mão de Lynet, a esquerda, com a cicatriz esmaecida de quando ela tinha caído da árvore. Nadia passou os dedos pela cicatriz. – Você me fez rir pela primeira vez desde a morte de meus pais – murmurou ela, com os olhos baixos.

Lynet soltou uma respiração trêmula. Ela não ia chorar, não na frente de Nadia.

– Eu menti para mim mesma para tornar o trabalho mais fácil, mas então, quando lhe contei sobre sua criação, vi o quanto aquilo a chocou profundamente. Eu quis ajudá-la a aprender mais. Eu quis... quis ficar perto de você. Eu nem conseguia mais escrever para Gregory, não quando você tinha se tornado minha amiga. – Ela levantou os olhos das mãos das duas e encarou Lynet, com uma incerteza temerosa nas profundezas de seus olhos. – Nós *éramos* amigas antes, não éramos?

Na mente de Lynet, ela sempre vira Nadia como a cirurgiã destemida ou a garota sorridente, mas isso era algo novo, outra parte dela da qual Lynet teve apenas vislumbres. Essa era a garota cujos pais a tinham deixado sozinha no mundo, que não tinha cartas nem recordações de casa em seu quarto simples porque não tinha casa.

Lynet afastou os olhos. Ela não confiava nos próprios sentimentos. Nadia era uma amiga. Nadia era uma espiã. Afastou a mão.

– E agora o quê? – ela sussurrou, tanto para Nadia quanto para si mesma. – Devo perdoá-la porque nós já fomos amigas antes?

Nadia não tinha resposta. Ela se virou e foi para perto da janela, passando uma mão pelo cabelo. Mas então seus ombros ficaram tensos, e quando ela tornou a olhar para Lynet, a garota medrosa e solitária tinha desaparecido, substituída pela cirurgiã que queria consertar o que estava quebrado.

– Não – disse ela com clareza. – Me deixe conquistar sua confiança outra vez. Me deixe ajudá-la. Eu... eu pensei que você estivesse morta, e o mundo inteiro pareceu morrer com você. – Sua voz vacilou, mas seus olhos estavam ferozes, quase raivosos. – Eu vou escondê-la. Vou mantê-la em segurança.

Lynet balançou a cabeça, com uma ideia em formação.

– Preciso que você faça mais que isso. Gregory já está esperando você. Se for procurá-lo agora e lhe contar que me viu fazendo preparativos para voltar para o Norte, ele vai acreditar.

Nadia assentiu com a cabeça devagar.

– E ele vai parar de procurar você aqui. – Ela pensou por um momento enquanto o laranja profundo do sol poente passava por seu rosto, fazendo-a parecer iluminada pela nova convicção. – Você vai ficar escondida até ser seguro?

– Vou – disse Lynet.

Nadia caminhou até ela, seu olhar fixo e implacável.

– Você ainda vai estar aqui quando eu voltar?

Lynet continuou a olhá-la nos olhos.

– Prometo.

– Então está bem. Eu vou agora.

Depois que Nadia saiu, Lynet esperou alguns minutos, observando as sombras do crepúsculo se alongarem sobre o chão. Então quebrou sua promessa e saiu correndo do quarto.

E agora, para onde?, ela perguntou a si mesma quando estava na rua principal. Sua força estava voltando, mas tudo o que tinha era uma capa, uma bolsa meio vazia e as roupas do corpo...

E a carta. Ela ainda tinha isso também, enfiada no vestido.

Lynet ficou parada na rua, e as pessoas esbarraram nela dos dois lados até começar a andar outra vez, agora mais devagar. Ela podia encontrar um meio de enviar a carta para o Norte, para Mina. Parecia errado que Mina não a tivesse, que continuasse achando que a mãe estava morta. *Eu queria curá-la*, pensou Lynet, mas tinha imaginado que Gregory providenciaria essa cura para a filha. Agora ela sabia que a única coisa que Gregory ofereceria a Mina eram mais mentiras.

E que mentiras meu pai me contou?

Nicholas tinha mentido para Lynet e todas as outras pessoas sobre a morte de sua mãe. Por isso poucos sabiam a verdade sobre a morte de Emilia – que ela não tinha morrido no parto. Não parecia justo que o legado de uma pessoa pudesse ser distorcido ou esquecido com tanta facilidade. Tudo o que Lynet sabia sobre a mãe tinha sido aprendido com Nicholas. Sua mãe era frágil, disse ele. Falava em sussurros e murmúrios. Era doce e gentil. *Como você, como você*, disse ele, mas Lynet nunca se *sentira* frágil, embora parecesse ser. Se seu pai na verdade nunca reconhecera a filha, será que tinha lembranças erradas da mulher também? E se tudo o que ele já tinha lhe contado sobre a mãe fosse apenas como ele a via, não como Emilia de fato era?

E se ela fosse mais como eu?

Mas não fazia sentido desejar saber – mesmo que pudesse se lembrar de cem histórias diferentes sobre a mãe, contadas por pessoas diferentes, mesmo assim Lynet não a *conheceria* de verdade. Ela podia perguntar e perguntar, mas nunca sentiria as mãos da mãe nem ouviria seu riso ou a veria chorar. Emilia estava perdida para ela, e história ou retrato nenhum poderia recuperá-la de verdade.

E, pela primeira vez na vida, Lynet sentiu falta da mãe que nunca conhecera.

Havia uma multidão reunida à sua frente, o que a forçou a parar. Ela olhou para cima e viu que tinha chegado à igreja nova, com a torre do sino que soara por ela e por seu pai. Curiosa, ela tentou enxergar entre a multidão e conseguiu abrir caminho até a frente.

Havia um pequeno fogo queimando no pátio da igreja, em um buraco cercado por pedras. Por toda a volta das pedras havia flores e outras oferendas – bonecas de palha, fitas e cartas. Crianças pareciam estar deixando a maior parte dos presentes, e Lynet observou uma menininha pegar uma das fitas de seu cabelo e a deixar com as outras. *Um memorial para uma criança*, ela pensou.

Então, com um calafrio, Lynet entendeu que era *seu* memorial.

Ela viu seu nome escrito em uma das cartas no círculo, então tentou olhar para o resto – *Princesa Lynet*, diziam algumas delas. *Para a princesa*. A celebração tinha acabado; agora que eles estavam seguros no reino de Mina, podiam se dar ao luxo de chorar por um rei morto e por sua filha.

Eles acham que eu era apenas uma criança, pensou Lynet. Uma garota que nunca teve a chance de crescer ou dar um passo para fora do castelo. E por que não deviam achar isso? Ela se agarrara à infância o máximo possível, fugindo assim que achou que teria de desempenhar o papel de uma adulta – o papel de uma rainha. Ninguém jamais saberia que a princesa gostava de escalar alturas impossíveis, que tinha sobrevivido a um atentado contra sua vida, ou que tinha o poder de controlar a neve. Isso era tudo o que ela era, tudo o que jamais seria – essa garota que era igual à mãe, essa criança que morrera antes de poder crescer.

Com calafrios, ela pensou nas pessoas que vira nas aldeias nortistas e no trabalho que Mina fizera pelo Sul. E enquanto olhava fixamente para a chama que queimava por sua vida curta, ela soube que aquele não era o legado que queria deixar para trás.

Eu posso fazer muito mais. Eu posso ser muito mais.

Lynet queria ser outra pessoa no Sul, alguém diferente de sua mãe. Ela passara anos desejando ser forte, porque achava que a mãe era fraca. Ela queria ser impetuosa e invulnerável como Mina, sem jamais ver que Mina tinha se tornado isso porque precisava se proteger da crueldade do pai. Fraca ou forte – ela não sabia mais o que isso significava. Talvez as palavras não significassem a mesma coisa para todo mundo. Tudo o que ela sabia ao dar as costas para o pátio da igreja e voltar na direção da universidade era que estava na hora de descobrir o tipo de força que vivia dentro dela.

Ela se escondeu nas sombras ao lado do prédio de alojamentos, esperando para ver se Nadia voltaria sozinha ou com Gregory – um teste final para ver se podia confiar nela. Quando Nadia voltou sozinha, Lynet sentiu um peso se levantar, mais aliviada do que queria admitir. Ela ainda estava com raiva e magoada com a confissão da cirurgiã, mas pelo menos não estava tão sozinha quanto temia.

Nadia levou um susto quando Lynet se aproximou.

– Você disse que ia se esconder – sussurrou ela enquanto olhava freneticamente ao redor.

– Estou cansada de me esconder – respondeu Lynet.

– Ele está voltando para Primavera Branca imediatamente, mas quer que eu vá atrás de você, que vá para o Norte com você e a entregue à rainha – disse Nadia. Ela franziu o cenho para a janela com os braços em torno do corpo como se estivesse com frio. – E então... E então ele quer matar você.

– Eu sei – disse Lynet. Ela estava sentada com os tornozelos cruzados sobre a cama de Nadia, as mãos no colo, os batimentos curiosamente constantes enquanto brincava com ideias diferentes em sua mente. Lynet desejou ter respondido às perguntas de Nadia sobre o que tinha acontecido em Primavera Branca. Ela odiava que tivesse sido Gregory quem lhe contara sobre a traição de Mina. – Ele quer arrancar meu coração.

Nadia começou a brincar com o cabelo.

– Gregory quer que eu faça isso – disse ela. – Ele disse que ia precisar da minha ajuda para transferir seu coração para o corpo dele. Ele escolheu um veneno de uma das prateleiras em seu laboratório que se chama *beijo de inverno*. Quando é absorvido pela pele, mata quase instantaneamente, congela de dentro para fora. Ele disse... – Nadia torceu o cabelo com mais violência. Os lábios estavam apertados de indignação. – Ele disse que o veneno vai impedir que seu coração se estrague.

Lynet se levantou e se virou para o outro lado, a náusea atravessando-a ao pensar em si mesma cortada e aberta.

Ela sentiu a pressão leve de uma mão em seu ombro, ouviu o

silêncio que significava que Nadia estava prendendo a respiração enquanto esperava a reação de Lynet a esse pequeno gesto. E Lynet sabia que, se virasse e encarasse Nadia agora, se visse o efeito do luar suavizando os ângulos pronunciados de seu rosto, ela também veria a luz reluzindo daquela teia de aranha outra vez, os fios soletrando algo que ela ainda não conseguia ler. Se virasse agora, ela estaria concordando em esquecer os crimes de Nadia contra ela.

Lynet puxou e soltou os ombros, e ouviu os passos de Nadia voltarem até a janela. Quando a cirurgiã tornou a falar, sua voz vacilou no começo, mas em seguida ficou firme.

– Não pretendo deixar que Gregory se aproxime o suficiente de você para lhe dar esse veneno, mas caso ele faça isso... Eu fiz algo para garantir que você ainda esteja em segurança. Quando ele saiu da sala, encontrei outro veneno parecido com o *beijo do inverno*, da mesma cor e com o mesmo método de aplicação, mas, em vez de morte, ele causa um transe que se parece com a morte mas passa com o tempo.

– Você trocou os venenos? – perguntou Lynet, que se virou para olhar para ela, agora que o momento anterior tinha passado.

– Tentei convencê-lo a permitir que eu mesma aplicasse o veneno, mas ele disse que era arriscado demais, e que você era curiosa demais. Mesmo assim, eu precisava *fazer alguma coisa* – disse ela. – Sei que não é muito...

– Não – disse Lynet, levantando uma das mãos. – Não, me deixe pensar. – O que ela tinha agora? Uma capa. Uma bolsa meio vazia. Uma carta. Um veneno que não podia matá-la. Ela podia procurar Mina, levar a carta para a madrasta, e então, mesmo que não funcionasse, mesmo que não houvesse um meio de fazer Mina descobrir a verdade sobre o próprio coração, mesmo que, *digamos*, mesmo que Mina ou Gregory a envenenassem, Lynet não ia morrer. Havia riscos demais, perigos demais que ela não podia prever, perguntas demais, mas a única pergunta que importava era se ela acreditava que Mina era um caso perdido, e o amor que elas tinham compartilhado, nada além de uma mentira.

Essa, pelo menos, era uma pergunta que ela podia responder.

Nadia a estava observando com os olhos estreitos, confusa.

— Lynet, em que está pensando? O que você está planejando fazer?

— Vou cair na armadilha deles.

Nadia a estudou por um momento, em seguida disse com incredulidade:

— Você está falando sério.

— Preciso ver Mina outra vez — disse Lynet e, assim que disse aquelas palavras, entendeu que nada poderia fazê-la mudar de ideia. — Se você me entregar, então vou poder falar com ela. — *Eu posso curá-la.*

— Gregory disse que ela tentou matá-la!

Lynet balançou a cabeça.

— Não tenho certeza. — Ela reviveu aquela noite, tentando se lembrar se o caçador chegara a dizer que era *Mina* quem a queria morta. — Ela mandou alguém atrás de mim, mas ainda não sei se ordenou que me matasse. E mesmo que tente me matar com esse veneno, eu não vou morrer.

— Você não vai morrer, mas ainda estará em Primavera Branca, cercada de inimigos. E o que você planeja fazer então?

O coração de Lynet batia forte, mas ela sabia qual devia ser sua resposta.

— Eu vou pegar Mina de surpresa — Eu vou... Eu vou matá-la, se for preciso.

Nadia estava balançando a cabeça sem acreditar.

— É perigoso demais.

— Foi o que você me disse quando eu quis fugir no meu aniversário — disse Lynet, com a voz fria. Ela se virou para Nadia e a encarou até que Nadia piscasse e afastasse os olhos. — Você disse que eu não conseguiria nem sair da floresta, que eu não sobreviveria. Mas eu *sobrevivi*. Já caí na armadilha de Gregory uma vez e também sobrevivi. Pelo menos dessa vez eu tenho um plano. Você queria que eu confiasse em você de novo, mas antes disso você precisa confiar em mim.

— Eu *confio* — disse Nadia. — Mas não entendo por que isso é necessário. Talvez eu possa falar com a rainha por você.

Lynet pensou na última vez em que vira Mina, no medo e na fúria em seus olhos, no desespero em sua voz quando ela tinha perdido o controle. O garoto da loja do farmacêutico surgiu na mente de Lynet — a reação raivosa diante dele com o punhal, só para se dar conta de que estava com medo de uma criança. Mas ela não tinha conseguido baixar as defesas até saber que ele não era uma ameaça, até sentir-se segura. Lynet não sabia ao certo se Mina já tinha se sentido segura.

— Não, preciso falar pessoalmente com ela — disse Lynet. — Preciso que ela ache que estou indefesa. É por isso que você tem que me entregar, como planejado por Gregory.

— Você não pode apenas se esconder um pouco mais...

— Não — retrucou bruscamente Lynet. — Já fiz isso também. Eu preciso voltar. Gregory contou a você como forjei minha morte?

Nadia balançou a cabeça.

— O que isso tem a ver com qualquer coisa?

Lynet sabia que precisava poupar suas forças para a viagem, por isso pegou uma única moeda na bolsa. Ela a estendeu para Nadia, observando seu rosto enquanto a moeda se transformava em neve. Nadia olhou fixamente para a neve derretendo na palma da mão de Lynet com um assombro silencioso.

– Eu tenho poder sobre a neve – Lynet explicou. – Posso transformá-la e lhe dizer o que fazer. Eu acho... acho que poderia fazer a neve parar de cair, se eu quisesse.

Nadia levantou o olhar até o rosto de Lynet, os olhos arregalados e reluzentes de empolgação.

– Você poderia acabar com a maldição – ela disse com delicadeza. – Você poderia salvar o Norte.

Lynet se aproximou.

– Você vem comigo, então? – Quando Nadia não respondeu, com a testa franzida pela indecisão, Lynet acrescentou: – Vou voltar para minha casa, para minha família. Você não acha isso vale qualquer preço? Você não faria o mesmo? – Sua mão se retorceu, em um impulso repentino de tocar o braço de Nadia, uma promessa para restaurar a conexão entre as duas, mas Lynet se deteve, sem querer fazer uma promessa que não sabia se conseguiria cumprir.

Mas nenhuma promessa foi necessária. Nadia assentiu com a cabeça uma vez, e todo traço de dúvida desapareceu de seu rosto.

– Sim – disse ela. – Eu faria. E vou para o Norte com você.

– Partimos ao amanhecer.

Nadia começou a se virar, com um novo propósito, mas então se deteve.

– Você sabe que voltar significa se tornar rainha – disse ela.

– Eu sei – respondeu Lynet. – Mas estou pronta agora. Eu sei o tipo de rainha que quero ser.

– Rainha Lynet – disse Nadia, testando as palavras. Ela olhou fixamente para Lynet, em seguida tentou esconder um riso.

– O quê?

Nadia se aproximou de Lynet e tocou um de seus cachos com delicadeza.

– Seu cabelo está horrível.

Lynet pensou em qual devia ser sua aparência, declarando que seria rainha com seus cachos mal cortados e emaranhados e, antes que pudesse se conter, começou a rir também.

Ainda sorrindo, Nadia afastou a mão, e as costas de seus dedos roçaram o rosto de Lynet, seu toque tão macio quanto teias de aranha.

27

MINA

A batida na porta deu um susto em Mina. Era uma bobagem – ela sabia que só podia ser Felix. Ninguém tinha permissão de vê-la sem passar por ele primeiro.

Desde aquela noite na sala do trono, Mina perdera a habilidade de fingir, até para si mesma. A culpa era visível em cada linha de seu rosto, e por isso ela escolhia cuidadosamente quem podia vê-la e quando, e ela assombrava os próprios aposentos como se fosse um fantasma.

– Eu queria ficar sozinha esta noite – ela disse quando Felix abriu a porta.

Ele tinha uma expressão arrependida, mas seus braços estavam tensos.

– Seu pai está aqui – ele anunciou. – Ele alega ter notícias urgentes que deseja compartilhar com você imediatamente.

Mina olhou surpresa para ele. Fazia meses que Gregory estava viajando e não tinha informado que retornaria em breve. A notícia das mortes de Nicholas e Lynet já devia ter atingido o Sul, por isso ele tinha vindo ver a filha, a rainha. Será que estaria satisfeito que ela tivesse se mantido no trono? Ou iria culpá-la pela morte de sua criação? De qualquer modo, ela sabia que, caso se recusasse a recebê-lo, iria apenas se arrepender disso na próxima vez que o visse.

– Traga-o aqui – ela disse resignada.

Felix saiu e, quando retornou, Gregory o acompanhava. Mina abriu espaço para os dois entrarem, e Gregory foi até o centro do aposento enquanto Felix permanecia perto da porta com os braços cruzados.

Gregory parecia mais velho e mais frágil que na última vez que o vira, e havia uma atadura em sua mão esquerda.

– Diga para ele nos deixar para que possamos conversar sozinhos – disse Gregory, gesticulando para Felix. Antes que Mina pudesse dizer qualquer coisa, ele gritou para Felix: – Saia.

Mas Felix não se mexeu. Nem mesmo piscou diante da voz brusca de Gregory. Mina escondeu um sorriso.

– Ele só vai sair se eu pedir.

– Mande-o sair – disse Gregory entre dentes cerrados.

Ela fingiu pensar no assunto, de modo que o pai não achasse que ela estava seguindo sua ordem, então pediu a Felix para esperar do lado de fora, como sempre fora sua intenção. Mina também não queria que o pai achasse que ela estava com medo de ficar sozinha com ele.

– Muita coisa aconteceu desde que você partiu... – começou Mina, mas Gregory moveu a mão enfaixada para interrompê-la.

– Eu sei tudo sobre sua disputa pelo poder – disse ele. – O rei morreu convenientemente, e você viu sua oportunidade de assumir seu lugar com a princesa morta. Só que você estava errada sobre uma coisa, Mina: a princesa não morreu.

Mina balançou a cabeça. Talvez ela não tivesse entendido.

– Mas Lynet *está* morta. Ela quebrou o pescoço.

– Não, Mina. Foi isso o que vim lhe contar. Lynet está viva.

Mina repetiu as palavras para si mesma, mas não fizeram sentido. Ela se sentiu um pouco mal.

– Não, você está errado. Eu a *vi*. Ela estava morta.

– Um ardil – disse Gregory. – Ela tem o mesmo poder que eu tenho, só que com a neve. Ela criou um corpo para fazer você parar de procurá-la.

Mina respirou fundo. Ela se sentia como se estivesse se movendo embaixo d'água, todos os seus movimentos estavam lentos e pesados. Lynet estava viva. Essa revelação ao mesmo tempo depositou e removeu um fardo de cima dela, alívio, medo e vergonha todos misturados. Ela tinha sido enganada, uma admissão embaraçosa diante do pai, mas isso importava quando Lynet ainda estava viva? A garota que Mina vira crescer e se transformar em uma jovem ainda estava viva e respirando... e retornaria um dia para tomar tudo o que Mina possuía.

Mina não tinha dúvida disso; apesar de seus protestos, Lynet voltaria para reclamar seu direito de nascença, e nesse dia uma delas teria de perder. *Era mais fácil quando ela estava morta*, pensou Mina. *Eu só precisava odiar a mim mesma, não a ela.*

Ela tentou não demonstrar nenhuma reação além das mãos trêmulas.

– Lynet está viva – repetiu ela. – Como você sabe disso?

A expressão de Gregory se tornou sombria.

– Ela queria minha ajuda, e fingi por um tempo defender seus interesses, mas ela fugiu antes que eu pudesse entregá-la a você.

Ele estava mentindo. Gregory de algum modo tinha feito Lynet fugir – e Mina não estava nem um pouco surpresa. Mina sempre tentara proteger a enteada dele, mas deixado por conta própria, Gregory nem sempre conseguiria esconder seu fascínio mórbido pela garota que tinha criado.

– Eu sei que você se lembra dela como uma criança tola, Mina – prosseguiu Gregory. – Mas ela está... mudada, agora. – Os olhos dele passaram brevemente pela mão enfaixada. – Ela é implacável. Acredito que vai fazer o que for necessário para recuperar a coroa.

Mina tirou os olhos dele. Por que Lynet sentiria qualquer coisa além de ódio por ela?

– Ela disse isso? – Mina perguntou.

– Ela acha que pode curar seu coração, mas o que você acha que ela vai fazer quando souber que isso não é possível? E, mais importante, o que *você* vai fazer, Mina? Você está disposta a matá-la, quando for necessário?

Matar Lynet outra vez? Mas, não, ela não tinha matado Lynet da *primeira* vez – Lynet não tinha morrido. Mina olhou com cautela para o pai.

– Por que você se importa? Por que ia querer que eu a matasse? Você sempre quis ficar mais próximo dela. Lynet não o abraçou como seu novo pai como você esperava? – Mina não conseguiu conter um leve sorriso diante desse pensamento. – É por isso que, de repente, você a quer morta?

Gregory lhe lançou um olhar duro como pedra, então rapidamente a agarrou pela nuca. Mina lutou contra a vontade de se soltar; não queria que ele a visse se debater como um pássaro engaiolado.

– Minhas motivações não deviam importar para você. Assim que as pessoas em Primavera Branca souberem que ela está viva, vão pedir sua cabeça. Esta é sua última chance. Se você conceder qualquer piedade a essa garota, pode muito bem se enforcar e poupar todo mundo do trabalho. Agora responda minha pergunta. Você vai fazer o que for necessário?

— Sim — sibilou ela para o pai, a cabeça baixa sob o peso de sua mão.

Gregory não pareceu totalmente satisfeito, mas acenou com a cabeça e então a soltou. Ele tirou algo do bolso do casaco e o escondeu em seu punho.

— Mandei alguém atrás de Lynet para acompanhá-la para o Norte.

— Outro espião? — Mina perguntou com raiva. Ela ainda podia sentir a mão do pai na nuca, e estava louca para esfregar a pele ali.

— Na verdade, a mesma espiã. A cirurgiã que você dispensou. Ela me procurou imediatamente e disse que Lynet estava partindo para o Norte. Quando as duas estiverem perto de Primavera Branca, a cirurgiã vai procurá-la e lhe dizer onde encontrar Lynet. E então você vai lhe dar isto.

Ele abriu o punho, revelando um pequeno frasco de vidro cheio de um líquido transparente. Pela letra no rótulo, Mina soube que tinha vindo do próprio estoque do pai.

— Veneno? — disse ela.

— Instantâneo e indolor. É absorvido pela pele, então você vai precisar fazer isso sem que ela desconfie. Quando Lynet estiver morta, traga o corpo de volta para Primavera Branca, e eu me livro dele.

Mina olhava para o frasco com uma náusea crescente.

— Pegue, Mina — insistiu Gregory, e ela obedeceu, na esperança de que o pai saísse assim que ela fizesse isso.

Gregory foi embora, satisfeito que Mina fosse fazer o que ele queria. Assim que ele se foi, Mina esfregou a nuca com tanta força que ardeu, mas mesmo isso não foi suficiente. Gregory estava em seu sangue, em cada parte de si mesma que ela odiava.

Apesar do que o pai lhe dissera, Mina ainda não sabia se devia acreditar nele. Ela tinha visto o cadáver de Lynet, e aquela visão horrível ainda era forte demais e insistente demais em sua memória para ceder diante das palavras de seu pai. Aquele corpo estava na cripta, e mesmo que ela fosse lá e o olhasse outra vez, ainda não saberia dizer...

Mas, não, isso não era verdade. Se o corpo fosse feito de neve, ele ainda estaria intacto, exatamente como estava na última vez em que ela o vira. Não haveria nenhum sinal de deterioração. Nenhum sinal de que ele já tinha vivido, antes de tudo.

Mina não podia esperar até amanhecer. Ela acendeu um lampião, saiu do quarto e desceu até a cripta real. Continuou pelas paredes cavernosas da cripta até chegar ao caixão de Emilia, intacto em seu nicho. Ao lado dele estava o de Lynet, no lugar determinado para ela desde o nascimento. Enquanto lentamente levantava a tampa do ataúde, Mina não sabia o que esperava encontrar. Será que ficaria aliviada se Lynet estivesse viva? Ou isso só significaria que ela teria de encontrar um meio de se livrar da menina de novo?

O corpo de Lynet estava igual. Sem descoloração, sem o encolhimento da pele em torno das unhas. Esse corpo não era de carne. *Lynet estava viva.* Mina tinha sido enganada. Todas as suas noites sem dormir e os pensamentos culpados se deviam a um truque de magia, uma pilha de neve em forma de garota.

Mina fechou a tampa do caixão com força e um grito de frustração. Ela não entendia por que estava tremendo de fúria, por que sentia tanta raiva de Lynet por *não* estar morta. *Ela me fez acreditar que estava morta em vez de confiar sua vida a mim.*

Ela ouviu um som na escuridão, então Felix entrou no círculo de luz de seu lampião.

— Minha sombra fiel — disse ela. — Achei que você fosse me seguir.

O quanto ele havia se tornado humano?, Mina pensou quando o caçador parou do seu lado, a cabeça baixa em respeito pelos mortos. Desde que lhe trouxera o corpo de Lynet, Felix parecia ter se afastado dela — e, apesar disso, estava com ela mais que nunca. Talvez ela só sentisse isso porque Felix estava se tornando ele mesmo, com muitos sentimentos próprios, em vez dos dela.

Ele pegou sua mão e a acariciou com delicadeza.

— A morte da menina ainda a perturba — disse ele.

Mina riu, um som estridente e enfadado.

— Não, Felix. Meu pai me trouxe a notícia hoje à noite. Ele me contou que Lynet está viva.

Felix olhou para ela surpreso, e ela o olhou nos olhos, se perguntando o que estaria refletido ali. Em grande parte, alívio, assim como confusão, mas nada do temor horripilante que Mina podia sentir no estômago.

— Mas o corpo...

— Parece que Lynet tem poderes próprios e os usou para me enganar. Não há nada no caixão além de neve. Meu pai veio até aqui porque quer que eu encontre Lynet e a mate.

— Você não vai fazer isso — disse ele imediatamente.

— A escolha é matá-la ou deixar que ela me mate, qual você acha melhor?

Ele balançou a cabeça.

— Não, você não quer machucá-la. Eu achei, no início, que queria, mas então percebi que não era verdade. Foi por isso que eu...

Ele parou, e Mina franziu o cenho.

– Termine o que você estava dizendo, Felix.

Ele hesitou.

– Foi por isso que eu a deixei fugir, em vez de matá-la.

– Do que você está falando? Você disse que não conseguiu encontrá-la.

– Eu menti – disse ele. Essas duas palavras saíram pesadas de sua boca. – Eu a encontrei quando estava subindo os muros do castelo. Eu tive a garganta dela na mão e decidi deixá-la ir.

Mina tirou a mão da dele.

– Você escondeu isso de mim todo esse tempo. – Ela levantou a cabeça de Felix bruscamente pelo queixo, forçando-o a olhar para ela.

Mas seus pensamentos estavam trancados dela, e seus olhos não revelavam nada.

– Desculpe – disse ele. – Eu só queria proteger você. Eu quase a matei porque achei que você fosse ficar feliz com isso, que você queria que eu fizesse isso. Mas ela era tão jovem, e eu... eu não consegui, nem quando achei que você quisesse. Então pensei no rei, em como eu deixei que ele se machucasse porque achei que você desejasse isso, também. Mas agora eu me pergunto... eu me pergunto se isso não era apenas o que *eu* queria. E eu gostaria de não ter feito nada disso.

Mina ouviu a confissão com um medo cada vez maior. Ela não estava com medo porque Felix tinha poupado Lynet, mas porque tinha agido por seus próprios impulsos, e porque tinha conseguido esconder esse segredo dela. Mesmo o simples fato de ter sentido pena de Lynet a assustava. O que Felix sabia sobre o amor era uma mentira aprendida com Mina, mas onde ele tinha aprendido o simulacro de piedade? De misericórdia? Não tinha sido com Mina.

– Eu não sei quem você é – disse ela com delicadeza. – Você era meu, mas agora eu o perdi.

Felix a puxou para perto de si e apoiou a testa na dela.

– Não – disse ele. – Eu estou aqui. Como sempre estive. Eu amo você.

Mina se afastou dele.

– Você acha que me ama porque eu lhe disse que ama, mas você não sabe o que é o verdadeiro amor.

Ele balançou a cabeça.

– Você está errada. Talvez isso tenha sido verdade antes, mas eu me lembro... Eu me lembro de uma noite, logo depois que você se casou com o rei, depois que você voltou me chamar... Você trouxe pêssegos e me contou que, quando era garota, os comia todo o tempo, mas que não comia um desde que chegara ao castelo. Eu ouvi um prazer enorme em sua voz. Você deu a primeira mordida com tanta satisfação, sem se importar com a sujeira que fizesse, e um pouco do suco escorreu pelo seu queixo, pelo seu pescoço. Você estava muito contente naquele momento, perfeitamente livre. E embora achasse que amava você antes, eu soube então que não tinha entendido o amor até aquele momento, quando eu teria dado a vida só para mantê-la tão contente quanto estava enquanto comia aquele pêssego. Eu lembro que estendi a mão para limpar o suco de seu pescoço, e, quando a toquei, pareceu a primeira vez, a noite em que você me fez. Eu amo você, Mina. E sei que você amava aquela garota.

Sua voz estava baixa e delicada, e ele estendeu a mão para passar um polegar por seu pescoço, com um leve sorriso no rosto enquanto vivia por um momento em suas memórias. Mas antes que pudesse tocá-la, Mina se encolheu e desviou os olhos. Ela não conseguia suportar seu olhar sincero nem ouvir a convicção em sua voz. Nada do que ele dizia era mais um reflexo dela. Felix estava além de seu alcance.

Seus dedos roçaram o braço dela.
– Mina...
– Pare com isso – disse ela, virando-se para encará-lo. – Você acha que é capaz de amar quando eu não sou? Você se imagina mais humano do que eu?

Felix olhou para ela com preocupação e pena, e o peito de Mina doeu. Ela tinha feito um homem de vidro, o tinha criado para venerá-la, e, ainda assim, nesse momento ele era mais carne do que ela mesma. E Mina o odiava por isso.

– E o que vai acontecer quando eu ficar velha, enquanto você continua como é? Você ainda vai me amar, então? Ainda vai querer me segurar em seus braços? Ou vai encontrar uma nova rainha para servir? Talvez seja por isso que você não conseguiu matar Lynet. Porque você achou o rosto dela mais bonito que o meu, um novo rosto para adorar.

Ele a envolveu nos braços, e embora quisesse afastá-lo, Mina se agarrou a ele.

– Você está errada – disse Felix, e ela ouviu o trovão da voz no peito dele. – Eu não acho que sou mais humano que você. Acho que somos iguais e acho que você nos dá muito pouco crédito.

– Não posso mais confiar em você – Mina disse, mesmo enquanto estava abraçada a ele. – Você mentiu para mim. Você guardou segredos. Você se tornou... mais do que eu pretendia que fosse.

– E, ainda assim, eu amo você.

– *Exatamente* – disse Mina. Ela levantou os braços e tomou o rosto dele nas mãos. – E por que você acha isso? Você acha que me ama pelos meus encantos, por minha natureza doce? Aquela garota com o pêssego está morta, Felix. E um dia você vai perceber isso, e vou olhar em seus olhos e não vou ver nada aí além de desprezo e pena. – *Foi doloroso o bastante quando aconteceu com Lynet*, ela pensou sem dizer. Mas era algo que ela podia prevenir: com um pensamento, podia transformar Felix em vidro de novo, estilhaçá-lo ali mesmo onde estava. Ela quase tinha feito isso uma vez, e apenas sua crescente humanidade o salvara. O que o salvaria dela agora? O que salvaria Lynet?

Felix pôs a mão delicadamente sobre as dela.

– Mina...

– Não – disse ela, se afastando. Ela estava horrorizada com os próprios pensamentos, com sua vontade de destruir qualquer um que se aproximasse demais. De repente, a cripta se tornou sufocante.

– Não me siga – disse ela, dando a volta em Felix para ir embora, meio esperando que ele estendesse a mão para detê-la.

Mas ele não o fez, e quando saiu da cripta e voltou ao ar livre, Mina pensou no que quase tinha feito com seu caçador, e torceu para o bem dele que Felix nunca mais tentasse tocá-la outra vez.

28

LYNET

Assim que o sol nasceu, Lynet e Nadia partiram a pé pela estrada para o Norte. Mesmo depois de juntar seu dinheiro, as duas relutaram em gastá-lo até que fosse necessário, já que Lynet não queria usar seus poderes outra vez até que cruzassem a Fronteira do Gelo, onde ela esperava que a neve a revivesse.

Lynet não sabia se devia ficar triste por deixar o Sul ou animada por ir para casa. *Casa*. Ela nunca tinha tido a chance de sentir falta de Primavera Branca antes, de pensar nela como nada além do único lugar do mundo. Mas agora era sua casa – era *dela* –, e Lynet já tinha sentido a atração da neve chamando-a de volta.

Ela percebeu várias vezes o encanto no rosto de Nadia enquanto absorvia as cores e as luzes do Sul. Lynet lembrou que o pai de Nadia era sulista e pensou no que devia significar para ela caminhar sob aquelas árvores, sabendo que seu pai podia um dia ter feito o mesmo. Ela tinha esperado tanto tempo para ir tão longe, e agora estava deixando tudo para trás por Lynet. Será que Nadia se ressentia dela por isso, ou sentia que devia isso a Lynet depois de entregar seus segredos para Gregory?

Lynet não parava de se lembrar dessa traição, reabrindo uma ferida que ameaçava se fechar. Mas quando Nadia tomava sua mão para ajudá-la a subir em uma árvore caída, ou criava desculpas para parar e descansar quando percebia a respiração difícil de Lynet, era fácil demais baixar a guarda outra vez, lembrar apenas da doçura da amizade que as duas tinham compartilhado sem o gosto amargo embaixo da superfície. E, ainda assim, ela sabia que Nadia nunca se esquecia do trato feito com Gregory – Lynet sempre podia ver isso nas sombras em torno de seus olhos, nos cantos de seu sorriso hesitante.

Quando a noite caiu, as duas pararam para descansar sob as folhas pendentes de um salgueiro. Lynet dispôs a capa sob o corpo e olhou para cima, por entre as folhas, para as faixas visíveis de céu – um azul profundo em vez do cinza nublado de sua casa –, maravilhando-se com todas as estrelas. Nadia se instalou ao seu lado, as duas apoiadas contra o tronco largo da árvore.

Elas só tinham trocado algumas palavras impessoais entre si desde que tinham deixado a cidade. Não era muito perceptível quando as garotas estavam caminhando, mas agora, sentadas lado a lado, os ombros quase se tocando, o silêncio as envolveu tão completamente quanto as folhas de salgueiro.

– Posso perguntar uma coisa?

A timidez na voz de Nadia era uma ponta afiada sobre o coração de Lynet. Esse distanciamento entre elas não lhe dava satisfação, não quando tudo o que ela sempre quis era conhecer Nadia melhor, conversar com ela abertamente. Ela sentiu uma onda renovada de ressentimento em relação a Gregory por ter arruinado sua amizade antes mesmo que começasse.

— Pergunte.

— Você está com medo de voltar?

Com medo? Ela nunca gostava de admitir quando estava com medo. Mina nunca sentia medo, pelo menos era nisso que ela acreditava.

— Só estou com medo que não funcione — Lynet respondeu, com a garganta seca de ficar em silêncio por tanto tempo. Ela olhou para a frente, para os contornos das folhas pendentes de salgueiro. *Tenho medo de que eu não seja o bastante.* — Tenho medo de que algumas feridas não possam fechar.

— Algumas feridas nunca fecham — disse Nadia. Ela estendeu o braço timidamente na direção da mão de Lynet e a virou, a palma para cima. — Mas muitas fecham. — Os dedos de Nadia passaram pelas cicatrizes que riscavam a palma da mão de Lynet onde o cabo do punhal a queimara. Suas mãos eram macias; seu toque, reconfortante, por isso Lynet não se encolheu.

— Como você pode dizer quais podem ser fechadas e quais não? — Lynet perguntou em um sussurro. E soube que as duas ouviram a pergunta que pairava sem ser feita: *Qual somos nós?*

— Prática — disse Nadia. — Experiência. — Ela hesitou e começou a afastar a mão, mas então disse: — Levante a mão.

— O quê?

— Levante a mão, assim. — Nadia ergueu a mão espalmada para a frente. Lynet fez o mesmo, e Nadia juntou a ponta de seus dedos. — Agora espere.

Lynet estava agitada, sua confissão anterior a tinha feito se sentir exposta, inquieta. Mas esperou até que a única sensação fossem seus batimentos cardíacos combinados, os de Lynet acelerados e sobressaltados, os de Nadia sólidos e regulares. Logo, o coração de Lynet começou a desacelerar, e ela não sabia mais dizer qual pulso pertencia a quem.

— Minha mãe costumava fazer isso comigo quando eu era criança, sempre que eu estava com medo – disse Nadia. Sua voz se sobrepôs aos batimentos dos corações, parecendo música. — Ela dizia que, se meu coração estivesse acelerado demais, eu podia pegar o dela emprestado por algum tempo, até que o meu se acalmasse outra vez.

Aquietados pelo ritmo, os pensamentos de Lynet se voltaram para Mina. Ela ainda podia se lembrar do momento na capela em que Mina a fizera sentir sua ausência de batimentos, e Lynet desejou poder voltar para aquela noite e reagir de maneira diferente – tentar falar com ela em vez de se encolher em silêncio.

Suas próprias palavras ecoaram de volta para ela como uma acusação: *Vou voltar para minha casa, para minha família. Você não acha que isso vale qualquer preço?* Claro que Nadia tinha concordado – ela tinha decidido que espionar uma garota desconhecida valia a chance de manter viva a memória do pai. Será que Lynet teria feito a mesma coisa se achasse que isso a aproximaria de Mina?

Lynet deixou que a mão caísse, com a culpa se agitando em seu peito.

— Nadia... — ela começou a dizer, à procura das palavras certas, um território seguro entre agradecimentos e desculpas. — Quero que você saiba que entendo o que o Sul significa para você e agradeço por deixá-lo por minha causa.

Houve uma pausa, então Nadia disse:

— Parte de mim achava que eu encontraria traços de meu pai aqui, nas pessoas do Sul, nas mãos de outros cirurgiões. Em mim mesma talvez. Mas acho que a verdade é que eu estava tentando fugir de meus pais, também. Eu queria parar de ver seus rostos, ainda com marcas de doença, pouco antes de enterrá-los. Achei que, se eu fosse para o Sul, poderia imaginá-los vivos outra vez. Poderia encontrar algo cheio de movimento, vida e energia para me distrair dessas memórias. – Lynet ouviu o farfalhar do cabelo de Nadia quando se virou para olhar para ela. – Mas não precisei ir para o Sul, eu já tinha encontrado aquilo de que precisava.

Lynet estava extremamente consciente de seus batimentos cardíacos altos e abafados.

– Onde você encontrou isso? – perguntou ela.

– Certa manhã ela caiu de uma árvore.

Lynet escondeu o rosto, certa de que, mesmo na escuridão, Nadia seria capaz de ver as emoções confusas ali escritas. Raiva e traição lutavam pela vitória contra o perdão e *outra* coisa que ela não entendia, as palavras ocultas sob a pele em algum lugar que ela não podia alcançar. *Senti falta disso. Senti falta dela.*

Mas quando Lynet se virou, Nadia também não estava olhando para ela. Estava retorcendo as mangas nas mãos, a cabeça curvada, baixa, o cabelo bloqueando seu rosto. Quando ela falou, Lynet podia ouvir a hesitação em sua voz.

– Sempre que penso no que Gregory queria de você, sempre que penso no papel que desempenhei... – Nadia levantou a cabeça e se virou para encará-la com toda sua tristeza e remorso revelados, e Lynet soube que isso era uma oferta. Lynet tinha contado a Nadia seus segredos, e agora Nadia estava lhe dando o segredo mais difícil que possuía: que por trás de seu ar de competência e controle, ela estava tão perdida, incerta e solitária como Lynet estivera. – Lynet, me *desculpe* – disse ela em voz baixa.

Dessa vez, Lynet não afastou os olhos. Ela podia absolver Nadia com uma palavra, se quisesse, e parte dela queria – seu ressentimento não era uma chama enfurecida que lhe dava força, mas um peso doloroso sobre o peito que dificultava a respiração. Mas esperou tanto tempo pela resposta, com o silêncio se estendendo entre as duas, que o momento de perdão passou.

Ela colocou a cabeça para trás, apoiou-a na árvore e fechou os olhos. Quando Nadia tornou a falar – só o nome de Lynet, delicado e interrogativo –, Lynet fingiu estar dormindo.

Ao amanhecer, Lynet e Nadia continuaram acompanhando a estrada principal até alcançarem um grupo de mercadores que seguia para o norte com rolos de tecido colorido. Os mercadores concordaram em levá-las até depois da Fronteira do Gelo em uma de suas carroças em troca do conteúdo da bolsa de Lynet, por isso as duas deixaram o Sul aninhadas entre sedas e linhos.

Lynet manteve os olhos fechados pela maior parte da viagem – o balanço da carroça na estrada irregular e a paisagem em movimento em torno delas a deixavam enjoada. Mas então, no segundo dia de viagem na carroça, Lynet sentiu um solavanco no corpo, como se estivesse acordando de repente enquanto sonhava que estava caindo de uma grande altura. Os olhos dela se abriram rapidamente, e ali, ao seu redor, havia neve.

Eles tinham cruzado a Fronteira do Gelo.

Lynet quase gritou de alívio ao ver a neve. Ela sentia como se estivesse prendendo a respiração por muito tempo e a tivesse liberado de repente, o mundo ao seu redor claro e vívido outra vez.

Mas não era suficiente apenas ver a neve. Ela precisava senti-la na pele, afundar nela e ouvir seus batimentos cardíacos ressoando ao seu redor. *Logo*, ela prometeu a si mesma.

Mas Lynet tinha esquecido como as carroças se moviam mais devagar pelo Norte, a frequência com que tinham de parar para limpar as estradas, e mais de uma vez quis testar seu poder e varrer toda a neve da estrada com um movimento da mão. Mas esperou até a carroça parar em uma encruzilhada. Dali, os mercadores iriam para o Leste na direção da propriedade de um nobre cujo nome Lynet reconheceu vagamente. Eles não se davam ao trabalho de tentar vender seus tecidos caros nas aldeias, levando-os direto para as propriedades ricas.

Lynet praticamente pulou da carroça enquanto Nadia agradecia aos mercadores, e seguiu para o Norte pela floresta. Nadia correu para alcançá-la, mas Lynet só mergulhou o bastante na mata para que as árvores a escondessem dos transeuntes antes de afundar até os joelhos na neve. Ela não tinha entendido de fato o quanto o Sul era *quente* até agora, quando o calor estava finalmente se esvaindo dela.

Ela ouviu Nadia chamar seu nome e lhe perguntar alguma coisa, mas nada era mais alto que a corrente sanguínea acelerada sob sua pele, nada era mais brilhante que a neve branca, como um farol chamando-a para casa. Ela afundou mais e deitou de costas, com os olhos fechados, e simplesmente ficou ali por algum tempo, inspirando e expirando ao ritmo de seu coração até ele se acalmar – não muito rápido, não muito lento.

Ela abriu um olho e viu Nadia observando-a de perto com um sorriso afetuoso no rosto. Lynet se lembrou do que dissera sobre encontrar o que estava procurando no Norte, palavras delicadas ditas no escuro, e gostou da versão de si mesma que via nos olhos de Nadia.

Mas quando percebeu que Lynet a havia visto, Nadia virou o rosto, como se não tivesse mais o direito de observá-la.

Estava quase anoitecendo, por isso as duas decidiram caminhar até a aldeia mais próxima e passar a noite ali antes de seguir para Primavera Branca no dia seguinte. Quando chegaram às ruas pequenas e movimentadas da aldeia, Lynet se lembrou da última vez que passara por uma aldeia como aquela, como tinha visto todas as maneiras como podia ajudar e, ainda assim, recuado e ameaçado uma desconhecida. A lembrança a envergonhou. Talvez voltar a Primavera Branca fosse um erro, mas era um erro que ela precisava cometer.

Sua capa não era estranha nem deslocada, ali, mas Lynet não a queria nem precisava mais dela – era mais uma camada entre ela e a neve –, portanto, antes que pudesse se convencer a mudar de ideia, arrancou a capa e a ofereceu a uma jovem que passava por ali com uma capa fina e rasgada. Ela depositou a capa pesada nas mãos da menina e seguiu em frente antes que a garota pudesse recusar ou fazer perguntas.

Lynet achou que Nadia se preocuparia com o excesso de exposição de suas roupas sulistas vermelho-escuras, mas ela disse apenas:

– Foi bondade sua.

Depois ela seguiu Lynet na direção da estalagem suja da aldeia. Lynet estava com a bolsa cheia. Sua magia agora não exigia esforço, mas, pelo resto da viagem, nem ela nem Nadia mencionaram a ideia de subir em uma carroça, nem mesmo sugeriram que Lynet tentasse fazer uma carroça de neve. A cada passo mais próximo de Primavera Branca, os medos de Lynet se tornavam mais difíceis de ignorar, e por isso ela ficou aliviada em caminhar o resto do caminho, para prolongar aqueles últimos minutos roubados com Nadia antes de as duas voltarem aos papéis de princesa e espiã do mago.

Depois de quatro dias de viagem, Lynet e Nadia finalmente chegaram à floresta nos arredores de Primavera Branca pouco antes de anoitecer.

Nadia respirou fundo.

– Tem certeza disso?

Lynet assentiu e olhou para a frente.

– Vou ficar perto do limite, à esquerda, então vai ser fácil me encontrar.

Nadia olhou para ela e, embora não dissesse nada, seus olhos falavam de medo, de remorso, de alguma esperança proibida. Havia uma pergunta em seus lábios, mas em vez de fazê-la, ela se virou, e o cabelo escondeu seu rosto.

Lynet podia tê-la tranquilizado de algum modo, dizer que as duas iam se ver outra vez, que entendia por que Nadia tinha agido como espiã, que estava se tornando cada vez mais difícil culpar Nadia pelo que tinha feito. Ela podia ter estendido a mão e limpado a neve do cabelo de Nadia. Podia ter feito aquela pergunta, uma que estava flutuando em sua mente desde que vira aquelas jovens na praça da cidade. Mas agora, tão perto de Primavera Branca, Lynet estava ficando cada vez mais plenamente consciente do perigo adiante – não apenas para si mesma, mas para Nadia também. E soube o que precisava dizer.

– Você ainda pode voltar se quiser – disse Lynet. – Você não me deve nada.

Nadia balançou a cabeça, olhando para Lynet de novo.

– Não é por essa razão que estou fazendo isso. Se *você* quiser voltar agora, eu volto com você, mas não vou sozinha.

– Então me prometa que vai deixar Primavera Branca se Mina ou Gregory me envenenarem.

– Lynet...

Lynet levantou a mão para detê-la.

– Aqui – disse. Ela apertou a bolsa cheia nas mãos de Nadia. – Se alguma coisa der errado depois que eu acordar, ou se Gregory descobrir que você trocou os venenos, eu... eu não quero que nada aconteça com você. Vá para o Sul outra vez se quiser, mas me prometa que vai deixar Primavera Branca assim que puder.

No início, Nadia não respondeu. Ela estudou a bolsa em suas mãos, deliberando em silêncio.

– Esta é sua primeira ordem como rainha? – ela perguntou por fim.

Lynet tentou sorrir.

– Sim.

– Então eu prometo.

Ela não falou mais nada, mas Lynet percebeu a pergunta se formando em seus lábios outra vez. E soube, com a força com que sentia sua conexão com a neve, que se Nadia falasse agora, essa despedida se tornaria impossível.

– Você devia ir antes que fique escuro demais – disse Lynet, as palavras caindo pesadamente sobre a neve a seus pés.

Nadia deu um breve aceno com a cabeça, os olhos brilhando. Ela deu meia-volta e começou a seguir a trilha para Primavera Branca sem dizer mais nenhuma palavra.

Lynet a observou até que o vento levantou a neve na estrada e formou um véu branco que a ocultou.

29

MINA

A neve tinha caído sobre o trecho de terra onde antes ficava a estátua de Sybil, como se nada nunca tivesse havido ali. De sua janela, Mina franziu o cenho. A presença contínua do inverno parecia zombar dela, lembrando-a de seu fracasso.

Uma série de batidas rápidas na porta interrompeu seus pensamentos. Mina sabia que devia ser Felix. Quando o chamou, ele fixou os olhos em um ponto atrás dela e disse algo sobre um pedido urgente para vê-la.

Mina não parava de olhar para ele, assustada pelo modo como seus olhos não eram mais vazios e infinitos, mas plenos e cheios. Ele era um contorno vazio que tinha sido finalmente preenchido.

– Quem é? – ela perguntou. – Você reconheceu a pessoa?

Felix assentiu.

– A cirurgiã que você dispensou.

Mina se virou, pensando no frasco de veneno que estava ao lado de sua cama.

– Vou recebê-la na sala do trono – ela anunciou. – Leve-a até lá para mim.

Dois guardas entraram junto da cirurgiã, Felix atrás deles. Mina olhou ao redor, assombrada como na primeira vez que entrara na sala do trono anos atrás, mas a cirurgiã não demonstrou reação à grandeza da sala, com os olhos fixos à frente ao se aproximar do trono com o foco voltado para um único propósito. Mina se perguntou se a garota precisou se convencer a entregar Lynet, ou se essa traição tinha sido fácil para ela.

A rainha dispensou todos eles, exceto Felix, que ficou parado ao lado do trono enquanto gesticulava para que a jovem se aproximasse.

– Eu sei por que você está aqui – disse Mina, a voz com um toque de desdém. – Mas quero ouvi-la mesmo assim.

Nadia respirou fundo e, em seguida, disse claramente:

– Eu vim aqui para lhe entregar Lynet.

Mina se levantou do trono e desceu, colocando-se no mesmo nível que a jovem.

– E por que Lynet acha que você está aqui?

Mina queria envergonhá-la, fazê-la se encolher ou desviar os olhos, mas Nadia não fez nada disso, não tirou os olhos dos olhos de Mina nem uma vez. Seus olhos brilhavam não com a dureza da traição, mas com a coragem da convicção. O que quer que Gregory tivesse prometido a ela devia ser algo importante, algo que eclipsava mesmo a vergonha de trair uma amiga.

— Ela acha que eu fui a Cume Norte comprar comida — ela respondeu.

— E, em vez disso, você veio aqui para entregá-la a mim. Você é uma amiga maravilhosa para ela.

Nadia baixou a cabeça por um momento, com um vislumbre de culpa nos olhos, mas ela se recuperou rapidamente e olhou Mina nos olhos de novo.

— Seu pai prometeu me tornar sua aprendiz. Nem mesmo Lynet pode me oferecer isso.

Mina quis matá-la naquele instante. Tudo o que precisava era chamar os guardas. Eles fariam isso, e ninguém sequer saberia que aquela jovem tinha existido. Ela pensou em todo o tempo que a garota passara com Lynet, toda a confiança que Lynet depositara nela, e isso a deixou louca de raiva. *Você não a merece*, ela quis dizer. Mas, em vez disso, disse apenas:

— Sim, posso ver porque você e meu pai se dão bem.

Nadia se encolheu ao ouvir isso, o que foi, pelo menos, algo a seu favor — ela reconheceu as palavras de Mina como um insulto.

— Devo lhe contar onde está ela? — ela perguntou, a voz um pouco tensa. — Posso desenhar um mapa.

Mina deu a volta nela lentamente, sem querer que a garota percebesse sua incerteza em relação a ver Lynet outra vez. Mas o que Gregory tinha dito era verdade — Mina não tinha nenhuma chance contra a enteada. Assim que as pessoas de Primavera Branca soubessem que Lynet estava viva, se uniriam contra Mina imediatamente. *Eu tenho meus poderes*, pensou ela por um momento. Mas Lynet tinha poderes também, e havia mais neve que vidro em Primavera Branca.

Mina precisava encontrar Lynet primeiro, antes que ela saísse do esconderijo. E depois? *Depois vou envenená-la.*

Mais uma vez, o pensamento a envolveu em ondas de náusea. Veneno era o plano de seu pai, mas isso não significava que tinha de ser o plano de Mina. Por enquanto, tudo o que precisava fazer era recuperar Lynet e prendê-la em algum lugar do castelo sem que ninguém soubesse. Gregory ficaria com raiva dela quando descobrisse, mas ela já tinha enfrentado a raiva do pai antes, e nem mesmo isso seria tão doloroso quanto a tristeza que sentira ao pensar que Lynet estava morta.

– Tudo bem – disse ela, a voz embotada e rouca quando ela parou em frente a Nadia outra vez. – Desenhe o mapa.

Depois de se livrar da amiga indigna de Lynet, por enquanto mandando-a de volta a sua sala de trabalho, Felix se aproximou de Mina, apontando para o mapa recém-desenhado em sua mão. Lynet estava em um ponto na mata ao redor de Cume Norte, não longe da estrada principal.

– Eu devo levar isso? – ele perguntou.

– Sim – disse ela enrolando o mapa nas mãos depois de soprar a tinta para garantir que estivesse seca. – Espere um pouco mais, até estar totalmente escuro, então mande quatro guardas, não deve ser necessário mais que isso. Vão ter de pegá-la rapidamente, de surpresa, antes que ela possa usar a neve para ajudá-la. Faça-os cobrir a cabeça dela com um saco, mas também diga para eles tomarem cuidado, para que ela ainda consiga respirar. Diga... Diga a eles que, sob nenhuma circunstância, devem lhe causar nenhum dano sério.

Felix pegou uma ponta do mapa enrolado, mas Mina não soltou a outra.

– Você não vai com eles – ela disse em voz baixa, esperando que Felix a encarasse, surpreso ou confuso.

Mas ele não tirou os olhos do mapa.

– Não, eu imaginei que não – disse ele. – Não depois da última vez.

– Tenho outra tarefa para você – ela continuou. Enquanto a cirurgiã desenhava o mapa, Mina estava pensando em onde colocar Lynet, onde a deixaria presa e isolada, mas em segurança. Ela não podia pensar em mandar Lynet para um calabouço, mas pensou em outro lugar que seria igualmente efetivo. – Quero que você cubra com madeira as janelas da Torre Norte – disse ela.

Ela deixou Felix pegar o mapa de sua mão, esperando que ele fosse embora, mas em vez disso, ele levantou a cabeça para olhar diretamente nos olhos dela.

– Você não vai fazer isso – disse ele.

Mina tinha se perguntado se ele diria algo sobre seus planos, mas, mesmo assim, as palavras foram uma surpresa.

– Eu não vou fazer *o quê*, Felix? – disse ela friamente.

Ele torceu o mapa nas mãos.

– Você não vai machucá-la.

Era estranho falar com ele, e não ver os próprios sentimentos refletidos em seu rosto. Estranho saber que ele tinha se tornado algo separado dela.

– E como você pode ter tanta certeza disso? – *Como*, ela prosseguiu em silêncio, *quando nem eu mesma tenho certeza?*

– Porque eu conheço você – ele respondeu. Sua voz estava diferente também, mais forte e profunda, a diferença entre um eco e uma voz humana.

– Mas as coisas mudaram, Felix – disse ela, passando o polegar no rosto dele. – Você mudou. Lynet mudou. Você prefere que eu morra, em vez disso? Você quer uma rainha mais jovem a quem servir?

Felix se encolheu, afastando-se dela, e seus olhos se estreitaram com uma raiva que Mina nunca tinha visto nele antes.

– Você acredita no pior em todo mundo, até em si mesma. – Ele se virou e saiu a passos largos da sala do trono, e dessa vez foi Mina quem o observou ir sem detê-lo.

30

LYNET

Lynet passou o polegar pela folha dobrada de pergaminho em sua mão. Era tudo o que tinha agora, essa carta para Mina, mas o papel parecia fino demais. Se o deixasse cair na neve, ele provavelmente se dissolveria, e então ela não teria nada além de si mesma.

Ela estava a vários metros da estrada, mas, com a orientação de Nadia e suas próprias roupas vermelhas anunciando sua presença ali em meio às árvores e à neve, ela sabia que seria encontrada com facilidade. E não parava de se lembrar que *queria* ser vista, ser encontrada, apesar do medo que parecia algo vivo aninhado dentro de seu corpo.

Eles chegaram depois do anoitecer. Lynet ouviu os cavalos primeiro, as batidas dos cascos que ecoavam seu coração, e se agarrou à carta como se fosse protegê-la de todos os danos, o papel amarrotando em suas mãos. Suas pernas começaram a ceder enquanto ela lutava contra o instinto de fugir, mas ela permaneceu imóvel e enfiou a carta na faixa em sua cintura. Quando os cavalos apareceram, ela imediatamente procurou Mina entre os cavaleiros, mas viu apenas quatro soldados, nenhuma rainha à vista.

Os soldados a cercaram, e dois deles desmontaram. Eles não sacaram as armas, mas Lynet manteve a distância, concentrada na neve em sua mente, pensando no que poderia criar para ajudá-la.

Ela recuou até uma árvore, e os soldados se aproximaram mais. Percebeu que o caçador não estava naquele grupo, e não soube dizer se estava aliviada ou decepcionada. Ela não reconheceu nenhum dos rostos inexpressivos a sua volta, mas entendeu, pelos olhos vidrados, que os guardas pertenciam a Mina.

Era tentador fugir, fazer a neve lutar por ela, mas Lynet precisava falar com Mina. Se quisesse a madrasta de volta, precisava ter fé que os anos que as duas compartilharam não tinham sido uma mentira. Ela precisava confiar que Mina fizesse a *própria* escolha. Só suas escolhas poderiam determinar quem as duas eram no final.

– Vou com vocês de livre e espontânea vontade – ela anunciou, dando um passo para a frente. Um dos soldados se aproximou e amarrou seus pulsos com uma corda, o que ela esperava, mas então outro soldado pegou a carta de seu vestido. – Não! – Lynet protestou, mas seus pulsos estavam amarrados, e ela se balançou, sem firmeza, quando tentou se mover na direção deles. – Eu preciso disso.

– Você não pode ter nada com você – disse o soldado, a voz insípida e impessoal.

– Mas, por favor, é só uma carta, você não pode...

O soldado já estava lhe dando as costas, e ela sabia que não adiantava discutir com um homem que não era na verdade um homem. O caçador parecia mais humano, mais vivo. Esses soldados recebiam ordens e iam obedecê-las, não importava o que Lynet dissesse.

O soldado que tinha amarrado seus pulsos começou a empurrá-la na direção dos cavalos, mas ela manteve a atenção no que tinha pegado a carta, tentando encontrar alguma fonte de conexão.

– Por favor, guarde-a em um lugar seguro – ela lhe pediu. – Não a destrua.

Ele abriu e fechou os olhos. Estivesse ou não respondendo a sua súplica, ele prendeu a carta no cinto. Lynet olhou-a nervosamente enquanto era erguida sobre o cavalo, então uma capa envolveu seu corpo, e um saco frouxo de pano cobriu sua cabeça, e ela perdeu tudo de vista.

Lynet pensou em diferentes possibilidades: o soldado ficaria com a carta. Mina iria descobri-la. Ele iria perdê-la. Ia jogá-la fora. Talvez a carta não tivesse nenhuma importância. De qualquer modo, talvez não adiantasse nada. Talvez fosse tarde demais. Talvez Lynet fosse suficiente sem ela. Lynet passou a viagem de volta a Primavera Branca às cegas tentando racionalizar e parar de se preocupar, mas nenhum de seus pensamentos tenazes podia substituir a sensação da carta em suas mãos.

Quando o saco foi removido, ela estava na Torre Norte, e a janela tinha sido coberta com tábuas para impedir sua saída. Mas ainda havia manchas no telhado, e ela podia sentir sob a pele a neve no telhado à espera de um comando seu. Lynet torceu para não precisar usá-la, mas estava feliz por não estar completamente desamparada.

Os soldados começaram a sair, mas um deles parou na porta, falando com alguém que Lynet não conseguia ver. Então ele abriu mais a porta para deixar o caçador passar, fechando Lynet no interior do aposento.

Tudo o que aconteceu com ela desde a fuga de Primavera Branca desapareceu em um instante, e ela estava de novo deitada na neve, olhando para cima, para um homem com olhos vazios que queria matá-la. O caçador foi até ela, que começou a recuar até atingir a janela bloqueada. Encurralada de novo, como na última vez. *Como na última vez...*

Mina o havia mandado?

O caçador estava balançando a cabeça e com as mãos estendidas, as mãos que eram verdadeiras armas, por isso ela não se tranquilizou. Lynet passou os olhos pelo local, à procura de algo que *ela* pudesse usar como arma, perguntando-se se devia apelar para a neve...

— Não vou machucá-la. Eu saio, se você preferir. Podemos conversar pela porta, mas preciso falar com você — o caçador estava dizendo. — Preciso lhe pedir perdão.

As palavras finalmente chamaram a atenção de Lynet, que tentou afastar o pânico enquanto examinava a aparência do caçador. Depois que seu terror inicial passou, ela percebeu uma mudança, sutil mas inegável. Felix parecia... *substancial* de um jeito que não parecia antes, não era mais o espectro avultante que ela sempre temera. Havia rugas de preocupação em sua testa que o faziam parecer mais velho do que ela já tinha visto. E seus olhos — ela agora não via nada de si mesma quando o caçador lhe implorava.

Parecia errado ficar sozinha com ele aqui, onde já tinha estado com Nadia — errado ver seu rosto suavizado pela luz do luar em vez do rosto de Nadia. Lynet queria dar as costas para ele e se recusar a falar até que ele desistisse e a deixasse sozinha, mas em vez disso, endireitou o corpo o máximo que conseguiu e perguntou:

— O que você quer comigo? — Ele só a via como uma garotinha assustada. Agora, Lynet decidiu, esse homem a veria como uma rainha.

Ele fez uma mesura com a cabeça, respirando fundo, em seguida disse:

– Não fiz nada para impedir o acidente de seu pai. Eu não me importava se ele morresse. Eu a persegui, quase a matei. Deixei você fugir na esperança de que você morresse por conta própria. – Quando terminou sua série de confissões, ele levantou o rosto para ela com olhos vermelhos e cheios de lágrimas. – Eu sinto um grande remorso – exalou ele. – E não sei o que fazer.

Lynet o observou, tentando entender sua atitude diferente.

– O que aconteceu com você? – ela perguntou com delicadeza, dando um passo cauteloso adiante.

– Você sabe o que eu sou? – disse ele, arregaçando a manga para mostrar o antebraço com cicatrizes.

Na noite da fuga, Lynet imaginara, mas agora tinha certeza.

– Mina o fez a partir do vidro.

Ele assentiu.

– Mina me criou para ser dela, mas, naquela noite, quando eu a deixei partir... eu achei que a estivesse traindo. Eu imaginei que ela fosse querer você morta e, ainda assim, não consegui me forçar a fazer isso. – Ele olhou para as mãos, como se não as reconhecesse. – Eu agi pela minha própria vontade em vez da dela, e isso, de algum modo, me mudou. O único poder que Mina tem sobre mim agora é o poder que eu decidir dar a ela.

Lynet tentou entender o que ele dizia, mas um trecho não parava de repetir em sua mente.

– Você disse que *imaginou* que ela me quisesse morta. Diga: Mina *pediu* para você me matar naquela noite?

Ele balançou a cabeça.

– Ela queria que eu a trouxesse de volta. Eu teria cometido um erro terrível se a tivesse matado. Achei que seria mais fácil para ela se você estivesse morta, mas não entendi... – Ele apertou o coração. – Havia muita coisa que eu não entendia.

Lynet quase quis abraçá-lo. Mina não a quisera morta. Mina não o tinha mandado para matá-la.

— Estou muito feliz que tenha vindo aqui — ela disse para o caçador sem pensar.

A expressão sofrida de Felix se suavizou, e seus olhos ficaram esperançosos.

— Então você me perdoa?

Lynet franziu o cenho. Por um momento, ela estava em outro lugar — no quarto de Mina, sentada diante do espelho enquanto Mina penteava seu cabelo. Com as palavras do caçador, entretanto, ela foi puxada de volta para a torre. Estava parada diante do homem que quase a matara e que deixara seu pai morrer.

Será que era de fato o mesmo homem? O homem na capela que tinha feito uma confissão para Mina não demonstrara nada do remorso que Felix demonstrava agora. Ele não tinha consciência própria — só queria o perdão de Mina, a bênção de Mina. E mesmo então, deixara Lynet fugir em vez de matá-la.

Lynet balançou a cabeça.

— Eu não sei — disse ela. — Mesmo que perdoe você pelo que fez comigo, como posso perdoá-lo pelo que fez com meu pai? Eu acho... acho que, se o perdoasse agora, seria uma traição a ele. — Lynet olhou para a janela, pensando na cripta abaixo deles.

— Eu vou esperar — disse o caçador atrás dela. — Vou esperar até que você me perdoe.

Lynet se virou.

— Talvez nunca aconteça — ela disse com delicadeza.

Ele balançou a cabeça.

— Não importa. Vou fazer o que for preciso. Mesmo que não seja suficiente para compensar o que tirei de você, eu vou tentar. Eu... não sei como viver de outra maneira.

Lynet caminhou até ele, pensando.

– Você faria qualquer coisa por mim?

Ele hesitou.

– Não posso deixá-la escapar outra vez. Mina não confia em mim como costumava confiar. Os guardas ainda estão à espera lá fora.

– Eu tinha uma coisa mais simples em mente – disse Lynet. – Quando os soldados me trouxeram para cá, um deles pegou uma folha de pergaminho de mim. Uma carta. Preciso que você encontre essa carta e se certifique de que Mina a leia.

Felix ficou nitidamente desapontado antes de virar o rosto.

– Eu não tenho influência sobre Mina. Ela não escuta nada que não queira escutar.

– Mas você precisa tentar – disse Lynet. – Isso é tudo o que podemos fazer por ela. Só encontre a carta e a entregue a ela.

– Ler essa carta não vai... não vai prejudicar Mina de nenhuma maneira?

Lynet balançou a cabeça.

– Acho que não. Acho que só vai lhe fazer bem.

Ele assentiu.

– Vou fazer o possível – disse ele. – Eu prometo. – Então Felix foi embora, e ela ouviu o som da porta se trancando.

Lynet foi até a janela, agarrou a pedra do batente, remexeu no cabelo e retorceu a saia nas mãos – qualquer coisa para fazê-la esquecer que estava de mãos vazias. Que nada tinha a oferecer a Mina agora, além do próprio coração.

31
MINA

Assim que os soldados partiram para a floresta em busca de Lynet, Mina foi para a sala vazia do conselho com uma vela para esperar e ver o último relatório sobre o castelo de verão. Mas nem mesmo o trabalho podia distraí-la dos pensamentos que corriam por sua cabeça. Será que já tinham encontrado Lynet? Será que a estavam trazendo de volta neste instante? Será que Lynet tentaria lutar, usar seu poder recém-descoberto sobre a neve, ou estaria derrotada demais, sabendo que a única aliada que pensava ter a tinha traído?

– Andei procurando por você.

Mina levou um susto com o som da voz do pai. Ele estava apoiado no batente da porta, escondido na sombra. Quando Gregory avançou até a luz da vela, Mina percebeu, pelo modo como suas veias se destacavam em sua têmpora, que ele sabia o que ela tinha feito – o que falhara em fazer.

Ela estava apoiada na mesa, mas, nesse momento, se aprumou.

— Eu sei o que estou fazendo — disse ela com delicadeza.

— A cirurgiã chegou há horas. A garota devia estar morta a essa altura. Você devia ter ido atrás dela...

— E por que não foi lá e a matou você mesmo? — Mina retrucou bruscamente. Ela deu a volta na mesa e parou na frente do pai. — Por que você me deu o veneno? Nós dois sabemos por quê, porque Lynet não confia em você o suficiente para deixá-lo se aproximar de novo. — Ela fez uma pausa, saboreando a forma como ele estava tremendo de raiva. — Conheço Lynet melhor que você. Por isso acho que é melhor me deixar decidir como abordá-la.

— E o veneno? — ela perguntou, em voz baixa, com a raiva mal contida. — Você o tem a postos?

— Sim — mentiu ela. O frasco ainda estava fechado sobre a mesa de cabeceira. Ela tinha considerado esvaziá-lo na neve, mas algo em sua mente insistia em sussurrar que ainda poderia precisar dele. — Vou fazer o que for necessário.

Um sorriso lento e desdenhoso se abriu no rosto dele.

— Eu sei que vai.

Gregory sabia que ela o faria. Felix sabia que ela não o faria. Mina se perguntou qual deles a conhecia melhor — o homem que a tinha criado ou o homem que ela tinha criado. E, mais uma vez, ela se perguntou como cada um dos dois podia estar tão certo quando, apesar de tranquilizar seu pai, ela ainda não tinha certeza do *que* faria quando visse Lynet outra vez.

Algumas horas antes do amanhecer, houve uma batida na porta, e Mina levou outro susto, esperando que o pai não percebesse o quanto ela estava tensa. Gregory tinha decidido ficar com ela pelo resto da noite, e com Felix em outro lugar, Mina estava quase grata por qualquer companhia além da sua própria.

Mina foi até o guarda na porta.

– Ela está com vocês? – ela perguntou em um sussurro baixo.

O guarda assentiu.

– Ela está ilesa. Nós a trancamos na torre, como a senhora ordenou.

– Bom – disse Mina. – Me entregue a chave.

O homem lhe entregou a chave no momento em que Gregory apareceu ao lado deles.

– Está feito? – ele quis saber assim que Mina dispensou o soldado.

– Ela está na Torre Norte – disse Mina. – Vou vê-la agora.

Mas, antes que pudesse sair pela porta, ela sentiu a mão de Gregory se fechar em torno de seu braço. Com a luz da vela atrás dele, seu pai parecia brilhar vermelho.

– Não me decepcione, Mina.

Mina puxou o braço, mas não confiou em si mesma para responder. Mesmo enquanto subia as escadas da Torre Norte, ela ainda não sabia o que ia acontecer quando ela e Lynet se reunissem. Ela respirou fundo para se firmar, em seguida destrancou a porta da torre e entrou.

Lynet estava parada ao lado da janela bloqueada, espiando pelas frestas as dependências de Primavera Branca lá embaixo. Quando Mina entrou, Lynet se virou para encará-la.

O cabelo de Lynet estava mais curto agora, e ela estava usando roupas sulistas, a seda vermelho-vivo destacando-se contra o azul desbotado dos móveis e o luar pálido que entrava pelos remendos no teto da torre. Qualquer outra pessoa estaria tremendo de frio vestida daquele jeito, mas não Lynet. Mina sentiu vontade de tocar o tecido, um lembrete tão vívido de seu lar, mas se deteve. *Devia ser eu a mostrar o Sul para ela. Isso era meu para dar a ela.*

A Lynet que a encarava agora não tinha nada da energia incansável de antes – aquela sensação de estar sempre em movimento, mesmo que apenas para bater o pé ou brincar com o cabelo, como se fosse ter uma reação brusca a qualquer momento. Em vez disso, estava imóvel, especialmente em comparação com as mãos trêmulas de Mina.

O mais surpreendente de tudo era que Lynet estava viva. Mina ainda podia ver o cadáver em sua mente quando fechava os olhos – tinha sido sua última imagem de Lynet, uma imagem que era muito parecida com ela e, ao mesmo tempo, completamente diferente, porque não tinha vida. Por aqueles poucos momentos depois de entrar no aposento, tudo o que Mina conseguia fazer era olhar fixamente para Lynet e se maravilhar pelo fato de a menina estar ali parada.

Ela de repente estava de volta à capela, na noite do aniversário de Lynet, revivendo o momento em que descobriu que a enteada tinha ouvido todos os seus segredos. *Como poderemos um dia superar isso?*, ela tinha se perguntado na época e, agora, voltava a pensar nisso. Elas nunca poderiam caminhar lado a lado outra vez – uma delas sempre teria de perder terreno, até que não restasse nada a fazer além de cair.

Mina deu um passo em sua direção.

– Não tenha medo – disse ela.

Ela esperou que Lynet respondesse a essa frase simples como sempre: *Eu não estou com medo*, falando rapidamente, na defensiva, tentando convencer a si mesma, assim como todas as pessoas, mas Lynet apenas retribuiu o olhar fixo de Mina. Seus lábios formaram uma palavra, quase baixa demais para ser ouvida: *Mina*. Então ela disse, mais alto:

– Tem algo que preciso perguntar a você, algo que tem me incomodado. Você estava com meu pai quando ele morreu?

Mina ficou surpresa com a pergunta, mas disse:

– Sim. Ele perguntou por você.

– Ele... ele morreu por minha causa? Porque achou que eu estava morta?

Ela começou a remexer no vestido, sinal de sua velha inquietude voltando, e Mina entendeu que teria mentido para ela se necessário, em vez de permitir que Lynet carregasse alguma culpa pela morte de seu pai.

– Não – disse Mina. – Eu tentei contar, mas ele não acreditou em mim. Ele estava um pouco delirante perto do fim e achou que você estava indo vê-lo.

O rosto de Lynet se retorceu por um momento enquanto se esforçava para não irromper em lágrimas, e Mina sentiu vontade de estender a mão e alisar as rugas em sua testa. *Você não quer estragar sua beleza.*

Por que ela não foi até Lynet nesse momento e a abraçou, ou a deixou chorar em seu ombro como tinha feito tantas vezes antes? Mas ela sabia que dessa vez era diferente – antes, ela sempre sabia por quanto tempo abraçar Lynet antes de afastá-la delicadamente, de modo que ela não notasse o silêncio onde devia estar o coração de Mina. Mas agora Lynet já sabia, por isso era tarde – tarde demais para afastá-la, tarde demais para sequer abraçá-la.

Lynet se recompôs, passando a mão pelo vestido. Agora que tinha perguntado sobre a morte do pai, ela parecia mais leve, como se tivesse se livrado das últimas dúvidas que tinha. Mas como podia parecer tão segura, tão confiante? Mina quase sentiu como se fosse *ela* quem tivesse sido capturada em vez de Lynet.

– Você é a única família que me resta – disse Lynet. – Eu tinha uma esperança...

– Esperança de quê? De que pudéssemos voltar a ser como antes? – Mina não sabia como suas palavras soariam duras até ver Lynet começar a se encolher.

– Não – disse Lynet, respirando fundo e segurando o ar por alguns momentos. Em seguida, ela se aprumou outra vez e olhou Mina nos olhos. Sua voz estava profunda e clara quando continuou: – Não quero que as coisas sejam como antes. Você escondia muita coisa de mim, e eu... eu queria ser você sem de fato saber quem você era.

Mina ficou tensa.

– Mas imagino que você saiba agora, não é? Você sabe exatamente o que eu sou. Claro que não quer mais ser igual a mim.

– Não foi isso que eu quis dizer. Nós não podemos fazer as coisas voltarem a ser como antes, mas talvez... – Ela deu um passo na direção de Mina, entrando direto em uma faixa de luar que iluminou cada fiapo de esperança e determinação em seus olhos. – Talvez possamos fazer alguma coisa nova. Eu sei mais sobre você agora do que já soube antes, e ainda quero que você seja minha mãe.

– Sua madrasta.

– Não – disse Lynet. – Sempre foi você quem eu quis, desde a primeira vez que me encontrou escondida naquela árvore. Minha mãe é a mulher que me viu crescer, que penteava meu cabelo toda noite com as próprias mãos. Você é a mãe que eu escolhi, a que eu amo.

Lynet se aproximou dela de novo, oferecendo tanto, *pedindo* tanto, e tudo o que Mina pôde fazer foi dar um passo para trás e desviar os olhos dela.

– Você não pode me amar – murmurou ela. – Você *não pode*.

Mas Lynet estava na frente dela agora, pegando suas mãos e as segurando firme.

– Como você pode acreditar nisso? Durante todos esses anos, você não viu o quanto eu a amava?

Mina se afastou do alcance de Lynet, de costas para a porta. Ela tinha se deixado encurralar, e se ressentiu de Lynet por fazer isso com ela, por fazer seus ferimentos parecerem tão verdadeiros, tão reais, quando Mina sabia que nunca poderiam ser.

– Você não entende – disse Mina. – Você não me conhece tão bem quanto pensa. – Ela afastou Lynet para o lado para poder dar a volta, quase tropeçando na poltrona empoeirada para chegar ao centro do aposento.

Ela estava de costas para Lynet, mas Mina ainda conseguiu ouvi-la dizer:

– É por isso que fui para o Sul. Eu queria saber mais sobre você. Eu queria me conhecer também. Achei que Gregory pudesse me dar essas respostas, achei que ele pudesse me ajudar a encontrar uma cura para você, para o seu coração.

Mina deu risada, arranhando sua garganta. Ela se voltou para Lynet lentamente.

– E você teve sucesso em encontrar uma cura para o meu coração?

Lynet balançou a cabeça, ainda ereta, mas seus olhos traíam seu medo, sua dúvida.

– Se falhei, foi porque procurei respostas no lugar errado. Gregory não sabe nada sobre você. Ele nunca entendeu nenhuma de nós, nem a ligação que compartilhamos. Meu pai também não entendia.

– Então existe uma cura para mim, você acha? – disse Mina, tentando parecer cética, mas incapaz de evitar aquela nota de esperança na última palavra.

O silêncio que se seguiu pareceu infinito, e Mina quis dizer mais, impedi-la de falar qualquer coisa, quando Lynet respondeu:

– Não sei ao certo se você precisa de uma, mas... – Sua voz oscilou, e ela respirou fundo antes de prosseguir: – Mas eu lhe trouxe uma coisa, uma carta. Seus guardas a pegaram de mim quando me encontraram na floresta, mas é para você. Eu queria que você a lesse. E... tem mais uma coisa em que pensei. – Lynet estava remexendo no vestido, sorrindo timidamente. – É... é infantil, talvez, mas...

Lynet largou o pedaço de tecido com o qual estava brincando e olhou para ela. Então foi até Mina no meio do aposento e levantou uma das mãos virando a palma para a madrasta. – Levante sua mão, assim.

Mina não entendeu, mas levantou a mão para espelhar a de Lynet, a palma das duas de frente uma para a outra.

Lynet aproximou sua mão até tocar a ponta dos dedos de Mina.

– Agora, aperte – disse ela.

As duas apertaram a ponta dos dedos juntas, formando uma teia de carne com as mãos.

– Para que isso? – disse Mina.

– Apenas espere – disse Lynet. – Feche os olhos.

Ela esperou até Lynet fechar os próprios olhos antes de fazer o mesmo. Mais tempo se passou, e ela estava começando a se perguntar se Lynet estava preparando algum tipo de armadilha.

Então ela sentiu.

Ali, na ponta de seus dedos, ela sentiu o ritmo constante do coração de Lynet. Mas, quanto mais tempo mantinha os dedos ali, mais forte apertava, mais parecia que a pulsação estava vindo de seu próprio corpo. Ou melhor, tornou-se impossível saber de que corpo ela vinha. Era o pulso de Lynet, ela sabia, mas também era, milagrosamente, o seu. Ele reverberou por sua mão, desceu por seu braço, chegou ao seu peito, e Mina se perguntou como tinha vivido todos aqueles anos sem aquele ritmo delicado.

A pulsação, que era e, ao mesmo tempo, não era dela, pareceu desalojar algo dentro de si. O sangue circulava mais livremente, e ela sentiu tudo ao mesmo tempo – a tristeza pela morte de Lynet combinada com o choque de ouvir que ela estava viva, a vergonha de vê-la outra vez, junto com a esperança que ouvira na voz de Lynet quando insistiu que a amava como uma mãe.

Os olhos de Mina arderam – ela estava chorando.

Assustada pelas lágrimas de Mina, Lynet recolheu a mão, e Mina ficou assombrada com o vazio repentino da conexão interrompida. Lynet a olhava fixamente com preocupação, e Mina podia tê-la abraçado, essa garota cujo coração era tão forte e tão cheio que podia bater pelas duas.

Mina correu para a porta, precisando escapar de Lynet antes de ceder ao medo e à voz do pai, sempre sussurrando em sua cabeça.

– Me prometa que vai procurar essa carta – Lynet gritou atrás dela, a própria voz entrecortada com o começo das lágrimas.

Mina abriu a porta, ignorando-a.

– Mina, prometa que vai ler a carta!

Mas Mina estava fechando a porta, abafando a voz de Lynet. Ela começou a trancá-la por hábito, mas então parou, deixando a chave na porta. O que Lynet faria agora dependia apenas dela.

As últimas palavras de Lynet ainda ecoavam em seu ouvido enquanto ela descia as escadas da torre. *Prometa que vai ler a carta.* Havia uma carta, algo que ela supunha que Lynet tivesse escrito para ela. Mas, quando desceu da torre, Mina foi direto para a capela, puxada por alguma linha invisível até lá sempre que precisava de refúgio. Ela caiu de joelhos em frente ao altar e levou a mão ao peito, meio que acreditando que sentiria a pressão delicada dos próprios batimentos cardíacos, transferidos de Lynet para ela.

Mas não havia nada, é claro. Nada tinha mudado de fato. A verdade ainda pairava como uma lâmina maligna entre as duas: só uma delas poderia ser rainha. Só uma delas poderia vencer.

32

LYNET

Ela vai ler a carta, Lynet disse a si mesma enquanto andava de um lado para outro no aposento circular, mordendo o polegar. *Ela vai ler a carta, e vai voltar para mim, e tudo vai ficar bem.*

Lynet não quis contar para Mina sobre o conteúdo da carta, nem mesmo que era de Dorothea, sem saber ao certo se ela acreditaria, a menos que lesse a carta por conta própria. Mas ainda havia muitos perigos. Será que o guarda que tinha tomado a carta a teria guardado? Será que Mina o encontraria? E mesmo que a lesse, será que isso faria alguma diferença?

Lynet tinha tentado tocar Mina da melhor maneira possível, com suas palavras e seu coração. Desde a noite sob a árvore, quando ela e Nadia juntaram suas mãos, Lynet queria ver se podia usar o mesmo truque para dar a Mina a sensação de um batimento cardíaco verdadeiro, mesmo que apenas temporariamente. Mas

Mina tinha fugido, e agora, sozinha na torre vazia, Lynet sabia que a carta era sua última chance. Ela parou de andar de um lado para outro, no mesmo ponto onde percebeu pela primeira vez que Mina estava chorando. Ela nunca tinha visto Mina chorar antes – sem dúvida isso significava que ela tinha tocado o coração de Mina de algum modo.

Sempre que Lynet dava uma volta no aposento, ele parecia ficar menor, a janela coberta por tábuas ainda fazendo-a sentir que não conseguia respirar direito. Ela se perguntou se havia alguém guardando a porta, se poderia lhe trazer um pouco de água, algo para fazê-la sentir como se não estivesse respirando o mesmo ar bolorento. Ela tentou bater na porta, mas, em vez de ouvir uma resposta, ouviu o barulho de algo caindo no chão. Lynet franziu o cenho e, com o ouvido colado à porta, tentou escutar sons de movimento. Se não soubesse que era impossível, ela teria pensado que era uma chave que tinha caído da fechadura.

Mina tinha saído correndo... Seria possível que tivesse esquecido de levar a chave? Será que ela tinha se esquecido até de trancar a porta? Ou tinha *decidido* deixar a porta destrancada? Mal ousando acreditar que teria sucesso, Lynet pegou lentamente a maçaneta, surpresa quando ela girou, e a porta começou a se abrir devagar. Mas ela não deixou que se abrisse totalmente, caso houvesse guardas à espera do lado de fora. Ela ainda não sabia ao certo se aquilo era alguma espécie de teste ou uma armadilha.

Mas agora ela tinha uma escolha – podia ficar ali, esperando e se perguntando o que ia acontecer em seguida, e onde estava a carta, se o caçador a tinha encontrado, ou se Mina a leria, sem ter nenhum controle sobre isso. Se a porta destrancada não fosse uma armadilha – se Mina tivesse de fato se esquecido, ou decidido não trancar a porta –, então Lynet podia circular às escondidas pelo castelo e procurar o caçador. Podia tentar recuperar a carta e entregá-la pessoalmente a Mina.

Lynet ficou olhando com atenção para a porta, indo de um lado para outro em sua mente várias vezes antes de decidir que não podia perder aquela chance de recuperar o controle de seu plano. Ela não achava que Mina inventaria um teste para Lynet falhar, especialmente não depois do momento que as duas tinham compartilhado. Lynet estendeu a mão outra vez na direção da porta...

Mas, antes que seus dedos tocassem a maçaneta, a porta rangeu e se abriu, revelando Mina parada na entrada, meio nas sombras. Ela estava calma e composta, o rosto liso e impassível, o cabelo não estava mais solto, mas bem trançado e bem enrolado em torno da cabeça.

– Mina! – Lynet exclamou, assustada. Ela não tinha ouvido ninguém se aproximando.

Mina deu um passo para a frente, forçando Lynet a recuar no quarto. Lynet tentou ver se seus olhos estavam vermelhos ou ainda cheios de lágrimas, mas estavam escondidos na sombra. Ela viu que Mina escondia alguma coisa na mão, mas não era a carta.

– Você encontrou a carta? – Lynet perguntou imediatamente.

Mina franziu o cenho de leve.

– Sim – ela respondeu com uma voz perfeitamente equilibrada. – Mas não é por isso que estou aqui. Tenho uma coisa para você, algo que esqueci de lhe entregar antes.

Lynet olhou confusa para Mina e quase se perguntou se o último encontro tinha sido apenas um sonho. Mina estava agindo como se nada daquilo tivesse acontecido, como se as duas nunca tivessem compartilhado um batimento cardíaco. Mas Mina estava com a mão estendida, desembalando um tecido negro para dar a Lynet sua pulseira de prata.

Todas as preocupações de Lynet desapareceram em um momento. Se Mina parecia rígida ou formal, era só porque estava nervosa com o gesto – um presente para lembrar Lynet de quando elas tinham se conhecido embaixo do zimbro. Mina devia tê-la guardado depois de encontrá-la no corpo criado por Lynet – ela tinha guardado o objeto por todo esse tempo, esperando para devolvê-lo a ela.

– Mina, obrigada – disse Lynet. – Eu estava preocupada que... Mas está tudo bem entre nós agora, não está?

Os lábios de Mina se curvaram em um sorriso, e ela baixou a cabeça para evitar os olhos de Lynet.

– Espero que sim. Você vai aceitá-la de volta, não vai?

– É claro.

Lynet pegou o bracelete e o fechou em torno do pulso. Seu peso era familiar e agradável.

– E agora podemos...

Suas palavras congelaram na garganta. Uma sensação desconhecida, quase como dor, se espalhava por sua mão, seus dedos ficando rígidos. *Frio*, pensou. *Essa é a sensação de frio.* Mina a observava enquanto dobrava o tecido. *Por que ela usou um pano? Por que não me entregou a pulseira diretamente?* Lynet achou que fosse apenas por capricho, para surpreendê-la, mas agora ela não conseguia parar de pensar que Mina nunca tinha encostado na pulseira.

Veneno.

Ela tinha esperança – e queria muito acreditar – que Mina não a machucaria. Ela achou que a carta seria a cura pela qual estava procurando – um lembrete para Mina de que ela era mais do que seu pai a fizera. Ela teve esperança e estava errada – fora até mesmo ingênua. Fraca. *Aquela* era Mina parada à sua frente, após decidir lhe entregar uma pulseira coberta de veneno. Decidir matá-la.

O frio estava se espalhando por todos os seus membros agora, e ela precisou lembrar a si mesma que Nadia tinha trocado os venenos, que ela não estava de fato morrendo. Mas conforme seus braços e suas pernas ficavam rígidos, ela não parava de pensar em como Gregory podia ter descoberto com facilidade o truque de Nadia. E se ele tivesse deixado o frasco original e escolhido outro? E se tivesse mudado de ideia sobre qual veneno usar? *E se eu estiver mesmo morrendo?* Todos os riscos que estivera disposta a correr agora lhe pareciam tolos, fruto de uma confiança equivocada.

Ela não queria que Mina visse o quanto estava assustada.

– Você não vai embora até ver acontecer, é isso? – ela perguntou com a voz tão gélida quanto o veneno em seu corpo. – Você quer me ver morrer?

Mina não respondeu. Ela apenas inclinou a cabeça, esperando. Na luz mortiça, ela parecia dez anos mais jovem; seu rosto, quase sobrenaturalmente liso; mesmo as mechas de cabelos grisalhos em torno de suas têmporas pareciam escondidas.

Lynet caiu de joelhos. E se perguntou se o veneno ia parar se ela tirasse o bracelete, ou se já era tarde demais. Não importava; ela não podia mais mover os braços. Ela estava se transformando em gelo, congelando de dentro para fora. *Isso não é real. Eu não estou morrendo.* Mas então por que o frio que a percorria se parecia tanto com a morte?

Sua visão estava ficando turva, mas algo chamou sua atenção – um passo pesado, um brilho cinzento perto da porta. Uma voz familiar disse:

– Ainda não acabou? – Então a visão dela se aguçou quando Gregory entrou.

Mas não – Lynet tinha pensado nisso –, ele ia precisar de Nadia antes de remover seu coração. Nadia o atrasaria até que ela tivesse a oportunidade de despertar outra vez.

Mas eu fiz Nadia prometer que partiria se eu fosse envenenada. Por que tinha feito isso? O que achou que aconteceria depois que ela fosse envenenada, se não houvesse ninguém ali para protegê-la de Gregory enquanto dormia? *Para começar, eu achei que Mina não fosse me envenenar.* Portanto, tinha deixado as emoções enfraquecerem seu julgamento mais uma vez. Até onde sabia, Nadia estava errada, e Gregory poderia realizar a cirurgia sem ela, se necessário. Ou talvez não precisasse de Nadia para remover o coração, apenas para transferi-lo para si mesmo, e Gregory estivesse prestes a arrancar seu coração enquanto ela ainda estava viva.

– Não... – disse Lynet com voz embargada. Ela tentou mover os pés, mas só avançou alguns centímetros sobre os joelhos, lutando para se manter ereta. Ela tentou cobrir o coração com a mão, uma tentativa fútil, porém instintiva, de se proteger, mas sua mão não obedeceu. E, apesar de tudo, ela olhou para Mina em busca de ajuda, como sempre tinha feito.

– Não deixe que ele...

Mas Mina não fez nada, não disse nada enquanto Gregory se aproximou e parou ao lado da filha.

– Não deve demorar muito agora – murmurou ele. – Fique aqui até que ela esteja morta. Eu volto já.

Ele saiu, e Lynet ficou sozinha outra vez com Mina, seu rosto tão inexpressivo quanto a neve.

Neve, pensou Lynet, a mente ficando turva. *Eu ainda tenho a neve.* E podia usá-la para se proteger, para manter Gregory afastado – mas quando chamou a neve no telhado, um espasmo de dor atravessou seu peito, e ela gritou. O veneno estava desligando seu coração, congelando seu sangue e congelando sua magia junto.

Entretanto, o detalhe mais doloroso de tudo era que Mina pudesse simplesmente ficar ali parada *assistindo*.

– Não devia ser assim – ela murmurou por entre dentes cerrados e com a cabeça curvada devido ao próprio peso. – Eu tinha muita fé em você, ou muita fé em mim mesma, para pensar que eu a conhecia tão bem. – A língua dela ficou pesada. – Eu agora sei. Eu vejo você. – Com um esforço final, ela levantou a cabeça para olhar Mina nos olhos. Agora, finalmente, ela via esses olhos com clareza: eram negros, reluzentes e vazios, duas pedras vítreas colocadas em um rosto humano.

Lynet virou o rosto antes que se visse morrer dentro deles.

33
MINA

Mina se encolheu na capela, tremendo com o vento frio que entrava pelas janelas quebradas. Seus pensamentos estavam tão caóticos e confusos quanto ao sair correndo da Torre Norte, com os batimentos cardíacos ainda ecoando em seu peito.

Que rainha sou eu, pensou ela com amargura. *Escondida de uma garota com metade de minha idade.* E o que uma rainha de verdade faria? Eliminaria qualquer ameaça, é claro, mesmo que isso significasse matar a própria enteada. Era isso que seu pai a obrigaria a fazer.

Mina foi arrancada de seu torpor pelo som de passos apressados. Quando os ouviu à porta da capela, ela nem se virou.

Levantou os olhos, e viu Felix parado acima dela, a voz fria e impessoal quando disse:

— Isto é para você. — Ela olhou para cima, e Felix estava lhe estendendo algo: uma folha de pergaminho dobrada, amarelando nas bordas.

A carta de Lynet. Ela olhou surpresa para Felix.

— Você foi vê-la?

Ele assentiu.

— Eu fiz um grande mal a ela e tive de repará-lo.

Como ele faz parecer fácil, pensou ela. Assim como Lynet – Felix era inexperiente demais para entender que, às vezes, era tarde demais para reparações, tarde demais para parar de seguir por uma trilha escolhida. Ela tomou a carta dele.

— Você acha mesmo que essa carta pode mudar alguma coisa?

Ele balançou a cabeça lentamente.

— Não sei. Só prometi a ela que a encontraria e a entregaria a você. Eu avisei que não podia fazer você ler a carta se você não quisesse.

Mina deu um suspiro e desdobrou o pergaminho, olhando rapidamente para as primeiras linhas enquanto se encostava no altar.

Minha querida Mina: Não posso partir sem me despedir.

Mina franziu o cenho e torceu o nariz com o cheiro mofado do pergaminho velho. Ela achou que fosse apenas o papel velho, e que Lynet tivesse escrito uma carta para ela, mas não era a letra de Lynet. Ela não reconhecia aquela caligrafia. Seus olhos foram até o pé da página, e o nome *Dorothea* a fez levar um susto.

Felix inclinou a cabeça.

— Eu devo deixá-la?

— Não – disse ela rapidamente. – Não... não vá. – Ela não queria ficar sozinha com o fantasma da mãe. Felix deu um suspiro e parou ao lado dela, com cuidado para não deixar nem seus ombros se tocarem.

No início, Mina imaginou que essa carta fosse o último adeus da mãe antes de tirar a própria vida, mas enquanto lia – repassando algumas frases várias vezes –, ela começou a franzir o cenho, confusa. As palavras da mãe não condiziam com o que Mina sabia, com o que esperava. Mina não conseguiu entender as palavras, até deixar de lado a história que conhecia e se concentrar na que tinha em suas mãos.

A carta não era apenas uma despedida. Era um pedido de desculpas – e não por se matar, mas por ir embora.

Eu gostaria de levá-la comigo, mas não sei para onde vou, não sei se posso cuidar de mim mesma, muito menos de uma criança de sua idade com saúde fraca. Seu pai diz que seu coração está estável graças ao que ele fez, mas nunca sei dizer se ele está mentindo, se está apenas tentando me enganar. Eu nunca fiquei sozinha, antes. Ninguém nunca me disse como era difícil ser mãe, quão criança eu me sentiria mesmo enquanto segurasse minha própria filha nas mãos.

O papel estava manchado em alguns lugares, borrões de tinta durante momentos de hesitação, manchas que podiam ser lágrimas.

Eu sei que devia ficar, e que é errado de minha parte deixá-la aqui com ele, mas é impossível para mim não odiá-lo, e sei que ele vê isso em mim, e que me odeia por isso também. E tenho certeza de que, se ficar, ele vai me fazer algum mal. Mas ele não machucaria a única filha, não depois de se esforçar tanto para salvar sua vida. Eu falhei com você muitas vezes, e não mereço seu perdão. Embora espere que um dia você ainda possa pensar em mim com carinho, não vou procurá-la, caso você não me queira, mas sempre estarei à espera, caso consiga encontrar o caminho até mim outra vez.

E então, milagrosamente, as palavras que faziam menos sentido de todas.

Amo você, Mina. Amo muito você. Gostaria de ter sido mais forte por você.

As mãos de Mina tremiam, tanto de raiva – ela me deixou – quanto de alegria – *ela me amava*. Ela passou a ponta dos dedos por essas últimas palavras diversas vezes, tentando segurá-las, transformá-las em algo com peso e forma, algo que pudesse carregar consigo. Todos esses anos, essa carta estava escondendo o segredo do amor de sua mãe. Onde ela estava? Como Lynet a encontrara?

Ela tinha ido procurar Gregory, Mina lembrou. Lynet sempre foi muito curiosa, sempre bisbilhotando onde não devia. Gregory tinha guardado essa carta, ou talvez tivesse se esquecido dela, mas ele *sabia* que Dorothea não tinha se matado. Ele tinha mentido para Mina – sobre a morte da mãe, sobre o amor de sua mãe, sobre como seu coração funcionava. *Você não pode amar, e nunca vai ser amada*, dissera ele. E estava errado.

Você não viu o quanto eu a amava?, perguntara Lynet.

Não, não, ela só tinha visto através de seus espelhos, cercando-se de imagens distorcidas e acreditando que fossem reais. *Lynet é mais jovem e mais bonita que você, e ela vai substituí-la*, uma delas tinha lhe dito, e Mina acreditara nisso enquanto ignorava o sorriso alegre no rosto de Lynet ao conversar com a madrasta, o amor que se derramava dela a cada palavra. Mina se deixara enganar por reflexos, com medo demais para olhar sob ele à procura de um coração que achava não ter. Ela se perguntou quando tinha começado a imaginar que Lynet fosse tão fria e sem coração quanto ela mesma.

Então Felix colocou uma mão hesitante em seu ombro.

— Mina?

Mina largou a carta cuidadosamente no chão, virou para tomar o rosto de Felix nas mãos e o estudou atentamente. Todas as vezes que ele tinha dito que a amava, será que fora sincero? Mesmo agora, quando estava com raiva dela, ele tinha ficado com ela simplesmente porque Mina lhe pedira. Ela passou timidamente o polegar sobre a linha de sua boca e se lembrou do que ele lhe dissera na cripta. *E quando eu a toquei, pareceu a primeira vez, a noite em que você me fez.* Ela se sentia assim agora, porque *era* a primeira vez — a primeira vez que os dois estavam vivos juntos, separados e, ainda assim, unidos. Era a primeira vez que ela sentiu um calor estranho se espalhar por seu peito e soube que o amava, como ele a amava.

— Oh, Felix, me desculpe — disse ela em voz baixa, pensando em como quase quisera matá-lo naquela noite.

Mina começou a se afastar, mas ele segurou sua mão e abaixou a cabeça para apertar os lábios sobre as veias em seu pulso, onde sua pulsação devia estar, abraçando as partes que ela achava estarem quebradas, como ele sempre tinha feito. Então estavam os dois nos braços um do outro — Felix a abraçando ferozmente, com uma mão enterrada em seu cabelo, e ela murmurando repetidas vezes junto ao seu rosto:

— Você me ama.

— Lynet tinha razão — disse ele, afastando-se dela. — Ela disse que a carta poderia lhe fazer bem.

Mina não conseguiu responder. Sua mãe ainda a havia abandonado, deixando-a com o pai, e Mina sentiu uma onda de ressentimento, uma espécie estonteante de desespero enquanto se perguntava como sua vida poderia ter sido diferente se Dorothea tivesse sido corajosa o suficiente para ficar ou levá-la junto. *Gostaria de ter sido mais forte por você*. E, ainda assim, quando Mina disse essas palavras para si mesma, não ouviu a voz da mãe, mas as suas próprias: *Gostaria de ter sido mais forte por Lynet*. Dorothea tinha fugido da maternidade. Mina não tinha fugido, mas ainda tinha falhado com Lynet. Só as mães mortas eram perfeitas – as vivas eram problemáticas e imprevisíveis.

Há uma cura para mim, você acha?
Não sei ao certo se você precisa de uma.

Lynet sabia. Ela tinha entendido que o coração de Mina não estava tão danificado quanto diziam Gregory ou a própria Mina. Ela tinha lido a carta, mas mais que isso: Lynet a *amava*. Mesmo agora, Lynet a amava. E Mina... Mina tomou sua decisão, finalmente. Ela faria o que a mãe não tinha conseguido fazer: ela protegeria a filha.

Mina se levantou do chão da capela, pegou a carta e foi até a porta. Felix a seguiu de perto.

– Você acha que ela ainda está na torre? – Mina perguntou. – Eu deixei a porta destrancada.

– Eu diria que sim – respondeu ele. – Os guardas disseram que ela veio por livre e espontânea vontade, sem tentar fugir nem lutar.

Mina iria até ela, então, e Lynet veria que ela estava com a carta e saberia imediatamente – já que Lynet a entendia melhor do que Mina entendia a si mesma. *E a coroa? O castelo de verão?*, sussurrou em seu ouvido uma voz traiçoeira. *Só uma de vocês pode ser rainha*. Era verdade. Seus passos vacilaram quando ela se apressou pelo longo corredor que levava à ala oeste, e Felix segurou seu braço para impedir que ela caísse. Mas o que era a devoção falsa e volúvel de Primavera Branca em comparação com o amor que Lynet demonstrara por ela? O que era a sensação pesada de uma coroa na cabeça em comparação com a pressão dos dedos de Lynet contra os dela, como quando ela emprestara seu coração a Mina? Era apenas o Sul que ela ainda queria, o Sul que dava a seu reinado algum significado, mas será que Lynet desejaria tomá-lo dela, como Nicholas?

Eu preciso confiar nela, pensou. *Preciso conquistar a confiança dela.* Ela seguiu na direção das escadas que a levariam até o alto da Torre Norte...

... onde ela quase colidiu com o pai, vindo na direção oposta. Gregory parecia pior do que ela já tinha visto, a pele esticada sobre sua estrutura ossuda. Ele levou um susto ao vê-la e tentou se apoiar na parede.

Mina passou o polegar pelo pergaminho em sua mão, lembrando-se das palavras ali escritas. Sua mãe tinha fugido de Gregory porque não sabia como proteger a filha. Mina não se permitiria fazer o mesmo.

— Eu não vou fazer isso — Mina disse enquanto se aproximava dele perto da escada. — Não vou envenená-la.

Gregory deu um riso fraco.

— Eu não estou surpreso — disse ele, acenando desdenhosamente na direção dela. — Você sempre deixou que essa garota a manipulasse.

Por um momento, Mina ficou furiosa, em seguida, empurrou a carta para ele.

— Foi por esse motivo que ela me deu isto?

Gregory pegou a carta, mas não houve sinal de reconhecimento enquanto olhava para o pergaminho de cenho franzido. Ele desdobrou a folha e só então sua expressão se alterou, e suas mãos apertaram o papel.

— Onde você conseguiu isso? — chiou ele.

— Pergunte a Lynet. Foi ela que a encontrou, provavelmente

quando estava com você. Você me disse que minha mãe estava *morta*. Você me disse que ela se matou porque me *odiava*... – Ela se interrompeu. Sua voz estava perigosamente vacilante enquanto repetia em voz alta palavras que tinha apenas pensado consigo mesma, envergonhada.

Ele pareceu pronto a rasgar o pergaminho em dois, de tão apertado que o segurava, e por isso Mina o pegou dele, rasgando um dos cantos ao fazer isso.

– Eu não escondi a carta de você – disse Gregory; sua voz era um rosnado baixo. – Devo tê-la guardado em algum lugar e me esquecido dela; do contrário, eu a teria queimado. Faz diferença se sua mãe está morta ou não? Ela nos abandonou.

Mina balançou a cabeça.

– Não, não faz diferença. O que faz diferença é que ela me amava, o máximo que podia, e você me disse que não posso amar nem ser amada. Isso era mentira também?

Seu pai hesitou com os olhos ainda dardejando para a carta em sua mão. Finalmente, ele disse:

– Eu não sei.

Ela engoliu o choro.

– É claro que não sabe. Você nunca soube nada sobre o amor.

Mas isso não era inteiramente verdade. Ele sabia que, se criasse a filha sem amor, e que se lhe dissesse com bastante frequência que ela não era capaz disso, ela logo começaria a provar que ele estava certo, nem que fosse por ser a única coisa que conhecia. Ele a tinha reformulado à sua própria imagem, não ao tirar seu coração, mas ao convencê-la de que ela era tão incapaz de amar quanto ele.

O rosto de Gregory se contorceu, e ele estendeu a mão na direção de Mina quando viu Felix parado ao lado no corredor. Sua mão caiu, e ele disse em um sussurro feroz.

– Você não tem nada a ver comigo. Se tivesse, essa garota estaria morta há horas.

– Vou protegê-la de você – disse Mina. – Não vou deixar que você se aproxime de Lynet nunca mais. Nicholas estava certo ao mantê-lo longe dela. Você entende? Eu não vou machucá-la, e também não vou deixar que você a machuque.

Gregory ganhou uma expressão que foi um simulacro de piedade, mas seus olhos brilhavam com alguma alegria secreta.

– Ah, Mina, é você que não entende. Isso já foi feito.

Ela se assustou e deu um passo para trás.

– O que você disse?

– Você não escuta os passos? – disse ele, chegando para o lado.

Mina os *ouviu*, então, ecoando pela escadaria em caracol. Cada passo era um escárnio com os batimentos cardíacos que ela não tinha. Ela os observou cada vez mais horrorizada ao reconhecer a figura que agora descia a escada com graça perfeita – primeiro seu pé delicado, dando passos pequenos e cuidadosos, e depois a barra do familiar vestido verde, até que uma mulher tão composta e elegante quanto Mina jamais poderia esperar ser emergiu das sombras da escada. Ela usava o rosto de Mina, mas não havia rugas para perturbar sua beleza, nenhum sinal de idade nem de preocupação. Ela usava o cabelo de Mina em tranças, sem um único fio em desalinho, nenhum fio branco surgindo nas têmporas. Era o reflexo vivo de Mina, absolutamente idêntica – exceto pelos olhos. Os olhos eram assustadores em seu vazio.

Por um momento, ela apenas ficou ali parada, olhando para si mesma – uma versão de si mesma sem nenhum sentimento, nenhum coração. *Era isso que ele queria que eu fosse*, pensou ela. E só a visão dela a fez perceber como estivera errada por todo esse tempo, o quanto podia amar profundamente – porque era possível que Lynet estivesse morta nesse momento, e enquanto Mina podia sentir o sangue se esvair de seu rosto, a outra Mina não se importava nada.

Gregory estalou os dedos, e a outra Mina desmoronou em uma pilha de cacos vidro que se espalharam pela escada.

– Precisei usar o pouco de força que me restava para fazer aquela coisa, porque eu sabia que você não faria isso – ele explicou com a voz exaurida, mas vertendo desprezo. Quando se virou para Mina, seu rosto era uma máscara de ódio. – Você vê, Mina? No fim das contas, eu não preciso de você.

Mina o empurrou para o lado e quase escorregou nos cacos de vidro enquanto subia correndo as escadas, xingando a si mesma por ter deixado o veneno no quarto, por deixar a porta destrancada, até mesmo por se casar com Nicholas e se envolver na vida de Lynet. Quando chegou ao alto das escadas, a porta estava totalmente aberta, e ela entrou correndo, soltando um grito distorcido quando viu o corpo de Lynet jogado de costas no chão, com o cabelo espalhado ao redor da cabeça. Um dos braços estava ao lado de seu corpo, e Mina viu o brilho de uma pulseira de prata em seu pulso – a pulseira que estava na cabeceira de sua cama, ao lado do frasco de veneno. O pai tinha aproveitado aquele primeiro gesto de confiança entre elas e o usado para matá-la.

Ela não está morta, ela não pode estar morta. Mina caiu de joelhos ao lado do corpo inerte da filha, aninhando a cabeça de Lynet em seu colo. *Ela morreu achando que fui eu, que eu a matei.*

Mina sentiu mais que ouviu outra presença, ergueu os olhos e viu Felix parado na porta.

– Seu pai se foi – disse ele. – Não sei aonde ele estava indo.

– Isso agora não importa – disse Mina com voz rouca. Ela se debruçou para beijar a testa fria de Lynet. – Eu sinto muito – sussurrou ela. – Eu sinto muito mesmo. Eu não queria que isso acontecesse, eu... – *Eu amo você*, ela queria dizer, mas as palavras se prenderam em sua garganta. Ela nunca conseguira dizê-las para Lynet quando estava viva, e por isso parecia errado dizê-las apenas agora que ela estava morta. Usando o tecido da saia para proteger sua pele, ela conseguiu abrir o bracelete e removê-lo, na esperança de que isso pudesse revivê-la. Ela encostou os dedos no pulso de Lynet para verificar a pulsação, e por um brevíssimo momento, teve certeza de que tinha sentido os batimentos cardíacos de Lynet ecoando por ela outra vez, mas, em vez disso, sentiu apenas o próprio vazio, o coração de Lynet, agora, tão silencioso quanto o de Mina.

E ainda estava sentada no chão, curvada sobre Lynet, com o corpo em seus braços, quando a cirurgiã apareceu na porta, respirando pesadamente.

– Seu pai me mandou vir para cá imediatamente. Ele disse... – Ela parou ao ver o corpo sem vida de Lynet.

Mina quase mandou a cirurgiã embora. Tinha sido *ela* quem inicialmente levara Lynet para aquela armadilha, colocando todo aquele desastre em movimento. Mas então um fiapo de esperança – muito pequeno, mas, ainda assim, muito perigoso – a fez reconsiderar. Seria possível que Lynet não estivesse morta ainda? A cirurgiã da corte saberia melhor que ela.

Mina deixou o corpo de Lynet descansando delicadamente no chão, inerte e imóvel, e se levantou em uma tentativa de recuperar algum senso de dignidade diante daquela jovem. Nadia, porém, não estava olhando para ela; seus olhos continuavam sobre Lynet, a boca aberta quando levou a mão ao batente para se apoiar. Não havia, porém, tempo para remorso.

– Esse veneno realmente a matou? Ela pôs a pulseira apenas há alguns minutos. Há alguma chance de que ela ainda esteja viva? – disse Mina.

Nadia sacudiu a cabeça, ainda olhando fixamente para Lynet.

– *Apenas venha até aqui* – ordenou Mina, levantando a voz. – Tenho certeza de que você já viu muitos cadáveres antes.

Nadia engoliu em seco, assentiu e foi se sentar ao lado de Lynet e procurar algum pulso fraco que Mina pudesse ter deixado passar. Mina esperou, mal respirando, até que a cirurgiã levantou a cabeça e deu a resposta a Mina sem sequer falar.

Lágrimas encheram os olhos de Mina, e ela se virou para o lado, não querendo que a cirurgiã a visse chorar.

– Eu não entendo por que você está tão abalada – disse Mina. – Você conseguiu o que queria, não foi? Você não se importava se Lynet tivesse que morrer por isso.

– A senhora tem razão – disse a garota com a voz cheia de desdém. – Nós duas temos exatamente o que queríamos, milady.

Mina a ignorou, em seguida se virou para Felix, que estava esperando na porta.

– Leve-a para a cripta – disse ela a ele pela segunda vez. – Não deixe que ninguém o veja. – Para a cirurgiã, ela disse: – Você está dispensada.

Depois de um último olhar hesitante na direção de Lynet, a cirurgiã foi embora, mas Felix ficou. Ele foi na direção de Mina, mas ela levantou a mão para detê-lo. Ela não merecia ser confortada quando Lynet estava morta. Ela olhou para os remendos no telhado, agora deixando entrar a luz fria do amanhecer. Como Mina pôde se esquecer de um detalhe tão descuidado? Lynet podia ter usado a neve em seu proveito, mas ela não lutara. Ela confiara em Mina e morrera por sua confiança. E agora não haveria mais chance de fuga, não da cripta.

– Tome cuidado com ela – disse ela para ele. Ela não podia ficar mais naquele aposento. Passou rapidamente por Felix sem deixar que ele a tocasse. Estava coberta de fraturas, e desconfiava que se ele pusesse apenas um dedo nela, ela iria se estilhaçar imediatamente em um milhão de pedaços.

34
MINA

Ela apertou a ponta dos dedos sobre a superfície do espelho, mas claro que não sentiu nada. Mina sempre considerara forçar seu coração a bater; o vidro a obedecia, afinal de contas. Mas, mesmo que isso funcionasse – e ela não sabia ao certo se funcionaria, ou se seu coração racharia com o esforço –, ainda seria uma mentira.

A pulsação constante na ponta dos dedos de Lynet não tinha sido mentira.

Lynet morrera achando que Mina a havia matado, que seus esforços para se aproximar uma última vez da madrasta haviam falhado. *Você é a única família que me resta.* Isso era o que mais incomodava Mina: o fato de que Lynet talvez tivesse morrido acreditando não ser amada.

Talvez nós possamos fazer algo novo.

Agora não, pensou Mina. *Não mais*. Nada de novo nunca acontecia em Primavera Branca.

O que aconteceria agora que estava tudo acabado? Mina tinha ganhado, e ali estava sua vitória, ali no espelho: uma rainha infeliz, um reflexo vazio. Mina desejou poder terminar o trabalho do pai e substituir cada parte dela por um caco de seu espelho. Primeiro seus ossos, depois sua carne, até ela se transformar em um espelho vivo, sempre refletindo para fora, mas nunca para dentro, de modo que ninguém visse que ela estava novamente esvaziada e oca, seu coração morrendo com Lynet.

Ela não aguentava mais olhar para si mesma – o cabelo despenteado, os olhos vermelhos, a pele não mais lisa, mas com rugas de tristeza. Ela pegou o banquinho que estava ao lado do espelho e com um movimento o golpeou contra o vidro. O espelho rachou, e Mina bateu outra vez, até que pedaços do espelho começaram a cair como neve.

– O que você está fazendo?

O corpo dele estava cercado pelo espelho quebrado, mas ela conhecia a voz do pai.

– Por que há vidro quebrado por toda parte? Você fez isso? – Ela sentiu seu passo pesado reverberar sob si mesma, e sem pensar, pegou um dos cacos soltos na moldura do espelho, sem se preocupar quando cortou sua mão.

Ele a agarrou pelos ombros e a virou para encará-lo.

– Qual o problema com você? Eu nunca a vi tão descuidada antes.

– Por que nada mais me importa – disse Mina, retorcendo-se para sair de sua pegada. – Não era isso o que você sempre quis? Que eu não me importasse com nada nem ninguém? Achei que você ficaria orgulhoso.

Ele deu um aceno desdenhoso para ela.

– Não tenho tempo para isso. Onde está a cirurgiã? Ela não está na sala de trabalho e deveria estar... Eu não consigo encontrá-la em lugar nenhum.

– Como eu posso saber? – disse Mina. – Espero que ela tenha ido embora.

Ele franziu o cenho ao ouvir isso e sacudiu a cabeça, confuso.

– E você botou o cadáver na cripta?

Mina estreitou os olhos, desconfiada.

– Por que você me pergunta isso?

Ele hesitou antes de responder, ou Mina imaginou isso? Se ele hesitou, foi por apenas um momento.

– Você estava muito abalada antes. Eu preciso me assegurar de que você estava pensando com clareza suficiente para se livrar do cadáver.

– Pare de *chamá-la* assim – retrucou Mina com rispidez. Ela apertou com mais força o vidro em sua mão, e sentiu um filete de sangue escorrer entre seus dedos.

– Não tenho tempo para sua histeria – disse ele. – Limpe-se. Se mostrar qualquer sinal de fraqueza agora, você vai ser deposta antes que o corpo dessa menina esfrie. – Ele riu enquanto se virava. – Mas eu acho que ele estava frio desde o começo.

Mina preparou-se para atirar o caco de vidro na cabeça dele, mas então ele deu um grito alto, agarrou o peito com uma das mãos e levou a outra na direção da porta. Mina o observou, mas não fez nenhum movimento para ajudar.

– Qual o problema? – disse ela com voz inexpressiva. – Um coração fraco?

Ele deu uma risada baixa.

– Sim, Mina, exatamente isso. – Ele murmurou algo. Mina achou que pareceu "Mas não por muito tempo", em seguida ele se foi.

Seu pai estava certo sobre uma coisa. Se ela vacilasse agora, ou mesmo se aparecesse desarrumada no Grande Salão – com os olhos vermelhos de choro, a mão vermelha de sangue –, nem mesmo seus soldados de vidro seriam fortes o suficiente para mantê-la no trono. E ela precisava ficar no trono – o que mais ela tinha agora, exceto os sonhos para o Sul? Se ela perdesse a coroa, não restaria nada. Ela teria de seguir Lynet para a cripta.

Por que ele perguntou se Lynet estava na cripta?, indagou-se Mina, ainda questionando aquele momento de hesitação antes que ele respondesse. Se ele estava mentindo, então por quê? O que ele poderia possivelmente querer com Lynet, agora? Ela se lembrou que ele tinha falado de Lynet desse jeito, como se ela fosse apenas um cadáver, quando lhe entregou o veneno – *Quando ela estiver morta, traga o corpo para Primavera Branca, e eu vou cuidar dele.*

Por que a insistência para que ela levasse o corpo de volta para Primavera Branca? O que ele queria com Lynet que só podia obter agora que ela estava morta?

Ele estava à procura da cirurgiã...

Qual o problema? Um coração fraco?

Exatamente isso... Mas não por muito tempo.

Mina deu um gemido alto. Ela devia ter percebido. Ela devia ter sentido isso imediatamente – quando seu coração enfraquecera quando criança, Gregory o substituíra. Ele contara a ela uma vez que criar Lynet tinha drenado seu coração, e agora ele planejava tomar o de Lynet – retomar a vida e a magia que dera a ela. Ele iria abrir Lynet e deixá-la sem coração, assim como fizera com Mina.

Eu não vou permitir isso, prometeu a si mesma com a mão se apertando em torno do vidro. Todo o amor frustrado que se acumulara em seu coração, estagnado ali por anos sem liberação, ganhou vida, agora, transformando-se em algo tão afiado e perigoso quanto o caco de vidro em sua mão.

O cabelo dela ainda estava uma confusão emaranhada. Havia sangue em suas mãos e sua saia. Seu rosto estava desnudo e com marcas de lágrimas.

Isso não importava. Ela tinha se atrasado antes, mas não dessa vez. Ela agarrou sua arma e saiu correndo do quarto para encontrar o pai.

Felix estava ao lado dela em um instante, e ela se perguntou se ele estava esperando do lado de fora de seus aposentos desde que voltara da cripta, caso ela chamasse por ele.

– Mina, qual o problema? – perguntou ele ao alcançá-la. Seus olhos foram direto para o sangue na mão dela.

Ela parou, estendeu a mão livre para ele e o puxou na direção dela pelo tecido de sua camisa.

– Preciso que você pegue os guardas, *todos* eles, e monte guarda em frente à cripta. Não deixe ninguém passar pela porta, nem mesmo eu.

– Mas por que...

– Vá pelos fundos, pela porta dos criados, não através do pátio. Não quero que meu pai o veja. *Por favor*, Felix.

Ele ouviu o tom de pânico na voz dela e balançou a cabeça afirmativamente, assegurando-a de que faria exatamente o que lhe pedira.

Quando ele se foi, Mina prosseguiu pelo corredor, fez uma curva e andou até uma janela que dava para o pátio. Sim, ali estava ele, Gregory estava saindo com passos lentos e difíceis. Da janela, à luz do início da manhã, ele parecia muito pequeno, e ela se surpreendeu outra vez com sua aparência frágil quando não estava assomando sobre ela, com uma das mãos segurando-a pelo pulso. Ela sempre se sentia como uma criança outra vez nesses momentos, e por isso nunca acreditou que pudesse romper essa pegada – nunca acreditou que pudesse escapar dele, mesmo que tentasse. Mas ela não era mais criança e, agora, pelo bem de Lynet, ela tinha de acreditar ser capaz de detê-lo.

Com uma onda renovada de determinação, ela desceu correndo para o pátio.

– Pai! – chamou ela correndo pela neve para bloquear seu caminho. Ela não se importou que ele não estivesse sozinho, que houvesse outras pessoas observando.

Ele olhou para sua aparência desmazelada com horror, e ela ouviu uma expressão de surpresa próxima, provavelmente devido à trilha de sangue que ela estava deixando para trás.

– Volte para dentro – disse Gregory em um sussurro frenético. – O que você está fazendo?

Ela não se deu ao trabalho de baixar a voz.

– Eu não vou deixar que você a tenha. Não vou deixar que você tenha seu *coração*.

Os olhos dele se reviraram em resposta, mas ele simplesmente pôs as mãos nos ombros dela e disse:

– Você teve um dia difícil. Agora volte para dentro antes que mais alguém a veja desse jeito.

Ele tentou empurrá-la para o lado de modo que pudesse chegar ao arco por onde faria a volta, através do Jardim das Sombras, até a porta da cripta na base da torre, mas Mina se soltou de suas mãos e o bloqueou outra vez. Ele ainda estava olhando nervosamente para uma pessoa que tinha parado para ver esse espetáculo da rainha brigando com seu pai mago, e Mina de repente se lembrou da noite de seu casamento, quando ele tentara usar os olhos do público para pressionar Nicholas a lhe entregar Lynet. Ele, porém, havia perdido, porque aquela mesma multidão tornou impossível que ele discutisse quando Nicholas se manteve firme. Se Mina quisesse vencer, ela tinha de mantê-lo ali, onde todo mundo podia vê-los. Seu pai era sempre mais cruel quando a tinha encurralada e sozinha.

Mas Gregory devia saber que se ele recuasse agora, jamais teria outra oportunidade de pôr os pés na cripta. Mina faria com que ele fosse vigiado dia e noite.

— Mina, pare com isso imediatamente — disse ele. — Você acha que pode me demover fazendo uma cena, mas você vai causar mais danos a si mesma que a mim.

— Só se eu ficar em silêncio. Eu posso ter expulsado Lynet e a transformado em prisioneira, e posso ter me atrasado demais para salvá-la, mas *você*... Você foi o único a *matá-la*.

Todo o pátio ganhou vida com murmúrios excitados. Mais pessoas estavam começando a se reunir, incluindo alguns que estavam observando das janelas e sacadas acima. Antes, Mina teria se importado que eles assistissem com um quê de alegria a sua rainha odiada finalmente desmoronar.

Gregory também estava percebendo a multidão e lançou para Mina um olhar de absoluta aversão, e seus lábios se curvaram para revelar dentes afiados.

— Você vai se arrepender disso, Mina. Nunca ponha um homem em uma posição que ele nunca mais tenha nada a perder.

— Você devia ter se lembrado disso antes de matar Lynet — retrucou Mina.

Ela achou que isso o deixaria com mais raiva, até mesmo com medo, se ela tivesse sorte, mas em vez disso, ele estava sorrindo, e de repente era ela quem estava com medo.

— Vou lhe dar mais uma chance, Mina. Deixe-me passar.

— Não vou deixar que você se aproxime dela.

— Então você não vai ter escolha.

Ele ergueu a mão espalmada para ela assim como Lynet fizera não muito tempo atrás na torre, mas então cerrou o punho, e Mina sentiu uma pontada de dor no peito.

— Você contou meu segredo — disse Gregory. — Talvez seja hora de revelar o seu. Você se esqueceu, Mina, que quando crio algo, eu também tenho o poder de destruí-lo? Fiz seu coração de vidro, isso significa que posso estilhaçá-lo só com o pensamento.

A dor forçou Mina a cair apoiada sobre as mãos e os joelhos na neve, e ela ouviu a voz de Gregory ecoando em sua cabeça. A verdade era que ela *tinha* esquecido — ela sempre considerara o vidro como seu, mas seu coração sempre fora criação de seu pai, assim como o camundongo que ele fizera de areia tantos anos atrás.

Felix e os soldados de vidro ainda guardavam a cripta, mas mesmo enfraquecido, Gregory podia usar seu poder para atacá-los e derrubá-los, sabendo que o coração de Lynet iria restaurá-lo. Se Mina quisesse manter o pai longe de Lynet, ela tinha de detê-lo ali e agora. Ela sentiu gosto de sangue na boca e tentou se levantar outra vez, mas tornou a cair de joelhos enquanto sua corte continuava a assistir.

Ela estava muito cansada de ser forte, muito cansada de enfrentar inimigos tanto reais quanto imaginários. E agora ela iria morrer porque, no fim, ela era tão facilmente quebrável quanto um pedaço de vidro. Ela se perguntou se Lynet teria gostado de saber que sua madrasta era a delicada, no fim das contas.

— Desista, Mina — disse Gregory, diretamente de cima dela. — Você não tem nenhuma outra arma para usar contra mim. Está tudo acabado, agora.

Mina manteve a cabeça baixa; não queria que ele fosse a última coisa que visse antes de morrer. E, em vez disso, ela viu... a si mesma. Um fragmento de si mesma em um pedaço de vidro. A dor estava tão forte que ela tinha esquecido do caco de espelho quebrado que ela trouxera consigo, que estava na neve agora ao lado de sua mão, ainda sujo com seu sangue. Esse era um segredo que ela tinha conseguido esconder de Gregory ao longo dos anos – e Lynet tampouco devia ter contado a ele. Mesmo quando eram inimigas, Lynet guardara o segredo de Mina.

Eu preciso continuar a lutar por ela, pensou. *Por Lynet.*

Ela manteve os olhos no pedaço de vidro na neve, então com a força que ainda lhe restava, ela se concentrou.

– Você está errado – disse ela, engasgando com o próprio sangue. Ela ergueu a cabeça e viu o pai olhando para ela no chão, com um sorriso satisfeito no rosto. – Eu tenho mais uma arma.

Um clarão de luz passou pela garganta de Gregory no espaço de um único piscar de olhos, e o caco de vidro caiu na neve aos pés de Gregory enquanto uma linha vermelha se formava sobre seu pescoço.

O sangue começou a jorrar no instante seguinte, e Gregory agarrou a ferida com os olhos arregalados de terror. Ele engasgou em seco, se curvou e caiu ao lado dela. Ele segurou o pulso dela, mas ela retirou a mão.

Ela tinha feito o corte profundo, de modo que ele sangrasse antes de poder fazer mais dano ao coração dela, e ela o observou enquanto seus membros paravam de se debater, e seu rosto ficou imóvel, com sangue ainda escorrendo da ferida aberta em sua garganta.

Está feito, pensou ela, e apesar da dor em seu peito, ela se sentiu mais segura do que jamais se sentira antes.

Ela ouviu um ronco abafado vindo da multidão, horrorizada diante da violência que tinha testemunhado, mas não tão horrorizada para fazer alguma coisa para impedi-la. Eles provavelmente estavam satisfeitos por ela e seu pai terem acabado um com o outro.

Mina tossiu e espirrou mais sangue sobre a neve. Não ia demorar muito agora, até que ela morresse ou a dor fizesse com que ela perdesse a consciência.

Outra expressão de espanto coletivo encheu o pátio, e Mina se perguntou se aquilo tinha finalmente acontecido, se ela estava morta, mas ela percebeu que todos estavam apontando para algo atrás dela, acima dela. *Princesa,* ela pensou ouvir. *Lynet.*

Mas isso era impossível – Lynet estava morta. Ou talvez o espírito vingativo de Lynet tivesse voltado para ver Mina morrer. De algum modo impossível, Mina se levantou e se virou para encarar a garota com quem falhara.

Com o cabelo negro e o vestido vermelho em contraste com o halo branco de neve, Lynet estava tão vívida quanto um raio contra um céu cinza e embotado. Ela parou, delineada pelo arco de pedra, e atrás dela havia pelo menos doze homens com rostos turvos, carregando armas afiadas e sólidas. O rosto bonito ardia de raiva, e ela era a própria vingança, levando ela também um punhal na mão.

Mina cambaleou na direção dela enquanto a dor continuava a lacerar seu peito, e então ela tornou a cair de joelhos outra vez aos pés de Lynet. Seus dedos encontraram a barra do vestido de Lynet, e ele era muito sólido, muito *real* – como um fantasma podia parecer tão real?

– Você está viva – murmurou ela, mal acreditando nas palavras mesmo ao deixarem sua boca. – Isto é real. Você está viva. – A morte não significava mais nada para ela, Mina podia suportar mil mortes sabendo que Lynet estava salva e em segurança. Ela emitiu uma risada dolorosa enquanto erguia a cabeça.

– Eu estou pronta, agora – conseguiu dizer ela através do sangue. – Estou pronta para morrer.

35
LYNET

Lynet acordou com um grito aprisionado na garganta. Seu coração – Gregory ia cortar seu coração enquanto ela ainda estava viva...

Mas aí ela sentiu um baque doloroso no peito quando seu sangue começou a descongelar no interior das veias, e ela poderia ter rido de alívio, exceto que não podia se mexer. O alívio não durou – ela ainda estava viva, mas seus olhos não se abriam, por mais que ela tentasse, por isso não sabia onde estava, se logo iria sentir a dor de uma faca a cortando e abrindo sua pele.

O espaço interminável entre acordar e conseguir se mexer outra vez foi ainda pior que o momento em que soube que Mina a havia envenenado. O grito estava crescendo dentro de todo seu corpo, ficando mais alto, e ela quase achou que ele poderia rasgá-la e escancará-la para conseguir sair.

Era um grito de desamparo, sim, como a coceira que ela sempre sentia sob a pele quando saía da cripta todo ano, mas um grito de raiva também, porque a razão de ela estar ali deitada, semimorta, era porque ela tinha depositado sua confiança em Mina. Talvez Gregory estivesse certo, a seu próprio modo: não havia cura para Mina, não havia maneira de curar a fenda entre elas. Agora Lynet entendia o que Mina devia saber o tempo inteiro: uma delas tinha de morrer.

E quando finalmente começou a sentir um formigamento nas pontas dos dedos, Lynet estava determinada a viver.

Seus batimentos cardíacos ficaram mais altos, mais fortes, e ela logo conseguiu abrir os olhos. Não havia faca acima dela, nenhum som para indicar que Gregory estivesse perto. Ela estava na cripta, deitada em um dos nichos vazios, e ela nunca achou que ficaria tão satisfeita por se encontrar ali.

– Lynet?

O sussurro foi tão delicado, tão incerto, que Lynet, no início, achou tê-lo imaginado, mas aí ela o ouviu novamente:

– Lynet? Você está acordando?

Lynet dissera a Nadia que fosse embora, tinha se convencido de que *queria* que Nadia se fosse para sua própria segurança. Mas a voz de Nadia nunca soara mais doce, nem ela parecera tão bonita aos olhos de Lynet como agora, olhando para ela de seu lado, com uma vela na mão.

– Estou acordada – murmurou Lynet, com voz fraca, a língua pesada. – Estou viva.

Imediatamente, Nadia baixou a vela e se debruçou sobre ela, sentindo seu pulso e sua garganta. A memória de Lynet se agitou. A cripta – o cabelo de Nadia roçando contra sua pele enquanto ela estava no nicho fúnebre. *Nós já fizemos isso antes*, pensou Lynet. Mas não, aquilo tinha sido apenas um sonho. Isso era real.

— Você prometeu que ia embora — disse Lynet.

Nadia sorriu para ela, mas seus olhos reluzentes traíam o quanto ela estivera preocupada, como estava aliviada por Lynet ter acordado.

— Estou cansada de seguir ordens — disse ela. Lynet não conseguiu segurar um riso baixo com essa resposta, um eco de suas próprias palavras quando Nadia a encontrara perambulando em torno da universidade.

Nadia ajudou Lynet a descer do nicho, com um braço em torno da cintura para segurá-la, e Lynet estremeceu ao imaginar como teria sido pior acordar na cripta sozinha, sabendo que ninguém mais vivo a amava. Ficou grata por ter alguém em quem confiar, alguém para abraçá-la. Fechou os dedos sobre o ombro de Nadia e segurou o tecido de sua camisa.

— Ainda bem que você não escutou — murmurou ela com os lábios quase tocando o pescoço de Nadia. — Obrigada por me manter em segurança.

A mão de Nadia soltou sua cintura, e ela virou delicadamente o rosto de Lynet para olhar para ela. Seu rosto estava sério; seus olhos, intensos.

— Eu queria que você soubesse — disse ela com a voz baixa e pesada. — Que eu escolhi estar aqui com você... Que eu escolho *você*.

Mais uma vez Lynet viu a pergunta não dita em seus lábios. Mas desta vez, desta vez ela podia sentir a resposta queimando sob sua pele, finalmente se erguendo até a superfície. *O que você quer?*, perguntara Nadia a ela uma vez. *Você nunca me disse o que queria*, dissera ela a Lynet em um sonho.

Com uma mistura estonteante de alegria e alívio, Lynet respondeu.

Ela reduziu o espaço entre as duas e tocou seus lábios hesitantemente nos de Nadia, esperando para ver se isso era certo, se esse era o significado enterrado sob palavras, olhares e toques isolados, o desejo que ela sentia mas não havia reconhecido até agora.

Sim, respondeu Nadia, puxando Lynet mais para perto, e Lynet derreteu em sua maciez, e suas mãos se enroscaram no pescoço de Nadia. Quando suas unhas roçaram a pele ali, Lynet sentiu Nadia estremecer, sentiu seus dois corações palpitarem entre elas em um ritmo frenético, mas ainda assim perfeito. Embora estivessem na cripta, embora Lynet estivesse se esforçando para afastar o desespero da traição de Mina, ela soube que esse momento estava esperando por elas desde que Lynet caíra do zimbro – ou talvez mesmo desde a manhã em que ela vira Nadia pela primeira vez, enfeitiçada com a promessa de uma vida diferente da sua.

Elas se afastaram, mas ainda continuaram abraçadas, com as testas se tocando. Essa era a sensação de estar totalmente viva, soube Lynet. Não era a magia no sangue de Gregory, e não era o descongelamento lento de acordar do veneno – era a forma como ela se sentia em paz consigo mesma, a pessoa que ela era e a pessoa que queria ser finalmente em alinhamento. E *era* sua própria pele, porque quando Nadia olhou para ela, quando Nadia a tocou, Lynet era ela mesma e mais ninguém, com o futuro diante de si para moldá-lo da forma que quisesse.

Mas logo o ar bolorento da cripta forçou Lynet a se lembrar de por que estava ali. Ela se afastou com relutância de Nadia, com os braços envolvendo a própria cintura, na defensiva.

Nadia sentiu a mudança em seu estado de ânimo e disse:

– Sinto muito por sua madrasta.

– Mina disse a você que me matou?

O queixo de Nadia ficou tenso.

– Não, mas ela queria que eu me assegurasse que você estava morta.

É claro, pensou Lynet. *Ela não queria cometer o mesmo erro da última vez, por isso ela mesma teve de me ver morrer.*

A lembrança do rosto impassível de Mina a observá-la enquanto ela ficava inconsciente fez o grito começar a se formar em seu interior outra vez. Mas ela não estava congelada agora, e por isso dessa vez o grito saiu rasgando de seu corpo e ecoou contra o teto abobadado da cripta enquanto ela batia com os punhos na parede mais próxima.

Quando a raiva se gastou, ela se encostou e deslizou pela pedra. Ela podia sentir o cheiro de sangue nos nós dos dedos. As mãos de Nadia descansavam com delicadeza em seus ombros.

– Não perca a força agora – disse ela. – Você vai precisar dela para o que está por vir.

E ela estava certa. Lynet sabia que qualquer chance de reconciliação com a madrasta estava perdida, e que a única maneira de garantir sua segurança era matar Mina. Ela tinha hectares de neve ao seu comando, e a vantagem da surpresa. Mas ela iria precisar de mais que isso – ela iria precisar de força de vontade para ir até o fim.

Lynet se afastou da parede que tinha repentinamente agredido e viu que era a divisória entre os nichos que guardavam os caixões de seus pais. Ela tinha visto o caixão da mãe muitas vezes, mas o espaço a seu lado sempre estivera vazio, exceto por uma placa de bronze acima com o nome deu seu pai. Lynet não conseguiu afastar os olhos do caixão de madeira simples. Ela mal tivera tempo para prantear o pai, e não conseguia parar de pensar que se abrisse o caixão agora, poderia ver seu rosto novamente e se despedir.

Mas ela sabia que não seria ele, assim como sabia que não importava quantas vezes seu pai a tivesse levado ali, Lynet não tinha chegado mais perto de conhecer a mulher que ela considerava sua mãe, Emilia. Ela teve medo da cripta por muito tempo, mas agora ela parecia inofensiva, completamente vazia. Mesmo cercada por seus ancestrais, ela sabia que estava sozinha com Nadia.

— Como posso matar a única família que me resta? — perguntou ela com muita delicadeza para ninguém em especial.

Nadia respondeu às suas costas.

— Quando meus pais morreram, eu achei que não tinha mais família, não tinha mais lealdades. Mas eu estava errada... Você só precisa escolher sua própria família a partir de agora.

— Eu a amava muito. — Uma lágrima estava escorrendo por seu rosto, embora ela não soubesse por qual perda estava chorando agora, talvez todas elas ao mesmo tempo. — Mas ela nunca vai acreditar nisso, vai? Se ela pôde apenas ficar ali em pé me olhando morrer sem nenhum sentimento, então por que eu não devo conseguir fazer o mesmo?

Lynet fechou os olhos e respirou fundo, forçando a si mesma a se despedir agora da Mina que ela conhecia, de modo que quando fosse procurá-la — para matá-la — ela não tivesse hesitação, não tivesse dúvida.

— Estou pronta — disse Lynet por fim, voltando-se para Nadia.

Elas passaram pela cripta. Lynet seguia o mesmo caminho que fazia uma vez por ano com o pai, mas dessa vez com a cabeça erguida, sem nenhum medo. Ela tinha sido um dos mortos que jaziam ali; como podia temer o que tinha sido? Mesmo a caverna dos ossos parecia mais sombria para ela agora que assustadora, e Lynet não se deu ao trabalho de oferecer a oração costumeira à rainha Sybil para acabar com a maldição do inverno. Ela agora sabia que teria de acabar ela mesma com a maldição.

Enquanto Lynet seguia Nadia, subindo a escada em caracol que levava à porta da cripta, achou ter ouvido sons de movimento vindos do outro lado. Ela parou e levou um momento para se concentrar, para sentir a neve atrás da porta. Enquanto ela tivesse a neve, sabia que estaria em segurança.

No instante em que Nadia abriu a porta para ela, ela concentrou seus pensamentos em formas. Ela invocou os próprios soldados, e a neve se ergueu em formas humanas, vazias e sem rosto, mas todos carregando espadas. Sua tarefa era derrotar os soldados de Mina e limpar o caminho para elas até chegarem à própria Mina.

Ela esperou na escuridão da porta enquanto o som de espadas batendo umas nas outras rompia a imobilidade do ar. Nadia deu um passo hesitante para fora, só para ser jogada contra a parede e presa ali por um familiar braço com cicatrizes.

– Felix! – gritou Lynet, finalmente emergindo da cripta, atordoada com a luz do exterior.

O caçador agira por instinto, e agora ele parecia assustado ao ver Nadia, e sua pegada afrouxou. Então ele viu Lynet, e seu braço pendeu completamente para longe de Nadia. Lynet ergueu um redemoinho de neve em torno dele, que se transformou em cordas que se enrolaram em torno de seus pulsos e tornozelos, enquanto ele caía no chão. Ele mal pareceu se importar; estava ocupado demais olhando atônito para Lynet.

– Mina... Ela não matou você – disse ele por fim.

– Não, mas ela tentou. – Lynet não queria mais desculpas, não queria mais justificativas, por isso usou a neve para formar uma mordaça e cobrir sua boca.

– Fique aqui e vigie-o – disse Lynet para Nadia. Ela balançou a cabeça afirmativamente e puxou uma faca pequena de uma bainha na lateral de seu corpo. Lynet deu a volta no caçador e seguiu através da refrega com um objetivo: encontrar Mina e acabar com aquilo.

Os soldados ainda estavam envolvidos em combate uns com os outros – nenhum deles podia morrer, e por isso eles iriam ficar lutando assim para sempre, até que Mina ou Lynet os mandassem parar.

Ela invocou mais soldados ao passar pelas árvores mortas do Jardim das Sombras. Ela não sabia como brandir uma espada, de modo que criou um punhal curto para carregar. A distância, percebeu que a estátua de Sybil havia desaparecido, deixando apenas uma faixa vazia de neve em seu lugar. Entretanto, não havia tempo para se fazer perguntas sobre isso, portanto seguiu para o arco que dava para o pátio, com cerca de doze soldados às suas costas.

Lynet acreditava estar preparada para tudo agora. Ela iria atacar o castelo à procura de Mina, para finalmente acabar com essa guerra entre elas. Mas ela ainda não estava preparada para a imagem que a recebeu no pátio, a expressão de susto coletivo em tantos rostos que ela conhecera por toda sua vida, as pessoas de Primavera Branca, que cercavam uma cena sangrenta e horrenda.

Vermelho manchava a neve, e Lynet viu que a maior parte dele havia jorrado de Gregory, que jazia morto com a garganta aberta. E, ao lado dele, com a mão no peito e sangue no rosto, nas mãos e escorrendo da boca, estava Mina, não longe do zimbro onde elas haviam se conhecido. Essa Mina não era nada como a mulher fria e composta que dera a Lynet a pulseira envenenada – seu rosto estava pálido e retorcido em agonia, e seu cabelo, sujo de sangue e neve, descendo por sobre seus ombros. Ela não era mais uma única chama solitária, mas um incêndio selvagem, sua dor se espalhando a sua volta.

O mundo pareceu perfeitamente imóvel por um momento. Lynet não conseguia mais ouvir a multidão, nem mesmo enquanto eles murmuravam seu nome. Ela não tinha consciência de nada, exceto de Mina e do punhal agarrado na própria mão. Ela parecia ouvir todas as respirações entrecortadas de Mina. Ela viu as lágrimas presas em seus cílios antes que elas caíssem em seu rosto. E quando Mina ergueu os olhos para ver Lynet ali parada, ela viu com perfeita clareza a alegria surpresa no rosto da madrasta e ouviu o riso assustado que escapou de seus lábios sujos de sangue.

Mina se levantou do chão com um esforço enorme e cambaleou na direção dela antes de cair outra vez de joelhos aos pés de Lynet.

– Você está viva – murmurava ela com as mãos agarradas à barra do vestido de Lynet. – Isto é real. Você está viva. – Ela virou o rosto para cima em algum tipo de êxtase dolorido. Seus olhos estavam vermelhos e brilhantes, não negros e vazios como na torre, e Lynet estava começando a desconfiar se a mulher na torre era realmente Mina. – Estou pronta, agora – disse Mina. – Estou pronta para morrer.

Mesmo em seu choque, Lynet conseguira segurar o punhal, e ela ergueu os olhos para ver quase toda a corte assistindo. Eles estavam debruçados para a frente com avidez, esperando que sua princesa recém-ressuscitada matasse a usurpadora e tomasse seu lugar de direito no trono da mãe. Essa era uma época de que todos iriam se esquecer de bom grado e, talvez um dia, anos depois, Lynet começasse a esquecer alguns detalhes também. Ela esqueceria que tinha amado a madrasta, esqueceria as noites que elas haviam passado em frente ao espelho, compartilhando segredos. Esqueceria que o pai tinha tentado empurrar Mina para longe dela, esqueceria o papel que Gregory tivera e que provavelmente era o sangue dele nas mãos de Mina. Esqueceria a expressão de Mina agora. Tudo de que se lembraria seria a história que seria passada por aqueles que estavam assistindo: a madrasta cruel e a princesa injustiçada que tinha voltado dos mortos para derrubá-la e tomar de volta o que era dela.

Ela não queria que sua história acabasse assim. E mais que isso: ela sabia que tinha o poder de mudá-la. As duas tinham o poder de mudá-la. Ela se lembrou do que Mina lhe dissera uma vez, e essas palavras agora ressoavam em sua mente, em seus ossos, em cada batimento cardíaco: *Você vai encontrar algo que seja apenas seu. E, quando encontrar, não deixe que ninguém o tire de você.*

Ela pensou ouvir alguém chamar seu nome às suas costas, mas ignorou isso, ignorou todo mundo que queria levar Mina para longe dela. Lynet respirou fundo, e nesse mesmo momento, todos os soldados de neve atrás dela se desfizeram, se dissolveram outra vez em neve, rodopiando em torno dela e também de Mina, protegendo-as dos olhos famintos da corte. O punhal caiu de suas mãos, ela se ajoelhou ao lado de Mina e tomou a madrasta nos braços.

Elas se agarraram uma à outra. Lynet se permitiu um momento de choro no ombro da madrasta. Ela podia sentir o corpo de Mina tremendo de dor, e sabia que não tinha tempo a perder. Ela afastou Mina com delicadeza, mas manteve as mãos nos ombros dela para ajudá-la a se manter ereta.

– Mina, o que aconteceu com você? Gregory a machucou?

Mina envolveu a própria cintura com os braços e soltou uma risada dolorida enquanto se esforçava para não se dobrar ao meio.

– Ele rachou meu coração. Eu posso senti-lo se abrir. Estou morrendo. Não há nada que você possa fazer agora... E Lynet... por favor, não se lembre de mim com muita dureza, se você puder fazer isso. – Lynet pensou freneticamente. Ela tinha os poderes de Gregory, afinal de contas, e se perguntou se poderia consertar o que ele havia quebrado, mas ela tinha poder apenas sobre neve, não vidro.

Mina tinha poder sobre vidro.

– Mina, me escute – disse Lynet preocupada com a coloração de morte que a pele de Mina estava tomando. – Você pode ordenar que seu próprio coração se cure. É só vidro, não é? Você mesma pode consertá-lo.

Mina estava sacudindo a cabeça.

– Estou cansada demais para continuar lutando, fraca demais... – Ela começou a balançar de um lado para outro, então Lynet a tomou nos braços e repousou a cabeça dela em seu ombro.

– Seu pai está morto agora – disse Lynet. – Ele não tem mais poder aqui. Apoie-se em mim se se sentir fraca, mas por favor, por favor, apenas *tente*.

– Lynet... – disse Mina com voz rouca. Suas lágrimas eram absorvidas pelo vestido de Lynet, quentes contra seu ombro. – Lynet, eu amo você. Todo esse tempo... Todo esse tempo, eu amei você e não conseguia ver isso. Obrigada por me ajudar a entender.

Lynet deu um soluço de choro ao apertar Mina mais forte. Sua madrasta – sua implacável e inquebrável madrasta – agora parecia muito pequena e frágil em seus braços.

– Eu amo você também – disse ela. – Você sempre me deu força, deixe que eu faça o mesmo por você agora. Nós ainda temos muito a fazer juntas. Por favor, não desista.

Com grande esforço, Mina se afastou dos braços de Lynet e tentou se sentar. Ela cambaleou um pouco, por isso Lynet deu seu braço para ajudá-la a se levantar. Mina respirou fundo e fechou os olhos.

Lynet desejou poder fazer mais, mas ela sabia que apenas Mina podia se curar. Tudo o que Lynet podia fazer era emprestar o braço quando Mina começasse a vacilar, e continuar a proteger as duas de vista com a cortina de neve que caía em torno delas. Ela não deixaria que ninguém tirasse Mina dela agora.

Mina se concentrou, e toda vez que ela começava a se dobrar, Lynet a ajudava a se manter ereta. Quando Mina soltava um gemido baixo de dor, Lynet acariciava seu cabelo e murmurava palavras de conforto, dizendo que ela iria ficar bem, que ela só precisava continuar a lutar por um pouco mais de tempo.

A respiração de Mina ficou mais pesada, e gotas frescas de suor se formaram em sua pele.

– Acho que está acontecendo – conseguiu dizer ela com esforço. – Posso sentir acontecendo. – Sua mão dela se apertou no braço de Lynet, e então ela deu um grito e levou as duas mãos ao peito, enquanto o cabelo escondia seu rosto.

– Mina! – gritou Lynet, com a pele molhada de medo. Ela pensou no pai em seu leito de morte, em como ela ficara com medo de vê-lo ali, mas agora estava com medo demais para olhar para outro lado ou mesmo piscar, caso Mina estivesse morta antes que ela pudesse tornar a abrir os olhos. – Mina, por favor, você está...

Mas quando Mina ergueu os olhos, sua pele estava rapidamente recuperando a cor normal.

– Eu consegui – disse ela em voz baixa. – Eu posso senti-lo... Ele ainda... Ele não bate, mas está... está inteiro, pelo menos.

– Eu sabia – disse Lynet, perdendo o fôlego de alívio. – Eu sabia que você ia conseguir.

Mina tomou o rosto de Lynet nas mãos.

– Mas você... – disse ela com a voz ainda entrecortada. – Como, afinal, você está aqui? Como você está viva?

Lynet não respondeu. Ela não queria explicações ainda. Só queria jogar os braços em torno do pescoço da madrasta, enterrar o rosto no ombro dela e ficar ali atrás do escudo de neve mais um pouco, em um mundo separado onde nada poderia tornar a separá-las.

36

Normalmente uma coroação em Primavera Branca seria um acontecimento público grandioso, mas Mina insistira que Lynet fosse coroada assim que possível, e por isso havia apenas uma pequena multidão reunida na sala do trono do castelo.

Mina não fazia parte do grupo. Ela estava na frente da sala, diante de dois tronos vazios, com uma coroa dourada nas mãos. Essa era a tradição em Primavera Branca – a pessoa que desempenhava a coroação era sempre uma mulher nobre que tinha sido designada como o espírito da rainha Sybil, passando a coroa para o próximo governante de direito. Lynet perguntara cautelosa a Mina se ela faria o papel de Sybil, hoje, e Mina concordara imediatamente – ela não teria permitido que mais nenhuma outra pessoa coroasse Lynet como rainha. Afinal de contas, era a coroa dela que estava sendo entregue.

Uma paz desconfortável havia se estabelecido sobre o castelo nos dias que se passaram depois do retorno milagroso de Lynet. Várias histórias se espalharam sobre o que tinha acontecido com Lynet. Mina ouviu algumas delas – umas diziam que, para começar, a princesa nunca tinha morrido, e que a rainha mentira em uma tentativa de expulsar sua rival; outras diziam que Lynet *tinha* morrido, mas retornara por meio de algum tipo de magia, a mesma força que mantinha ativa a maldição de Sybil. Mina não se importava com o que diziam: só ela e Lynet precisavam saber o que tinha acontecido.

No início, parecia que, na verdade, nada havia mudado. Quando Mina punha a mão sobre o coração, ainda não sentia nada. Ela ainda era uma rainha à beira de perder sua coroa. E mesmo assim...

E mesmo assim, nada era igual. Pela primeira vez, Mina sentiu como se pudesse respirar fundo. Ela às vezes se perguntava se devia se sentir horrorizada ou culpada por ter matado o próprio pai, mas sentia principalmente uma profunda sensação de alívio. A sensação sempre presente de medo que embrulhava seu estômago de repente havia desaparecido, e Mina nem tomara consciência disso, não até o momento em que soube que o pai estava morto.

Mas quem era ela, agora? Sem a amargura que emanava de seu coração e a certeza de que ninguém jamais poderia amá-la, quem ela iria se tornar? Ela não entendia quem era, agora que era capaz de amar.

Ela não era mais rainha; sabia disso. E em vez de se agarrar a uma coroa que ela nem sabia ao certo se ainda queria, decidira passá-la para Lynet o mais rápido possível. Mina tomara a coroa dela por tempo demais.

Quando Lynet apareceu na porta da sala do trono, com o cabelo preso no alto e usando um vestido azul-claro com detalhes em pele branca – as cores de Primavera Branca –, Mina soube que tinha tomado a decisão certa. Lynet já era uma rainha. Ela salvaria Primavera Branca assim como salvara a madrasta, sem questionar o valor daqueles que ela ajudava.

Para as pessoas de Primavera Branca, Lynet devia parecer tão segura de si quanto qualquer rainha. Ela caminhou pela extensão da sala do trono, com a multidão dividida para formar um corredor, sem dar um passo em falso. Ela mantinha a cabeça erguida, com olhos apenas para Mina enquanto se movia em sua direção. Mas Mina conhecia a enteada, e podia ver pelo modo como sua respiração estava irregular e entrecortada que Lynet estava nervosa. As duas haviam temido aquele dia por muito tempo, ambas com medo daquilo que iriam se tornar – do que iriam perder – quando a coroa passasse de uma para a outra. Mina acenou muito de leve com a cabeça para Lynet, e a viu exalar lentamente a respiração que estava segurando.

E, naquele momento, Mina tomou uma decisão. Ela jamais poderia se permitir machucar Lynet outra vez, e Lynet devia ter coisas mais importantes com que se preocupar do que o estado emocional de sua madrasta traiçoeira. Seria mais fácil para todas elas se Mina seguisse o exemplo da mãe e simplesmente desaparecesse.

Posso ir para o Sul, pensou ela enquanto Lynet se aproximava e se ajoelhava em frente a ela. Mina ainda tinha a carta da mãe, o papel já manchado com suas digitais sujas e ainda mais fino e desgastado do dobrar e desdobrar constante de Mina. No início, ela ficara muito surpresa com aquelas últimas linhas, com a declaração de amor, mas ultimamente os olhos de Mina não paravam de cair em uma frase diferente: *não vou procurá-la, caso você não me queira, mas sempre estarei à espera, caso consiga encontrar o caminho até mim outra vez.*

Dorothea teria mantido sua promessa, se ainda estivesse viva. Ela saberia que a filha havia se tornado rainha, sem dúvida, e ainda assim nunca tentara encontrá-la para tirar algum proveito da posição de Mina. Ela nem sabia que Mina nunca tinha visto a carta até agora. Talvez ela ainda achasse que Mina a odiava, mas esse ressentimento oferecia a Mina menos conforto que a ideia de conhecer a mãe que a amara, mesmo que seu amor tivesse sido imperfeito. *Eu poderia retraçar seus passos. Eu poderia encontrá-la.*

Mina disse as palavras que fariam de Lynet a rainha, achando divertido que ela estivesse representando o espírito de Sybil quando tinha sido ela quem removera sua estátua. Ela se lembrou das palavras de sua própria coroação – *Eu a encarrego do cuidado e da manutenção deste reino, para governar em memória daqueles que vieram antes da senhora* –, e se perguntou por um momento terrível como sua vida poderia ter sido diferente se nunca tivesse virado rainha nem deixado o Sul. Quem ela poderia ter se tornado se a mãe nunca a tivesse deixado, ou se o pai tivesse sido um homem amoroso? O pensamento fez com que seu coração recém-curado quisesse se partir, mas aí ela se lembrou de que nunca teria conhecido Lynet. E ela, pelo menos, fizera algum bem para o Sul, durante seu reinado. Não tinha sido por nada.

Ela pôs a coroa na cabeça de Lynet, e quando Lynet se levantou, Mina não era mais rainha.

Enquanto os nobres avançavam um por um para prometer seu serviço à nova rainha, Mina saiu pela porta dos fundos atrás dos tronos e encontrou Felix à espera ali fora no corredor vazio. Ele abriu os braços para ela imediatamente, e Mina se jogou neles, grata por não ter de explicar seus sentimentos – seu orgulho por ver Lynet se tornar rainha ou a sensação de vazio e perda que ela não conseguia ignorar.

– Eu vou voltar para o Sul – disse ela no ombro dele. – Vou tentar encontrar minha mãe.

Ele acariciou seu cabelo e disse:

– Nós vamos assim que você quiser.

Ele iria com ela, é claro, nenhum deles imaginara nada diferente. Essa era uma pequena mudança, pelo menos – ela costumava acreditar que ficaria completamente sozinha se perdesse a coroa. Agora ela sabia que nunca ficaria.

Quando voltou à sala do trono, a procissão estava quase terminada, e finalmente a multidão começava a deixar o local. Lynet devia ficar no trono, como era habitual, até que a última pessoa se fosse.

Mas Mina era a última pessoa na sala, e por isso Lynet soltou um longo suspiro assim que elas ficaram sozinhas. Ela, porém, estava alegre – Mina podia dizer pelo modo como seus olhos brilhavam.

– Rainha Lynet – disse Mina com delicadeza ao se aproximar do trono. – Seu pai ficaria orgulhoso.

– Espero que ele esteja – disse Lynet, tirando a coroa da cabeça e a revirando nas mãos. – Embora eu não seja exatamente aquilo que ele desejava.

Nicholas era um tolo, e você é mais do que qualquer um poderia pedir, pensou Mina, mas em vez disso, disse:

– Eu tenho uma coisa para lhe contar.

Lynet ergueu os olhos, preocupada.

– O que é?

– Decidi deixar Primavera Branca. Vai ser melhor assim.

Lynet se levantou do trono com a testa franzida.

— Aonde você vai?

— Para casa — disse Mina. — Para a aldeia onde cresci. Eu pensei... Eu pensei que talvez pudesse descobrir para onde minha mãe foi quando fugiu. — Ela não disse: *Eu não tenho mais nenhum outro lugar para ir.*

— Eu decidi uma coisa, também — disse Lynet. Ela pôs a coroa cuidadosamente no assento do trono e desceu do tablado de modo a ficar no mesmo nível de Mina. — Eu ia esperar para anunciar isso no banquete esta noite, mas talvez eu deva lhe contar agora.

Os olhos de Mina não paravam de se dirigir à coroa, mas ela se forçou a virar o rosto e olhar apenas para Lynet.

— Contar o quê?

Lynet quase pareceu uma garotinha outra vez, mordendo o lábio enquanto se preparava para falar.

— Eu nunca quis ser rainha até ver o quanto você fez bem para o Sul, e soube que com meus poderes, eu poderia fazer o mesmo pelo Norte — disse ela de um só fôlego. — Mas isso não significa que quero negligenciar o Sul outra vez. Este reino está com problemas, e eu não consigo consertá-lo sozinha. — Ela estava ganhando confiança em si mesma, suas palavras ficavam mais firmes, e ela tinha uma centelha de fogo nos olhos. — Você entende o que quero dizer agora? O Norte precisa de mim, mas o Sul precisa de *você*. Este reino precisa de nós duas.

Não, Mina não entendeu. Ela estava ocupada demais observando a enteada, a garota que a espiara de uma árvore tanto tempo atrás, se transformar em uma rainha, segura e com seus objetivos claros.

— O que você está dizendo, Lynet? Nós não podemos ser as duas rainhas.

Lynet sacudiu a cabeça, com uma excitação crescente.

– Eu sei disso, mas não podemos continuar a fazer as coisas como antes, isso não ajudou ninguém. Nós precisamos acabar com os velhos métodos, para poder construir algo novo. Eu estou criando um cargo novo: de governadora para cuidar do Sul em meu nome, alguém que entenda do que eles precisam e que trabalhe comigo para unir o reino. E eu estou nomeando você a primeira governadora do Sul.

Mina estava finalmente começando a entender, a acreditar. Ela sempre pensara que uma delas teria de perder, mas Lynet estava lhe oferecendo um tipo diferente de vitória. Por anos, ela dependera da coroa para se definir e se dar o amor que tanto desejava, mas agora... agora ela podia se reconstruir mesmo enquanto reconstruía o Sul.

– Eu ainda poderia terminar o castelo de verão... – murmurou ela. O sonho mais doce de sua infância, viver no castelo de verão com suas magníficas cúpulas douradas, iria se realizar.

Os olhos de Mina arderam, e ela virou o rosto. Ela ainda não estava acostumada com essas pontadas no coração que levavam lágrimas a seus olhos. Em certa época, ela achou que não podia chorar, e agora parecia que não podia parar. Ela olhou para os mosaicos na parede, as estações cambiantes das quais sentira tanta falta desde que chegara ao Norte. *Casa. Eu vou para casa.*

Ela se voltou novamente para Lynet, que estava esperando pacientemente que Mina se recompusesse.

– Você aceita a posição, então? – perguntou ela com um sorriso crescente.

Nós ainda temos muito a fazer juntas, dissera-lhe Lynet quando ela estava sangrando até a morte na neve. E ela estava certa, havia mais a ser feito. Mina jamais poderia reconquistar a adoração devotada que Lynet sentia por ela quando criança, mas Lynet não era mais uma criança. E pela primeira vez desde que ela se dera conta da velocidade com que Lynet estava crescendo, Mina acreditou que elas podiam construir algo novo, algo ainda mais forte que antes. Iria levar tempo, mas ela agora tinha tempo. Tinha mais tempo do que jamais tivera na vida.

Mina balançou a cabeça afirmativamente com a voz apenas levemente trêmula quando disse:

– Sim, eu aceito com prazer.

Cedo na manhã seguinte, saudada por neve que caía fresca, Lynet caminhou até o lago onde antes ficava a estátua de Sybil. Ela tinha de admitir que o local já parecia mais alegre sem a estátua chorosa olhando do alto para eles.

Ela havia se mudado para um novo grupo de aposentos agora que era rainha. Não os de Mina, é claro – esses permaneceriam sendo dela sempre que decidisse visitar Primavera Branca. Mas os novos aposentos eram maiores do que seus antigos, e ela não conseguia evitar se sentir pequena quando ficava ali, cercada por tanto espaço, tantas expectativas.

Mas ela tinha se tornado rainha sem morrer, sem se transformar na mãe, sem perder o sentido de si mesma. Sentira o peso da coroa na cabeça sem temer que ela fosse quebrar seu pescoço. Havia coisas demais a serem feitas, e ela estava aliviada por Mina ter aceitado a posição de governadora. Lynet tinha certeza de que elas poderiam fazer maravilhas juntas – elas já tinham feito isso.

– É estranho não ver mais Sybil ali – disse Nadia de trás dela.

Lynet deixara um bilhete para Nadia na noite passada para encontrá-la ali de manhã. Ela deixara um bilhete para Mina também, mas queria conversar primeiro com Nadia. Lynet sentiu a atração familiar ao se voltar para Nadia, o elo entre elas agora forte e claro. Mas ela não podia se esquecer da razão para ter chamado Nadia ali, ou ignorar a preocupação que vinha com isso.

– Venha e ande comigo – disse Lynet.

Elas caminharam juntas ao longo da beira do lago. Suas mãos encontraram uma à outra, os dedos se entrelaçaram. Esses toques despreocupados não eram carregados de significado, como tinham sido antes, mas Lynet encontrou toda uma espécie diferente de prazer na leveza deles, na facilidade com que ela podia se aproximar e tocar seus lábios no rosto de Nadia.

No banquete da coroação na noite anterior, Lynet pusera Mina a sua direita, Nadia a sua esquerda, e ninguém dissera nada para se opor a ela. Lynet sabia que a corte ainda estava muito impressionada por ela estar viva para botar defeito nela agora, mas ela tinha certeza de que ouviria as Pombas reclamarem em desaprovação depois de algum tempo – porque Nadia era uma plebeia, ou porque elas ainda não gostavam de Mina por qualquer razão que escolhessem. Lynet não se importava; ela sabia, agora, que era forte o bastante para lutar pelas pessoas que eram importantes para ela, e por isso estava pronta para esse dia, caso ele chegasse.

Mas lutar pelas pessoas de quem gostava nem sempre significava ficar com elas. Sua mão se apertou em torno da de Nadia.

– Você vai me dizer o que a está incomodando? – disse Nadia em voz baixa.

Lynet parou e retirou a mão.

– Eu quero lhe perguntar uma coisa e quero que você me responda com honestidade – disse ela. – Você promete?

Nadia sorriu.

– Você ainda confia em minhas promessas?

– Estou falando sério – disse Lynet com firmeza.

Seu sorriso desapareceu, e ela disse, dando às palavras um peso especial:

– Sim, eu prometo.

– Estou pensando em meios de trazer mais progresso para o Norte, não apenas alívio de curto prazo da neve, mas algo duradouro – disse Lynet.

Ela tinha sentido muito medo de ser rainha, mas agora ser uma rainha era mais fácil que ser Lynet. Sua voz estava firme; sua postura, sólida, e ela se perguntou se se parecia com Mina.

– Um de meus planos é construir uma escola aqui, algo pequeno, no começo, mas ela poderia com o tempo se tornar algo como a universidade do Sul...

– Lynet, essa é uma ideia maravilhosa! – disse Nadia com o rosto corando de excitação. Neve estava caindo sobre seu cabelo frouxamente trançado e em sua clavícula, e os dedos de Lynet coçaram para afastá-la, procurando por qualquer desculpa para tocá-la. Seria muito fácil fingir que não tinha mais nada a dizer.

– Bom, na verdade – prosseguiu Lynet, tirando os olhos de Nadia e dirigindo-os para as marolas do lago às suas costas. – Eu achei que você talvez quisesse ser parte disso, usar o que quer que tenha aprendido para ajudar os outros. Mas... mas eu também sei o quanto você queria deixar o Norte, e eu não gostaria que você ficasse apenas por mim. Então se você quiser ir para o Sul outra vez, em vez disso, se quiser ficar por lá... Eu vou entender. – Ela engoliu em seco e finalmente olhou novamente para Nadia à procura de algum sinal de sua preferência, mas seu rosto não revelava nada.

– Você *quer* ir?

Nadia piscou, então afastou os olhos com um sorriso triste no rosto.

— Lynet... — disse ela. Então sacudiu a cabeça e pegou uma bolsa familiar no bolso da calça. — Eu trouxe isso para devolver a você — disse ela erguendo-a, as moedas tilintando baixo no interior. — Eu queria lhe dizer que não preciso dela, porque não pretendo ir a lugar nenhum.

— Mas eu pensei... você tem certeza? — disse Lynet, mal confiando no próprio alívio.

Nadia riu, seu rosto estava aberto e brilhante, sem sombra para prejudicar sua alegria.

— Eu *gostaria* de voltar ao Sul um dia para visitar. Mas quando eu disse que queria ir, antes... Eu achei que ir para o Sul faria com que eu me sentisse menos solitária, mas eu ainda estava muito solitária lá. A única vez que eu não me senti solitária foi... quando eu estava com você. — Seus olhos pestanejaram e baixaram, com um sorriso tímido em seu rosto. — Se eu tivesse deixado Primavera Branca depois que você foi envenenada, eu teria cometido o mesmo erro de quando concordei em espionar você. Eu estaria perseguindo fantasmas e memórias em vez de lutar por algo real.

Ela apertou a bolsa nas mãos de Lynet e inclinou a cabeça para dar um beijo delicado em sua na boca.

— É por isso que eu ainda escolho você — disse ela com os lábios roçando os de Lynet. — Quero ficar com você e ajudá-la a curar o Norte.

Lynet se inclinou para perto, e por algum tempo, nenhuma delas falou.

— Guarde isso — disse Lynet, devolvendo a bolsa a Nadia. — Caso você resolva mudar de ideia. É só neve, afinal de contas.

Nadia hesitou, mas em seguida a pegou.

— Vou guardar para a escola nova — disse ela com um sorriso. — Não posso pensar em um jeito melhor de honrar meus pais do que ensinar aos outros o que eles me ensinaram.

Elas caminharam de volta na direção do jardim, discutindo planos para sua escola, o passo de Lynet mais leve que antes.

Alguns minutos depois, Mina chegou caminhando pelas dependências do castelo, ainda com todo o porte de rainha. Ela ofereceu um aceno civilizado com a cabeça para Nadia e, em seguida, virou-se para Lynet com um sorriso caloroso como o verão.

– Agora que vocês duas estão aqui – disse Lynet –, eu queria lhes mostrar uma coisa.

Nadia e Mina falaram ao mesmo tempo.

– O que você...

– Silêncio – disse Lynet. – Apenas observem.

Ela não havia tentado isso antes, mas sabia que ia funcionar, porque sabia que *este* era seu verdadeiro propósito – não se tornar sua mãe, mas finalmente acabar com aquela maldição. A neve ainda caía de forma constante sobre elas, mas Lynet virou o rosto na direção das nuvens cinzentas e disse à neve, simplesmente, para parar.

E ela parou.

A testa de Nadia se franziu enquanto olhava para o rosto de Lynet, observando-a dar a ordem. Ela levou vários segundos para erguer os olhos e perceber que a neve tinha parado de cair. Mas Mina... Mina percebeu imediatamente, com os olhos arregalados de assombro.

– A neve parou – sussurrou Mina.

– Você...? – começou Nadia a dizer ao mesmo tempo.

Lynet riu.

– Acho que a neve precisa de um descanso. – Ela voltou a atenção para o lugar onde antes ficava a estátua, e se concentrou novamente até que a neve derreteu, deixando um quadrado de solo marrom e úmido. – Um pouco de cada vez – disse ela. – As pessoas vão precisar se ajustar gradualmente, e vou ter de preservar alguma neve, ou vou ficar fraca demais. Mas quero fazer o Norte florescer outra vez, quero tornar a vida mais fácil aqui. De qualquer jeito, eu preciso tentar.

— Se alguém pode fazer isso, eu sei que é você — disse Nadia, olhando carinhosa para ela. — Eu acho... — Nadia parou e franziu o cenho quando algo atrás de Lynet chamou sua atenção. A cara fechada se suavizou naquela expressão que Lynet vira nela antes, quando estava estudando seus livros, uma expressão de curiosidade e assombro por ainda haver tanta coisa no mundo para descobrir. — Lynet, veja — disse ela.

A primeira coisa que Lynet percebeu ao se virar foi um brilho verde. No início, ela achou ser apenas um truque da luz, mas aí ela o viu com clareza: um caule longo e fino com uma folha perfeitamente formada. Quando Lynet o examinou mais de perto, viu que o broto de planta era real, um único sinal de vida no lugar da estátua de Sybil.

— *Lynet*. — De trás dela, Mina falou tão sem fôlego devido ao assombro que Lynet não tinha certeza do que veria quando se virasse.

Mina estava apontando para as árvores no Jardim das Sombras. Lynet se aproximou, parou ao lado da madrasta e viu as folhas esparsas e os botões cor-de-rosa que estavam começando a crescer nos galhos mortos.

As duas caminharam pelo jardim sem falar, e Nadia pareceu saber que não devia segui-las nesse momento — isso era algo que Mina e Lynet precisavam compartilhar sozinhas. Mina estava olhando ao redor, pasma, para o que provavelmente era a primeira vida nova que ela via desde que tinha deixado o Sul, e Lynet ficava na ponta dos pés para examinar as folhas delicadas, passando os dedos cuidadosamente sobre suas bordas. Elas eram muito pequenas, como estrelinhas verdes e rosa contra a madeira escura, mas guardavam a promessa de primavera.

– Nós acabamos com a maldição, Mina – disse Lynet com delicadeza.

– *Você* acabou com a maldição – disse Mina, afastando o olhar das árvores.

Lynet sacudiu a cabeça.

– Foi você quem derrubou a estátua. Fomos necessárias nós duas para acabar com a maldição.

Mesmo enquanto dizia essas palavras, ela tinha certeza de sua verdade. O jardim de Sybil. A estátua de Sybil. Talvez a rainha morta só estivesse esperando que alguém finalmente desse um fim a seu pesar, e oferecesse a ela algum tipo de esperança de que a vida iria retornar ao Norte.

Um pequeno sorriso surgiu no rosto de Mina.

– Talvez você tenha razão – disse ela, segurando a mão de Lynet.

E enquanto voltavam do jardim juntas e de mãos dadas, Lynet soube que *esse* seria o legado delas, a história que elas haviam escolhido – duas garotas feitas de neve e vidro que eram mais do que suas origens, duas rainhas que tinham se juntado para reformular o mundo.

AGRADECIMENTOS

Antes de mais nada, obrigada a minha família. Este livro não existiria sem vocês.

A minha mãe, Gilda: obrigada por ouvir minhas sessões de pânico tarde da noite quando eu estava convencida de que estava fazendo tudo errado, por acreditar em mim mais do que eu acreditava em mim mesma, e por sua sabedoria, conselhos e apoio irrestrito. A meu pai, Barry: obrigada por sugerir que eu levasse comigo um livro para o recreio no segundo ano quando eu reclamei de estar entediada, por me encorajar a ser a melhor possível, e por sempre estar presente para mim. E a minha irmã, Roxanne: obrigada por ter orgulho de mim, por seu entusiasmo e estímulo irrepreensíveis e por sempre cuidar de mim como uma irmã mais velha de verdade.

Aos amigos tanto on-line quanto off-line que generosamente me deram seu tempo, seu apoio e seu estímulo enquanto eu decidia seguir este sonho. Para citar apenas alguns nomes, obrigada a Meaghan Hardy, Emily Drash, Laura Rutkowski, Elizabeth Ayral, Chelsea Gillenwater, Emily A. Duncan, Jamie Taker-Walsh e Jessica Lynn Jacobs. Obrigada por lerem, por me ouvirem irritada e preocupada, por acreditarem em mim e por me inspirarem com sua paixão e seus talentos imensos e variados. E obrigada a Rhiannon Thomas por me abrigar sob sua asa e tornar toda essa experiência de estreia um pouco menos intimidadora.

Um grande obrigada para minha agente, Meredith Kaffel Simonoff. Você me *entende*. Desde o início você entendeu o coração deste livro, e devo muito a suas sacadas e seu apoio. Você foi minha bússola durante essa viagem – sempre que eu estava insegura da direção a tomar, eu só precisava verificar com você e saber onde ficava o verdadeiro norte. Um agradecimento especial também a Ashley Collom por seu valioso retorno inicial.

Para minha incrível editora, Sarah Dotts Barley, obrigada por apostar em mim e me ajudar a transformar este livro em muito mais do que inicialmente era. O que você faz é magia. Obrigada, também, a Caroline Bleeke, que entrou com seu olhar aguçado e sacadas precisas enquanto Sarah estava em licença maternidade.

Muito obrigada a Amy Einhorn e a todos na Flatiron e na MacMillan – a Patricia Cave, Molly Fonseca, Nancy Trypuc, Jenn Gonzalez, Lena Shekhter e Liz Catalano. Obrigada a Anna Gorovoy, Keith Hayes, Erin Fitzsimmons e Kelly Gatesman por fazerem com que este livro ficasse tão bonito e elegante por dentro e por fora. Tenho muito orgulho de fazer parte do catálogo da Flatiron. Obrigada a todos vocês por transformarem páginas e páginas de um documento de Word em um livro vivo e de verdade.

E, por último, à mulher que me ensinou o poder dos contos de fadas: Shelley Duvall me ensinou quando criança o valor de versões diferentes da mesma história. Donna Jo Napoli me ensinou na adolescência a olhar para essas histórias de todos os ângulos. E Angela Carter me ensinou quando adulta a escavar sob a superfície dos contos de fadas e encontrar o coração vulnerável e pulsante por baixo. Eu posso traçar meu caminho até este livro passando pelas três.

SUA OPINIÃO É MUITO IMPORTANTE
Mande um e-mail para **opiniao@vreditoras.com.br**
com o título deste livro no campo "Assunto".

1ª edição, maio 2018
FONTES Adobe Caslon Pro 12/16.3pt e Brandon Grotesque 21/16.3pt
PAPEL Lux Cream 60g/m²
IMPRESSÃO Santa Marta
LOTE I287784